经山海

赵德发◎著

中国言实出版社

图书在版编目(CIP)数据

经山海 / 赵德发著 . —— 北京：中国言实出版社，
2021.2

ISBN 978-7-5171-3790-0

Ⅰ.①经… Ⅱ.①赵… Ⅲ.①长篇小说 – 中国 – 当代
Ⅳ.①I247.5

中国版本图书馆 CIP 数据核字（2021）第 027751 号

出 版 人　王昕朋
责任编辑　郭江妮
责任校对　王战星

出版发行　**中国言实出版社**
　　　　　地　　址：北京市朝阳区北苑路 180 号加利大厦 5 号楼 105 室
　　　　　邮　　编：100101
　　　　　编辑部：北京市海淀区花园路 6 号院 B 座 6 层
　　　　　邮　　编：100088
　　　　　电　　话：64924853（总编室）64924716（发行部）
　　　　　网　　址：www.zgyscbs.cn
　　　　　E-mail：zgyscbs@263.net
经　　销　新华书店
印　　刷　北京中科印刷有限公司
版　　次　2021 年 3 月第 1 版　　2021 年 3 月第 1 次印刷
规　　格　710 毫米 ×1000 毫米　1/16　18.5 印张
字　　数　302 千字
定　　价　78.00 元　　ISBN 978-7-5171-3790-0

赵德发，1955 年生，山东省莒南县人，1991 年毕业于山东大学作家班，中国作家协会全委会委员，山东省作家协会原副主席。至今已发表、出版各类文学

作品 800 万字，出版有《赵德发文集》。曾获人民文学奖、《小说月报》百花奖、《中国作家》奖、齐鲁文学奖、泰山文艺奖（文学创作奖）、山东省精品工程奖、全国第十五届精神文明建设"五个一工程"奖、2019 年度"中国作家出版集团奖·优秀作家贡献奖"等。长篇小说《经山海》荣登第四届中国长篇小说年度金榜（2019）。

目录

第一章

——

楷坡无楷

历史上的今天：1 月 1 日

1085 年 司马光主持编撰的《资治通鉴》成书

1863 年 奥林匹克运动发起人顾拜旦诞生

1942 年 中苏美英等二十六国签署《联合国家共同宣言》

1979 年 中国与美国建立正式外交关系

1984 年 中国正式成为国际原子能机构成员国

1985 年 为活跃农村经济，中共中央、国务院出台新政策

1995 年 世界贸易组织成立

小蒿记

2002 年 在隅城的山大校友聚会

2003 年 结婚

2006 年《隅城文史》第十二辑出版

2014 年 点点参加全市少儿主持人大赛，得了二等奖

2016 年 "全面二孩" 政策实施

点点记

2013 年 老爸老妈结婚十周年纪念日，老妈没回家，老爸很生气

2017 年 洛天依在湖南卫视跨年晚会上大出风头

1

2018年　身高和体重都超过了老妈，哈哈

1

在钱湾渔港看到鳃岛，吴小蒿忽然想起她来楷坡前一天晚上做的梦。梦中，她成了一条体形庞大的鲸鱼，女儿点点成了一条小鲸鱼，母女俩在深蓝色的海洋中遨游。天空晴朗，太阳高悬，阳光经过海浪的折射，在她们身上晃动成一道道闪电，美轮美奂。她们悠然前行，唱着只有母女间才能听懂的鲸歌，向着遥远的目的地奔去。点点对母亲十分依恋，忽而上，忽而下，忽而左，忽而右，还不时磨磨蹭蹭，与母亲做身体上的亲密接触。那种感觉十分奇妙，让吴小蒿觉得整个海洋都变得温馨无比。后来，女儿忽然不见了，她以为女儿是在和她捉迷藏，躲到了她的肚子下面。然而，她翻了个身，发现身下空空，四处空空。"点点！点点！"她喊过两声后遽然惊醒。丈夫由浩亮迷迷瞪瞪，发起了脾气："干吗呢？打癔症啦？"

直到贺成收镇长催促她上快艇，她才晃动一下脑袋，摆脱了梦境。她知道，那天之所以做这样的梦，是因为陪女儿看了央视播放的纪录片《座头鲸母子的夏日巡游》。座头鲸母子的经历与亲情，把她俩感动得一塌糊涂，母女俩抱在一起泪水交融。今天看到大海，她又想起了那部纪录片和那个梦。

这是吴小蒿第一次来鳃岛。自从十年前到隅城生活，她就对这个离岸三点六海里、面积仅一点八平方公里的岛屿满怀向往与好奇。她听人讲，那里的岛民很特别，是"鳃人"的后代。他们的祖先都像鱼类一样有鳃，能够在水中呼吸。传说，某朝某代时，岛民不愿向官府交税，杀了登岛的税吏，于是官府派兵报复，许多岛民因此丧生，但一些身体强壮者跳入海中，因为他们有鳃，在水中待了几天几夜，等到官兵走后才重新上岛。吴小蒿觉得，自己作为大学历史专业毕业生，不应该把传说当真。她的老师——山东大学历史文化学院教授、考古学家方治铭先生明确讲过：传说只能为研究历史提供线索，只有在文献中找到，或经过考古证实了的，才能认作历史。所以，吴小蒿在区政协编《隅城文史》期间，虽然收到多篇关于鳃岛先人传说的来稿，但都没有采用。

"镇长，鳃岛以前真有鳃人？"她用手抄起脸上被海风刮得凌乱飞舞的头发，在额头之上捂住，转过脸大声问道。贺成收并不回答，他看看吴小蒿，阔

大的黑脸上现出微微一笑。

后来贺成收告诉她，就是这一刻，他发现她的额头像海豚额头一样饱满可爱，便产生了屈指弹击的冲动。吴小蒿心想，你不知道，你在回程中的那一弹，让我痛不欲生。

鳃岛渐渐变形。从钱湾码头看，它像卧牛；下海走一会儿，它变为棕熊；后来，它就成了一座实实在在的小山，颜色灰绿斑驳。进一步靠近，可以看见山上的大片灰色裸岩，以及裸岩间的马尾松和各种杂树。

快艇绕着鳃岛转了半圈，到达向阳的一面。水边有一个村庄，房舍多是红瓦石墙。村前有一座水泥码头，泊着几十条渔船，每一条船上都插着被渔民称作"摇钱树"的带叶竹枝。有一对男女正站在码头上向这边招手。

安检办主任李言密向他们一指："看，大棹和东风荡子欢迎咱们哪！"

吴小蒿不解，问他怎么叫大棹和东风荡子。李言密说，大棹是鳃岛村的书记，因为撑船用棹很有本事，大家就叫他"厉大棹"；渔民把爱俏爱浪的人叫作"东风荡子"，这里的妇女主任万玉凤就是个东风荡子。吴小蒿想，渔民的语言就是别致，和农民用语不是一个系统。

快艇靠近码头，快艇驾驶员小薛抄起缆绳一扔，厉大棹伸手接住，娴熟地往一根缆柱上缠着。他四十来岁，满脸沧桑。系好缆绳后，他向快艇上伸出一只大手："吴镇长，鳃岛渔民欢迎你！下船吧。"

吴小蒿抓住厉大棹的手，踩着快艇边沿，哆哆嗦嗦登岸。登岸后她夯起两只胳膊，不敢挪步，瞪大眼睛说："哎哟，这码头怎么也晃？"万玉凤扶住她笑："是在晃呀。你要是拿橹到水里划一划，它就驮着咱们去隔城啦！"贺成收往她背上拍一掌："东风小婶子，你甭忽悠吴镇长，人家可是山大毕业的高才生，一肚子学问。"万玉凤转到吴小蒿面前，与她拥抱："吴镇长，跟你开个玩笑，甭见怪。鳃岛是孔圣人没到过的地方，不懂礼道，你多担待。"

说到这里，万玉凤将吴小蒿抱离地面，掂了两掂，放下之后说："吴镇长你是怎么长的？还不足一百斤吧？"吴小蒿羞笑道："小时候营养不良呗。"万玉凤又问她多大年龄，她如实以告："三十四。"万玉凤说："你是妹妹。我比你大两岁。"吴小蒿发现，万玉凤圆脸胖腮，文着眼线，硕大的乳房将一件小红衫顶得下部悬空。

万玉凤向村里一指："镇长大侄子，鱼已经炖好了，咱们喝酒去！"贺成收说："你就知道喝酒。我今天带吴镇长过来，是检查渔业安全，办完正事再喝。大棹，快开海了，渔船都检修好了？"厉大棹指着那些渔船说："都检修好了。这些都是从船坞上拉回来的。"贺成收对吴小蒿说："你先歇着，我跟老李上船看看。"说罢，他大步跨上紧靠码头的一条船，李言密紧随其后。二人这看那看，还与船上的渔民交谈。

吴小蒿心想，自己分管安全，在码头上待着实在不像话，就壮壮胆子走向渔船。她刚要迈腿，船上的一位中年汉子突然向她一指："胡闹！"吴小蒿愣住，急忙收腿。万玉凤对她说："打鱼有打鱼的规矩，女人不能上船。"那边贺成收却说："没关系。时代不同了，男女都一样。当年咱们县还专门成立过三八捕捞队，组织妇女出海打鱼呢。让吴镇长上来看看！"那位中年渔民不再吭声，吴小蒿才敢向船上伸脚。万玉凤扶着她，连声说着"小心"。贺成收看一眼吴小蒿，跨过船舷，去了另一条船。吴小蒿在他后面紧紧跟随。

贺成收去舵楼看看，让船长将仪表全部打开。舵轮两边，圆的方的，各种仪表让吴小蒿眼花缭乱，上面显示的内容她一概不懂。贺成收却很内行，一一察看。看到一个像电脑一样的仪表，他摁动按钮，让上面显示出一条条蓝线，用指头点着一个地方，扭过头对叼着烟的船长说："你这家伙，胆子够肥。看航迹，你春天去了两趟这个海区，不怕他们找你麻烦？"船长狡黠地一笑。

从舵楼上下来，走到舱口，贺成收踏着梯子下去了，李主任紧随其后。吴小蒿说："我也下去看看。"

踩着一架铁梯，闻着浓浓的腥臭味儿，吴小蒿来到舱内。里面空间逼仄，仅容他们三人，且要低头弓腰。李言密用随身携带的手电筒照明，让她看到了里面的结构：三面三个又窄又短的铺位，向外的一面都有护栏。她打量一下说："这么小的铺？"贺成收说："这还是好的。我年轻时下船，船小铺更小，一个铺要睡两个人。"吴小蒿说："那怎么睡呀？"贺成收说："并排躺根本不可能，要侧着，而且两个人必须冲着一个方向。"说着，贺成收钻进一个铺，侧身面壁，像壁虎一样努力往船帮上贴近，让身后腾出一点儿空间。

吴小蒿感叹："渔民真是苦呀！"

贺成收说："苦不可怕，险才可怕呢。"他拍拍面前的舱壁，"'一寸三分阴阳板，隔壁就是阎王村。'这是老辈人传下的话。过去，鳇岛死了多少渔民呀，那都是一条条壮汉！唉……"

听他声音悲怆，吴小蒿的心隐隐作痛。她想，我分管安全，可不能掉以轻心！

从舱中出来，再到另一条船上。甲板上有几个渔民在整理网具，此时都侧过脸来看他们。其中一人忽然起身叫道："二姑！"吴小蒿觉得奇怪，鳃岛上怎么会有人这样叫她？她正在端详，那人笑道："我是锄头，你不认得啦？"

吴小蒿这才认出，他是堂哥的儿子，比她小四岁。吴小蒿听母亲说过，锄头这几年下海打鱼，一年挣好几万，没想到在这里碰上了。现在他面色黝黑，手脚粗糙，是个地地道道的渔民了，尤其是额上几道皱纹，又深又弯，像海上的波浪。她问锄头家里怎样，锄头说："还行吧，你侄媳妇在家种地，拉巴孩子。"吴小蒿告诉锄头，她到楷坡镇工作了，如果有事可以找她，说罢将手机号码告诉了他。锄头急忙掏出手机记下。

2

中午这顿饭，让吴小蒿想起女儿日记里常用的一个网络词语：大吃一"鲸"。

让她惊讶的是，海鲜多是生吃：海参切成片，虾婆切成段，海蛎子刚刚剥壳，都是蘸着醋吃。一大碗青皮虾，让酒泡得醉了，正伸腿蹬腿，却被贺成收他们填进了嘴里。见吴小蒿不敢伸筷子，贺成收吧嗒一下嘴说："你太胆小了！这个样子，怎么跟群众和谐相处？"

听他这样说，吴小蒿只好夹起一只虾，刚送到嘴边，那虾突然将身子一挺。感受到那种垂死挣扎，吴小蒿恶心欲吐，急忙将它放回桌上，捂着嘴连连摇头。

万玉凤拍着吴小蒿的肩膀说："吴镇长，吴妹妹，你吃不惯生的，咱们就上热菜。昨天镇长打电话特别交代，今天做'渔家三绝'给你吃。"说罢，她向门外喊："二哥，'渔家三绝'闪亮登场！"

被她叫作"二哥"的人是村会计。他笑出满脸皱纹，用盘子先后端来三条鱼。贺成收用筷子指点着，对吴小蒿说："鲳鱼头，鲅鱼尾，银刀鱼的肚皮底。过去渔民最喜欢吃这三样，今天为了给你接风，我特意让东风小婶子准备齐了。"

吴小蒿诧异地问："接风？昨天周书记和你不是已经接过了吗？"

贺成收说："昨天是镇党委，今天是镇政府。来了这么一个才貌双全的女同事，我身为一镇之长，不专门安排一次接风，怎么说得过去？来，楷坡镇政府欢迎你，干了这一杯！"

面对镇长举过来的酒杯，吴小蒿只好端起自己的与他的一碰，轻抿一口。贺成收举着酒杯，指着她说："别酸梅假醋好不好？我敬的酒你敢不喝？"吴小蒿哀求道："镇长，我不会喝酒，请你原谅。"贺成收将脸一沉："吴小蒿，我郑重告诉你，分管安全的干部，从来都是要面对不安全的。但是，然而，总而言之，你如果喝了这杯酒，我老贺保你安全！"

听他这样讲，吴小蒿心中一动。昨天在镇党委、政府领导班子联席会上，周斌书记宣布，新来任职的吴小蒿副镇长分管文化和安全。她晚上想起，区文体局局长樊卫星是山大文学院毕业的，比她高两级，就打电话问这位学兄，这两样工作应该怎么干。樊卫星说："文化好干，咱们一起商量着来。但安全可不是闹着玩的，你是整天坐在火药桶上，一不小心就出事。一旦出事，你就会受追查、受处分，我不是吓唬你，坐牢的可能性都有。周斌让你一个女同志分管安全，这不厚道。"吴小蒿听了这话，一夜没睡踏实。她想起媒体报道的一些案例，的确是有一些地方出了重大安全事故，分管领导因渎职罪被判刑的。她想，我考取副科级干部，到楷坡当副镇长，难道是为了将一只脚插进牢房？

听贺镇长说喝了这杯酒保她安全，吴小蒿决定将酒喝下。她平时很少喝白酒，便是喝，最多只能喝二三两，这次算是舍命保安全吧。她将酒杯举到嘴边，喝一下，再喝一下，满脸痛苦。最后剩下一点儿，她喝下后连连咳嗽。

贺成收向她竖大拇指："好，小蒿是好同志！你安全了！"说罢，他将脸一仰，也喝光酒杯里的酒。

吴小蒿发现，在贺成收仰脸时，阔大的下巴底下，露出了左右两片紫斑，又窄又长，触目惊心。见她看得发愣，万玉凤说："你看见了哈？他长着鱼鳃。鳃岛人祖祖辈辈都有没退尽鱼鳃的，成收就是一个。"

吴小蒿又是大吃一"鲸"。她伸手欲摸，想仔细考察，贺成收却将她的手一推，将下巴紧紧贴在胸脯上，瓮声瓮气道："看什么看！鳃人只是个传说。"

李言密说："贺镇长真是能长时间潜水，不用上来换气。我亲眼见过。"

贺成收向他瞪眼："老李你别造谣！哎，给吴镇长接风，你们怎么不敬她酒？"

接下来的事态十分可怕：李言密、厉大棹、万玉凤、镇长的司机张师傅，轮番向她敬酒。她不敢干杯，但每次喝一点儿也受不了。她将酒杯一放，摆手道："毁了毁了，我今天彻底毁了！"贺成收却将两只大手响亮地一拍："哈哈，知识分子就得和工农相结合嘛！用三十年前的语言讲，我们都是贫下中渔，你要和我们建立深厚的无产阶级感情！"吴小蒿两手做推拒状："感情的事，勉强不得。你们喝，反正我是不喝了。"万玉凤说："你不喝也行，得吃呀。下面还有更好的呢。"

吴小蒿醉眼朦胧中看见会计端来了一盘章鱼，它们都不大，但都活着，带吸盘的腕足屈屈伸伸。贺成收用筷子夹起一只，递到吴小蒿面前："生吃八带，你体验一回。"吴小蒿急忙用手挡住："太恐怖了，我可不敢！"贺成收说："这有什么恐怖的？东风婶子，你做个示范。"万玉凤说一声"好"，夹起一只放到嘴边。八带鱼的腕足紧紧吸附在她的嘴唇上，有的腕足还伸进了她的鼻孔。吴小蒿实在看不下去，起身跑到院里，因为步态不稳，只好扶住一棵石榴树。

小薛也走了出来，小声说："真变态。"他告诉吴小蒿，鳃岛原先没有这道菜，整个隔城也没有，是万玉凤看韩剧学来的。她做给贺镇长吃，贺镇长也喜欢上了。据他们讲，将八带鱼吞进去之后，那些腕足挠得食道发痒，极具快感。吴小蒿急忙摆手："别说了别说了，恶心死了！"

小薛出门，一去再没回来，大概到码头上去了。吴小蒿不进屋，坐在石榴树下的石凳上迷迷糊糊。只见斑驳的树影在她脚边移动，一些小黑蚂蚁东奔西走。再看，原来蚂蚁窝在一个树洞里，蚂蚁们进进出出，忙忙碌碌。吴小蒿忽然想，楷坡就是一棵石榴树，蚂蚁是社会性昆虫，我从昨天起，就加入这个"蚁群"了。不知道眼前这个树洞里，是不是也有酒宴在举行？蚂蚁如果喝醉，也像我这样红头涨脑吗？

再观察那些蚂蚁，似乎没有一个步态不稳的，更没有红头涨脑之辈。

看了不知多长时间，只听贺镇长说："走了走了。"她转脸一瞧，见喝酒的几个人从屋里出来了。贺镇长一点儿也没变样，照样步伐矫健，声音洪亮。李言密一改平时的老实模样，嘿嘿直笑。厉大棹不知为何，一边走一边往耳朵上夹烟，两只耳朵后边分别夹了两支后，他还往上面放。万玉凤一出来就扑向吴小蒿，喷着酒气把她抱住，说："你不生吃八带鱼太可惜了，不享受一下那种好滋味，是人生一大遗憾。"

吴小蒿不愿理她，从她怀里挣脱出来，趔趔趄趄往院门外走去。走到码头，吴小蒿与几位村干部告别，与贺成收等人上了快艇。

快艇离开码头。吴小蒿与镇长坐在最后一排座位上。她用手捂脸，低头道："镇长，我喝醉了，不好意思。"贺成收说："喝个一醉方休，才能和大家打成一片。"吴小蒿歪过脸看看他："你怎么不醉？"贺成收哈哈一笑："我有酒漏，千杯不醉。""你的酒漏在哪儿？"贺成收将脸一歪，向下颌骨左下方一指："喏。"吴小蒿瞅见，他那阔大的下颌骨之下，两片紫斑，水汪汪的。吴小蒿惊讶地说："你真是鳃人呢。"

正在发呆，她面前忽然出现一只大手，五个指头，三伸两屈。这只手的后面，是贺镇长那张油光光的笑脸。

屈在一起、连接成环的拇指与中指突然分开。在中指高跷的同时，她的脑门嘟地响了一下。那种疼痛，像电流似的放射到整个脑壳，传输到五脏六腑。

3

晚上，吴小蒿在宿舍里打电话给闺密甄月月，将白天的经历向她诉说了一番。甄月月在电话里解气一般说："好，好，叫你下乡，叫你抱负远大、壮志凌云，叫你放着好日子不过，非要跑出城去三十公里当那个副镇长。你等着吧，时间不长，你就成了满身酒气、一口脏话的妇女干部，说不定还和满身腥臭的渔民崽子滚床单——不，是滚沙滩。我警告你，可别生出一个带着鱼鳃的返祖娃娃抱给我，我不敢看，我吐！"

吴小蒿听了这些，举手机的那只手直打哆嗦。她吸一口长气，用平时和月月在一起逗趣的语气道："亲家，你不赞成我下乡，也不能这样损我呀，你太刻薄了吧。"

"亲家？以前是，以后不一定是。再这样下去，门不当户不对的……"

吴小蒿的心脏打起了哆嗦。她干脆把电话挂了，倒在床上长叹了一声："唉——"

两个月前，吴小蒿看到区委组织部发布的招考副科级干部去乡镇任职的通知，决定报考。这事遭到许多人的反对，丈夫、孩子、闺密，没一个同意的。在许多人看来，在区政协工作，对一个女人来说再好不过，每年编一本文史资料，轻松安逸，下班后做做家务，带带孩子，小日子过得有板有眼。丈夫由浩亮反对，她并不在意，因为她早想逃离他，她实在受够了十几年来丈夫对她的折磨。正读小学三年级的孩子反对，也在她的意料之中，母女连心，分离的滋味肯定难受。她想，好在由浩亮对孩子很疼爱，有他照顾自己能放心，孩子长大了也会理解她的。

但是，她没想到月月的言辞如此激烈。

大学毕业后来到隅城，她结交了一些女性朋友，其中有几个可以披肝沥胆的闺密。下班后或周日，和闺密一起逛街购物，找一间咖啡屋消磨时光，或者和她们开车到城郊找个风景怡人的地方游玩，吃一顿野餐乘兴而归，这些都成为吴小蒿生活中最精彩、最有滋味的经历。

与吴小蒿最要好的是甄月月。此人生在济南一个高级知识分子家庭，爷爷是省文史馆馆员，父母都在文化部门工作。她大学毕业后向往海边生活，才考到了隅城图书馆。甄月月是"骨灰级小资"，吴小蒿欣赏她发自骨子里的高贵和优雅，喜欢与她交往，经常与她倾心交谈，将自己经历的一切全都告诉了她。甄月月也对吴小蒿毫不设防，有什么心事都是找她讲，与她商量。有一次，她俩在一间咖啡屋里谈得投机，隔着桌子四手相握，四目相对，竟无语凝噎。吴小蒿多次想，人生得一知己足矣，信然。

她俩得知，隅城民间有个习俗：给孩子找干爹或干妈，弥补孩子八字中所缺少的五行元素，双方父母则成为干亲家，来往密切。既然叫干亲家，就有联姻的意思了，那些双方正好是一儿一女的，便经常拿孩子开玩笑，增加亲密关系。两年前，甄月月见她儿子和吴小蒿的女儿在一起玩得开心，说："咱们入乡随俗，也做干亲家吧。"吴小蒿说："好呀，我非常乐意当法不二的丈母娘。"甄月月懂佛学，丈夫叫法慧，就给儿子起名法不二。二人回家分别跟老公说了，两个男人也都同意。法慧是个画家，为这事欣然泼墨作一幅画，上面两个孩子骑着竹马嬉闹，旁边两对夫妻举杯微醺，还配了一首打油诗："二孩骑竹马，一匹复一匹。四杯叮当响，乐坏干亲家。"

一个月前，甄月月约她一起染发，二人去美容店，都让头发变成了亚麻色，只是发型不同：月月的是中分刘海儿，加凌乱大卷；小蒿喜欢短发，烫了个蘑菇头。吴小蒿现在躺在楷坡镇政府干部宿舍里，想着"门不当户不对"这话，将自己的蘑菇头挠成了鸡窝。她想，月月这话尽管有玩笑的意思，但杀伤力还是很大的。对吴小蒿而言，月月这样的闺密，在她的生活中无异于沙漠中的一泓甘泉、雾霾中的一缕清风。失去月月，将是她人生中的一大损失。

然而，吴小蒿实在不愿在原来的单位混天了日。她本来在区政协编《隅城文史》，安安稳稳地做着上班族，没想到突然来了个不靠谱的主任。主任姓褚，原任某局局长，五十四岁时改任政协文史办主任。他上任第一天就向两名下属讲，他不热爱文史工作，也不擅长耍笔杆子，是组织上"乱点鸳鸯谱"，把他弄到这里来的。所以，他每天上班后就是喝茶吹牛，讲他当局长的时候干了什么大事，有哪些丰功伟绩。吴小蒿不愿听，埋头编她的文史资料，辛辛苦苦编成之后送给褚主任，褚主任却说："弄这些玩意儿干啥？能有经济效益？"吴小蒿听他这么说，实在无语，编书热情大大降低。但是，已经编出的书应该出版吧？褚主任却不愿去财政局要钱："我老褚曾经一年批出去几千万资金，方方面面都找我求我，现在要我去扳着别人的下巴骨晃？没门儿！"因此，区政协本来一年出一本《隅城文史》，褚主任去后，三年没出。抚摸着倾注了自己的心血的几摞书稿，吴小蒿心灰意冷，决意要走。她想，我就是去中学教书，也能有一点儿成就感，在这里算什么事儿？我的大好时光，难道就用来陪一个政界失意者喝茶，听他吹牛发牢骚？不，决不！

在大学读书时，吴小蒿每每被老师讲述的、史书中记载的仁人志士所感动。尤其是方老师有一回讲到百年前的中国，风雨如晦，民不聊生，一批有识之士、有志之士都在探索中国的出路，许多人因此献出生命。听到这些，吴小蒿热泪盈眶。她想，人生短暂，如白驹过隙，就在这匆匆一跃中，能否给这世界一点儿改变？天下兴亡，匹夫有责，我不是匹夫，只是一个平凡小女子，但也不愿平庸一生。

在这时，她看到了区委组织部的招考公告，当即决定报考。

上周三，录取名单公布，她赫然上榜。

4

吴小蒿犯了一个大错误。

那天早上，她接到镇党政办公室主任刘大楼发的电话通知，说新上任的支区长来楷坡搞调研，书记和镇长已经在边境接到区长，让全体科级干部马上到楼前欢迎。

吴小蒿急忙下去，只见十来个科级干部陆续下楼，都在那里站着。等了几分钟，书记与镇长的车先后进入大门，后面跟着一辆崭新的豪华版帕萨特。书记与镇长的车停在门西边，这辆车不前不后，停了吴小蒿面前。吴小蒿心想，我应该主动给区长打开车门，于是带着羞笑伸出手去。这时，下车后的周斌书记一边往这边跑，一边向她小声呵斥："吴小蒿，你干什么？"吴小蒿急忙缩回手来。周斌抓住把手，将区长的车门打开，弓腰颔首、满面春风："区长，请下车。"

吴小蒿这时明白，她刚才做得不对。是呀，你要干什么？你有什么资格开车门？众目睽睽之下，你这么做，人家还以为你是抢先向区长献媚呢。她退后站着，满脸通红。

区长在楷坡镇干部的簇拥下走进会议室坐下，听取周斌书记的汇报。吴小蒿愣愣怔怔，也没听见书记汇报了什么内容，只有书记的呵斥声在她耳边一遍遍回响。但她心里并不服气。给领导开车门还要讲资格？还要等级森严，不能逾越"规矩"？这种官场陋习，今天真是领教了。

书记汇报结束，支区长点点头："好，下去看看吧。"

区长在楷坡两个一把手的陪同下走出小会议室，离开大院。没资格陪同区长的干部，有的回了自己的办公室，有的去了自己包的片儿或点儿。吴小蒿本来想让文化站站长带着去看文化遗址的，但现在没有了心情，就回到办公室呆坐着。她知道，今天楷坡干部议论的一个热点，便是她抢先开车门的事儿了。

她的猜想果然被证实。过了一会儿，一个中年妇女敲门进来，脸上带着不平之气："吴镇长，我听我家老来说，你那会儿让书记骂了？"吴小蒿站起身问："请问您贵姓？"那女人说："免贵姓郝，郝娟，计生办副主任，来春祥是俺当家的。"吴小蒿便知道，镇人大的来主席把自己出丑的事说给老婆听了。吴小蒿起身向她勉强一笑："谁让我不懂规矩呢？"郝娟抬起一只手猛地一甩："什么狗屁规矩！就他姓周的事儿多！你身为一个女同志，而且初来乍到，他就让你当众难堪，有这样的领导吗？"

她注意到，郝娟说话时嘴唇聚起一道道竖纹，让嘴部像两片毛蚶壳。郝娟刚才这话，真是道出了吴小蒿心中的委屈。但她知道，镇里人际关系错综复杂，她不能随便接话茬儿，就指着对面的一把椅子让郝娟坐。

郝娟坐下又说："书记太不像话了，把你一个女同志安排到哪里不好，偏偏安排到那间宿舍！"吴小蒿昨天来报到，刘大楼主任把她领到了办公楼后的一间屋，说是她的宿舍，还说以前这里住的是一位副镇长，到了离岗的年龄回家了。她见屋里打扫得干干净净，就没有多想，放下了铺盖。她问郝娟："那屋怎么了？"郝娟说："住过吊死鬼。""什么？"吴小蒿头皮一炸，急忙追问。

郝娟告诉她，大概是一九八几年，上面派来一个党委秘书，是刚毕业的帅哥大学生。党委书记想试试他的笔头，在他报到的第一天晚上，吩咐他写一篇讲话稿，书记第二天在三夏生产动员大会上用。第二天早上，书记发现秘书没给他送讲话稿，就叫人去要。那人去敲门，秘书却没有应答，便回头报告书记。书记叫来几个人一起过去，又是砸门，又是叫喊，但里面始终没有反应。迫不得已，书记只好下令破门而入。大家进去后发现，秘书已经吊死在后窗上，办公桌下一片纸团。打开看看，每张纸上只写了"同志们"三个字，再加一个冒号。

吴小蒿汗毛直竖。她恍惚看见，她宿舍的后窗上正高高吊着一个小伙子。

郝娟打着手势道："秘书出身的，有这么两种人：一种是让别人折磨死，一种是把别人折磨死。那个上吊的帅哥，刚刚报到，对情况一点儿也不熟悉，书记就让他写讲话稿，他又特别爱面子，只好拿绳子把自己结果了。另一种，当秘书时间久了，多年的媳妇熬成婆，然后去折磨下属，咱们的周大书记就是这样。"

吴小蒿知道，周斌书记以前是区委办公室副主任，分管文字工作，是写材料的高手，一般稿子很难入他法眼。她问："他到这里不专管文字了，还怎么折磨下属？"

郝娟苦笑一下："照样折磨。办公室刘主任写一篇稿子，书记一遍遍看不中，让他反复修改，逼得他经常打通宵。刘主任跟人说过，有时候，写材料写到半夜，精神接近崩溃，真想追随那个前任，挂了算了。不光他，好多人都说，材料在书记那里老是通不过，真不想活了。"

"别人写什么材料？"

"人人都要写，又是调研报告，又是工作小结，隔三岔五就要来上一份。你说，乡镇干部讲的是实干，写那么多材料干啥？可是周书记说，工作做得再好，也要体现在文字上，笔杆子上的功夫，是干部最重要的功夫。他还提出一个口号，叫什么来着？对了，'文比天大'！"

吴小蒿听到这里，想起了清代文学家、史学家赵翼的两句诗："莫将三寸鸡毛笔，便做擎天柱地看。"她早就知道"文比天大"这个说法，心想，在文人中这样讲，强调写好文章的极端重要性，还算说得过去，但在基层干部中提这口号，就有点儿离谱了。

郝娟又说："这还不够，他还要求上级的简报上、媒体上经常要有楷坡的消息。他搞了个奖惩办法：在中央媒体发稿，奖一万；在省一级媒体发稿，奖五千；在市一级媒体发稿，奖一千。哎，你在城里工作多年，认识媒体朋友不？帮我发一篇呗？"说罢，她从兜里掏出了被折成六十四开的打印纸。

吴小蒿这才明白郝娟来串门的目的。她接过稿子展开看看，发现这是一份楷坡镇计划生育工作半年总结，其中找不出什么亮点。但她不好直接拒绝郝娟，就说："郝主任，我之前在区政协工作，与媒体朋友没有多少交往，我回城的时候找熟人转交给报社，让他们看看。"

郝娟双手合十，向她连连晃动："谢谢吴镇长，谢谢吴镇长！"

道过谢，郝娟又说起自己的老公。她说，三年前，这里的陈书记被提拔走了，接陈书记的本来应该是她家老来，老来干副书记八年了，他不接谁接？没想到，腾地一下，周斌空降，老来只好干了个没权没势的人大主席团主席。打听一下，原来是周斌想下来镀金，为升副处打基础，跟领导软缠硬磨，才来到楷坡。这人是个野心家，他来楷坡都干了些啥呀？搞花架子，耍笔头子功夫……

吴小蒿知道，她不能再听郝娟的，与这样的长舌妇接触多了，自己会陷入是非旋涡，难以洗白，就说："郝主任，对不起，我不能陪你说话了，我要让文化站站长带着出去转转。"

郝娟的脸上现出诡秘神情："郭默带你出去？那可是书记的大红人，你跟她搞好关系，就等于和书记搞好了关系。"

吴小蒿有些恼怒："你说这话是什么意思？我分管文化，跟她是工作关系，不考虑别的。"

郝娟摆出不把话说透绝不罢休的样子："你分管文化站，更得了解郭默。这人是个渔家女，之所以能当上站长，不光是因为会唱，还因为会跟领导那样。"说到这里，她向吴小蒿挤了挤眼。

吴小蒿再不愿听她嚼舌头，就给郭默打电话："小郭，咱们出发。"说罢起身向外走去。郝娟也跟着走到门外，还没忘了小声嘱咐吴小蒿："我是信任你，才跟你说这些的，你可不要告诉别人。"

5

吴小蒿刚走出办公楼，就见郭默骑着摩托车从大院最后面的文化站过来了。因为车子太旧，声音特大，车后冒的青烟也清晰可见。

郭默将车停住，漂亮的小脸上现出笑容："吴镇长，你家里有车，也不开到楷坡，还要我用这破摩托驮你。"吴小蒿将一条腿迈上她的车后座，说："我把车开来，孩子上学怎么接送？我必须留给孩子她爸。""再买一辆。""那怎么可能？我还当着房奴，每个月要还房贷呢。"郭默说："能当城里的房奴，也是一种幸福。我们住着镇里不花钱的房子，可是把孩子耽误了。乡镇小学，教学质量太差，这都什么年代了，老师上课竟然还用本地土话，愁死我了！咱们先看楷碑，你坐好，咱走。"

吴小蒿让郭默带着，出了政府大院。郭默没戴头盔，长发飘飘，直扫吴小蒿的脸。想到郝娟说的那些，吴小蒿对眼前的女人没有好感，觉得在她脸上扫来扫去的，是一种叫作"冒犯"的东西。她想起，曾在史书上读到，晋朝有个叫郭默的大将，曾任江州刺史。王羲之当过江州刺史，留下美名，那个郭默却是劣迹斑斑，死于非命。她问郭默为什么起了这么个名字。郭默说："我小时候能说能唱，我妈烦了，就起了这个名，想让我沉默一点儿。可是，我长大了还是沉默不了，哈哈。"

正走着，郭默忽然抬起一只手，向前面的住宅楼上连连摆动："'牛哥'你好！"

吴小蒿抬头看看，楼上却没见人，就问："你叫谁呢？"郭默将摩托车停下来，仰脸向楼上一指："喏，那不是'牛哥'？我很喜欢它这样子，走到这里就跟它打招呼。"

吴小蒿这才发现，从六楼的一扇窗子里伸出一个黄牛头。它不理郭默，一边反刍一边看着远方，嘴里掉下的唾沫，差点儿落到吴小蒿的脸上。她惊讶地问："楼上怎么能养牛呢？它是怎么上去的？"郭默说："庄户楼上，什么都养。

据说还有养羊的，养猪的，养鸡养鸭的。这一户，春天用筐子把小牛犊吊上去，现在长大了。"吴小蒿问："它怎么下来呢？"郭默说："不知道。"

她指点着楼房说："这三座楼，是周书记的得意之作。前年，他为了让楷坡增加非农业人口，撤乡改镇，就把附近两个村子拆掉，把村民集中到这里，大家都叫它们'庄户楼'。村民上了楼，有好多不方便，种地要跑很远。"

吴小蒿抬头看看"牛哥"，见它还在遥望远方，心想，你在想念山上的青草与伙伴吧？

来到楷坡村后，只见地势越来越高，最后发展成一座小山冈，上面长了一些松树。走了没有多远，郭默向路边一指："在那里。"吴小蒿下车看看，见路边有一块花生地，地头上立着一通青石碑。

郭默向吴小蒿讲，听老人说，当年这里的老楷树又粗又高，树荫能遮住半亩地。50年代，楷坡成立供销合作社，有人提议杀这楷树，解木板做柜台面儿。一帮人来杀，用锯锯了几下，伤口竟然流血，吓得跑掉。供销社主任不信邪，说哪里是血，只是树汁子而已，他亲自拉锯，拉了整整一天，才把这树杀倒。解了一页页又宽又厚的板子，放在用砖垒起的柜台上面。她小的时候去供销社买东西，曾经摸着三尺多宽的柜台面板，想象那棵楷树有多么粗。

吴小蒿早在《隅城地名志》上读到，楷坡之所以叫楷坡，是因为过去此处长满楷树。她问郭默现在楷坡还有没有楷树。郭默说，没有。林业站在全镇普查过，一棵也没有。因为这树珍贵，早就叫人杀没了。最后一棵老楷树让人杀了之后，只剩下这块碑。

吴小蒿听了痛心疾首，近前去看那碑。碑从中间断成两截，又用水泥接在了一起。幸好碑文还算完整，是一首五律：

不晓何人植

悠悠蠹古今

孔林瞻圣树

尘海化人心

屡感风霜重

常观天地阴

书生楷下坐

睹叶泪沾襟

道光二十三年暮秋隅城教谕
申瑶步施闰章《子贡手植楷》原韵

她看看诗后落款，忽然想起，读大三那年春天，全班集体坐火车去曲阜参观孔庙、孔府、孔林，在孔子墓前见过"子贡手植楷"，但那是一段枯木。讲解员说，楷树是圣树，树干挺拔，枝繁叶茂，为众树榜样。当时她凝视那段楷木，肃然起敬。她还记得，楷亭后面还有一通碑，上有赞诗，但诗的内容现在已经忘了。她用手机上百度查一下，才知道那里刻着清初著名诗人施闰章写的《子贡手植楷》：

不辨何年植

残碑留至今

共看独树影

犹见古人心

阅历风霜尽

苍茫天地阴

经过筑室处

千载一沾襟

郭默说："这诗是什么意思？我搞不懂。"

吴小蒿就给她讲解了一番，说这是清代隅城县教育局局长申瑶写的，沿用了施闰章的诗韵。这人去曲阜瞻仰过子贡手植楷，想以孔子学说教化人心，但他觉得困难重重，十分失望，到这棵大楷树下坐着，看着落叶暗暗落泪。她一边讲，一边想象那个画面：秋风萧瑟，落叶纷纷，一位有抱负的年迈儒生坐在树下伤感，为世道人心担忧。

郭默说："哦，这人感情还挺丰富！"

这么一句评语，让吴小蒿哭笑不得。

郭默向山冈一指："今天时间挺紧，咱们就不去挂心橛了。"

"挂心橛？什么意思？"

郭默说，过去渔民出海打鱼，在望不见村庄的时候，就用陆地上的一些突出物做地标。楷坡沿海渔民打鱼回来，一见到这座小山从海面上冒出来，就知道快到家了，安下心了，所以就把这山叫作"挂心橛"，意思是自己的心挂在上面。吴小蒿看看那座山冈，心想，这个名字起得好，别致而贴切。

下一个目标是丹墟遗址。二人离开楷坡，往东北方向走七八公里，几百米宽的蓼河出现在眼前，大片蓼花把两岸染成紫红色。往东边河口瞭一眼，能得见黑色的泥滩和蓝色的海面。过大桥，往西拐，到一个村头，郭默将车子停在一块花岗岩石碑前面。吴小蒿下了车，只见碑上正中刻有"丹墟遗址"四个大字，上面刻着"全国重点文物保护单位"，下面刻着"中华人民共和国国务院二〇〇二年五月二十五日公布 山东省人民政府立"。看看近处，是一片庄稼，高的是玉米，矮的是花生。两百米之外，便是几座农舍，有几个老太太坐在树下说话。

吴小蒿早就知道这处龙山时期的古文化遗迹，但没来看过。她在市博物馆里见到过在这里出土的大量陶器、玉器，几件薄如蛋壳的黑陶杯工艺高超，代表了中国史前制陶业的最高水平。她在山大读书时，方治铭教授在课堂上讲他当年到丹墟遗址考古时的经历。讲到在这里发现一件玉钵时，方老师用两手比画着，神采飞扬，那动作那表情，让吴小蒿记忆犹新。惭愧的是，她来隅城八年，竟然一次也没到过这里。

吴小蒿问丹墟遗址的文化层在哪里。郭默向周边指点着说，丹墟村下面、周围，都有文化遗存，总面积四万多平方米。人民公社期间，公社领导见这里多是黑土，想让全公社各村来人挖走当肥料，多亏县领导得知，下令制止。村里建房挖地基，经常挖出陶片，有的还挖出过玉器，有一件完整的蛋壳陶高脚杯，交到市博物馆，成为那里的镇馆之宝。

前面不远，有一道刚刚开挖的水沟，从断面看，耕作层之下真有厚厚的文化层，黑乎乎的泥土里，陶片星星点点。还有一些红色土块，一看就是烧过的。吴小蒿明白，这是四千年前的一个窑址。这儿之所以叫丹墟村，遗迹之所以叫丹墟遗址，就是因为这些废弃的古窑。

郭默从地上捡起一个指甲盖大的灰黑物件，递给吴小蒿，说这就是当年的陶片。吴小蒿看看，那物件棱角圆滑，质地疏松，肯定是经历了几千年的沧桑。她想，这是礼器上的一片，还是日用陶器上的一片？它装过水？装过酒？抑或装过粮食？

吴小蒿在大学读中国古代史，对史前时代特感兴趣。她经常独自遐想：人猿揖别之后，人类到底是怎样一步步走入文明的？然而，书上告诉人们的，除了神话就是传说。幸亏那些考古学者，从荒野中，从地表下，将史前人类的遗留物寻出，让它们说话。在中国，他们发掘了一系列文化堆积遗址，于是就有了河套文化、仰韶文化、大汶口文化、龙山文化……在这些文化类型中，吴小蒿最尊崇龙山文化。龙山文化的代表性遗址在济南东边几十公里，吴小蒿大学期间曾去那儿实习过。据学者推断，龙山文化时代相当于传说中的五帝时期。当时中华大地上万邦林立，黄帝、颛顼、帝喾、尧、舜，凭借他们的德行与才能，威仪天下，四海咸服。就在这个时期，华夏民族开始生成，东方文明拉开了大幕。

看罢丹墟遗址，再去看"霸王鞭"。二人骑车东去，到钱湾渔港向南一瞥就看到了。那里，岸边礁石向海中延伸，节节相连，渐渐变细，像一条长鞭。吴小蒿编《隅城文史》时看过资料，得知这霸王鞭退潮时露出来，亮鞭于海天之间；涨潮时隐入水中，只显一道幽幽的鞭影。当地人传说，这是楚霸王当年遗落在这里的一根鞭子。

吴小蒿走近霸王鞭，被它的气势深深震撼：波涛汹涌，它安然若素；鸥鸟起落，它无动于衷。郭默向她讲，霸王鞭是一块凶险之地，当地人没有敢上的。外地人不知好歹，看到这里景象别致，兴致勃勃上去拍照或者捡牡蛎，一不小心就会落水，落水后很难爬上来，每年这里都有人死掉。看着礁石上刻的"霸王鞭"三字，吴小蒿怵然生悸。

她看见，那道礁石到了岸边，还是呈凸起状，延伸出两百多米，竟然到了很大的一座庭院门口，门上方挂了一块匾，上面写着"神佑集团"四个大字。她见过一些集团公司总部，但没有一个是在这种大院里。她问郭默神佑集团老板是谁，郭默用冷眼向那边一瞅，压低声音说："'虎鲨'！"吴小蒿不明白，郭默告诉她，虎鲨是鲨鱼中最凶猛的一种，神佑集团老总慕平川，像虎鲨一样凶狠，当地人就给他起了这么个外号。

吴小蒿端详一下，发现这座豪宅建在霸王鞭的把柄处，更能显示主人的强悍与威风。她问："你进去看过？"郭默扭头看着海上："进去一回，就不想再去了。""为什么？""咳……吴镇长，咱们走吧。"吴小蒿便知道，在这座豪华大院里，储存着郭默一段难以言说的经历。

6

离开霸王鞭，郭默带吴小蒿向西面的山区奔去，说她已经和石屋村郑书记说好了，去看那里的"香山遗美"，在村里吃饭。

刚走到半路，吴小蒿的手机响了。她让郭默把车停下，掏出手机接听，原来是党政办主任刘大楼告诉她，书记午后两点半要找她谈话。她想，书记找我谈什么呢？十有八九是开车门那件事。她心里像塞了一把乱草，糟乱不堪。

郭默说："吴镇长，书记找你谈话，你顺便给我美言几句。我干文化站站长五年了，一直兢兢业业，咱们镇的文化工作在全区名列前茅，可是书记老是批评我，也不知为啥。"

吴小蒿根据这话判断：郝娟上午讲郭默的事，纯属虚构。如果郭默和书记有一腿，她不会这样求我。吴小蒿就说："好的。不过，我初来乍到，跟书记不熟，咱们一起努力，把文化这一摊子搞好吧。"

走了一会儿平路，再驶上一条山道，吴小蒿感觉到海拔高度不断增加。车子停在山腰，郭默说，这就是香山，海拔一百八十六米，摩崖石刻就在上面。吴小蒿一转脸，看见了远处的大海和海中的鳀岛，就问郭默，这里离海有多远。郭默说，十二公里，这片山区，被称作"楷坡镇的青藏高原"。

有敲锣打鼓的声音从村中传出。郭默皱眉道："这是怎么鼓捣的？难听死了！"吴小蒿听见，那些响器配合得不好，没有劲头，节奏也乱。她问："敲锣打鼓干什么？"郭默说："不知道。"

郭默领着吴小蒿往高处走了几十米，就到了一处悬崖。悬崖高二十多米，下面有一个凹进去的大洞。洞口上方，刻着"香山遗美"四个颜体正楷大字，落款为"康熙十年隅城县令郑理题"，阴文沟槽里的红漆脱落殆尽，斑斑驳驳。

吴小蒿早就看过《隅城县志》，上面记载："三户农人居于香山石屋，某日，有一骡至此，负囊皆白银，农人坚守之。忽有仓皇来寻者，言标识悉符，尽数归还。谢以金，坚辞弗受。县令郑理得知，题'香山遗美'以褒彰。"

进去看看，见石屋外高内矮，石壁被烟熏得乌黑。中间有一堵石墙，墙上有门洞窗洞，里面隔出几间，有石桌、石床。吴小蒿想，石屋村的先人住在这样简陋的地方，仍保持着传统美德，真了不起。她又想，当年那头骡子，为何会驮着银子到这里来呢？她走到东面的高处张望一下，发现山下有一条南北大路，那是从隅城去苏北的主要通道。很可能是骡子的主人中途休息，没把牲口拴牢，它就挣脱束缚跑到山上来了。

郭默说："咱们到村委吃饭去。"二人沿着坡度很大的山路去了村里。此时，锣鼓声再度响起，却节奏分明，带了许多花样，十分好听。

二人来到村部大院，只见里面一群老汉在敲打响器，旁边站了几个年轻人。一位黑瘦老汉，穿一领蓑衣，抡两支鼓槌，是个核心角色。他打鼓时两眼放光，极其兴奋，蓑衣毛随之抖动，让自己成了一只老刺猬。

郭默带吴小蒿走进办公室，见几个中年男人正在里面抽烟。一个四十来岁的站起来，对郭默笑着说："哎哟，大歌星来了，快坐！"郭默说："歌星算什么？我把吴镇长带来了！人家是凭本事考上的副科级干部，周一才来咱镇报到。"她向吴小蒿介绍，那人是这个村的书记，叫郑立前。

吴小蒿问外面敲锣打鼓干啥，郑立前向院子里瞅一眼："这帮老汉，谝他们有能耐。"他告诉吴小蒿，今天下午村里有人结婚，要去接新娘，可是年轻人都不在家，敲锣鼓找不齐人。好不容易找来几个半大小子，把村里公有的响器拿出来操练，敲出的声音乱七八糟。会弄响器的几个老汉过来说敲给他们听听，就在这里敲起来了。打鼓的老汉是这帮人的头头儿，外号"老花鼓"，因为他能把鼓点敲出花儿来。

吴小蒿早就听说，过去隅城人在傍晚娶亲，但现在城里人已经改在了上午，没想到山里的风俗依旧。她看着那位老花鼓说："他们敲得这么好，应该有名堂吧？"旁边一个头发花白的老汉说："他们敲的叫《斤求两》。"郭默眼睛一亮："这就是《斤求两》呀？我知道这个打击乐牌子，但是从没听过。"说罢，她就拿出手机到门口录像。

大门口有小孩聒噪，郭默停止录像，嘟哝道："谁捣乱呢？"吴小蒿一看，原来有个中年女人牵着一头羊出现在院门口。那羊不愿进来，四蹄抵地，直往后退。女人身后，有几个小孩齐声叫喊："值班羊，值班羊，当官的一来就开膛！"

那帮老汉此时不再演奏《斤求两》，而是脸色阴沉，将锣鼓敲出单调的节奏，像在给小孩子的叫喊助威。

"值班羊？"吴小蒿大惑不解。

书记嘿嘿不语。郭默笑着向她解释："石屋村的羊满山跑，整天吃中草药，喝山泉水，长了一身好肉，上级领导特别喜欢到这里吃羊。郑书记就在家里养上一只，等到来了领导就把它杀掉，再去买一只，为领导准备着。家里始终有一只羊，就跟值班一样，所以叫值班羊。"说到这里，她做个鬼脸，"谢谢吴镇长，俺跟着你沾光，今天吃上值班羊啦。"说罢又朝那女人喊，"嫂子，谢谢你哈！"

吴小蒿大窘。她平时是喜欢吃羊肉的，但是值班羊的故事让她生出罪恶感。看看那羊，已经被郑书记的老婆拽到厨房门口，拴到了一棵枣树上，依旧咩咩惨叫。

吴小蒿对郭默说："咱们不在这里吃了。"说罢走到院里。郭默瞅一眼郑书记，郑书记追出去说："吴镇长，你第一次到石屋村，不能空着肚子走吧？"吴小蒿说："我们回去吃。我还会来的，你们这里刻在山崖上的'香山遗美'，老人们敲出的'香山遗音'，都可以做做文章。不过，你再也不要让嫂子牵出值班羊！"

郭默载着吴小蒿走出村子，扭过头大声说："吴镇长，你不吃白不吃。咱们现在饿着肚子走掉，他们的账上照样记着招待咱俩！"

吴小蒿说："不管他们怎么记，咱们问心无愧就行！"

7

两点半，吴小蒿准时来到书记办公室门口。门虚掩着，她敲敲门进去，顺手把门关闭，书记却一脸严肃地说："不要关门。"吴小蒿明白，书记这是为了避嫌：与女同志谈话，要让别人知道是小葱拌豆腐——清二白。

书记的头发作二八开，梳理得一丝不苟。他向桌子对面的一把椅子指了指，吴小蒿便到那里坐下了。她主动开口道："书记，我向你检讨，上午不该给区长开车门。"周斌将两条眉毛高高撑起，看着吴小蒿说道："吴镇长，这不仅仅是一个开车门的问题，这涉及政治规矩问题。你不把本镇主要领导放在眼里，想在区长面前表现自己……"吴小蒿忍不住开口反驳："书记，我哪敢蔑视政治规矩？更不敢不把主要领导放在眼里。我是不懂，真的不懂。正好车子停在我的跟前，我就顺手要去打开……""不管懂还是不懂，你都要好好反思，下不为例。"吴小蒿点了点头。

周书记摘下眼镜，从桌上纸盒里抽出一张纸，一边低头擦着一边说："吴镇长，鲳岛的'渔家三绝'很好吃吧？"

吴小蒿立即警觉起来。她明白，她和镇长一起去鲳岛的事，书记已经听说了。她正后悔不该跟着镇长去那里，回程遭遇他的弹击。但她知道，镇长的暧昧举动，是不能告诉书记的，那样会把事情弄得更糟，就辩解道："镇长要带我去检查渔业安全，我就跟着去了，没想到，岛上会那样隆重招待我们。"

周斌意味深长地看她一眼："你没想到的还多着呢。检查渔业安全？你自已安全不安全？你是一位女同志，区里刚刚录用的副科级干部，我得为你负责。我郑重地提醒你，你要懂得自重，跟某些居心叵测的人，一定要保持距离。"

吴小蒿赧颜低头道："谢谢书记，我明白了，今后一定注意。"

从书记屋里出来，她到自己的办公室里坐着想，现在看来，开车门倒是件小事，跟着镇长去鲳岛是件大事。她早就听说，乡镇两个一把手很少有不闹矛盾的，楷坡镇估计也是这样。我一来就让书记以为我被镇长拉拢过去了，这还了得？

8

晚上，吴小蒿没有心思去食堂打饭，回到宿舍躺到床上，还在想书记对她的批评、来楷坡之后的种种经历。她想，乡镇真是太复杂了，复杂得超出我的想象。人事如麻，规矩多多，我初来乍到，懵懵懂懂，一不小心就会出错。唉，吴小蒿呀吴小蒿，你到底还是一棵没经历过多少风雨的小小蒿草呀。

看看窗外，天已经黑了，恍惚中出现一个吊着的人影儿。哦，那是当年吊死在这里的那个年轻秘书呀。她全身发抖，汗毛直竖，急忙摁亮电灯。

满屋光明，那个影子不见了。唉，影子是我想象出来的，不用怕。

女儿突然打来电话，小声道："老妈，由眼珠喝醉啦！"吴小蒿看看手表，时间是八点半。她在电话里听到，由浩亮正带着醉意唱《我的1997》，捏细了嗓门学当年的艾敬。她心里翻江倒海，立即说："宝贝儿，我可不想听由眼珠唱歌。我问你，他出去喝酒，你是怎么吃的？"点点说："他带饭回来给我呀。一个大螃蟹，一包鲅鱼水饺，可好吃啦！"由眼珠的歌声突然变大，估计是凑近手机唱的："让我去那花花世界吧，给我盖上大红章……"由眼珠当年经常唱着两这两句歌词，央求吴小蒿与他一起去领结婚证。由眼珠唱这两句时，将脸凑近她的脸，两道眼缝儿眯得细而又细。现在这些镜头在吴小蒿眼前重现，让她实在无法忍受，她只好把电话挂了。

"由眼珠"，谐音"有眼珠"。

由浩亮身材中等，相貌中等，最突出的特点是白白的胖脸上有两道眼缝儿。因为眼睛呈缝状，似乎睁不开，读高中的时候曾引起同学们的激烈争论，有人说他有眼珠，有人说他没眼珠。那时由浩亮已经开始追求吴小蒿，有女同学问她，由浩亮向她表达爱意的时候，是不是两眼放光，能看到眼珠。吴小蒿经过仔细回忆，摇了摇头，因为在那个时候，由浩亮还是笑眯眯的，眼缝儿更细。于是，由浩亮就被同学起了个带反讽意味的绰号"由眼珠"。

吴小蒿一直没见过由浩亮的眼珠。二人有了亲密关系之后，她是有机会扒开他的眼缝儿察看一番的，但她担心扒开之后，会看到更加可怕的内容。平时，她经常叫他"由眼珠"，他笑眯眯地答应，说："我就是有眼珠嘛，不然能看中你？"

女儿四岁时产生"科研"冲动，曾扒开爸爸的眼皮探寻过，结论是"有眼珠"。于是，她就频繁地喊起了"由眼珠"。

吴小蒿当年第一次见到由浩亮的父亲，发现爷儿俩像一个模子里出来的。后来点点曾经问过奶奶，爷爷有没有眼珠，奶奶笑道："不知道，反正我跟了你爷爷四十多年，从来没见过他的眼珠子。"点点就扒爷爷的眼皮，爷爷却不让，大声嚷嚷："谁说我没眼珠子？我没眼珠子，年轻的时候能追捕犯罪分子，一枪打他个狗抢屎？"

吴小蒿的公公叫由大联，刑警出身，枪法很准，曾经在制止一起凶杀案时，一枪把持刀行凶者撂倒。他官至公安局局长、副县长，退休后还像在位的时候，脸上带着怒气与杀气。他上街溜达，经常将眉头拧紧，将眼缝儿对准一些不良现象。看到小伙子流里流气，他便恨恨地说："我要是还有权，看我怎么扎古（修理、整治）你！"看到女孩穿得太透太露，他愤愤地往地上吐唾沫。几年前婆婆悄悄告诉吴小蒿，说老头子看到大街上兴起了一种裤子，裤兜不在两边，在前边，回家气得骂："那些小丫头，都把两手插在大腿根，这不是诱导犯罪吗？"

由浩亮是由大联的独子，继承了父亲的相貌，却没继承父亲的爱好，不爱武装爱红装。他上高中时疯狂追求吴小蒿，致使成绩严重滑坡，没有考上大学。由大联气坏了，把儿子狠狠揍了一顿。儿子闲居在家，正当着副县长的父亲实在看不下去，就和公安局局长说了一声，让他去交警队当辅警。这个由浩亮，上班时狐假虎威，胡乱执法。有一回，一辆轿车在大街上正常行驶，却被他叫停。他要看驾驶员的证件，驾驶员向他一笑，指了指后座："王县长在车上。"由浩亮将嘴一撇："谁家没个县长？"

"谁家没个县长"，这段子很快在全县流传。一些知道由浩亮绰号的人便议论：看来，由眼珠还是没眼珠。这事后来传到由大联耳朵里，他骂儿子胡闹，给自己丢人。想不到，儿子第二天却不见了，一连三天没有回家。由副县长让公安局查一查，那边很快报告：由浩亮已经去了济南。

从那时开始，吴小蒿刚刚过了大半年的大学生活，完全成为另一种模样。

本来，入学后远离家乡，远离由眼珠，她觉得天宽地阔，得到了解脱。山东大学历史专业在全国很有名，20 世纪 50 年代有八位著名学者在那里任教，被人称作"八马同槽"。吴小蒿的老师，有好几个是"八马"的徒子徒孙，按辈分算起来，吴小蒿这个年龄段的学生应是曾徒孙。老师笑称他们是"小马驹"，吴小蒿也觉得自己是一匹从鲁南平原蹿出来的马驹子，到广阔的知识园地里吃草，撒欢，无拘无束。有好多个清晨与下午，她坐在文史楼东面的小树林里读书，享受着悠悠的早秋小风，听着树叶的簌簌轻语，幸福得直想哭。树林旁边的文史楼，在她眼里像圣殿一样，因为 20 世纪上半叶，那里面不只有历史系的"八马同槽"，还有文学系的"四大金刚"，都是在全国响当当的人物。他们的徒子徒孙，也有好多学界俊彦。她想，我一定刻苦努力，以他们为楷模，做一个优秀学子。父亲一直拿我当蒿草，我一定要长成树给他看看！

小树林，不只靠近文史楼，还靠近图书馆。许多同学都到这里读书，常有一对对情侣并肩坐着窃窃私语。吴小蒿羡慕他们能在大学里谈一场纯真的恋爱，哪像自己，为了学费把身体卖掉。她想，用了由眼珠八千块钱交学费，我跟他已经那样了，他应该知足了吧？应该放弃我了吧？她甚至幻想，自己到山大后能够彻底与由家一刀两断，开启全新的人生。山大有奖学金，只要成绩优秀就能享受，以后吃饭不成问题。山大是全国重点大学，录取分数线相当高，凡是考进来的都是智商过人者。吴小蒿见到那些既聪明又帅气的学兄学弟，不止一次地心旌摇动。

入学第二年的一个春日，她去杨树林里坐着读书，突然听见近处有咚咚的响声，扭头一看，原来是一位浓眉大眼的男生在用拳头捶打树干，像是很激动。男生也注意到了她，将书一举，亮出封面："哎，这书你看过吗？"见她看不清楚，他便走过来坐到她身边说，"《跃升》，当代中国三次思想解放实录，真叫人热血沸腾，建议你也看看！"吴小蒿点头答应。那男生自我介绍一番，他是1996级的，叫刘经济，青岛人。吴小蒿问这位学兄为何叫刘经济，是不是抱负宏大，要经邦济世。刘经济哈哈大笑："错啦！1978年三中全会召开，不是要把工作重心转移到经济建设上来吗？我爸当老师，赶时髦，就给我起了这么个名字。不过，我现在真是萌生了野心，打算好好读书，以史为鉴，多多思考一些问题，若干年后登上高位，经邦济世！"吴小蒿深受他的情绪感染，由衷地说："祝你成功！"刘经济道一声谢，问她叫什么，吴小蒿如实以告。刘经济看着她说："我猜想，你是从农村来的，不然不会叫小蒿。"吴小蒿说："让你猜对了。不过，我不想一辈子做小蒿，想长成一棵树。你要经邦济世，那是国家栋梁。我长成大树，只是想有点儿作为，不虚度今生。"刘经济拍打着身边的杨树干说："好！让这棵树做见证，二十年后，咱们实现梦想！"吴小蒿点点头，将手贴到树上，仰望着高高的树冠，热泪涌流。

她也去图书馆借来一本《跃升》，果然开眼界，长知识。作者用三十二万字的篇幅，梳理了改革开放二十年来的思想解放史，展示了惊心动魄的一次次交锋。她读时心潮激荡，抚摸着书本想，这就是历史，我们这代人经过的历史！再过二十年，中国会怎样？我作为一个成年人，能不能参与历史的创造？

那是1998年的春天，是吴小蒿二十岁的春天，她平生感觉最美的春天。她和刘经济经常在那个树林里对坐，交谈，谈听的课，谈读的书，谈历史，谈当今，有时候一直谈到晚上。新鲜的见解，伴着星光的闪耀而闪耀；萌发的感情，随着草木的生长而生长。有几次快到宿舍关灯的时间了，刘经济将她送到女生楼下。她回头看看，刘经济的眼睛映着灯光熠熠闪亮，她有一种扑向他的冲动。但是，她不敢，她知道自己不配。

又一个下午，他们再次去杨树林相聚，正谈得投机，身后突然有人蹿来，一拳打到刘经济的胸脯上："我的老婆，你也敢搞？"原来是由浩亮来了。刘经济站起身来，带着满脸疑惑问吴小蒿："他是你男朋友？"吴小蒿不敢看他，只是面红耳赤地扯住由浩亮，不让他再伤害刘经济。由浩亮又抡拳去打吴小蒿："老子供你念书，你倒在这里勾搭男人！"这时他们身边围了一些人，吴小蒿羞愧不堪，急忙拉上他往校门外走去。

那天晚上，她没能回校。由眼珠说，他已经找到工作，要长期住在济南了。他的工作还是辅警，是他父亲的一个老部下安排的。吴小蒿说："学校有纪律，我不能在校外住。"由眼珠说："不行，老子这里也有纪律，你必须每天晚上到我这里报到，不然我残你！"

残你，在鲁南方言中是揍你、让你残废的意思。

吴小蒿知道由眼珠的性格，敢说敢做，只好每天晚上溜出校园，去甸柳庄的一座民宅与他同居。从那时开始，吴小蒿只能忍受着室友们在她背后的议论，忍受着再也不能与刘经济倾心畅谈的痛苦。刘经济曾在下课后与她相遇，将她叫到一边问，为何不早告诉他已经有了男朋友。吴小蒿说一声"对不起"，跑到校园的一个角落面壁哭泣，连下面方治铭老师的一堂课都没能去听。方老师后来问吴小蒿为什么缺他的课，她觉得方老师人品好，值得信赖，就写了一封长信递给他，将自己的身世与遭遇原原本本全都讲了。最后她写道："人穷志短，马瘦毛长，小蒿就是一例。老师，你鄙视我吧！"第二天，方老师下课后叫住她，在空无他人的教室里与她进行了一次长谈。他说："小蒿同学，感谢你对我的信任。我怎么会鄙视你？我也是从农村出来的，知道贫穷下的无奈，理解困境中的苟且。宁为玉碎不为瓦全，固然让人敬重，忍辱含垢以图未来，何尝不是人生智慧？勾践、韩信、司马迁，如果不懂一个'忍'字，也成不了千秋佳话，上不了历史课本。这些年来，我见过的寒门子弟有许许多多，他们最终都能克服困难完成学业，踏上社会之后各有成就。如果他们回首人生来路，追问自己为何能够走下来，好多人肯定会想到'忍辱'二字。但是……"方老师停顿一下，两眼直盯着吴小蒿说，"忍辱，只是面对困境的选项之一；反抗，则是另外的一项，那也是成就自己的一条道。小蒿同学，我郑重地告诉你，你如果选择反抗，想坚决摆脱你男朋友，道义上我支持，经济上我也可以资助。"

吴小蒿泪水滂沱，哽咽半天才说出这么两句："有老师这话，我就知足了……我的事情我自己处理，不能麻烦老师……"

此后，吴小蒿一直没能"处理"好这事，没能摆脱由眼珠。因为由眼珠给她的选项是这么两个：继续同居，相安无事；如果分手，血洒山大。吴小蒿不寒而栗，只好选择了忍。忍到毕业，考到隅城，与由眼珠登记结婚。2003年元旦，由家在平畴县政府招待所为他俩隆重举行婚礼，主持人让新郎讲讲恋爱成功的秘籍，由浩亮眯弯了眼缝儿，自豪地回答："一想到能找大学毕业的漂亮女生做老婆，我就有无穷无尽的力量，有无穷无尽的手段！"

那一刻，吴小蒿的心间迸出这样两个词组：无穷无尽的耻辱，无穷无尽的痛苦。

9

突然有汽笛声传来，深沉而悠长。吴小蒿想，这响声肯定来自钱湾渔港，它代表了什么意思？可能是有的渔民在禁渔期憋屈了许久，按捺不住出海的冲动，在深夜里闹出动静，表达情绪吧？

汽笛声让吴小蒿也有了一股强烈的冲动。她想，现在我也是楷坡的一个渔民，我也整装待发。虽然大海凶险，虽然我缺乏经验，但我不怕。我要让自己迅速适应，要让自己快快成长。

她想读一会儿书再睡，就从抽屉里拿出了一本。那书厚如砖头，书名是《历史上的今天》，是她平时最爱读的，也是最常用的。

今天是8月29日，她翻到书上的"8月29日"，看到第一条是"一八四二年中英《江宁（南京）条约》签订"，就读了起来。这一段历史她虽然很熟悉，但每次读，都能感受到鸦片战争的硝烟刚刚散尽，英国战舰"康华丽"号上那种让中国人无比屈辱的肃杀气氛。

吴小蒿在读大学时迷上了"历史上的今天"。第一个学期期末，刚刚学完中国古代史（上）和世界上古史这两门课程，她准备写期末论文。这天在图书馆找参考资料，忽然发现有一本书叫《历史上的今天》。她以前在报纸上看到过这样的栏目，但没怎么在意，当这么一本书到手，她忽然发现了历史的另一种面貌。教科书上的历史是线性的，但这本书的历史是非线性的。教科书上的历史是现实主义写法，这本书却带有魔幻色彩。上下几千年，恍然成为一片森林，森林由三百六十五棵大树组成。不，严格地说，应该是三百六十五棵再加四分之一棵，因为2月29日每四年才出现一次。一棵棵大树，参天而立，上不见始，下不见终。每一棵代表一天，上面挂满果实。果实有甜有酸，有苦有辣；或赏心悦目，或滴血疹人。单独观看一棵树，忽而回到古代，忽而跳到现代，忽而去了外国，忽而回到中国，给人的冲击力格外强烈，给人一种沉重的沧桑感。她读完这本书，心血来潮，将自己的阅读感受写成一篇文章，题目叫《历史的另一种面貌——读〈历史上的今天〉有感》。写完，她给两位老师看。教世界上古史的康无为教授将她批评了一通，说她走了歪门邪道，甚至是走火入魔。历史是一门科学，而科学不能搞得花里胡哨。更严重的是，吴小蒿同学犯了逻辑错误——历史是没有今天的，历史永远是昨天和前天。吴小蒿不服，心想，老师你偷换了概念，这本书上的"今天"，只是一个日期的标记，并不是你理解的正在进行中的"今天"。幸喜，教中国古代史的方治铭教授赞赏她的文章，说他一直提倡发散性思维，不要被教科书所束缚，不要被老师的讲授所束缚。方老师还将她的这篇文章推荐给一家青年报，很快发表出来，让同学们对吴小蒿刮目相看。

文章发表之后，吴小蒿将那本《历史上的今天》归还图书馆，自己去书店买来一本，经常重读。读到某一天某一个历史事件，她往往再去看相关资料，将这段历史的来龙去脉搞个清楚，进而搞清楚它对历史进程的影响，在历史上做何评价。这样也能促进学习，因而她的专业课成绩门门都是优秀。

有一天，吴小蒿再次心血来潮，决定将个人的大事也记到这本书上。哪一天自己经历了什么重要的事情，她就找到书上的那一天，在空白处记录下来。这个记法，比写日记更有意思。譬如说，大三那年四月底，班里全体同学坐火车去曲阜参观，加深了对儒家文化的理解。回济南后，她在《历史上的今天》的4月20日里记下"在老师带领下去曲阜瞻仰三孔"。再看书上，中国和外国在这一天发生的大事有"429年祖冲之诞生""1934年，中共中央提出《抗日救国六大纲领》""1981年浙江桐乡发现原始社会氏族社会村落遗址""1930年印度白沙瓦城爆发反英起义""1972年美国'阿波罗16号'宇宙飞船在月球着陆""1996年八国核安全首脑会议召开"，等等。

一位室友发现了她的记录，说她想名垂青史。吴小蒿说："我哪有那份野心？我是想，人类史是由个人史组成的，尽管我命若草芥，就像我的名字一样，是一棵小小的蒿草，但如果把自己的经历记下来，也能折射时代，反映历史。"于是，她继续保持这个习惯。

吴小蒿对《历史上的今天》痴迷，对教科书上的历史也很痴迷。她想，我来到这个世界上，即使寿终正寝也只有短短的几十年，但我能读历史专业，让目光扫描上下五千年，去审视人类所历经的变化、所创造的文明、所犯下的错误，进而思考其中的得与失，探讨一些规律性的东西，给后人以借鉴，这是多大的造化！所以，方教授鼓励她报考考古专业研究生，而且主动提出收她为徒，这让她十分感动。她在最后一个学期焚膏继晷，刻苦攻读，打算顺顺利利考上研究生，成为方老师的门生。然而，由浩亮坚决反对她考研，说父母需要他们回去养老，父亲已经给吴小蒿联系好了，让她去平畴一中教书。吴小蒿知道，到了那里，她就陷入由家编织的牢笼，只能老老实实当由家的媳妇，受他们的摆布。她一想到当过副县长的准公公脸上一天到晚挂着怒容，好像随时随地要教训别人，心里就有一万分不甘。

有一天晚上，由浩亮在他们租住的平房小院里指着墙角说："你不是打算去考古吗？如果不听我的，我就让别人到这里考古。"吴小蒿问："你什么意思？"由浩亮恶狠狠地说："把你深埋地下，让后人挖出来，看看是哪个朝代的死人骨头！"

吴小蒿当即晕倒。醒来时她已经光溜溜地躺在床上，由浩亮正趴在她身上复习旧课。她不配合，流泪推拒，由浩亮一边动粗一边道："没我们家供养，你吴小蒿能上大学？你上完大学不回去报答，还想读研？你忘恩负义！你痴心妄想！"

吴小蒿痛哭一夜，决定妥协。她向由浩亮讲，放弃考研，考隔城市的公务员，那儿离平畴县城近，看望老人也方便。由浩亮与家人商量一番，也做了妥协，同意吴小蒿去隔城。吴小蒿明白，在虚荣心特强的准公公眼里，隔城虽然是区，但是在安澜城区，儿媳妇等于在市里工作，能给他家争光。

于是，在那本《历史上的今天》的"2月26日"下面，她记下了这么一条：

2002年　到隔城区政协报到

读罢"8月29日"的所有条目，吴小蒿觉得有必要在今天也记下自己的一条，于是拿起笔，在书页空白处记下：

2012年　因随镇长去鳂岛、想为区长开车门，被书记严厉批评

10

白天，镇政府大院人来人往，一到傍晚就变得冷清。书记虽然有宿舍，但下班后多是回城，据说老婆有抑郁症，儿子正读高中，需要照顾。镇长虽然住在楷坡，但他的私宅离镇政府挺远。家在城里的还有十来个人，有的坐大巴，有的拼车，每天当"走读干部"。吴小蒿不愿来回跑，觉得每天奔波六十公里，实在太累。安检办有一辆小面包车，李言密每天开着它回城，曾邀吴小蒿同行，被她拒绝。她想，那是一辆公车，我虽然分管安全，但这也不能成为坐车的理由。

其实，她不回城，常住楷坡，是想享受一份解脱感。从读高中开始，由浩亮就像一团树胶，整天粘住她不放，直到把她追到手。婚后，二人又因为观念上的分歧，冲突不断。由浩亮没有正式工作，就注册了一个公司，在市里租房挂出牌子，整天投机钻营，想利用父亲的人脉关系挣钱。市里、区里，有几个干部是由大联的老部下，由浩亮就厚着脸皮找他们，让他们牵线搭桥揽工程，揽到之后转包给别人。请客时，由浩亮往往让吴小蒿作陪，为那些官员、商人敬酒夹菜。有人见吴小蒿漂亮，把持不住自己，借酒盖脸，疯言疯语。有一个局长比吴小蒿大二十多岁，竟然对她叫起了"妹妹"。有人觉得，为由浩亮拉项目，他的媳妇应该兴高采烈才对，然而吴小蒿高兴不起来，坐成一个冷美人，让酒宴上的气氛急剧降温。回家后，由浩亮骂吴小蒿，说她不会夫唱妇随，端着个臭架子，不愿为家庭为孩子谋福利。吴小蒿说："我上班挣工资，难道不是为家庭为孩子谋福利？我是堂堂正正的公务员，不能给你当陪酒女！"由浩亮很生气，就出手残她，拳脚交加。被逼无奈，吴小蒿再去给他陪客，但说话稍多一点儿，笑容稍甜一点儿，回家后由浩亮又说她"在男人面前发贱"，照样残她。

吴小蒿也不是一味地逆来顺受。在家暴发生时，她曾经报过警。然而等警察来到时，由眼珠马上换上一副笑脸，向警察检讨，向老婆道歉，说自己是一时冲动，没控制住情绪，以后坚决改正。警察见他这个样子，批评他几句，让他俩搞好夫妻关系，保持家庭和谐，就回派出所了。可是过一段时间，由眼珠

故态复萌，又会残她。吴小蒿也曾想到离婚，与闺密月月谈过这事，月月坚决支持她，说身为知识女性，岂能这样受人欺侮？吴小蒿鼓足勇气，向由眼珠摊牌，由眼珠却打出了孩子这张牌，声称如果离婚，点点必须归他，并且再也不会让吴小蒿见到点点。一想到这个结局，吴小蒿就肝肠寸断，痛苦至极。因为她太爱女儿了，离开了女儿，她可能会丧失活下去的勇气。让她纠结的还有，由眼珠也疼爱孩子，而且擅长做饭，点点跟她爸很亲。面对这种情势，吴小蒿只好选择了忍。忍了几年，她还是受不了，就选择了逃——下乡任职。

来楷坡之后好了，她工作一天，晚上悠闲清静，可以看书，上网，浏览朋友圈消息，与熟人聊天。当然，她每天还要和女儿通话，了解女儿的情况，表达她的关爱。

这天吃过晚饭，吴小蒿见外面天色尚早，决定去挂心橛上看看。

出了镇政府大院向右拐，沿东西大街走上一百来米再往右拐，挂心橛就出现在两栋庄户楼的夹缝里。吴小蒿走到楼下，发现那头小黄牛依旧从六楼窗户里伸出头来。她就学郭默那样喊它"牛哥"，"牛哥"低头看看她，突然昂首向天，"哞"地叫了一声。

她听出，"牛哥"的一声吼叫中，包含了复杂的含义，受困的苦闷、对青山的渴望，似乎都在里面。再看它时，她心里便有些酸楚。

吴小蒿离开庄户楼，走到楷坡村后，见这里除了庄稼就是几棵速生杨，荒凉而乏味。她想象一下，当年那棵老楷树立在这里会有多么壮观。六十年前树被杀掉，太可惜了。

再往前走，就到了挂心橛下。踩着沙石路上去，待身边的松树退尽，眼前豁然变蓝。

三公里之外是望不到尽头的大海，卧牛状的鳃岛则漂浮在海平线之上。她坐到一块平坦的裸岩上看着鳃岛想，厉大棹和东风荡子，不知吃过晚饭没有？堂侄锄头，此时在不在岛上？如果不在，他正在茫茫大海的哪一个区域捕捞？

恍然间，鳃岛上忽有一个强壮的身影跃下，箭一般直插海中，入水后矫健潜游。那是贺成收。他年轻时肯定这么做过，因为他是鳃人后代，近乎两栖生物。

但她马上又为自己的想象感到羞愧。怎么想到他了？我想他干吗？她抬手抓抓头发，又专注地望海。将目光移到近处，便看到了霸王鞭。此刻，夕阳余晖照在那道礁石上，让它成为一条金色的长鞭。

有几艘渔船自远处驶近。她想，船上的人，大概会瞭望挂心橛，想到归宿，想到亲人。人生在世，其实都要有一个"挂心橛"。我的"挂心橛"在隅城，那是点点。

她坐在山顶，一边想心事，一边看海。眼看着海上浮云由白变红，大海由蓝变黑，鲲岛上灯塔闪亮，渔港上灯火通明。

再转脸看看东北方向，天空亮了一大片，那是隅城的夜色。想一想她的"挂心橛"，想象一下女儿的可爱模样，她柔情似水，痴痴地向那里观望着。

身后有脚步声、说话声。她回头看看，有一对青年男女也来到这里。吴小蒿想，是来谈恋爱的吧，我应该给他们腾地方。她正要起身，那二人却吵了起来。男的说："你要是考走，我怎么办？"女的说："你也考呀。"男的说："我家在楷坡，毕业后好不容易回来了，父母也老了，能再走吗？"女的说："那我不管，我在这里真是受够了！"

男的看见了吴小蒿，便走近了说："这不是吴镇长吗？你劝劝我女朋友吧，别叫她参加国考。"吴小蒿让他俩坐下，与他们交谈一番，才知道这是一对情侣，男的叫孙伟，是大学生村官，在松涧村任职，女的叫王晶晶，在镇财政所当会计。他们同从山东财经大学毕业，去年一起考到了楷坡，但现在王晶晶要参加国家公务员考试，打算离开这里。

吴小蒿问王晶晶，为什么说受够了。王晶晶叹口气道："唉，我自从到财政所上班，经手的账目毁了我的三观。在大学里，老师要我们走上会计岗位之后严守底线，这个底线就是不做假账。但到了这里，领导整天让我作假，我实在受不了。"吴小蒿问："作什么假？"王晶晶说："不该报销的，想方设法报销呗。假发票，白条，比比皆是。""都是谁签的字？""有所长，有书记，有镇长。""报销之后，他们自己贪了？""那倒不是。起码周书记不是。据我所知，周书记属于不粘锅型的，他虽然在假发票上签字，但他从不往自己兜里装一分钱。人家是准备升官的，才不会为金钱动心，毁掉自己的前程呢。"吴小蒿感到奇怪："那他为什么要让你造账？""这也是无奈之举，镇里缺钱呀。公款招待，加上灰色支出，领导们不得不想办法。""什么灰色支出？""逢年过节送礼呀。眼看要过中秋节了，又要买卡买礼品了。昨天听所长说，要买两百盒海参，花二十多万。另外，要到市里最大的购物商场买十万块钱的购物卡。这些钱都没有着落，怎么办？只好挪用上级拨下的一些专款，譬如防火经费、水利经费等等。最近，上级拨下抗旱专项资金，领导正打算用这笔钱呢。"

吴小蒿张大了嘴巴，感到气聚胸腔，几近爆炸。她想起老子说的"天之道，损有余而补不足。人之道则不然，损不足以奉有余"，愤怒地道："怎么能这样干呢？老百姓的庄稼眼看就要旱死了，如果镇里挪用抗旱资金去上边送礼，还讲不讲良心？"

孙伟说："吴镇长你不知道，逢年过节给上边送礼，已经成了公开的事情，各乡镇都送，谁也不敢坏了规矩。"

吴小蒿对此有所了解。近年来，每当节日临近，各乡镇头头儿都往区政府大楼和一些重要的部门跑，因为乡镇没有政协机构，没人到区政协送，这让一些过气的官员怒火中烧。她的直接领导褚主任就曾站在窗口，望着外面的送礼车辆痛骂，说某些人过河拆桥，良心让狗吃了。

王晶晶用坚决的语气道："这种地方，我再待下去有什么意义？所以，我决定参加国考，报了一个部的会计岗位。我相信，在中央机关不用做假账。我今年考不上，明年还考，反正我要离开这里！"

吴小蒿说："你再等等看，十八大开过，这股风也许能刹一刹。"

王晶晶连连摇头："我不相信开个会就能改变这一切。潜规则一旦形成，要想改变非常艰难。"

吴小蒿见劝不动她，心想，你考一下试试吧，不然不会甘心。

坐了一会儿，见天已黑透，孙伟提议回去，三个人就起身走了。走到庄户楼，吴小蒿才知道，原来他俩在这里租房同居。吴小蒿问："你们的房东是干什么的？"孙伟说："在城里做小生意，就把房子租给了我们。"吴小蒿问一个月租金多少。孙伟说五百。

吴小蒿抬头看看，"牛哥"还将头伸在窗外，就指着它说："你们跟这牛是邻居？"王晶晶说："嗯，住对门。""养牛的是什么人？""老两口，都六十多了。他们的儿子在城里打工，买了一套房，他们要帮儿子还房贷，想不出别的办法，就养了一头牛。"

吴小蒿想，乡下人大量往镇上走，往城里走，城镇化的步伐越来越快了。

11

吴小蒿这天正在办公室里看文件，一个人头缠绷带走进来，开口就叫"二姑"，原来是堂侄锄头来了。吴小蒿问锄头怎么受了伤，他哭唧唧道："叫渔霸打了呗！""渔霸？在哪里？""在钱湾码头。太欺负人了……"

吴小蒿倒上一杯水，让锄头坐下说。锄头带着满脸愤怒讲他的遭遇，额头上的皱纹成了几道黑色波浪。原来，他在鳃岛给一个姓鲍的船主打工，这个鲍老板，每次打了鱼不卖，都是自己存到冷库里，准备年前再出手，这样能卖高价。但他这么干，收鱼的不乐意，把他当了仇人。钱湾渔港有个最厉害的渔霸，东北人，外号"二道河子"，头顶上有两道伤疤。他跺一跺脚，码头直哆嗦。他想要哪一船鱼，船老大就得卖给他，还必须降低价钱。可是，鲍老板不买他的账，一船也不给他，把二道河子惹恼了。三天前，锄头他们再一次出海，打回一船鱼，今天早晨快到码头的时候，鲍老板忽然从驾驶室里出来，叫船员抄家伙，准备打仗。他说刚才二道河子打电话给他，非要这船货不可。锄头觉得自己是老板的雇员，不得不听从命令，就和伙计们一人拿了一根铁棍。船刚停稳，就有一群土蛋跳上来打鲍老板，鲍老板让船员动家伙。锄头刚要上前，脑袋不知叫谁砸了一下，身子一歪掉到水里。多亏他还清醒，游到渔港一个角落，爬上来到渔港卫生室包扎了伤口。听别人说，鲍老板的肩膀让人家砍了一刀，已经去了隅城医院。

听到这里，吴小蒿按捺不住愤怒："二道河子这样欺行霸市，就没有人管？你们没报警？"锄头说："报警了，警察过去看了看，说等老板伤好了再处理。不过，我听伙计们说，派出所也护着二道河子，报了案也白搭。"吴小蒿很惊讶："哦？派出所怎能这样？"锄头说："二道河子的老板厉害，把派出所买通了呗。""他的老板是谁？""神佑集团的慕总，外号'虎鲨'。"吴小蒿眼前便闪现出海边的霸王鞭和霸王鞭之上的豪华大院。

锄头看着吴小蒿，眼神里满含焦虑："二姑你是镇长，你快管管吧！我来找你，就是这事儿。"吴小蒿听了这话苦笑："你以为二姑是多大的官呀？我只是副镇长，而且是最后一名。"锄头说："反正你在这里当官，你得想办法治治渔霸！"吴小蒿说："我跟领导反映一下，商量商量吧。你的伤怎么样？不要紧吧？最近回家了没有？"锄头摇摇头："我的伤很轻，没事。我去隅城看看俺老板，如果不用我陪，接着回家看看，反正老板受伤，一时出不了海。"

12

吴小蒿接到区委组织部和区委党校联合下发的通知，让她周一参加新任职干部培训。她打算回家过完周末，接着到党校报到。但是，太阳、月亮、地球三个天体合谋，在周六排成一条直线，把她的计划给破坏掉了。气象部门预告，9月1日至2日将发生天文大潮，黄海沿岸会受影响。市、区两级政府也下发紧急通知，要求沿海一带全力防范。

楷坡镇有十七公里海岸线，海岸线上有渔港、浴场以及众多海水养殖场。其中，聚丰集团的养殖场需要重点防护，贺成收在领导班子会上主动请缨，要去那里守着。吴小蒿觉得自己分管安全，不能不去最危险的地方，也报了名。镇长说，万一出现重大灾情，应该向上级申报救灾款，让民政所所长袁海波也跟着。这天下午，他们三人一起坐车出发。

走到镇长专车旁边，司机老张看着远处笑道："袁笑笑走不动了。"她转脸看看，只见袁海波挺着大肚子，像企鹅一样走来。她问为什么叫他袁笑笑，老张说，袁所长擅长讲笑话，很出名，市里、区里的一些领导来了，都点名让他陪餐，因为他能带来快乐。

这时吴小蒿并不快乐，她为座次发愁。因为按照常规坐法，袁所长应坐副驾驶位子，她和镇长坐后排，但她实在不愿意与镇长坐在一起，怕他再有非分之想，用指头弹她额头。她想，如果镇长还那么做，我肯定会死过去。然而，贺成收晃着大个子走来，竟然去拉副驾驶的门。袁笑笑急忙跑过去阻止："镇长，你应该坐后边，这是我的位子。"贺成收板着脸说："这位子上写标签了？下去检查工作，坐前面视野开阔，你懂不懂？"听他这么说，吴小蒿松了一口气，坐到了镇长后面。

又矮又胖的袁所长从另一边上了车，坐下后呼哧呼哧直喘。老张说："袁笑笑，你今天坐这车，要讲段子哈。"袁所长说："讲就讲，只要吴镇长不嫌乎。"说罢，他扭过头来看吴小蒿。吴小蒿想，今天下去防灾抢险，你讲什么段子，就扭头看着车外不吭声。贺成收说："快闭上你的臭嘴！守着女同志讲段子，成何体统？"吴小蒿在心里感谢镇长这么说，遂扭过头来。袁笑笑："不讲不讲，我把臭嘴缝上！"他真的抬起双手，在自己的嘴上做缝线动作，一扯一扯，哧哧有声。吴小蒿忍不住笑了。

贺成收这时说，据他判断，这场天文大潮一定来势凶猛，能不能保住聚丰集团的大坝，是个问号。他打手机问辛总在哪里，辛总说自己正在大坝上组织抢险。

吴小蒿知道聚丰集团，并且带孩子来玩过。老总辛运开是本地人，二十多年前受楷坡镇党委政府委派，带人到这里养对虾，让这里的滩涂变成了一方方养虾池。他嫌养殖场面积小，向大海要地盘，建起三里长的一条大坝，将大片海滩收归囊中，将养殖场扩大到五千亩，成为全市的典型人物。《安澜日报》曾发表长篇通讯，题目叫作《裁海的人》，说辛运开硬是从大海的衣襟上割下阔大的一片，将其改造成一方方聚宝盆。

来到蓼河河口南面的大坝，满脸憔悴的辛运开迎了上来。贺成收问他怎么样，辛运开指了指人群说，大坝坏了一处，正在堵。他们走过去看看，坝外的石头护坡和水泥基座已经出现两三米宽的一个缺口，组成坝体的沙子被掏空一半，好多人在往里面填沙袋。贺成收察看片刻说，要抓紧把这里修复，而且要准备充足的人力物力，对付傍晚的特大潮水。辛运开点头称是，说："镇长你放心，我有经验，我跟大海做斗争已经三十年了。"

镇长、袁笑笑在辛总的陪同下沿着大坝巡视，吴小蒿觉得自己跟着多余，就去帮忙背沙袋。她走到坝下，见有人装好一袋就抢到手中，往背上甩去，然而沙袋太重，她甩了两甩都没成功。一个中年男人看着她笑："你有多重？"吴小蒿说："你别管我有多重，快帮帮忙。"那人便伸手托住沙袋，放到了她的背上。

大坝虽然只有十多米高，内坡却没用石头护坡，背沙袋的人步步踏着沙子，迈一步滑下半步，特别吃力。吴小蒿好不容易背上去，两腿还在微微发抖。看看坝外，海天一色，昏黄吓人。她知道，大海正积蓄力量，准备向裁海人发动新的一轮反扑。她不寒而栗，担心着大坝的安危。

她下去再背，一袋一袋。干了一会儿，镇长他们巡查回来发现了她。辛运开说："吴镇长你可不能这么拼命干，快坐下歇歇。大伙都歇一会儿！"于是，干活的人纷纷坐下休息。

贺成收等人到一个大池子边沿抽烟，吴小蒿也到那里坐下。这个池子有两三亩大，夕阳倒映其中，有几分美丽。吴小蒿问辛总现在养对虾效益怎样。辛运开说："咳，别提了，自从二十年前中国沿海普遍发生虾瘟，养对虾要格外小心，一旦发现有虾瘟苗头，就得马上往外捞，不然会死光。要养些牡蛎、蟹子之类，搞多种经营，这样才能保险一些。"

吴小蒿跟他说话时发现，水中有黑乎乎的大群对虾沿着池子边缘游动，游了一圈又一圈，就问它们为什么成群结队这样游。贺成收说，对虾有洄游天性，每年从黄海中南部向北走，到黄海北部和渤海湾产卵，产完卵再回去。养殖的对虾虽然一辈一辈都生活在池子里，可是它们的天性没改。吴小蒿看着不断游动的虾群说："真为它们悲哀。"贺成收说："你可不要像个绿党分子，为鱼鳖虾蟹说话。现在海洋资源严重枯竭，不搞养殖，怎么满足那些海鲜爱好者的胃口？"

吴小蒿想，镇长说得也是。拿我来说，到隅城以后，不也成了海鲜爱好者吗？对虾、梭子蟹、扇贝、贻贝、牙鲆，大多是人工养殖的。我一边吃着它们，一边又对它们抱有悲悯之心，岂不是伪君子的心态？想到这里，她看着在池水中洄游的虾群，深感羞愧。

吴小蒿见辛总起身去安排事情，别人离得较远，就决定向镇长反映一下渔霸横行码头的情况。她把前几天锄头经历的打人事件讲完，贺成收却晃着阔大的下巴颏儿说："别听你侄子胡叨叨，咱们镇哪有渔霸？我听派出所所长讲，那是一起治安纠纷，已经派人处理过了。"

听他这样说，吴小蒿心情沉重，不再吭声。

歇一会儿，辛总招呼大伙再干，一直干到傍晚涨潮。大家站在堆满沙袋的坝顶，眼巴巴地看着坝外。此刻，海上波涛汹涌，像有千万头白毛野兽直扑海滩。待把海滩吞没，它们便开始撞击堤坝。轰地一下，大坝随即一晃，高高溅起的浪花夹带着泥沙重重砸下。吴小蒿的头发和上衣顿时湿透，冰凉的海水沿着头皮流进脖子。她惊呼一声，脚下打一个趔趄。贺成收急忙扯她一把，让她站到大坝里侧。

吴小蒿终于看到，大海对养殖场的裁割抱有多么深的仇恨。

又一波大浪袭来，吴小蒿扭过身去。在浪花纷落时，她看见池内对虾剧烈跳跃，似在急切响应。

近处一片惊呼，两边的人纷纷跑去。吴小蒿到那里一看，原来大坝已经被海浪撕开了一道口子，护坡石扑通扑通往里陷落。贺成收大喊："快填沙袋！"

说罢，拎起一个袋子就往里面扔去。众人一齐动手，沙袋纷纷落进缺口。然而，海浪的力量太强大了，沙袋落进去马上就被卷走了。

眼看着坝身被冲垮一半，辛总指挥停在坝上装满石头的拖拉机往这里开，直接以车填充缺口。两个拖拉机手都不敢，一南一北停在那里。辛总大骂："是个爷们吗？干脆蹲着尿尿去！滚下来！"那个年轻司机灰溜溜下车。辛总跳到驾驶座上，驾驶拖拉机奔向缺口。众人齐声惊呼："辛总小心！"辛运开将拖拉机开到离缺口十来米处，飞身跳下，让拖拉机拉着一车石料往前直奔，一头栽下。众人雀跃，鼓掌叫好。

这时，另一边的拖拉机也向缺口进发，司机竟然是贺成收，也不知他是何时替换司机的。吴小蒿想，镇长也会开拖拉机？也会玩这种高难高险动作？

然而，这辆拖拉机离缺口很近时，贺成收打算起身跳下，裤腿却被车上什么零件挂住，扯了几次没扯下来，人和车一齐栽进缺口。大伙都喊"镇长"，喊声带着哭腔。

更严重的事情发生了。在贺成收栽下的同时，一个巨浪打进缺口，大坝的另一面轰然塌掉，海水哗的一声涌进虾池。

辛运开蹲下身去抱头痛哭："毁了！毁了呀……"

拖拉机在水流中露出车斗，吴小蒿焦虑万分地看着那里，希望镇长能露出头来。然而，她盯了半天没有动静，却听见有人喊："镇长！镇长在那里！"

她循那人所指看去，只见虾池的对面，一个人爬到岸上，回身向这边挥手。

13

对虾回家了，我也回家了。

吴小蒿坐着辛总派的车回到隅城，眼前还晃动着大片海水。她想，被人栽去的那一角又成了海，被人豢养的无数对虾也回到了海的怀抱。可是，人工养殖的对虾，没在大风大浪中历练过，能游到北方去产卵吗？

吴小蒿的眼前还晃动着镇长的身影。他掉进水中，在虾池对岸现身时，是以灿烂的晚霞做背景的。吴小蒿觉得，这有点儿壮丽的样子了。尽管镇长曾经冒犯过我，但他今天的表现确实不俗。开拖拉机填缺口，辛总敢开，他也敢开。那么湍急的水流也没把他淹死，难道他真是个鳏人？

她又想起了镇长下巴骨下面的那两片紫斑。她觉得，应该让生物学家仔细检查一下，那里到底有没有退化了的鱼鳃。

她居住的萃华小区到了。吴小蒿下车，向司机道过谢，蹑手蹑脚上楼，静悄悄开锁。她想给女儿一个惊喜。

开门声惊动了正看电视的点点。点点哇地跳起来，将抱着的衣服扔掉，高举双臂向吴小蒿扑来。吴小蒿紧紧抱住她，低头亲她的头顶，嘴里喃喃道："点点，妈想死你了！"

点点却将她一推："不对，你不是老妈。"

"哪里不对？"

"味道不对。"

点点从茶几上将吴小蒿穿过的一件花衬衣拿来，举到她的面前说："这才是老妈的味道！"

吴小蒿接过衣服，捂到脸上，搂过女儿，泪湿眼窝。女儿对气味特别敏感，尤其是对妈妈味道的感受不同寻常。上幼儿园时，有一回参加亲子游戏，让孩子蒙起眼睛找妈妈，点点能够循着妈妈的气味直扑她的怀中。那一年她去外地开会，想孩子想得不得了，然而打电话问女儿想不想妈妈，女儿却说："不想，老妈在我怀里。"原来，她找了妈妈的衣服抱着，闻着上面的气味看电视。所以，吴小蒿经常把穿过的衣服选一两件故意不洗，放在衣柜里面，以解除女儿对母亲的思念。

由浩亮从卧室里出来，眯细眼缝儿将嘴一歪："点点，你妈下乡才一个星期，就成了野女人喽。"

第二章

——

海风呛人

历史上的今天：3 月 23 日

1938 年　台儿庄战役开始

1950 年　世界气象组织成立

1979 年　中共中央讨论国民经济调整问题

1983 年　里根提出星球大战防务计划

1998 年　中国发售首批证券投资基金

小蒿记

2013 年《斤求两》被列入安澜市"非遗"名录

2015 年　贺成收跳海失联

2018 年　特朗普宣布将对六百亿美元中国商品加征关税

点点记

2013 年　参加学校合唱团

2015 年　上课玩 MP4（一种播放器），被老师没收

2018 年　学校组织远足，沿海边走三十公里，我始终走在第一集团

1

腊月将至，吴小蒿把郭默叫到办公室商量，准备在春节前搞一场"楷坡春晚"，庆祝十八大召开，迎接蛇年到来。

突然，房门被人重重拍响。郭默起身去开门，只见锄头又来了。他一边往里走一边叫"二姑"，左右腋窝各夹一纸箱，纸箱上分别是刀鱼和鲅鱼的图案。郭默识相，说："吴镇长，我去一趟卫生间。"接着走出去，将房门带上。

吴小蒿皱眉道："锄头，你这是干吗呢？"

锄头将鱼往墙根一放："二姑，你快帮帮我吧！"

"帮你什么？"

"帮我卖鱼。"

吴小蒿瞅着他，觉得匪夷所思。她倒一杯水给锄头，问他怎么回事。锄头向她讲，是被老板逼的。他给老鲍干了整整一年，一直没领到工资。因为老鲍打了鱼自己存，想等到过年再出手。被二道河子砍伤后，老鲍还是不服软，就是不卖给他。伙计们觉得老鲍有骨气，等他把鱼卖了，肯定会发工资。谁知道，昨天老鲍跟伙计们讲，用鱼货顶工资，一人五吨，发了单子叫他们去领。伙计们不愿意，跟他理论。可是老鲍说，要钱没有，过半个月再不领，连鱼货也不给了。伙计们只好接了单子，各自去卖。

锄头带着一脸苦相说："我算了算，他欠我工资大约五万，给我三吨鱼，六千斤，都是刀鱼、鲅鱼之类的大路货，一斤折合八块多钱，估价太高。更愁人的是，我到哪里卖这么多鱼呀？"

吴小蒿道："你的老板怎么能以鱼货抵工资？太不像话了！可是，让你二姑给你卖鱼，怎么卖？我扎上围裙，到超市里给你摆摊子？"

锄头笑一笑："哪能叫你摆摊子？我是说，二姑你当镇长，有权，给我找个买家，一家伙把货收下，我赶紧拿到钱回家过年。"

吴小蒿说："我这个副镇长，哪有这样的权力？"

但她又想，由浩亮开着个半死不活的贸易公司，让他联系一下平畴县卖海货的，说不定能给锄头解决问题。她给由浩亮打电话说了这事，由浩亮满口答应，说他正打算给平畴的朋友供应年货，让锄头直接与他联系。她和锄头说了这个结果，锄头满脸堆笑："谢谢二姑，谢谢二姑夫！"

吴小蒿问他明年还来不来打鱼。锄头说，还来，不给老鲍干了，另找一家。吴小蒿说："你在家种地不行吗？叫老婆孩子少吃点儿苦。"锄头说："一家人在一块儿，热热乎乎挺好，可是我得攒钱呀，种地收入太少。"吴小蒿问他攒钱干什么。锄头说，供儿子上学，给他在城里买楼住。吴小蒿点点头："这个目标够远大，够你累几年的。"

锄头笑了笑又说："其实，我不回家种地，还因为我喜欢上了打鱼。在咱们老家，吃了饭下地，干半天活儿回家，天天是老一套，日子四平八稳，没有多大意思。特别是夏天秋天，庄稼长起来，到处都是青纱帐，密不透风，连喘气都不顺畅。在这里，海那么大，无边无沿，真叫一个敞亮。出海打鱼，说不定会遇上什么奇景。二姑，你见过萤火海吗？见过琥珀海吗？我都见过。"

吴小蒿觉得惊奇，问他什么是萤火海，什么是琥珀海。锄头说，都是夜里才能见到的。萤火海，那里的每一个浪头都是蓝莹莹的，特别好看。琥珀海，海水透明，颜色像琥珀，能看见里面的鱼群。吴小蒿笑了起来："这么神奇呀！锄头你干脆写诗吧。"锄头摇摇头："咱写不了。"

吴小蒿问他二道河子现在怎么样，是不是还在渔港强买。锄头说，是，没人能管得了。前几天听说，他手下的一帮土蛋，又把几个人打伤了。吴小蒿叹了一口气："唉，这些事就没有诗意啦。"

说了一会儿话，锄头要走。吴小蒿让他把两箱鱼拿走，他坚决不肯，挣脱二姑的拉扯跑掉。等到郭默回来，吴小蒿让她拿回家去。郭默说："我父亲就是打鱼的，家里从来不缺这些东西。不过，我可以带回家，放到冰箱里，等你回家的时候再带上。"吴小蒿说："好的，谢谢你。"

商量完办"楷坡春晚"的事，郭默抱上鱼走了。吴小蒿上网看新闻，发现有这么一条：中央机关及其直属机构2013年度考试录用公务员公共科目笔试成绩已经公布。吴小蒿就打王晶晶的手机，问她的成绩查到没有。王晶晶叹口气说："查到了，没戏。我好失望，好绝望！"说罢就挂了电话。吴小蒿想，晶晶的心情不好，我抽空去安慰一下她。

本来吴小蒿想晚上去的，但这天下午西北风突然刮起，海上高达七八级，她担心渔船出事，就到安检办守着，让李言密随时打电话向各渔村了解情况。直到下半夜风级降低，各村没有事故发生，她才回去睡觉。

第二天晚上，她去看望晶晶，走近庄户楼抬头观望，却不见"牛哥"露头，只见楼顶繁星点点。走进三座庄户楼所在的院子，她才发现这里真是庄户人居住的地方。楼前楼后，全都堆放着农具、家具，甚至柴火之类。在一个楼梯口旁边，火光闪闪，烟气缭绕，竟然有两个妇女在那里支起鏊子烙煎饼。看着她们烙出一沓子煎饼，吴小蒿忽然强烈地想念自己的母亲，因为她当年在镇里上初中，在县城上高中，每个星期都吃一包母亲烙的煎饼。

上四楼，进入孙伟和王晶晶的住处，她发现屋里的布置与外面的庄户情景大相径庭，虽然家具简陋，但装饰得别具匠心，很有艺术气息。坐到一个大香蕉形状的单人沙发上，接过晶晶泡的一杯咖啡，她说："你们的小日子打理得不错呀，去不了北京，在这里一样过幸福生活。"晶晶笑了笑："我也是这么想的。我俩已经决定，周末去领证，春节后办婚礼。"

吴小蒿瞪大眼睛："哦？怎么变得这么快？"

孙伟说："主要是她的工作顺心了，不用违心做假账了。"晶晶笑盈盈道："今天，财政所全体人员开了个会，所长传达了上级通知，要求严格执行中央八项规定六项禁令，坚决刹住节日期间送礼的歪风。所长说，今年过节不送礼，送礼就要打屁股。这么一来，我们如释重负，可开心了。"吴小蒿说："不光你们管钱的开心，凡是对那股歪风深恶痛绝的人都开心。昨天镇领导班子开会，讲了干部不送礼、不收礼这事。"晶晶说："这样，我也不再想考出去了，安心地留在楷坡。吴镇长，你一定要去喝我们的喜酒呀。"吴小蒿说："好，一定！"

她见墙上挂了一把吉他，就问他俩谁会弹。王晶晶一指孙伟："他呀。在大学里，他是学生会文艺部部长，经常组织文艺活动。"

吴小蒿让孙伟唱一曲听听。孙伟毫不拘谨，摘下吉他弹出一个前奏，开口唱起了《花房姑娘》。崔健这首摇滚歌曲，吴小蒿当年在大学里多次听同学弹唱，每当听到"你问我要去向何方，我指着大海的方向"这两句时，她总是激动不已。现在听到孙伟唱，她的记忆又被唤醒。一曲终了，她拍着巴掌说："太好了！我跟郭默站长准备搞一台'楷坡春晚'，正愁节目太少，你来一个独唱好吧？"

孙伟点点头，弹出一个欢快的乐句。

2

吴小蒿与郭默商量决定，在"楷坡春晚"上力推石屋村的《斤求两》。不只在镇里表演，还要到区里、市里表演，使之列入市政府的非物质文化遗产名录。为此，她俩又专程去了一趟香山。这次，吴小蒿骑了自己的摩托车。她觉得在乡下工作离开车子不行，就和由浩亮商量，新买了一辆。

到了石屋村，她们让村干部把那帮老人召集起来，一遍遍敲打。吴小蒿让郭默录下视频，然后请老人讲解为什么叫《斤求两》。老花鼓讲，过去称东西，一斤等于十六两，但是算起来很麻烦，要把两化成斤才行，古人就总结出了一套口诀：一退六二五，二一二五，三一八七五……有人用锣鼓家伙把这些算法敲出来，这就是《斤求两》。

郭默将双手捂上胸口，将眼睛瞪圆："什么？把算法敲出来？那是数学，这是音乐，怎么可能？"吴小蒿说："你别忘了，简谱就是用数字记录的。""这口诀我不懂，我彻底蒙圈。什么是一退六二五，二一二五？"吴小蒿说："在十六两制里，一两等于零点零六二五斤，二两等于零点一二五斤，以下类推。"

老人又开始演奏，并且提醒她俩，重点听鼓点儿。吴小蒿在手机里搜出《斤求两》口诀，边看边听。她听见，在大锣、小锣、钹、铙热热闹闹的敲击中，鼓点儿果然有玄机。突然，它敲了六下，间隔几个小节再敲两下，再间隔几个小节敲五下。六、二、五，这是把一两敲出来了。往后，她全听懂了，就微笑着报出口诀："一、二、五，二两！一、八、七、五，三两！……"直到把十五两全部报出。那帮老人非常兴奋，用更加欢快有力的打击表示一斤的到达。

吴小蒿听罢感叹："因为含有'斤求两'，这种鼓谱非常复杂，一般人真是演奏不了。"

老花鼓敲下最后几个鼓点儿，指挥大家收住家伙，用鼓槌指着吴小蒿说："你这个镇长厉害。三十年来，没有一个年轻人能听懂《斤求两》，你是第一个！"

郭默连连摇头："我可听不懂，吴镇长，我服你了！不过，老祖宗为什么要把一斤搞成十六两？多麻烦呀！"

吴小蒿读历史时看过资料，向她解释：先秦时期，古人运用杠杆原理发明了木杆秤，把北斗七星和南斗六星合计定为十三两一斤，所以秤上每一两的标记也叫"星"。秦始皇统一中国后，又加上人间的"福、禄、寿"三星。这样，天上人间，合计为十六星，把十六两定为一斤，并诏令天下，无论做什么生意，都不得少两，若少给一两就少一颗星，就会减福折寿。

老花鼓说："对，老辈人传下两句话：'秤上亏心不得好，秤平斗满是好人！'"

郭默用手敲击一下大鼓说："哎哟，《斤求两》里的文化真够多，咱们赶快申遗！"

从石屋村回来，吴小蒿就坐到办公室，用电脑写申遗报告。她查阅资料，仔细研究，觉得《斤求两》是一项不可多得的非物质文化遗产。而且，它是在"香山遗美"的故事发生地发现的，证明这个山村有着丰厚的文化积淀。孔子说过，"礼失求诸野"，此言不虚。

她突然来了写作冲动，此后用两个晚上写了一篇文章，题目叫《锣鼓铿锵〈斤求两〉》，署名"吴小蒿 郭默"。她写完给郭默看，郭默连连拍打着心脏部位说："我太激动了，太激动了！我一直想发表文章，评上中级职称，涨工资，可我不会写，这篇文章给我帮大忙了！"

当天，吴小蒿用电子邮件把文章发给了一家省报。

腊月二十六，是楷坡逢集的日子。因为这一天是年集，赶集的人特别多，吴小蒿与郭默找周书记汇报，将春节晚会定在这一天。

这天早晨，王晶晶来到吴小蒿住处，提着一个塑料袋子，说是邻居家把牛杀了，准备今天到年集上卖肉，她顺便买了一些，让吴小蒿带回去过年吃。吴小蒿愣愣怔怔地看看塑料袋子，问王晶晶："你说的是，庄户楼上，经常把头探出去看山的那个'牛哥'？"王晶晶说："是，邻居老汉把牛养大了，没法牵下去，就找人在楼上杀掉。一大早搞出好大的动静，我们过去看看，觉得方便，就买了二十斤。"吴小蒿急忙摆手："我不要，我可吃不下这牛肉！你快提回去！"王晶晶说："怎么吃不下？牛长大了，不就是让人杀了吃吗？""可我吃不下'牛哥'的肉，你快拿走，快！"王晶晶见她态度坚决，只好咂一下舌，提着牛肉走了。

"楷坡春晚"在政府大院前面的小广场上举行。虽然刮北风，飘雪花，但观众黑压压站满广场，而且是年轻人居多，因为在外面打工的大都回家过年了。

等到镇领导们过来坐到前排，郭默就用略带海边口音的普通话报幕，请周斌书记上台讲话。周书记将外面的羽绒服脱掉，穿西装上台，总结楷坡镇2012年的成就，号召全镇干部群众学习贯彻党的十八大精神，将各项工作推向前进。

演出开始，第一个节目就是石屋村的《斤求两》。几个老汉穿上郭默用文化经费给他们做的明黄色演出服，起劲地敲打锣鼓家伙，把观众的热情一下子点燃了。接下来，有各村的节目，有镇直机关的节目。孙伟的吉他弹唱《花房姑娘》，楷坡中学严森老师的独唱《儿行千里》，都赢得了大家的热烈掌声。吴小蒿听旁边的宣传委员老齐说，严老师是郭默的老公。吴小蒿发现，那位大腹便便的音乐教师，要比郭默大十来岁。

郭默再次上台，笑嘻嘻地改用本地话报幕："大伙儿都知道，俺是钱湾二村的。过去呀，俺村男人下海打鱼，女人接海、补网、办饭、伺候男人，忙得头都顾不上梳。现如今，男人出海，一去好多天不回来，女人干啥呢？除了伺候老人带孩子，就是打牌、逛街。打牌要玩钱，逛街买衣服买好吃的也要花钱，男人就管她们叫'败家娘儿们'。有一些败家娘儿们商量，咱别光打牌逛街，也弄点儿高雅的，就聚到一起跳呀唱呀，成立了'败家娘儿们歌舞队'。下边请她们上台表演一下好不好？"

观众欢声雷动："好！"

十二个年轻妇女登场，穿红着绿，载歌载舞。她们虽然唱得一般，但是舞姿奔放，把渔家妇女那股泼辣劲儿表现得淋漓尽致。从镇领导到普通观众，都被深深感染了。周斌向吴小蒿竖大拇指："这个节目太棒了！"吴小蒿说："她们都是郭默的娘家人，郭默叫她们嫂子、弟媳妇，这节目是郭默回家亲自指导出来的。"周斌看着郭默点头："嗯，小郭有点儿本事。"

在计生办的几位年轻放环员合唱《我们的生活充满阳光》之后，郭默独唱了一首歌，是刘若英的《打了一把钥匙给你》。她的嗓音甜美，跟原唱十分接近。吴小蒿想，郭默好身段，金嗓子，真叫一个造化奇妙。

下午，吴小蒿约安检办主任李言密到办公室，商量春节期间安全排查工作，周书记却打电话让她过去一趟。她让李言密稍等，然后去二楼最东头的书记办公室，进门后问："书记有什么指示？"

周斌沉着脸，将自己的手机递过来："吴镇长，你分管文化站，你看小郭给我发这条短信，是什么意思？"

吴小蒿接过一看，只见手机上有这么几句话，而且像诗一样分行，不加标点：

> 今天盛装上台
> 唱出我的心声
> 只为书记一人
> 不知您能否听懂

吴小蒿看了，摇摇头道："这个郭默，咳！书记，要我跟她谈谈吗？"

书记说："不用了，你知道就行了。"

从书记屋里出来，吴小蒿在心里说，书记呀书记，你这个"不粘锅"，真是名不虚传。

3

吴小蒿因为春节要值班，不能到公婆那里过年，就和由浩亮商定，腊月二十八回平畴看望双方老人。那天上午，由浩亮开车带点点到楷坡，接上吴小蒿，先去看点点的姥爷姥娘，再去看她的爷爷奶奶，在那里吃过午饭回来。除夕那天，由浩亮再带着点点到平畴县城过年。

吴小蒿听说，往年春节，镇政府都为干部们发福利，又是酒，又是鱼，但今年因为有八项规定六项禁令，什么也不再发，就打电话给由浩亮，让他买几箱酒，她在楷坡买几箱鱼货。她到街上店铺里转转，买了三箱鲅鱼、三箱刀鱼、三箱海蜇，准备送给公婆、父母和大姐。

九点钟，由浩亮开着自家那辆七成新的高尔夫，和点点一起来到楷坡镇政府。吴小蒿让车停在宿舍门口，就去提礼品往车上放。由浩亮到屋里看看，带着蔑视的口气说："你拼死拼活要下来当官，就为了住这样的小破房，睡这样的小破床？"点点也说："真不像话，连沙发都没有。"吴小蒿拍拍女儿的头顶："宝贝儿，人来到世界上，不是只为自己享受。"

一家三口提了东西去门外装车，吴小蒿看见后备厢里有个鼓鼓囊囊的蛇皮袋子，问里面装了什么。点点说："是鞭炮，人家送的。爸爸说，今天送给爷爷，让他高兴高兴。"吴小蒿立即警觉起来,问由浩亮是谁送的。由浩亮说,是李主任。点点说:"还送了一张卡!"吴小蒿马上火了:"由眼珠,你真是没眼珠!你怎么能收这些东西?"由浩亮不以为然地一眯眼,一咧嘴:"哎呀,这种事儿不是很正常?"吴小蒿说:"不正常!我分管安全,造鞭炮的给我送礼,这是送炸药包给我呀!"说着就从后备厢里提出那袋子鞭炮,又向由浩亮要卡。由浩亮不干,到车里坐着。吴小蒿很生气,向他伸手道:"你快给我!快给我!"由浩亮从胸兜里掏出那张卡,撇到了吴小蒿的脚下。

吴小蒿捡起来看看,那是金座商场的购物卡,上面印着钱数"2000"。她接着打电话给李言密,让他过来。安检办就在前面楼上,李言密很快来了。吴小蒿指着鞭炮袋子说:"李主任,这是你送的?"李言密看看吴小蒿,干笑一下:"前几天我下去查无证造鞭炮的,没收了一些,送给你一袋子,过年放放。"吴小蒿说:"你没收了鞭炮,不应该找地方销毁吗?怎么能送人呢?"李言密抬手搓着他的黄胡子说:"销毁怪可惜的……"吴小蒿厉声道:"你是想销毁我呀?!八项规定六项禁令你也学过,怎么能阳奉阴违呢?不光鞭炮,你还送卡,这就更加严重了!"她把手中的购物卡塞到了李言密手中。李言密尴尬地一笑,揣起来走了。

离开楷坡,上了去平畴的高速公路,由浩亮手把方向盘一声不吭,吴小蒿则余怒未消。点点往后座上一靠,鼓突着小嘴说:"我发现,咱们的车里还装了鞭炮,眼看就要爆炸了。轰!轰!轰!……"她一下下将两手甩开,比画着爆炸的样子。吴小蒿见女儿这样,也想缓和紧张气氛,就搂着她说:"点点,今天回老家要讲礼貌,见了长辈该叫啥叫啥。"点点大声道:"耶思!"接着就去拍爸爸的肩膀,"由眼珠,由眼珠。"由浩亮将肩膀一耸:"干吗呢?"点点说:"你不是长辈吗?我在叫你呀!"说罢,捂着嘴笑起来。

在平畴站下高速公路,再走十几公里,吴家庄到了。只见街两边摆满了摊子,五颜六色,每个摊子前都围了一些人。吴家庄三、八逢集,今天是腊月二十八,是最热闹的。吴小蒿想起小时候赶年集,虽然兜里没钱,但也兴奋得很,因为看看那些人那些东西,她就觉得自己赚了。她对点点说:"咱俩下车,一边看热闹,一边走到你姥姥家。"她嘱咐由浩亮慢一点儿开,别碰了人家的摊子。

吴小蒿下车后刚走几步,就碰见了锄头。他正牵着自己的儿子站在一个鱼货摊子前面，儿子手里拿着一条玩具蛇，蜿蜒乱动，跟真的一样。吴小蒿叫他："锄头！"锄头看见了她，脸上刚现出一丝笑容，但看到正开车的由浩亮，拉着儿子扭头就走，还低头吐了一口唾沫："呸！"

吴小蒿纳闷，我让由浩亮给锄头卖鱼，不是已经都处理完了吗？他难道不满意？

看看锄头的背影，她问了问海鱼的价格，刀鱼一斤七元，鲅鱼一斤九元。她想，不知由浩亮为锄头卖的那些是什么价格。

点点忽然一边叫着"姥姥"，一边跑走了，原来是母亲正站在街边。见到外孙女跑来，她弓腰伸手，笑口大张，像要接住一个从天而降的宝贝。吴小蒿还是中秋节回的老家，这次发现，娘头上的白发更多，牙齿也少了两颗。她走到那儿叫一声"娘"，娘一手搂着点点，一手抓着女儿的手说："俺在这里等恁这一家子，从早晨等到了东南晌。哎，点点她爸怎么没来？"点点向那边一指："我爸来了。"

由浩亮的车被人群堵住，点点跑了过去。吴小蒿看看集市上说："娘，刚才我遇着锄头，他不理我，看样子在生我的气，不知道是怎么回事？"母亲脸色一变，压低声音道："哎哟，你可把他得罪了。他在村里到处败坏你，说你当了官就不认侄子了。"吴小蒿心一揪："他为什么这样说？"母亲说："你帮忙给他卖鱼，八九块钱一斤的鱼，点点她爸先拿走鱼，后来只按三块一斤给他。你说说，点点她爸怎么能这样对待亲戚呢？人家撇家舍业去打鱼，干那个死了没埋的行当，他帮忙卖鱼，还剥人家一层皮，这算什么事儿？"吴小蒿一听，头涨得老大，心里骂道：这个由眼珠，真是钻到钱眼儿里，不认亲戚了。

她往集上看看，也看不到锄头在哪里，就给他发了一条短信："锄头，对不起，刚才从我妈这里得知，你姑夫给你的鱼钱太少，我会补给你的。祝你过年快乐！"

由浩亮开着车过来了，岳母向他卑微地笑笑："点点她爸来啦？"

由浩亮也不搭话，只是眯眼一笑，开车去了后街。

吴小蒿心中的火气更盛。这个由眼珠，他就是没眼珠，"官二代"的毛病一直没有去除。婚后这么多年，在岳父岳母面前他都是一副趾高气扬的姿态，从没叫过一声"爹、娘"。

到了自家那个破落的宅院前面，由浩亮从后备厢里往外提东西，他岳父站在那里，将在外面打工累残了的两只胳膊架成括号，嘴里念叨："哎哟，来看看就不错了，还带这么多东西，太多了太多了。"点点叫了一声"姥爷"。她姥爷答应一声，艰难地屈肘，从兜里掏出一张百元钞票，带着讨好的笑容说道："点点，姥爷给你押腰钱！"点点接到手中，鞠躬道谢。

到屋里坐下，岳母忙着倒水，由浩亮说："别忙活了，我们马上就走，点点她奶奶已经做好饭等着了。"吴小蒿很想在家多坐一会儿，但看看表已经到了十一点，就说，她要去看姐姐。母亲说："去看看吧，你姐正在难处。"吴小蒿忙问："我姐她怎么了？"母亲说："你姐夫跑了。"吴小蒿更加着急："跑了？为什么跑了？"母亲似乎不敢说，怯怯地去看老头。老头却将眼一瞪大声吼道："他愿跑就跑，老吴家不缺他一个！"点点捂着腮帮，露出两只眼睛看妈妈："好恐怖噢！"吴小蒿对丈夫说："你先带点点出去。"

等到父女俩出去了，吴小蒿问是怎么回事。母亲说："都怪你爹个老犟筋头，非让你姐夫改姓不可。"她泪眼婆娑，讲了事情原委：这个冬天，村里几个有文化的老人续修吴氏家谱，父亲为了让自己在谱上有后代，非让大女婿陈为忠改成吴为忠不可。陈为忠不干，跑回老家，眼看要过年了也没回来。

吴小蒿将眼向父亲瞪了又瞪。当年父母生下三个女儿之后，一心想生儿子，外出当了几年"超生游击队"，又抱回两个丫头。父亲极度郁闷，给孩子起名为小草、小蒿、小莲、小蓬、小艾，一看她们就来气，经常骂骂咧咧，或者一脚踢出老远，或者提着胳膊甩到一边。没有儿子，他只好招上门女婿。十年前经人介绍，陈为忠从三十里外的山区过来，与小草成亲。经双方商量，陈为忠婚后不改姓，孩子姓吴就可以了。然而，大姐结婚后生了两个女儿，没有儿子。

大姐突然来了。她进门叫一声"小蒿"，扑通一声向爹跪下："爹，你可怜可怜你闺女，别叫我守寡行不行？今天是二十八，逢年集了，可是陈为忠还不回来！我一早舍下脸皮去叫，人家说，要是改姓，他不会再回吴家庄。"

父亲抖着两只胳膊说："他不改姓，我就成绝户头啦！那份家谱上，咱家世世代代都有名，到我这里就断线啦！丢死人啦，丢死人啦！我把闺女给了小陈，他怎么就不可怜可怜我？"

吴小蒿将大姐拉起来，问父亲："这次续谱，还是像过去一样，光记男的名，女的不记？"

父亲说："是呀，我有五个闺女也白搭，等于零蛋！"

一听这话，吴小蒿悲愤满腔。她问父亲修谱的都是谁，父亲说，领头的是吴家轩。吴小蒿说："我找他商量一下。这个时代，方方面面都在改革，修谱规则也得变变了。人家别的地方都让女的上谱，如果那样，你不就有后啦？"父亲说："那你快找他说说，再按老办法，我喝农药死了算了，我可丢不起那个脸！"

吴小蒿让大姐带着去找吴家轩。这位八十多岁的老人当年上过私塾，在村里当会计多年，喜欢喝酒，她就去街上的小超市买一箱好酒抱着。到了老人家中，她亲亲热热叫着"大爷爷"，说过年了，来看看他。吴家轩看着那箱酒，捋着雪白的山羊胡子说："大镇长给我送酒喝，这还了得？"吴小蒿小声问姐姐："他怎么知道我当镇长了？"吴小草说："从秋天到冬天，咱爹整天向人谝，村里人人都知道。"吴小蒿心里一热：让爹以我为荣，一直是我的梦想，看来已经实现了，他不再把闺女当蒿草了。

坐下后，吴小蒿就跟老人说她姐夫跑了这事，吴小草在一边眼泪汪汪。老人说："他怎么能跑呢？过去的入赘之人，就是为了让招婿者接续香火，都是要改姓的。"吴小蒿说："那是过去。现在好多地方修谱已经实行了变革，也让女的上谱。譬如说，这家有几个女儿，不光把她们的名字写上，还分别写上她们嫁给了谁。如果这样，我爹就不会觉得自己无后，非逼着我姐夫改姓不可。"吴家轩听了沉吟片刻，点了点头："这个办法我也听说过，但总觉得，祖宗规制不能改。既然你说这样好，咱们也改。再说，让你的大名上谱，也算是光宗耀祖——咱老吴家还从来没人当过镇长。"

从老人家出来，吴小草立即打电话给丈夫，说："不用改姓了，你快回来吧。"说着就把手机递给妹妹，让她跟陈为忠说。吴小蒿向他讲，已经说服吴家轩爷爷，改变原来的做法，男的女的都上谱。陈为忠在电话里说："那好，我今天下午就回家。"

打完电话，吴小草抱着妹妹流泪道："小蒿，你救了姐姐……"

回到父母门前，由浩亮说，快走快走，点点她爷爷已经等急了，刚才来电话催了。吴小蒿只好与父母告别。两位老人急忙把准备好的东西往车上提，是一包煎饼、一包熟花生、一桶花生油、两棵大白菜。吴小蒿明白，这些东西是父母的心意，必须带走，就接过去装到车上。

出村时，集还没散。到了鱼货摊前，吴小蒿让由浩亮停车。由浩亮问："干什么？"吴小蒿说："你问问这里卖的海鱼什么价格。"由浩亮说："我问那个干吗？我又不买鱼。"吴小蒿瞪眼道："你不买鱼，可你给锄头卖过鱼！他在海上辛苦半年，老板给他几吨鱼顶工资，我让你给帮忙，你就忍心剥他一层皮，给人家那点儿钱？你知不知道，这事已经传遍了吴家庄，叫我怎么有脸再回来？"由浩亮说："他嫌少？就他那些臭鱼，都是压库底的陈货，不压价谁要？我费了好一番事，才找到买家……"吴小蒿说："压点儿价也正常，可你按三块一斤给他，也太少了。你回去就补给他！""我凭什么补给他？没有三分利，谁起早五更？""你想赚钱，通过别的生意赚，但是锄头这一份，你无论如何也得再给他一些！"见他不吭声，吴小蒿又说，"你如果不愿意，我就用我的工资卡划给他。"由浩亮听了这话，将方向盘猛一拍："你想划就划，反正我不管。"

4

吴小蒿提着礼品，与丈夫、女儿一起走进了平畴县委大院最后面的那座二层小楼。

由大联坐在沙发上没有起来，眯缝着一双围了许多皱纹的老眼说："让你们十二点过来，为什么要迟到呢？迟到还不是几分钟，是十八分钟。"点点说："爷爷，你家不是学校，迟到一点儿没事！"由大联说："我这里不是学校，但要发扬学校的优良作风。拖拖拉拉，吊儿郎当，干什么都不会成功。"点点说："我姥爷一见我就给押腰钱，你见了我就上课！打住好吧？恭喜发财，红包拿来！"说着向爷爷伸出手去。由大联嘟哝道："这孩子，怎么学会了向钱看呢？喏，给你！"他从茶几的抽屉里拿出一个红包。点点一把抢到手："耶！"跑到厨房找奶奶去了。

吴小蒿将手里提的礼品放下，由大联看一眼说："这是你们单位分的年货？"吴小蒿说："今年单位不分年货了。""咳，你们不分了，平畴县也不分了。执行八项规定六项禁令了？我看是拿着鸡毛当令箭吧！"吴小蒿笑了笑："中央的规定，哪能是鸡毛呢？"

公公看一眼去厨房帮忙的儿子，沉默片刻，将两手往沙发扶手上一搭，正襟危坐："小吴，你考上了副镇长，为群众服大务，我很欣慰。我一直想让浩亮走这条路，可他不争气，过了而立之年，还是一事无成，我很痛心。不过，儿子不行儿媳妇行，你走上了从政这条光明大道，很好，非常好。考虑到你年轻，经验少，为了让你今后工作顺利，进步更快，我想跟你介绍一下从政的经验体会……"

听他这么说，吴小蒿不得不做出倾听的姿态。只听公公说："小吴你知道不，从政有好多学问，最大的学问是什么？是你要知道，你在领导眼里怎样。你无论是说，还是做，都要让领导觉得你不错，有能耐。你在领导眼里行，那你肯定行；你在领导眼里不行，行也不行……"

听公公讲这些，吴小蒿心中鄙夷，不愿再听，索性掏出手机装作看信息。公公那两道眼缝儿却是明察秋毫，他两手一撑，站起身道："你不想听，咱就不讲。不听老人言，吃亏在眼前！"吴小蒿急忙说："我听呀，我怎么不听？"说着就将手机装了起来。然而公公怒气未消，不再理她，扶着楼梯上了楼。

由浩亮发现了这个情况，走过来小声说："你怎么把我爸惹得不高兴？还不上去赔礼道歉？"吴小蒿不听他的，又拿出了手机。由浩亮咬着牙却眯着眼："吴小蒿，翅膀硬了是吧？当年你第一次来我家，可不是这个样子！"吴小蒿低声道："别说了，我恨我自己！"

吴小蒿真是恨自己，当年人穷志短，没能拒绝由浩亮的追求，让自己走进了这座小楼，直到成为由家媳妇。因为出身卑微，当年考进县一中，她对由浩亮虽然没有好感，但听说他是由县长的大公子，就不由得高看他一眼。在吴家庄，她对村支书是仰视姿态，镇里的干部让她觉得是天兵天将，然而由浩亮的父亲竟然是副县长！所以，当由浩亮邀请她去他家玩耍时，她就抱着一股强烈的好奇心去了。她想看看，县长的家里到底是什么样子。

那时是冬天，她一进门就觉得热气扑面而来。那时的县一中，从教室到宿舍都还没有暖气。看看由家的人，只穿毛衣，像是生活在春天里。由浩亮让她脱掉外衣，她羞红了脸坚决不肯，因为她的棉袄里面是一件破旧的化纤毛衣，严重起球，暴露在外面太丢人了。

吴小蒿拘谨万分地坐下，由县长就问她是哪里人。她说了之后，由县长就滔滔不绝，说自己对吴家庄那一带很熟，当年农业学大寨，他在那里指挥修建水利工程。他又问吴小蒿家里都有什么人，得知她是姐妹五个，立即指着她变脸道："你父亲好大的胆子，竟然跟国家政策对着干！"吴小蒿羞得不行，恨不得找个老鼠窟钻进去。但看了这边的墙根，看了那边的墙根，连一个老鼠窟也没找到，原来由县长家里是没有老鼠的。

找不到老鼠窟，她就看着放在墙根的一样东西发呆，不知那是什么玩意儿，反正是一直向外喷白气。由浩亮注意到了她的目光，也有意为她解围，就说："不认识吧？这是加湿器。"

吴小蒿认识了加湿器，但不明白为什么要用它加湿。不明白也不敢问，只好继续听取由县长对她父亲的谴责。

此后，吴小蒿直到高中毕业再没去过由家。由浩亮整天对她穷追不舍，大献殷勤，多次邀请她再去做客，她一概拒绝，因为她对由浩亮的父亲产生了严重的恐惧心理，一想到见他就头皮发麻。她见由浩亮的学习成绩一塌糊涂，就劝他收收心好好学习，由浩亮却说："考上考不上大学无所谓，我爸能不给我找一份工作？"吴小蒿又劝他："县城的好女孩多得是，你快找个门当户对的。我是穷人家的孩子，配不上你。"由浩亮却说："门当户对？狗屁！你是咱们班的班花，我就喜欢你，就要找你做老婆。今生今世，你休想嫁给别人！"吴小蒿见他如此疯狂，更不愿理他，对他所有的求爱言行无动于衷。

高考结束，她接到山东大学录取通知书的第二天，由浩亮突然坐着父亲的小轿车到了吴家庄。走进吴小蒿家中，见老两口双双发呆，他说："我爸是由县长，我跟吴小蒿是同学。她考上了大学，我来向她祝贺。"说着就从包里掏出一捆百元票子，放到破桌子上。吴小蒿说："我不要这钱，由浩亮你拿回去。"父亲却瞪她一眼："人家好心好意，咱不能不识抬举。"吴小蒿正犹豫着，由浩亮转身走了。父亲没拿钱，假装追赶，边追边说："多亏你给小蒿送学费！你不喝口水再走？"跟到门外的三个妹妹看着小轿车离去，回来嘻嘻笑道："俺有二姐夫了，俺有二姐夫了。"吴小蒿没好气地说："滚一边去！咱爹把我卖了！"但她知道，家里穷得叮当响，如果不要由浩亮的钱，是没有办法筹齐学费的。

去济南报到的头一天，由浩亮亲自开车来了。他说，已经拿到了驾照，父亲给他买了一辆私家车，他要开着这辆车，亲自送吴小蒿去上大学。三个妹妹面面相觑连声惊叹："哎哟，哎哟！"大姐吴小草问："小由，你考上了什么大学？"由浩亮眯着细眼笑道："我直接参加工作，指挥交通！"

坐在由浩亮的小轿车里上路，看着家里人、村里人目送她的艳羡目光，吴小蒿的虚荣心得到了极大满足。她想到自家的贫寒，想到父亲对姐妹几个的蔑视，捂脸低头痛哭失声！

当天晚上，她住在由浩亮家中。正巧县长大人出差在外，由浩亮的母亲对她十分体贴，为她做了一桌好菜，她第一次吃到了海参、鲍鱼、燕窝、猴头菇等山珍海味。吃完饭，由浩亮的母亲上楼，她和由浩亮在客厅里看电视剧。电视剧演的是康熙皇帝微服私访的故事，看了没有多大一会儿，由浩亮就将她抱起，走进客厅旁边的一间卧室。

十六年过去，吴小蒿再看一眼那间卧室，眼前晃过一片血红。她深深痛悔当年，也痛恨这座小楼。她一刻也不想再待下去，想立即回去。但她知道，这顿饭是必须吃的，不然，她没法向女儿解释。

李言密突然打来电话，让她赶快回楷坡。吴小蒿问："怎么啦？"

李言密说："出大事了！死人了！"

她听清楚是怎么回事，立即做出决定，让由浩亮和女儿留下，她自己开车直奔楷坡。她走出小楼时，只听老县长在二楼上重重地咳嗽一声，大声道："处理这种事故最需要政治智慧，要赶快想办法息事宁人，消除不良影响！"

吴小蒿知道，公公一定是听到了她的电话，又借机介绍他的从政经验了。

5

吴小蒿站在姚疃村的爆炸现场，看着被夷为平地的两间房子，嗅着浓浓的火药味儿，听着一对中年男女撕心裂肺的哭声，为死去的祖孙二人悲哀，也为自己的失职愧疚不已。

楷坡镇有三个村子制造鞭炮，几乎家家户户都有作坊。每年秋后，他们买来火药、纸张，一家人就起早贪黑忙活起来：卷纸筒、填火药、封泥底、装芯子、系麻绳……做一冬天，年前卖出去，一家能有几万元的收入。然而，干这行十分危险，一不小心就出事。听安检办的人讲，前几年，姚疃村有一人兑火药，用木杆秤称重，不料秤砣碰到秤盘上碰出火花，就把一盘子硝点燃，炸死了三个人。在另一个村，有人穿了硬底鞋，踩上了撒在地上的火药，一屋子鞭炮全炸光，他自己的身体也成了碎块。还有一户，出事的原因更离奇：有人造了一屋子鞭炮，怕被偷走，晚上在那里睡觉，半夜起来解手，一拉灯绳，把挂着的灯泡扯掉了。灯泡落地摔碎，引发爆炸，把这人炸死。

吴小蒿分管安全，涉及本镇十几家企业的生产安全，以及交通安全、森林防火等等，但最让她担心的就是鞭炮制造业。她前几天让李言密带着，到这三个村检查了一番，也到一些制造鞭炮的人家看了，嘱咐他们务必小心，千万不能出事。但她并没有到每一户察看，眼前发生爆炸的这一户，她就没有来过。

她问李言密，问这个村的书记，他们都不清楚爆炸原因。问过这一户的户主，户主说，他和老婆今天去赶集卖鞭炮，五岁的儿子和他爷爷留在家里，谁也不知道这祖孙俩为什么打开库房进去，进去后做了什么。反正，一声巨响，把半个村子都震得晃悠，鞭炮屑和祖孙俩的尸块飞到了许多人家的院子里。

看过现场，吴小蒿回到楷坡，参加处理这起爆炸事件的紧急会议。她听李言密说，书记、镇长连午饭也没吃，来姚疃看过，已经把他骂过多遍了。吴小蒿说："我也等着挨骂。"

果然，一进镇办公楼小会议室，书记就指着她厉声道："吴小蒿，你是干什么吃的？今天是工作日，你跑到平畴走亲戚。你前脚走，后脚就发生爆炸！这件事，你必须负全部责任！"

吴小蒿点头道："对，我负全部责任，你处分我吧。"坐下后，她心里泛上一丝委屈：我今天回家走亲戚，是因为春节要值班，是你周书记批准的呀。

坐在一边的镇长说话了："处分谁，那是下一步的事，眼下咱们必须抓紧商量对策，把事了了。"书记说："首先要把消息封锁住，不允许任何人向媒体透露！"贺成收说："消息恐怕很难封锁住，但我们可以统一口径，就说是做饭时煤气爆炸，不是鞭炮。"李言密说："对，我马上给丧主打电话，让他对谁都这样讲。"书记摇头道："他能听你的？"贺成收说："咱们给他好好善后，给他一些抚恤金，再把房子在年前重新建起来，他肯定会听咱的。"书记说："钱从哪里出？民政所有办法吗？"民政所所长袁笑笑将嘴一咧："我只能出一点儿救济金，多了没有。"

吴小蒿看着眼前的几位，觉得自己又有了晕船的感觉。掩盖真相，息事宁人，怎么能这样处理呢？但是，如果实事求是地发布消息，向上级报告，肯定会给楷坡镇抹黑，我这个分管安全的副镇长肯定会受处分。想象一下，过不了几天，上级会有一纸处分决定下来，"吴小蒿"三字赫然在上，她严重胸闷，有一种将要溺水身亡的感觉。

贺成收这时走了出去。时间不长，他回来晃着手机兴奋地道："搞掂了，搞掂了。"

他说，刚才和神佑集团慕总商量，由他出资七十万，六十万作为抚恤金，十万建房。今天钱就到位，抚恤金打到丧主账户上，明天建筑队突击施工，吃年夜饭之前，保证把两间房子建起来。

李言密、袁笑笑和刘大楼立即鼓掌，吴小蒿也跟着鼓了几下。她想，镇长真是厉害，打一通电话就把事情摆平了。但她发现，书记面色严峻，不置可否。她想，这是为什么呢？难道书记还有更好的解决办法？

镇长盯着书记发问，语气咄咄逼人："你说，这么办可不可以？如果不可以，我马上通知慕总，这事不用他管了。"

书记深深低下头，用一只手去后衣领里抓挠着，仿佛里面有跳蚤，有虱子。但他终于将手一拔，将头一仰，瞅着天花板说："为了能让楷坡过一个安定祥和的春节，就这么办吧。"

除夕这天上午，吴小蒿与李言密到姚疃看看，炸倒的两间房子果然建了起来，十几个建筑工正在撤架子。看看那屋，青瓷瓦，红砖墙，门窗也全部装好，里面墙壁白得耀眼。失去两位亲人的夫妻俩虽然还是满脸悲戚，但情绪已经平和多了。男人握着吴小蒿的手，一再感谢政府。吴小蒿不知说啥好，只嘱咐他们节哀，保重身体。李言密与他握手时，用另一只手指着他的脸小声说："煤气爆炸！记住了吧？"男人点头道："记住了，煤气爆炸，煤气爆炸。"听见他们这样对话，吴小蒿再不敢正视那夫妻俩，站了一会儿就走了。

回到镇里，吴小蒿去向书记汇报。书记听了，只说了一个字："好。"然后说，他现在要回城，初二回来，让她值班时如果发生大事，立即打电话给他。

这天，值班的镇领导是单文久副书记和吴小蒿。下午，单文久副书记打电话给吴小蒿，说他老母亲有病，要提前走一会儿。吴小蒿说："你走吧，有我呢。"

她坐在办公室里，意识到此刻自己就是楷坡镇的最高值班领导，感觉"压力山大"。全镇三十七个村，三万两千口人，还有几十家企业、上千条渔船，谁知道除夕之夜会不会发生什么事情？一旦有突发事件，一、二、三把手都不在这里，我能稳妥而完善地处理好吗？

她走出办公室，发现这座楼已经空空荡荡。她到一楼的党政办公室看看，刘大楼正坐在电脑前，跟网上的对手下象棋。见吴小蒿进来，他站起身说："不好意思，一年到头，难得今天下午这么清闲，下棋换换脑子。"吴小蒿说："你下吧，但是不要误了接电话。一旦有突发事件，马上报告。"

她又到几个主要部门转了转。民政所、财政所、村镇建设办公室、林业站、水利站、计生办等等都关了门，只有李言密还在安检办坐着。吴小蒿问李言密什么时候回家，他说："我明天早晨回。干安检办主任五年了，我一直在办公室过除夕。"吴小蒿想，这个老李，也真不容易。

手机响了，是贺成收打来的："小蒿，你分管文化，今晚去看一场孝道文化除夕晚会吧，可感人了，我去年看过。"吴小蒿说："谢谢镇长推荐，但我值班，不能离岗吧？"贺成收说："你只要在楷坡的地盘上，就是在岗，反正办公室有人，有事会打电话。"吴小蒿想，镇长让我去，我不能不去，就问那个晚会在什么地点。贺成收说，神佑集团总部。

吴小蒿心头一颤。想到第一次看霸王鞭时郭默向她讲的，想想锄头向她讲的，她实在不愿去那个不干不净的地方。但转念一想，我借机进去一次也好，看神佑集团里面到底是什么样子，虎鲨到底长了什么样的面孔。

6

"初一、十五两头平。"吴小蒿早就听说过这句渔谚，知道这两天的一早一晚是海潮高峰，除夕是初一的前一天，高潮时分会提前四十八分钟。她开着自己的车到了钱湾渔港南面，看见霸王鞭虽然将被潮水淹没，但它的反击格外强悍而凌厉。浪打礁石，水花溅起很高，霸王鞭仿佛成了一条银色蛟龙，龙头便是挂着大红灯笼的神佑集团总部。

吴小蒿来到院门口，只见两边站了两行红衣青年。不知谁认得她，她下车一露面，就有人高喊："吴镇长到——"

里面是个大院，有树木，有假山，一条用雕花青石板铺成的通道直抵正房。贺镇长与一个大嘴男人走出来，双双向吴小蒿拍着巴掌。大嘴男人走下台阶，握着吴小蒿的手说："欢迎吴镇长位临！"她想，"莅临"怎么成"位临"了？她想给他纠正，又怕伤他面子，微笑一下作罢。

二人在前，吴小蒿在后，穿过摆放了许多古董玉器的门厅走到后院，进入一个金碧辉煌的大厅。里面已经坐了七八桌人，乌烟瘴气，声音嘈杂。她被领到一号桌，只见派出所所长范荣国、民政所所长袁笑笑等人都在，都起身跟她打招呼。坐在主宾位子上的一个人她不认识，贺镇长说："我给你隆重介绍，这位领导，是省里的盛处长，回楷坡陪老祖过年，被我们荣幸地请来了。"吴小蒿握握他的手说："幸会。请问您是哪个村的？"盛处长推推眼镜笑道："蚂蚱山。我是从那个小山村里蹦出去的一个小小蚂蚱。"听他这么幽默，吴小蒿也笑了："我是从平畴吴家庄走出来的一棵小小蒿草。"

副主宾位子上坐着贺成收，吴小蒿被安排到紧挨着他的一个座位。她坐下后，搬了搬椅子，想离贺成收稍远一点儿。贺成收指着她说："干什么？嫌我腥？嫌我臭？"听他这么说，她只好老老实实坐在了那里。

派出所所长指着袁笑笑说："笑笑，刚才那个段子，你还没讲完呢。"慕总也鼓动他："讲，接着讲。"袁笑笑瞅一眼吴小蒿说："有女领导在场，怎么好意思？我讲个俺爹过年的故事吧。"他伸手拿了桌上一根香蕉，剥了皮咬下一段，一边嚼一边讲，"俺爹是个有神论者，每年过小年这天都要敬灶王爷，怕他上天说坏话。但年年敬，年年倒霉，他就认为是灶王爷在玉皇大帝面前捣蛋。这年腊月二十三晚上，他率领我们全家，到锅屋里贴上新买的灶马头，敬上糖瓜，又是烧纸又是磕头。磕头，以前都是磕一个，这天他领着我们磕了三个。我爹磕完站起身，指着灶王爷的画像说：'灶王爷，俺给你多磕了两个头，你这回上天，不会再说俺的坏话了吧？'"

袁笑笑讲到这里，一桌人都笑，有人甚至让茶水呛得连声咳嗽。贺成收指着袁笑笑说："你爹真是抠腚门子咂指头——吝啬到家了！多磕了两个头，就提这么高的条件！"派出所所长说："灶王爷能是好骗的？就像你这个民政所所长，要是有人找你办低保，只磕两个空头，你就给他办？"袁笑笑正色道："怎么不办？不磕头也办！"

接下来，袁笑笑又讲了几个故事，都是庸俗不堪、低级搞笑的那种。吴小蒿想，官场上真是品种繁多，竟然有袁笑笑这类人物，而且很有市场。她想起，《史记》中有《滑稽列传》，记载了一些言行诙谐、善于搞笑的人物，不过，人家"善为笑言，然合于大道"，袁笑笑算什么？

她不愿听，拿出手机看起了新闻。她看到，今天的头条新闻是《习近平看望慰问坚守岗位的一线劳动者》，第二条新闻是《温家宝签署第632号至第635号国务院令》。第635号令，是《国务院关于修改＜中华人民共和国植物新品种保护条例＞的决定》。她忽然想到，植物新品种需要保护，那么植物旧品种呢？

是不是格外需要保护？拿楷坡镇来说，地名叫楷坡，是因为挂心橛前面曾经长满楷树，可是现在连一棵也找不到。是否需要恢复起来，让楷坡名副其实呢？

这个念头，让吴小蒿兴奋起来。她想立即向镇长提出建议，但看到镇长此刻正沉溺在袁笑笑的笑话中不能自拔，将那个下面疑似有鳃的下巴左右晃荡着，便知道这会儿不可能与他讨论种楷树的问题，只好又把目光放到了手机屏幕上。

然而，她老是忍不住想看贺成收的下巴，不时抬头端详一眼。下巴底下的那两片暗紫，似乎藏有巨大的秘密。再看下巴之上的脸盘、眉眼、鼻子，棱角分明。她想起，闺密们评价男人，经常用到"man"这个词儿，意思是有男人味儿。如果贺镇长被她们看到，她们一定会说："嗯，很 man！"

西头的舞台上响起女声。吴小蒿抬头看看，一位美女浓妆艳抹地站在那里，用夸张出来的激动语气宣布："神佑集团除夕家宴现在开始！"

家宴？我也成他们的家人了？吴小蒿深感不安。

主持人请集团董事长兼总经理慕平川先生致辞，慕总就离座登台。他穿一身紫绸唐装，衣服上的花纹在灯光下闪烁不定。他深鞠一躬，大嘴一张："各位领导，各位前辈，各位兄弟，今天是大年三十。俗话说，大年三十吃饺子，没有外人。一年来，神佑集团又有了新发展、新业绩，全靠大家支持帮助。神佑集团，神佑啊！你们，都、是、神！"

全场热烈鼓掌。吴小蒿却没有动手。她想，我不是神，我对这个企业没有任何帮助。

慕总继续讲话，他向盛处长的父母致敬，向各位领导的父母致敬，向贺镇长父母的在天之灵致敬，向自己父母的在天之灵致敬。场上有好多人擦眼抹泪。

慕总又说："尤其是各位兄弟，你们跟着我打拼多年，与我情同手足。现在，让我们一起向父母大人表表孝心！"

在小姑娘们的扶持下，二十几位老人上台，坐到了早已准备好的椅子上。小姑娘下去，每人端来一盆热水，分别放到老人面前。慕总向下面挥挥手："'四梁八柱'，上！"

一群彪悍男人离席登台，齐刷刷站到慕总面前。

袁笑笑见吴小蒿看得发呆，就向她解释："四梁八柱"，是神佑集团的领导骨干，其中的"四梁"是四个副总，每人分管一摊；"八柱"，是八个分公司经理。

慕总转身面向坐成一排的老人，动情地讲："各位前辈，平川的二老已经归天，你们就是我的再世父母。我是你们的儿子，让我在除夕之夜尽一份孝心！"

音乐响起，不知从哪里请来的一位男歌手上台唱起了《念亲恩》这首歌，极其煽情。慕总到最年长的一位老太太面前，跪下磕一个头。"四梁八柱"到他身后站成一排，也跪在那里磕一个头。慕总伸出胳膊，卷了卷袖子，然后探手入盆，给老太太洗脚。老太太捂脸痛哭，"四梁八柱"低声饮泣，观众席上泪光闪闪。贺成收也撕了一片纸巾摁在眼窝上。

见他这样，吴小蒿想，很 man 的男人原来也很 sentimental（多愁善感）。不料，贺成收收起纸巾看她一眼，用大腿碰了一下她的大腿，小声说："慕总出钱摆平姚瞳的爆炸事件，你等一会儿应该向他当面道谢。"吴小蒿迟疑一下，点了点头。贺成收又用大腿碰了一下她的大腿，而且更加用力："别忘了啊。"

第二下碰撞时，吴小蒿有了感觉，因为这种碰撞不是一个点，而是大腿的整个侧面。一个男人，对她用这种隐秘的肢体语言，她还是第一次经历。她脸热心跳，怕镇长还有第三次，就将两条腿移到了另一边。

台上，慕总已经为老太太洗完脚，起身到另一个老头面前磕头，为他洗脚。他到谁的面前，"四梁八柱"就随他移动，磕头长跪，一个一个，直到全部完成。在这个过程中，歌唱演员换了三个。

慕总终于给所有的老人都洗了脚，起身下台，步伐艰难，看样子是膝盖跪疼了。慕总回到座位，贺成收说："慕总累了吧？快喝口茶休息休息。"慕总一边揉搓膝盖一边说："不累，干这件事，就是把膝盖跪烂，也是应该的。"听了这话，袁笑笑向他竖起了大拇指。

"四梁八柱"留在台上，面对宾客。一个留着板寸头、头上有两道明晃晃伤疤的汉子出列，拿过话筒，哽咽难言。派出所所长笑了笑："二道河子动感情了。"

吴小蒿突然想起，堂侄锄头讲过，长年在渔港上欺行霸市的那个渔霸，绰号就叫"二道河子"。

二道河子擦擦泪水，终于操着东北口音讲话了："慕总，你每一年的大年三十，都把我们的老爸老妈请来吃年夜饭，亲自给他们磕头、洗脚，让我们感动得没法形容。人在世上混，不就讲一个孝、一个义吗？在神佑集团，这两条齐了！慕总，大哥，我代表兄弟们向你发誓……"

吴小蒿实在听不下去，对贺成收晃一晃手机说，家里来电话，遂起身离席。

走出院子，只见阴云密布，朔风怒号，霸王鞭上溅起的海浪轰轰作响，远远近近的城镇上空有烟花绽放。她想，我今晚参加的算是什么活动？似乎是孝道文化，似乎是感人泪下。"老吾老以及人之老"，慕总好像是遵循了这句圣贤之言。可是，这些老人之外的老人呢？那些被长年欺压、无情剥夺的渔民，他们的父母是否受到伤害？在这个除夕之夜是否快乐？

她觉得，慕平川在今晚的作为，可以用"伪善"二字评价。更让她一想就难受的是，姚瞳出了鞭炮爆炸事件，竟然是经镇长协调，由慕平川出钱摆平。

"为了能让楷坡过一个安定祥和的春节"，她想起了周斌书记的话，也想起了他的犹豫。书记肯定知道慕平川是什么人，接受了他的施舍意味着什么。我那时并不知道慕平川是什么人，如果知道，我宁可接受处分，也不让他当我的恩人。

女儿打来了电话。叫一声"点点"，她竟然鼻子发酸，眼泪涌出。

点点说："老妈老妈，我在爷爷奶奶家给你拜年！你吃饺子了吗？"

"吃了。"

"你怎么声音变了？在哭？"

"没有，叫海风呛着了。"

打完电话，回头看看灯火辉煌的大院，她实在不愿回去，就给贺成收发了短信，说女儿非要跟她视频不可，不然就哭闹，这里信号不好，只好先回去了。

回到镇政府，她到一楼党政办公室看看，刘大楼正和几个值班人员看央视春晚。她问有没有事情，刘大楼说没有，她就去了二楼自己的办公室。

吴小蒿考虑片刻，便给周斌打电话，主动向他坦白，去神佑集团参加了宴会，并检讨说，自己不了解情况，贸然行事，不该到那种场合。书记说："慕平川的除夕宴，前两年也邀请过我，但我知道他的为人，每到除夕就回城躲避。"吴小蒿说："慕平川的手下强行收购鱼货，欺行霸市，党委为什么不管？"书记说："不是不管，是想管管不了，慕平川编织的关系网太强大、太复杂。你就没听说过那句话，'强龙不压地头蛇'？"

听了书记这话，吴小蒿眼前出现了那条伸进海里的霸王鞭。鞭与蛇，影子重叠在一起，乱甩乱动，让她的脑仁儿疼痛。她捂着脑袋沉吟片刻，说道："书记，由慕平川来摆平姚瞳的爆炸事件，我以为不妥，这是党委政府的耻辱。我想向上级实事求是地报告，坦陈真相，领受处分。"

书记急忙喝道："别胡闹！"他停了停又说，"吴小蒿，你别太天真！这不是你一个人的问题，这关系到整个楷坡镇的业绩评价，你懂不懂？"

吴小蒿懂了。这位"空降"书记，尽管知道慕平川不是好人，尽管知道由他出钱息事宁人很不妥当，但是为了楷坡镇表面上的风平浪静，为了他任职期间的平平安安，就睁一只眼闭一只眼了。

7

大年初一早上，刘大楼主任在院子里放了一阵烟花炮仗，给吴小蒿打电话说，食堂包了饺子，免费供给值班人员，吴小蒿就洗了洗脸去吃。她还没走到食堂，就听见里面有人吵吵嚷嚷。她进去看看，原来是袁笑笑和两个小伙子正往外推一个衣着破旧、头发花白的老汉。老汉说："我就要吃政府的饺子！我吃不上低保，包不起饺子，不到这里吃到哪里吃？"

吴小蒿见刘大楼站在旁边，就问他怎么回事。刘大楼说，老汉姓常，是西施滩的，没能吃上低保，多次到镇里上访。吴小蒿问："他应不应该吃低保？"刘大楼摇摇头："我不知道，反正袁所长说他不够条件。"

正说着，那边打起来了。老常不知被谁推倒在地，一个小伙子正用脚踢他。老常捂着裤裆大叫："把我的蛋踢破了！把我的蛋踢破了！"袁笑笑说："踢破就踢破！你都六十多了，要蛋做什么？"听他这么说，围观的几个人都笑。

吴小蒿急忙上前，让他们住手。老常还躺在那里哼哼，吴小蒿向站在柜台后观望的炊事员说："师傅，你把我的那份饺子端来！"

炊事员就盛了一盘，放上筷子，端给了吴小蒿。吴小蒿蹲下身说："老常，你吃吧。"

老常爬起身来，蹲在地上，接过那盘饺子，一口一个吃了起来。

袁笑笑指着他说："你看他那吃相，喊！"

吴小蒿对他怒目直视："袁所长，今天是大年初一，就是来个普通乞丐，咱们也应该好好打发人家，怎么能又打又骂呢？"

袁笑笑说："这人太没数了，大年初一还过来找麻烦……"一边嘟哝一边走了。

老常吃下半盘，向炊事员要了个塑料袋，将另外半盘装进去，提着要走。吴小蒿对他说："大叔，你先回去，有什么要求，等到镇里上班之后再说，好吧？"

老常连连点头："你这个闺女好，我听你的。"说罢起身，一歪一斜地向外走。吴小蒿这才知道，他是个瘸子。她想，西施滩在海边，离这里有四公里，走回去很艰难，便决定送他回家，顺便看看他家到底是什么情况。她跟上去，换扶着老常往外走。到了院里，吴小蒿让老常上她的车，老常脸上满是惊惶："你要把我拉到哪里去？拉到派出所？"待吴小蒿说明去向，他将嘴一咧笑出涎水，却也顾不上擦，四肢并用爬到车后座上。

在路上，吴小蒿问老常为什么大年初一到镇政府来闹。老常说："我不服呀。上级给的低保，是帮穷人的，可是到了村里，书记的爹娘领，村主任的连襟领，他们都不穷。有个开大卡车搞运输的，在城里给孩子买了楼房，还领一份低保。为什么？人家跟村干部走得近呀。像我这样的，老了不能下海，打工人家不要，一分钱进项也没有，该领低保领不着，你说我能服吗？"吴小蒿说："你一分钱进项也没有？六十岁以上的，不是每个月有六十块钱的养老补贴吗？"老常说："我没有。""你为什么没有？"老常叹口气道："唉，谁叫我把户口起走了呢？"

原来，十几年前乡里年年收提留，老常不堪重负，一气之下就去东北找亲戚办了个户口准迁证，到派出所把老两口的户口拿走了。但他没去东北，也不想找地方落户，就把手续放在家里，从此不用交提留，觉得轻松，觉得赚了。万万没想到，这几年提留不再收，国家还给庄户人发种粮补贴，给老人发补贴，看病也报销大半，他统统享受不到，更不用说低保了。他很着急，一次次去派出所要求再把户口落下，可是人家不给办。

吴小蒿问："你有没有孩子？"

老常说："有个儿子，可是前年到海滩上扒西施舌，叫雷劈死了，也不知道他伤了什么天理。撇下媳妇跟一个丫头，人家顾不上管俺老两口。"

吴小蒿早就知道，西施滩原来叫西施舌滩，因为那里的海滩盛产一种叫"西施舌"的大蛤蜊，后来人们觉得拗口，就把村名减掉了一个"舌"字。那种蛤蜊，吐出的舌头白白嫩嫩，不知被哪一辈老祖宗叫作"西施舌"，并且成为隅城县官每年送往京城的贡品。然而，那个海滩又平又阔，经常在夏天发生雷击事件。

进了村子，吴小蒿问老常家在哪里，老常向前方指着说，前边，前边。来到一个破破烂烂的院子，老常说，到了。吴小蒿下车后进去看看，只见堂屋里脏乱不堪，连电视机都没有。墙角的床上躺着一个老太太，眼睛眍睽着，一看就是个病人。老常将提回的饺子放到她枕头旁边，拿来筷子喂她。吴小蒿问："大娘身体怎么了？"老常说，肺心病，十几年了。吴小蒿掏出钱包，看看还有三百块钱，就抽出两张给老常，让他买点儿补品给大娘吃。老常晃着两张钞票对老伴说："看见了吗？这才是共产党的好干部！"

从西施滩往回走，吴小蒿心情沉重。她想起来，省里已经下发通知，要求农村实行阳光低保，杜绝低保发放中的腐败与不公。她回到镇政府，立即给书记打电话，说了老常一早去镇政府闹，她送老常回家所了解到的问题，建议镇里认真解决。书记说："你说的情况，我也知道一些，阳光低保，是要尽快落实。"

书记又说："今天是老贺值班，你快回家吧。"吴小蒿说："好的，等他过来我就走。"

她从抽屉里找出一碗方便面，用开水泡了吃。她刚吃完，贺成收推门进来，晃着大个子伸手道："小蒿，过年好！"吴小蒿急忙站起来与他握手。贺成收看到还在冒热气的方便面盒子，大为吃惊："大年初一你吃方便面？我不是安排食堂包饺子吗？"吴小蒿说："是包了，我没顾上吃。"接着把老常的事情讲了。贺成收说："这人我知道，多次来上访。我也跟袁笑笑说过，可这家伙就是不给办。我再跟他说说。老常的户口也该解决，我跟派出所所长也打个招呼。"

吴小蒿说："镇长过问，我就放心了。"

贺成收晃着大手说："尽管放心，你说的事情我一定认真办。你快走吧。"

8

吴小蒿开车去平畴县城，接由浩亮与点点回隅城。回程中由浩亮开车，点点在后座上偎在吴小蒿怀里撒娇，让老妈年假期间要分分秒秒陪她。吴小蒿说，好的，分分秒秒！

回到家中，点点打开游戏机，递给吴小蒿一个手柄，要跟她一起玩双人游戏。那个游戏叫《僵尸任务》，情节是僵尸病毒侵犯了整个城市，二人成立了清除僵尸病毒小组，但执行任务要克服各种艰险。吴小蒿看懂了，就跟点点玩，但玩的时候，眼前的僵尸幻化成了虎鲨、二道河子等等。因为分心，也因为没有孩子的反应快，她与点点老是配合不好。点点烦了，一把推开她："去去去，我就知道你心不在焉，就让我孤军作战吧！"

厨房里丁零当啷，那是由浩亮在准备晚饭。在路上他就问点点晚上想吃什么，点点说，想吃老爸做的佛跳墙，现在他已经着手了。由浩亮尽管有各种毛病，但他疼爱女儿、喜欢做饭，这两条优点，吴小蒿不得不承认。

甄月月发来微信："亲家，好容易等到过年，姐妹们腐败一回吧？ AA制，一人一百。你要是有空，定在明天晚上六点，去马云的'一等舱'。"

吴小蒿立即回复："好呀，我去。谢谢亲家。"

次日傍晚，吴小蒿到达位于市中心的一等舱，走进这家用大量旧船木装饰的酒店。马云正站在大厅里，习惯性地将脑袋歪着，头发垂到一边，像黑色挂面。吴小蒿笑着说："给马首富拜年，祝你今年生意更加兴隆！"马云与她拥抱一下说道："镇长妹妹，别寒碜我好不好？站着尿尿的马云建成了商业帝国，蹲着尿尿的马云连一个一等舱都经营不好。"吴小蒿问为什么经营不好。马云说："公款吃喝停了呗。前几年，我这里是何等气象，哪一天不是爆满呀？有些领导请客，还把标准定在每人一千以上，愁得我呀，到哪里弄一些稀罕玩意儿上桌？现在毁啦，领导每天晚上到老婆的餐桌上报到，我独守空房，强烈地思念他们呀！"吴小蒿忍不住笑了："就因为你和某些领导把官场风气搞坏了，中央才痛下决心的。"马云说："好吧好吧，我赚不了公款，只好赚姐妹们的私房钱，今晚你们定在这里聚会，谢谢啊。船长二号，已经到得差不多了，你快去吧。"

挂着"船长二号"牌子的雅间里果然坐了七八个女人，姚黄魏紫，都打扮得很漂亮。这些人是以甄月月为核心的一帮闺密，都在一个名为"风花雪月"的微信群里。坐在主陪位子上的月月指着右手的空位说："小蒿，你坐这里。"吴小蒿说："那怎么行？还有年龄大的姐姐呢，让姐姐坐。"月月说："姐姐有几个，乡下女人只有你一个，算是慰劳你吧。坐！"吴小蒿笑道："恭敬不如从命，乡下女人坐了。"

刚坐下，月月就摸着她的头发说："你下乡前，咱们一起染的发，过年了不再染？"吴小蒿说："顾不上呀。再说，身为乡下女人，也不用再染了，保持本色吧。"她看看月月，这次染了酒红色，烫的卷儿更好看，人也显得更为优雅。从房间中挂的大镜子里照照自己，头顶上出现了黑黑的一道幽谷，将那些亚麻色头发推到了两边，真的像个乡下女人了，心间不由得泛上一些自怜情绪。

马云过来，看看人已到齐，就吩咐上菜，倒酒，宴会随即开始。先是月月向大家祝贺春节，连喝三口。再是副主陪马云敬酒，也是三口。之后，场面就有些乱了。一群女人，谁都想说话，但全桌人说一个话题，有的插不上嘴，就自找对话伙伴，家长里短，喊喊喳喳。

月月听不下去，拍了拍手大声道："哎，姐妹们，咱们这是开沙龙呢，还是赶大集呢？话题集中一点儿好吧？这样，咱们一个一个说说，今年都有什么打算，一年之计在于春嘛。"

她的意见，得到一致响应。月月用左手画一个圈，说顺时针方向，一个个讲。坐在副主宾位子上的是王敏，她四十五六岁，是一家银行的副行长。她说："我的打算是，让儿子去英国留学。"别人说："你孩子正上初中，舍得把他送走？"王敏说："怎么不舍得？让他培养自立能力，这关系到他的一生，我要竭尽全力为他铺路。"

一个叫连玉红的中学教师说，她打算发表几篇论文，年内晋升高级职称。别人说，祝她心想事成。

一个叫诸葛凤的国企高管挖揂着手说："哎，你们也祝我心想事成！我打算跟老公离婚！"别人说："你老公不是挺好吗？当老板，相貌堂堂，干吗要离婚？"诸葛凤说："他是挺好，可是就一条不好——他不喜欢我的儿子。"大家知道，诸葛凤是二婚。因为这事就再次离婚，可见她对儿子有多么疼爱。

一个叫荀如的保险公司经理哧地一笑："我有个小心思，你们最好祝我心想事不成——我想发展一个情人。"她的话音刚落，面前已经有了好几只手指着。"小荀，你够生猛呢！这种事，别人是偷偷想，偷偷做，你竟敢当众宣布。"荀如双手合十道："求骂醒，求骂醒。没人骂我，我可能就沦陷了。"月月问："你能沦陷到哪里？"荀如说："一个微信好友的怀里呗。他太会说了，太会体贴人了，与我家那位相比，简直是云泥之别。"月月说："你要小心，等到那块云彩落下来，也会变成一片泥淖。"

马云接着说，她今年要搞一项大工程：保养卵巢。月月点头道："嗯，你的卵巢确实需要保养，这些年太累了。"有几个姐妹就看着马云哧哧笑。马云一拍桌子："你们不要想歪了，我建议大家都去保养保养。卵巢是女人的发动机，保养卵巢能延缓衰老，懂不懂呀？"她说，已经联系好了一家美容院，每天去做一次按摩，加精油的那种。月月说："祝你的发动机永远强劲！"诸葛凤说："祝你成为母鸡中的战斗机！"

一个叫路春的骨感小女人，站起来扯一扯身上的鹅黄色圆领羊绒衫："你们看，我是不是比以前精神了？"大家说，是。路春说："我以前有严重的抑郁症，自从参加了一个服装疗愈班，症状大大减轻，今年要继续参加。"吴小蒿第一次听说服装还有疗愈功能，就问："参加那个班，是不是经常买服装？"路春说："是的，一年少不了几万。不过，与精神健康相比，这点儿投入算不了什么。"

轮到吴小蒿了，她说今年要把本职工作做好，杜绝安全事故发生，同时让鼓乐《斤求两》申遗成功，请老师去考察丹墟遗址。连玉红说："后面两条和古代有关，你干脆导演穿越剧吧，姐妹们跟着过一把戏瘾。"吴小蒿顺水推舟开起了玩笑："好呀，楷坡有丹墟遗迹，让月月演丹墟部落的女王，咱们一个个头插鸟翎，给她当各种女官。"

月月却淡淡一笑："我对当女王不感兴趣，我要去南极。"一桌人都很吃惊，王敏说："你说啥？南极是随便去的？"月月说："正因为不是随便去的，我才更加向往。有这念头不是一天两天了，一想到那里的冰山、冰盖，企鹅、鲸鱼，我就心驰神往。"吴小蒿说："除了科考队和探险家，一般人去不了吧？"月月说："现在已经开辟了去南极的旅游线路，普通游客是可以去的。我打算报名，谁愿意与我同行？"一桌女人大眼瞪小眼，没有一个响应的。苟如说："我可不敢，我不想死在那里成为冰雕。"吴小蒿说："我敢，但我请不下假来。"月月说："好，我不强求你们，祝姐妹们各自实现计划，让蛇年过得充实而精彩！来，干杯！"

结束聚会回去，吴小蒿见家里一片漆黑，打开灯，不见父女俩的影子。她打电话给由浩亮，问他们到哪里去了。由浩亮说，他带点点到戴局长家拜年了。吴小蒿知道，戴局长是平畴老乡，当年在本县工作，是由浩亮的父亲提拔起来的。由浩亮来隅城后一直与他保持联系，殷勤看望，期望他对自己给予关照。戴局长尽管不愿搭理由浩亮，但看在老领导的面子上，曾几次让手下从他手里采购办公用品。

吴小蒿担心，让点点跟着拜年，耳濡目染那些庸俗的人际交往，会产生负面影响。但她又想，自己参加聚会也没有带女儿，总不能让她一个人留在家里。于是，负疚情绪又在心中生出。

她去女儿卧室，坐到了那张小小的写字桌前。抬头看看，墙上有一些小贴画，都是年轻歌星，有男有女，有中国的有韩国的。再看桌上，乱七八糟堆了一些东西，她想收拾一番，却发现桌面上贴了一张单面胶纸片，上面一个女孩指着她瞪眼，旁边写了八个字："点点领地，不许乱动！"她笑了笑，停下手来。

桌上有一本很厚的书——《历史上的今天》，与她带在身边的那一本不是一家出版社出的。她下乡之前，有一次带点点逛书店，点点看见这本书就要买下。她问："你也喜欢看《历史上的今天》？"点点说："只许你喜欢，就不许我喜欢？"

她翻了翻这书，发现书中夹着一个塑封书签，打开那一页，标题是"2月9日"。

公元前600年　道家学派创始人老子诞生

1234年　金哀宗自缢，金朝灭亡

1863年　红十字国际委员会成立

1921年　蒙古活佛宣布外蒙独立

1928年　共产国际对中共做出新指示

1947年　上海发生"二九惨案"

1956年　中国文字改革委员会公布《汉语拼音方案草案》

1964年　"甲壳虫乐队"首次出现在美国电视屏幕上

1969年　载客五百人的"波音747"客机首次飞行

1982年　中央要求做好计划生育工作

1998年　中国研究转基因羊获重大突破

在下面空白处，有一行稚嫩的字迹：

2013年　老妈没和点点一起过除夕

吴小蒿心头一颤。原来点点也在这种书上记录个人大事，而且记录了我作为母亲的失职！她看着那一行字，伏在桌上好一阵难受。

9

初七上班，吴小蒿天不亮就去汽车站，六点半坐上第一班开往楷坡的大巴。

七天假期，她人在隈城，心在楷坡，老怕那里再出什么事儿。她的手机从来不关，每天还与党政办公室通一次电话，问那边有什么情况。还好，那边长假期间只有两伙渔民酒后打架，属于派出所处理的治安事件，没有什么安全事故发生。

大巴出城后，在沿海公路上向南行驶。她望着车外，看着霞光在海平线上由弱变强，上染云朵，下染波涛。波涛上的那一道金黄，从鳃岛直达海滩，把她的眼睛都给耀花了。

看着鳃岛，她想起初三那天，鳃岛村妇女主任万玉凤给她打电话，说镇长上岛了，正准备喝酒，让她也过去。吴小蒿道一声谢，说自己在隈城，去不了，祝他们节日快乐。她想，镇长和厉大棹、万玉凤他们在一起，肯定又是疯吃疯喝。他们是不是又要生吃八带鱼？想到一条条腕足在他们嘴边蠕动的样子，吴小蒿又是一阵恶心。

快到楷坡时，区文体局局长樊卫星突然用微信发来一张照片。那是《大众日报》的文化版块，上面有几篇文章，其中一篇就是《锣鼓铿锵＜斤求两＞》，署名是她和郭默二人。吴小蒿很高兴，回复道："谢谢学兄告知。"樊卫星说："你俩把《斤求两》发掘出来，很有意义。把它列入市级'非遗'肯定没有问题，但咱们还要让它复活，让它在当代人面前呈现。"吴小蒿说："我们已经让它复活了呀，'楷坡春晚'，开场节目就是它。"樊卫星说："那我派人去看看，把它加工加工，元宵节到隈城表演。"吴小蒿说："好呀，你快派人来吧。"

接着，她将报纸照片发给了郭默。郭默立即回复："谢谢吴镇长，俺是秃子跟着月亮走——沾光了，嘿嘿。"

吴小蒿回到镇政府大院，感受到了喜气洋洋的过节气氛，谁见了面都是笑着打招呼："过年好，过年好。"她刚到办公室坐下，葛沟社区书记张尊良就带着葛沟片的六位村支书过来拜年。吴小蒿让他们坐，张尊良说："不了，马上就要开会了，我们去会议室。"吴小蒿说："我也去，走吧。"

吴小蒿听说，上班第一天召开全体镇干部和村支书参加的团拜会，这在楷坡已是惯例。等到上百人坐满大会议室，周斌书记先给大家拜年，接着安排工作。他说，今年是贯彻落实十八大精神的开局之年，要"稳中求进、扎实开局"。至于在楷坡如何开局，他看着手里的稿子，一二三四，讲得头头是道。讲到最后，他讲到了阳光低保。他说，有的村，低保发放存在严重问题，政府的钱没到贫困户手中，去了富裕人家，败坏了政府信誉，必须坚决整改。他让组织委员孙基山负责这件事情，将各村低保户名单重新审查，如有不符合条件的，一定拿掉。老孙点头答应。

他讲完，让镇长补充。镇长说，完全同意书记的意见，希望大家抓好落实。他特别强调，一定要落实好上级制定的各项强农惠农富农政策，保护和调动农民、渔民的生产积极性。要根据中央一号文件精神，一方面稳定农村土地承包关系，一方面引导土地承包经营权有序流转，鼓励、支持土地向专业大户、家庭农场、农民合作社流转，发展多种形式的规模经营。渔业方面，继续大力发展捕捞业、养殖业、加工业。总之，要在楷坡镇实现农渔并举，土地海洋双丰收。

纪检委员老秦竖起一个指头，用沉重的语气说："我只讲一点，提醒大家务必注意：十八大召开后，反腐力度空前增强，总书记刚在中央纪检委全体会议上讲了，'老虎''苍蝇'一起打。这就是说，贪官污吏，不分大小，无论在哪儿，在京城还是在省城，在区里还是在镇里，都没有藏身之地。希望各位认清形势，好自为之。"

吴小蒿听了点点头，忽然想到，这话应该由党委书记来讲，他为何只字不提？是有顾虑，怕刺激到谁？

她看看镇长，只见他将下巴紧贴脖子，脸色铁青，眼睛直盯窗外。

最后一个讲的是吴小蒿。她说："年前发生了一起爆炸事件，姚瞳死了祖孙二人，我十分痛心，应该承担领导责任。今年全镇各单位各村，一定要绷紧安全这根弦，保证不再发生各类事故。在文化建设方面，我们也要有新的思路、新的举措……"

刚讲到这里，周书记插话了："我要对小蒿镇长提出表扬。"他拿起手机点了几下，向会场上展示说，"这是今天的《大众日报》电子版，上面有小蒿镇长的文章，她把咱们这里的打击乐《斤求两》宣传出去了。"

会场上所有的眼睛都投向了吴小蒿，吴小蒿急忙说："那是我跟郭默站长合写的。"郭默在会场角落红着脸说："就是吴镇长写的，她给我挂了个名。"

书记晃着一只手讲："我一直强调，一个干部，不光会干，还要会写。一篇文章在省委机关报发出去，产生的影响无法估量，所以说，小蒿镇长带了个好头。我宣布，按照咱们颁布的奖励规定，奖给作者五千元！"

会场上有一些掌声，但并不热烈。吴小蒿知道一些干部的心理，他们并不认同书记说的"不光会干，还要会写"，她急忙站起来说："我和郭默写这篇稿子，只是想让更多的人知道有这个民间打击乐，需要保护，需要传承，并没想到要拿奖金。党委如果真要奖的话，郭默，咱们就把这钱用在置办鼓乐队装备上吧，因为区文体局樊局长说了，下一步要咱们进城表演。"

郭默立即表态："好的，我同意！"

10

次日上午，区文化馆果然来了两个老师。郭默带着他俩一进吴小蒿办公室，吴小蒿就瞅着其中一个光头男人笑了："和尚来了？"那人是甄月月的丈夫法慧，在区文化馆工作。法慧过早谢顶，干脆剃了光头，再加上名字像僧人的法号，甄月月就叫他"和尚"。她这么一叫，闺密们也都学着。法慧摸摸光头说："今天来给馆长当司机，也顺便下来找找素材。"

另一个人，是文化馆副馆长申存仁，与吴小蒿也早就认识，因为他前几年在《隅城文史》发表过多篇介绍当地传统文化的文章。申馆长看过录像，连连搓手道，他很激动，没想到在山里还藏着这样的文化瑰宝，不发掘出来实在可惜。不过，现在表演的只是几个老头，观赏性不强，应该再上几个女的，最好是年轻漂亮的。郭默说："好，我去石屋村找几个。"法慧说："不一定在村里找，在镇里找也可以，因为这支鼓乐队走出去，代表的是你们楷坡镇。"郭默说："对呀，我怎么没想到？我敲那个大鼓怎么样？另外再找几个文艺骨干分子，都是楷坡镇最靓的！"申馆长说："好呀，你一上场，肯定就把观众镇住了。不过，还要把锣鼓家伙换一换，现在的太旧太少，要至少搞五面鼓，那个为主的要特别大，鼓径在两米以上。"吴小蒿说："这么搞，就没有原汁原味了呀。"申馆长向她笑："吴镇长，你要解放思想。非物质文化遗产，从来就不是一成不变的。咱们搞出个豪华版的《斤求两》，敲打个两百年、三百年，子孙后代谁能知道当初是一面鼓还是五面鼓？"听他这么说，吴小蒿只好不再反驳，让郭默按照老师们的指导，找人好好排练。

七天后，豪华版《斥求两》排练完成，郭默请镇领导审查。在镇政府前面的小广场上，八个老头和六个美女把阵势一摆，果然好看。郭默一声高喊，一抡鼓槌，锣鼓家伙咚咚锵锵，震得人心直颤。郭默系红头巾，穿红衣服，用力击打舞台中央的那面大鼓，完全是一副女将气魄，威风凛凛却又不减女性风姿，让观众一阵阵热烈鼓掌。吴小蒿仔细倾听，发现郭默从头敲到尾，竟然没有一点儿错误，心想，这得费多少功夫才能记住并且练熟呀。

汇报演出完毕，周书记点头叫好，也指出了他们动作还不够娴熟，配合还不够默契的问题，让他们继续操练，进城为楷坡争光。贺成收指着郭默，叫着她的小名说："小默呀小默，你要出大风头了！"

正月十二晚上，安澜市蛇年元宵灯会在海边举行，郭默率领楷坡鼓乐队闪亮登场，一连表演了五个晚上，成为灯会的一大亮点。市电视台不光让他们上了新闻节目，还为他们做了个专题片。片子里，这支鼓乐队在香山石屋前表演，"香山遗美"的摩崖石刻高高在上，老花鼓讲《斥求两》的来历；在楷坡镇广场表演，郭默讲这个打击乐是如何发现和挖掘的；周斌书记深刻阐释楷坡镇的文化积淀……

一个月后，樊卫星发微信告诉吴小蒿，《斥求两》已被列入市级"非遗"名录，文章也在国家级报纸上发出来了，不过吴小蒿成了第二作者。吴小蒿看看他发来的截图，果然看见文章作者是"郭默 吴小蒿"。她有些生气，打算问问郭默这是怎么回事，但又一想，自己从政，是不是文章的第一作者无所谓，而郭默成为第一作者，就会提升对她的业绩评价。

她回复樊卫星："我装作不知道，成人之美吧。"

樊卫星什么也没说，给她发了三个高高跷起的大拇指。

过了几天，樊卫星又告诉吴小蒿，郭默找他，想用借调的方式进城，他没同意，但他听说，郭默又到领导那里活动去了。吴小蒿知道，因为进机关和事业单位必须公开招考，从基层调往城里很难，有人就走借调这条路，虽然关系还在原单位，但是人在城里，好处多多，尤其是孩子上学方便。

吴小蒿说："人往高处走，无可厚非。祝她成功。"

两个月后，郭默找到吴小蒿，拿出一张纸给她看。那是区文体局发出的一份公函，借调郭默到区文化馆帮助工作。她想，郭默真有本事，竟把事情办成了，就说："好呀，祝贺你。"

郭默羞红着脸说："吴镇长，多亏你了呀。要不是你力推《斤求两》，我能拿到这份借调通知？谢谢你。"她扭扭捏捏，从包里掏出一张报纸说，"实在对不起，你写的文章，让我给剽窃了。我为了出名，为了评职称，就把名字放在了你的前面。"吴小蒿说："没关系，反正我无论是第一还是第二，都没有多大用处。"郭默说："咱们镇规定，在国家级报纸上发文章奖一万，我去把它领出来，全给你！"吴小蒿急忙制止："不要这样。你可以找书记申领，但领出的钱我不能要，你自己处理吧。"郭默说："那我就不找书记了，我办了这么不要脸的事，怎么向他张口？"

她踌躇一下，又掏出一个小纸盒放到桌上："要不然，这个小玩意儿，你放在家里做个摆设。"吴小蒿打开纸盒，里面用纸巾包着一件玉器。玉器直径五六厘米，磨成薄片，淡绿泛白，中间有一圆孔，外边是朝向一个方向的三个锯齿。她想起来，这玩意儿叫作"玉璇玑"，她读大学的时候在学院的考古成果展览上见过。她惊讶地问："郭默，你在哪里弄到的这东西？"郭默红着脸说："在丹墟村捡到的。"吴小蒿皱紧眉头道："这是一件珍贵文物，应该上交国家呀。"郭默说："我不知道它珍贵，没当回事，就揣进兜里带回来，已经好几年了。"吴小蒿说："你不知道它珍贵，没当回事，今天怎么当礼物送给我了？"这么一问，郭默张口结舌，只是站在那里窘笑。吴小蒿掏出手机，拍了张玉璇玑的照片，然后说："我可不能要这东西，你赶快送到隅城博物馆。"郭默说："我到那里怎么说？""你就说，在丹墟遗址捡到的。"郭默说："吴镇长，你替我想得真周到。好的，我明天去艺术馆报过到，接着就去博物馆。"

11

3月份的一天晚上，市电视台《安澜新闻》播报了一条消息:《隅城区楷坡镇推行阳光低保，将政府温暖送给真正的贫困户》。电视屏幕上，民政所所长袁海波带领工作人员走村串户，访贫问苦。西施滩村将享受低保的贫困户名单贴到街上公示。老常拿着领到的存折，展示上面打进账户的钱数。镇党委书记周斌面对镜头侃侃而谈，强调党委推行阳光低保的目的和决心。

当天晚上，党政办工作人员用微信建起了"楷坡工作群"。群主是刘大楼，他把开通微信的二十来个干部拉了进去，接着就把这段新闻的视频在群里发了，很快有人点赞叫好。吴小蒿看后，心中五味杂陈，但还是发了两个字："祝贺！"宣传委员老齐在群里调侃："笑笑笑了。"

这天晚上，党政办公室给没入群的干部发了一条短信，内容是为了便于开展工作，已经建立"楷坡工作群"，要求还没开通微信的同志两天之内必须开通。第二天，一些还没使用智能手机的干部见面后感叹："落后了，落后了。"还有的干部发牢骚："工资这么少，还得换手机，交上网费。"有人当面埋怨袁笑笑："为了看你那张大馒头脸，人人都得换手机，你发点儿救济金给咱好不好？"人大主席来春祥公开讲："我就不换，我拨弄不了智能手机！"

两天过去，入群的镇干部占了百分之八十，对几个没换手机的老干部，党政办也没再催促。

郭默走后，吴小蒿觉得文化站不能没人，想到了大学生村官孙伟懂文艺，就向书记建议，让他代理文化站站长。书记同意了，在党政领导班子成员会上说了一下，大家都没有意见。吴小蒿就把孙伟叫来，向他讲了党委的决定。孙伟一听很激动，连声感谢吴镇长的知遇之恩，说自己每天到松涧村上班，人家根本不拿他当回事，他很憋屈，到文化站就好了，他可以干点儿自己喜欢干的事情。吴小蒿说："文化站不只是组织文艺表演，还要负责全镇的文化建设，你要多动脑子，多干实事，争取让文化工作有一个新局面。"

正在谈着，门被人推开，原来是老常来了。他提着一个塑料桶，满脸堆笑："吴镇长，我来感谢你。"吴小蒿笑了："老常，你在电视里说，感谢党感谢政府，这就可以啦。"老常嘿嘿一笑："可我打心眼儿里感谢你呀。自从大年初一见了你，我就撞大运了，低保吃上了，户口落下了，老龄补贴拿到了，看病也能报销了，真好，真好！"说着，将那个塑料桶放到了墙边。吴小蒿问桶里装了什么，老常拿开盖子说："西施舌。我今天一大早到海滩上挖的。你看看，旺活，还喷水呢，你快煮熟尝个鲜！"吴小蒿看一眼，见里面果然装了半桶。她说："我可不能要这东西，你快提回去给大娘吃。"老常说："家里有，家里有。"一边说一边走了，因为步速太快，身体的歪斜幅度更大。

吴小蒿提起塑料桶递给孙伟，让他跟上老常，开车把他送回去。孙伟说一声"好的"，提着桶追老常去了。

半个月后，区委组织部派人来楷坡，说区委决定提拔一批副科级干部，让楷坡镇推荐一名党委委员。先是开会让镇干部投票，又与副科级干部逐个谈话，让他们口头推荐。吴小蒿投票，投给了刘大楼；口头推荐，也是推荐了刘大楼。她的理由是，这位同志一直在党政办公室工作，任劳任怨，应该得到提拔。然而等到公示，上榜的却是民政所所长。她想不通，觉得不公平，就给书记发短信表达自己的疑问。书记回复："我也想不通。是上面有领导说话，要提拔他，我只好顺水推舟。"

下个星期一，在领导班子例行会议上，书记宣读了区委关于袁海波同志任楷坡镇党委委员的决定，接着让刘主任把袁海波叫来，让他坐到领导席上。袁笑笑的笑容更加灿烂，他向每一个领导班子成员点头致意，表态说，决不辜负组织的厚望，好好履职。

书记接着宣布，鉴于镇党委已有组织、宣传、纪检委员，袁海波同志负责民政工作和安全工作。吴小蒿觉得意外，也感觉释然。她看看书记，想知道自己的分工有无变化。只见书记瞅了她一眼，接着说："吴小蒿同志继续分管文化，再把旅游这一块抓起来。现在市委提出'旅游兴市'，要发展'全域旅游'，咱们要尽快上一些旅游项目，给楷坡增添亮点。"

会后，袁笑笑私下里向人讲："我在党委内部没有分管的工作，不是个光腚委员吗？"有人就说，笑笑不愧是段子手，给自己又整出一个段子，于是大家叫他"光腚委员"。袁笑笑不以为耻，反以为荣，笑道："有些人想光腚还光不了呢。"

过了几天，李言密给吴小蒿打电话说，他实在干不了安检办主任了。吴小蒿问他为什么。李言密说，老袁自从当上委员分管安全，把安检办的公车当成他私人的，整天让司机开着车为他服务，还经常去找群众要鞭炮送给城里的关系户。他实在受不了，已经向书记提出转岗的要求。吴小蒿说："明白了。我理解你。"

半个月后，镇党委做出人事调整：李言密担任钱湾社区书记，钱湾社区书记白山担任安检办主任。

第三章

——

海上高跷

历史上的今天：7 月 20 日

1810 年　哥伦比亚独立

1939 年　中共在延安创办中国女子大学

1958 年　中国自己制造的第一台拖拉机开出厂房

1969 年　人类首次登月成功

1983 年　中央提出领导班子要实现"四化"

小蒿记

2005 年　加入中国共产党

2013 年　举办首届月亮湾祭海节

2015 年　去松台村检查危房改造，有一户系公职人员，宣布取消其资格，建议纪委给予有关人员处分

2017 年　陪省报记者去鳃岛

点点记

2014 年　EXO（韩国的一个流行演唱团体）爆吧

2016 年　参加暑假英语培训班，洋外教真逗

2017年　与法不二一起吃麦当劳

1

孙伟自从到了文化站，脑子里整天冒泡，今天想出一个点子，明天想出一个点子，一想出来就向吴小蒿报告，与她商定后就去落实。郭默去了区里，《斤求两》没有了主角，孙伟从中心小学找了一位教舞蹈的年轻女教师代替，让这个"非遗"项目能够继续表演。他提出在全镇普及广场舞，先组织镇直机关的干部职工和楷坡的一些村民在镇政府门前的小广场上跳起来。吴小蒿也加入这个群体，晚上只要有空，就跳上个把小时。山海间的音乐，灯光下的舞步，让她全身充满活力。文化站下通知，让各村文艺骨干前来观摩学习，学会后回村发动村民跳起来。孙伟提出，要建设一批"农家书屋"，吴小蒿就到区文体局找樊局长，从他那里要了三万元经费。她又在自己加入的微信闺密群、同学群、老乡群里呼吁，让大家捐赠图书，一包包图书很快寄到镇文化站。全镇建起十个"农家书屋"，藏书总量达到两万多册。

将海上高跷搬上舞台，又是孙伟的一个点子，吴小蒿听了很感兴趣。她去年考上副科，还没来楷坡报到，由浩亮就跟她说："楷坡产一种名贵的小虾，制成虾皮味道特美，一斤两百多元，你弄回几斤我好送礼。"吴小蒿没搭理他。到这里听说，那种小虾，竟然是月亮湾一带的渔民踩着高跷推网捕获的。她在饭局上尝过那种虾皮，果然好吃。但是，渔民们怎样踩着高跷捕捞，她从没见过，就让孙伟带她去看。

月亮湾在聚丰集团养殖场的南面，是一大片银白细软的沙滩，已经被开辟成浴场。这天早上，二人骑着摩托去了那里。

还没过六一，海水尚冷，无人洗浴。被一轮红日照亮的波涛间，却有三五个男人在推着什么前行，身后还拖着一个箩筐，看样子很吃力。孙伟指着他们说，这些人就是踩高跷下海的。吴小蒿打量一下，见那些渔民虽然离岸很远，上半身却露出水面，便知道他们踩高跷是为了让腿变长，扩大在海里的劳作范围。

身后有说话声，又有两个中年汉子肩扛大网与竹筐来到这里。他们放下东西，将嘴上的烟卷一扔，就从筐里取出两段木头高跷往腿上绑。吴小蒿过去问：

"你们干这行有多少年了？"一个高个子男人说："三十多年了。"另一个黑脸汉子笑笑："要不是得挣钱娶儿媳妇，俺还用出这大力？"孙伟问他们一天能挣多少钱。他们说，也就是几百块钱。不过，打小虾得看季节，一个是麦收前后，一个是秋分前后，别的时候没有。

吴小蒿看到，在这片海域，有不少海鸥飞来飞去，忽上忽下，就问这是为什么。黑脸汉子笑道："海鸥跟俺是同行，也是来打小虾的。你看哪一片海鸥多，去那里推网，网网不空。"

说话间，二人已经绑好高跷，将竹筐拴在腰上，举起三角形大网往水里走去。走到水没膝盖处，他们抬腿让高跷竖起，将脚插入脚镫，身子一挺，高起一截。吴小蒿看了啧啧赞叹。

橙红色的水面上，黑黝黝的渔人各自推网；蓝莹莹的天空中，雪白的海鸥展翅飞翔——吴小蒿看得如痴如醉。旁边，孙伟用背来的相机连连拍照，拍过几张，递到吴小蒿面前说："吴镇长你看看，这画面多美，要是搬上舞台，肯定是一绝！"

吴小蒿想了想说："你的创意很好，但他们是在海里踩高跷，怎么搬上舞台？"

孙伟说："是有难度。我好好构思一下。"

一个老头扛网拖筐走上岸来。吴小蒿问："大叔，推了多少小虾？"老头说："也就五六斤。累了，不干了。"说着放下担子，坐到沙滩上抽烟。吴小蒿和孙伟过去看看，打的小虾果然不多，但通体白嫩，十分好看。吴小蒿问："怎么能让它们变成虾皮？"老头说："回家让老婆子烧水煮熟，加上盐，再晒干就行了。"

孙伟要踩一下高跷试试，老汉同意了。他在吴小蒿的扶持下好不容易踩上去，歪歪扭扭走了几步，却一下子摔倒在沙滩上。他不服气，爬起来再试，试了几次，终于成了。到水里走了一圈回来，孙伟说："我找到感觉了，节目一定能成功。只是，经费问题需要解决，吴镇长你给想想办法。"

吴小蒿看着海里的景象沉思。看到一只海鸥向北飞去，她的视线转移到了聚丰养殖场的拦海大坝上。她知道，去年决口的地方早已堵起，这个养殖场又恢复了生产，便说："咱们去找辛总谈谈，让他支持一下。"她打电话给辛运开，得知他正在那里，就和孙伟去了。

　　辛总正在一个大池边察看牡蛎生长情况，手里拿着两个看来看去。听吴小蒿说明来意，他笑了笑说："吴镇长，去年你在这里抢险出了大力，我应该报答你，支持你的工作。推小虾，就是俺这边渔民祖祖辈辈干的买卖，因为辛苦，因为小虾越来越少，年轻人都不愿干，眼看就要失传了。再一个，我把月亮湾开辟成浴场，正愁着知名度不高，游客太少，排成节目宣传宣传，是件好事。"

　　他问需要多少钱。孙伟说，不用多，就是排练、演出需要付误工费，再就是做道具、做服装，有两万就差不多。辛总说："那我先给你两万，如果不够，你再咳嗽一声。"

　　吴小蒿和孙伟急忙道谢，要回楷坡。辛总说："你们肯定还没吃早饭，跟我去食堂吃点儿吧。"吴小蒿向孙伟笑笑："那咱们就体验一下聚丰集团职工生活吧。"

　　正要发动摩托，吴小蒿看见另一个池子边有拖拉机停着，车斗里装满黑乎乎像沙子一样的东西，有人拿锨一下下去铲，撒到池子里。她很诧异："养虾还要施肥吗？"辛总说："那不是肥料，是饲料，是从渤海湾大量收购的兰蛤，用卡车拉来，碾碎了喂对虾的。因为像沙子，有人就叫它'海沙子'。"孙伟把眼瞪得溜圆："海沙子面，就是用它做的？"辛总说："对，食堂的师傅经常弄一些煮熟，淘出肉下面条给职工吃。今天早上大概就有。"

　　二人随他去了集团办公区，食堂里果然有下好的大盆面条，有些职工正在那里吃。辛总拿两个大碗给他俩，自己又拿起一个，示范性地去大盆里捞起半碗面条，再去师傅前放下，师傅给他半勺比豆粒还小的蛤蜊肉，再舀上热汤。

　　孙伟把自己的一碗弄齐，坐下后喝一口汤，吧嗒两下嘴说："真鲜！在城里吃过海沙子面，这种味道让我怀念至今。没想到，聚丰集团的早餐竟然就是它。"吴小蒿笑道："太奢侈了！"辛总说："吃一碗虾食，就叫奢侈？"

　　她将半碗面吃完，见孙伟端着碗添饭，就掏出手机，想看着消息等他。她看见点点在QQ空间里发的一条"说说"，一下子愣住了。

　　那条"说说"这样说："老爸财迷心窍，老妈官迷心窍，我是不是要过一个苦×的六一？"后面，则是一个双泪长流的表情。

2

　　吴小蒿看到那个表情，眼窝立即蓄满眼泪。她怕别人看见，就起身去外面，给家里打电话，但没有人接。她打由浩亮的手机，这回通了，问他看没看点点发的"说说"，他说看了。吴小蒿说："你不好好照顾她，干什么去了？"由浩亮说："你整天不回家，还有脸说我？我正谈着一个项目，这几天太忙了。"吴小蒿说："你谈项目归谈项目，孩子不能不管。明天是六一，你看看她还有什么需要大人帮忙准备的。"由浩亮说："等她放学回来，我问问她。"

吴小蒿与孙伟回到楷坡，忙了些别的事情，中午又给家里打电话，这回是点点接的。吴小蒿假装不知道她的"说说"，问她六一会准备得怎么样了，点点却用冷冰冰的语气说："就那样。""就哪样？""就那样。"说罢就挂了电话。

女儿与她说话，从来没有这样低的温度，这让吴小蒿急了个半死。她打由浩亮的手机，这家伙竟然没回家，在酒店招待客人。她生气道："你不在家照顾点点，老在外面应酬，这怎么行？点点的午饭怎么吃？""我跟她说了，我吃完捎饭给她。""我刚才打电话，她情绪不高……""情绪不高，全因为你！"说罢他也挂了电话。

吴小蒿决定晚上回城一趟，看看点点到底是怎么回事。她下午去自己包的葛沟片，跟着社区书记张尊良转了一圈，察看麦收进度。只见一块块麦子均已熟透，颜色金黄，村民或用机器或用镰刀，都在紧张收割。问问收成，有老农告诉他，去年种的时候大旱，苗出得不齐，今年多亏风调雨顺，没有减产。她听了，甚感欣慰。

张尊良告诉她，明天上午九点，葛沟小学开六一会，校长想请她出席并讲话。吴小蒿说："好的，我去。"转到五点多钟，她打电话给书记，说家里有事要回去一趟，明天早上回来参加葛沟小学的六一会。书记批准了，但书记要她明天中午赶回楷坡，和他一起接待客商。吴小蒿说，好的。

下班时间，城里堵车厉害，吴小蒿六点半还没到家。想到明天是六一节，她到路边一个商场，想给女儿买点儿礼物，就选了一盒巧克力、一筒冰激凌。吴小蒿回家看看，黑灯瞎火，点点和她爸都不在家。吴小蒿打由浩亮的手机，却没有人接。她前几天听点点说六一节要参加一个合唱，现在是不是还在学校排练节目？她就下楼骑摩托车去了隅城一小。到了那里，门卫说早放学了，里面一个学生也没有。再打由浩亮电话，这回通了，吴小蒿问他是不是和点点在一起，由浩亮说："是呀，干吗？"问他们在哪里，由浩亮说在家。

吴小蒿回去，由浩亮和点点都在客厅。他们将游戏机与电视机接通，在玩一个双人游戏。见吴小蒿进门，二人回头看看，又接着玩。吴小蒿见她买的巧克力和冰激凌还在桌上，冰激凌都化了，就问点点怎么不吃。点点说："老妈，你买的牌子不对，我今年口味已经变啦。"吴小蒿问："那你今年喜欢什么口味？"点点说："小蓝鲸，哈根达斯。"这两个牌子，吴小蒿没听说过，也不知道哪个是巧克力，哪个是冰激凌。她想，下乡之后，自己真是不了解城里的变化了。

她问由浩亮刚才带点点去哪里了。由浩亮说，去金座商城给她买了一双鞋，又吃了饭。点点向吴小蒿抬抬脚，展示她穿的一双粉色运动鞋。吴小蒿不认得那双鞋的牌子，也不好意思问，只是点头说好。

接下来，父女俩还是玩游戏，都不理她，也不问她吃过饭没有。吴小蒿心中难过，自己到厨房冰箱里找到一根火腿肠，撕开包装咬下一口，站在窗前边吃边想，在这个家里，我似乎是一个多余的人了。我整天不在家，点点对我的感情明显变淡，这可怎么办？

吴小蒿想，我以后要多多关心她，虽然不在一起，但要让她知道，妈妈的心是和她在一起的。

吃完火腿肠，吴小蒿到书房里坐下，考虑明天到六一会上怎么讲。考虑出眉目，她打开手机备忘录，记在上面。

点点蹑手蹑脚进来，手里拿着一块巧克力问："老妈干吗呢？"吴小蒿说："我在检讨自己。""检讨什么？""对点点关心不够，连她口味变了也不知道。"点点抱着她的肩膀说："老妈，刚才我是故意气你的，点点的口味哪能变得那么快？喏，你也吃一口。"吴小蒿吃了一口，愉快地咀嚼着说："好吃，下次给你买哈根达斯。"点点大笑："哈哈，哈根达斯是冰激凌的牌子，不是巧克力！"

母女俩和好如初。吴小蒿问她："明天的节目准备好了没有？"点点说："没问题，六十多个人一起唱，就是滥竽充数，也没人能听出来。"吴小蒿说："那不行，你既然加入那个团队，就要认真唱好。"点点说："哎呀，跟我们老师一个腔调。你放心，我会唱好的！"吴小蒿说："这就对啦，宝贝儿早点儿睡，晚安。"

由浩亮还在客厅看电视，吴小蒿径直去了卧室。从早到晚忙忙碌碌，从看海上高跷到回家看点点，她觉得非常疲乏，就上床睡了。一觉醒来，已是早晨五点。见由浩亮在一边睡得正香，她悄悄起身，去厨房做饭。她想，自己难得在家一个早晨，应该好好当一回家庭主妇。做好饭，时间是六点半，吴小蒿去叫醒点点，让她起床吃饭。

由浩亮攥着手机从卧室里出来，像故意要让吴小蒿听到："杨局放心，我一定过去，一定过去！"

打完电话，他说："小蒿，省厅来人考察，杨局让我陪同，中午还要招待。我本来答应点点，上午演完节目带她到城西嗡嗡乐园看蜜蜂的，你带她去吧。"吴小蒿说："我没空呀，还要回去参加葛沟小学的六一会呢。""请个假不行？""不行，校长让我讲话。""不讲不行？""我已经答应人家了。"由浩亮晃晃手机："我也答应人家了！"吴小蒿问："省厅来考察什么，还要你陪同？"由浩亮说："这事关系到我的事业，今年能不能有一个大发展，在此一举！"

他告诉吴小蒿，省里拨款在隅城放流，要物色鱼苗培育基地，他联系了一个地方，杨局长同意了，请省里派人去看。

吴小蒿一听，就知道这事有猫儿腻。为了解决海洋资源枯竭问题，国家每年拨款给地方，培育大量鱼苗虾苗在沿海投放，这事有空子可钻，有大钱可赚。由浩亮开的是贸易公司，怎么能插手放流呢？他如果与育苗单位和放流人员勾结作假，保证不了数量和质量，放流的实际效果就会大打折扣。听楷坡的干部讲，神佑集团的育苗场就这么干过。

吴小蒿说："由浩亮，你还是老老实实做你的贸易，别干那种坑国家害渔业的事情。"

由浩亮立即将一双眼睛眯成两条细缝儿，恶狠狠道："坑国家害渔业？你说我？我残你！"

他一拳捅来，吴小蒿眼冒金花。

3

吴小蒿去葛沟小学，戴了一副墨镜。但戴了墨镜也遮不住右眼眶的青紫。有的小学生指着她道："熊猫眼，熊猫眼。"吴小蒿羞窘至极，面红耳赤。好在张尊良与李校长视若无睹，不问她为何受伤，只与她说些别的，到了时间请她上台，让她避免了些许尴尬。

讲完话，她坐到台下看孩子们演节目，便想，点点在隅城一小的表演也该开始了。因为父母早上的冲突，她的情绪肯定会受影响，参加合唱还能与别人配合默契吗？

吴小蒿思来想去，心绪烦乱。等到葛沟小学的节目演完，她很想回城陪陪女儿，但想到书记让她中午回楷坡，只好作罢。

到了镇政府，在办公室坐下，吴小蒿给书记打电话报告她回来了。书记说："支区长介绍一位北京的投资商过来，要在海边搞个旅游项目，十二点前到，咱们陪他吃饭，谈一谈。"吴小蒿答应一声，用手机照了照自己，见右眼眶的青紫还在，心想，这个形象怎么出现在投资商面前呀？但自己作为分管旅游开发的副镇长，这个饭局是非去不可的，形象是好是差，不管它啦。

时间不到，她又想起点点，打电话给家里，点点在家。她说："宝贝儿，对不起，今天是工作日，老妈实在不能陪你，请原谅。"点点说："无所谓。跟一个官迷心窍的人，没什么好说的。"接着就挂了电话。

吴小蒿痛苦地紧闭双眼，闭眼时清楚地感觉到右眼的伤痛。"官迷心窍"，这个评价真让人受不了。她猜想，这肯定是由浩亮在女儿面前议论她时，经常用到的一个词儿。我是"官迷心窍"吗？我不是，我是想找一份能体现生命价值的工作，而不是坐在区政协办公室里日复一日虚掷时光。当然，女儿对她爸也有评价："财迷心窍"。由浩亮一直想把公司做大，想挣大钱，虽然很爱女儿，关键时刻却顾不上了。他今后继续这样，我又在楷坡，点点由谁照顾？

她想，实在不行，让点点的奶奶或者姥姥到隅城住吧。

刘大楼打来电话，说客人马上到，让她到楼前迎接。吴小蒿下楼时，看见贺镇长正坐在办公室里看报纸，心想，他怎么不去迎接客人呢？

书记已在楼下站着，看看吴小蒿的脸，问道："让老公打了？"吴小蒿羞惭地一笑："你怎么知道？"书记摇摇头："我一看就猜着了。在乡镇工作，公事私事难以两全，发生冲突在所难免。"吴小蒿叹口气："就是。""你不知道，我在家里也是挨过打的。"听他这样说，吴小蒿感到惊奇，问他为何挨打。书记叹气道："老婆说我官迷心窍，把家里的事都扔给她。"吴小蒿笑着摇头："咱们得到的评语相同，都是官迷心窍！"书记苦笑一下："嗯，享受同等待遇。"

正说着，一辆豪华轿车进了院。吴小蒿接受去年的教训，尽管轿车停在她的面前，她也站在那里不动。然而，书记不去开车门，是区政府秘书科科长小吉从副驾驶位子下来，将手伸向了后面的车门。吴小蒿这时明白，车门也不是随便开的，书记在投资商面前要不卑不亢。

　　从车上下来一个四十来岁的矮个子男人，留着小平头，腰带束在大肚子下半部。吉科长向两位镇干部介绍："这是北京万成旅游开发总公司的顾总。"顾总与周斌握手说："幸会幸会，我和你们支区长是老朋友。"从车子的另一边，下来一个三十岁左右的漂亮女人。顾总介绍说这是他的策划部主任，叫娄婷婷。

　　书记看看手表说："十二点了，咱们直接用餐吧。"走进后面的食堂，一些人正在那里打饭吃饭，都扭头看他们。书记说："有了八项规定六项禁令，咱们不方便到像样的饭店，请顾总海涵。"顾总一笑："我是下来办实事的，这样实实在在最好。"

　　到大厅一头的单间坐下，一位小姑娘上菜，开酒，几个人边吃边谈。顾总说，隔城的一百二十公里海岸线，他已经考察完了，包括楷坡的这一段。周斌说："顾总来考察，我们应该陪同您的。"顾总摇摇头："我不需要。我来隔城之后，你们支区长也要陪我，我也没有答应。我上项目，从来靠直觉。直觉告诉我不错，那我就立马拍板。这些年来，我还没有投资失败过。"

　　他目光炯炯地看着周斌："周书记，你给我两公里海岸线。"他向娄婷婷使了个眼色，娄婷婷立刻从文件夹里取出一张隔城地图，展在桌面上。吴小蒿看见，在楷坡海滨，霸王鞭以南，西施滩村以北，用红笔画了一个长方形。她暗暗惊叹：这个顾总，真是有备而来呀。

　　顾总指着地图上画出的长方形说："就是这儿。我刚才过去看了看，比较满意。"

　　周斌问道："你要了干什么？"

　　"搞个房车营地。"

　　吴小蒿眼睛一亮。她在网上看到，现在拥有房车的中国人越来越多，许多地方开始建设房车营地，它既能满足补给，供人休息，又代表着一种消闲文化。周斌却说："这个项目太超前了吧？在整个隔城，就见不到几辆房车。"顾总指点着他说："你在隔城见不到房车，不等于别的地方见不到房车；你今天见不到房车，不等于明天见不到房车。你知道现在的中国发展有多快？日新月异呀。"周斌笑一笑："明白。但是顾总，隔城的黄金海岸线太珍贵了，你一开口就要去两公里，这事儿实在是太重大了。你们搞个可行性报告，我们认真研究一下，做个评估，然后向区委区政府汇报，好吧？"顾总将手一挥："没问题！你们支区长说了，只要我的项目在隔城落地，他会全力配合！"

周斌指着吴小蒿向他讲:"吴镇长分管旅游,今后由她来和你对接。"吴小蒿就与他俩互相留了电话,还加了微信。

喝了几杯酒,顾总的话更多了,并且偏离了主题。他看着吴小蒿说:"吴镇长,刚让老公打了吧?"吴小蒿苦笑:"你怎么也知道?"顾总哈哈一笑,指着娄婷婷的脸说:"你看,她也让老公打过,刚褪掉青斑!"娄婷婷向他佯怒道:"哪壶不开你提哪壶!"顾总急忙摆手:"好好好,不提,吃饭!"

送走顾总与娄婷婷,周斌对吴小蒿说:"这个姓顾的,很可能是骗子。这些年,下来跑马圈地的多了去了,你要好好了解一下,别让他们把咱给坑了。"吴小蒿说:"我明白。但是,这个项目真是不错,很有前途,建成这个房车营地,楷坡的旅游业会上一个大台阶。"周斌说:"我当然希望他们建成,现在区里要求大力招引项目,每半年开一次观摩会,到各个乡镇看亮点,咱们拿不出亮点,丢人现眼呀!"

4

吴小蒿将北京万成旅游开发总公司调查了一番。她上网查,打电话查,看他们的微信朋友圈,还委托在北京工作的同学冒充客户,亲自去万成旅游开发总公司侦察。从获取的大量信息看,这个公司不虚,在旅游规划设计、旅游投融资、旅游开发等方面都有不凡业绩,在杭州、郑州、成都、乌鲁木齐都有分支机构,直接开发的景区就有六处,其中房车营地两处。她写了个调查报告给周斌书记,书记大加赞赏,说吴小蒿真是用心,调查得这么仔细。吴小蒿说:"咱们要是把黄金海岸线随随便便送给骗子糟蹋,岂不成了千古罪人?"

北京万成的工作效率也很高,走后第三天就给吴小蒿发来了隅城房车营地项目可行性报告。报告讲了中国房车发展趋势,营地建设的必要性,以及对当地旅游业、文化产业的提升与拉动作用。整个营地占地八百亩,内设特色木屋区、自驾房车营区、帐篷营位区、沙滩游乐区、房车露营装备展区,将建成各类房车营位两百个,特色木屋、帐篷屋等一百套,可同时容纳三百余人住宿。同时配备多功能厅,能满足各种国内国际会议、商务谈判、学术报告和婚礼庆典的举行,是各种会议、展览、宴会、文化活动的理想场所。

吴小蒿将报告拿给周斌书记,周斌看了说:"可以,咱们抓紧向区领导汇报。"

吴小蒿献疑："这份报告，只字不提用哪种方式使用土地，如何赔付，这要警惕。建这个房车营地，虽然不用搬迁村庄，但涉及西施滩村开发的一个浴场和渔民的一些养殖场，应该说清楚如何补偿吧？"

周斌说："这是下一步的事，还要跟他们谈判呢。"

他打电话给支区长，支区长让他明天下午三点过去汇报。周斌让吴小蒿抓紧准备一份汇报材料，今天晚上就要完成。吴小蒿回去就写，下午没写完，吃过晚饭回宿舍继续用笔记本电脑写，半夜完成，发给了书记。书记看后，从内容的丰富性和文件的规范性上着眼，提出八点修改意见，让吴小蒿再改。吴小蒿打着哈欠想，真是领教了书记的"文比天大"。抬头看看后窗，她又依稀看到了当年吊死在上面的那个秘书的身影。

但她想，我写的这份汇报材料，关系到楷坡旅游事业的发展，必须写好，让书记看了满意，用它向区长汇报后能有好的结果。于是，她泡一杯浓茶提提神，再做修改。改到凌晨两点，自己觉得无懈可击了，便用电子邮件发给了书记。

她倒头就睡，睡到书记打来电话，已是早上七点。书记说，他看了汇报材料修改稿，觉得可以了，让吴小蒿下午和他一起去向区长汇报。

吃过午饭，吴小蒿和书记一起进城，一起去的还有党政办主任刘大楼。到了区政府办公大楼，走到七楼区长办公室门口，周斌没去敲门，而是到对门问区长秘书，区长这会儿有没有空。秘书说，请稍等，司法局马局长正在里面。楷坡来的三个人便坐下等。吴小蒿想，我在八楼的政协文史办待了十年，还从没到过区长办公室呢。

对门很快有了响声，秘书出去看看，回来说："周书记，你们去吧。"三个人便急忙走出门去。支区长正在门口等着他们，与他们一一握手。周斌向区长介绍了吴小蒿和刘大楼。

到了屋里，区长往沙发上一坐："你们抓紧谈，我一会儿还要见外宾。"周斌便从包里拿出稿子汇报，抬头说几句，低头念几句。吴小蒿发现，区长的脸色越来越不好，几分钟后竟然抬手叫停："我不喜欢这样的汇报。周书记，你难道不知道，中央已经决定开展党的群众路线教育实践活动，要坚决刹住'四风'吗？'四风'的第一条就是形式主义。你能不能撇开材料跟我讲？"

周斌大窘，点头说："好的好的，我不念稿子了。"然而，他不念稿子就讲得不顺溜，涉及数字，还要低头看稿子。支区长说："算了，你别讲了。小吴，你不是分管旅游的副镇长吗？你讲。"

吴小蒿一下子怔住。但她很快让自己镇定下来，接着周斌的话茬儿谈这个项目。因为做过调研，撰写了汇报材料，她将那些要点、数字讲得清清楚楚。区长满意地点点头："好，我知道了。"他说，他和顾总只是一面之交，是在省经信委工作时，到北京参加一个经贸洽谈会时认识的。"顾总要来楷坡做房车营地，我们欢迎。听你们的汇报，也做好了项目落地的准备工作。下一步，我让区招商局、旅游局、海洋渔业局参与，一起和他们详谈，谈得差不多了，我再直接见见他们，该拍板时拍板。"

从区长办公室里出来后，周斌神色黯然，一言不发。吴小蒿说："书记，我今天下午不回楷坡行不行？"周斌醒过神来："好的，我也不回去了，明天早晨你坐我的车，咱们一起回。"

5

回到家里，点点还没放学，由浩亮也不在。她继续忙公务，给万成旅游开发总公司的娄婷婷打电话，说这边已向区长做了汇报，他全力支持，让双方见面谈谈。娄婷婷说："好的好的，我给顾总报告一声，把时间定下来。"

吴小蒿坐在沙发上休息片刻，打算了解一下孩子的近况，便去了点点卧室。里面还是像以前那么凌乱，桌面上有书本，有零食，有玩具，堆积如山。但是，那本《历史上的今天》不见了。她拉开抽屉，没有找见；掀掀枕头，也没有找见；再打开衣橱看看，原来藏在一摞衣服下面。难道上面记了怕别人看见的内容？

她拿过书，听听外面还没有动静，就急急忙忙翻看。翻到"6月1日"，她发现点点记了这么一条：

2013年　老妈被老爸一顿胖揍

潦草的笔迹，似在表达畅快。吴小蒿觉得，又挨了女儿的"一顿胖揍"，身心俱痛。她将书放回原处，用点点支在桌面上的镜子照照自己，见右眼边的瘀青还有淡淡的一圈，长叹一声，心如刀绞。

她走出去，坐在沙发上伤心难过。过了一会儿她又想，母女间的感情裂隙既然出现了，就要努力弥补。她起身去厨房看看，没有青菜，没有干粮，就下楼到附近的商场买来一些，束上围裙做饭。

房门一响，点点叫了一声"爸"。吴小蒿从厨房露出头来："点点放学了？"点点脸上现出惊喜，将书包一扔扑上来抱住她，用脸摩擦着母亲的衣襟说："老妈，我这段时间，人格很分裂……"吴小蒿问："怎么了？"点点说："既恨你，又想你。"吴小蒿说："我也很分裂。我又想做好工作，又想照顾点点。"点点笑了："彼此彼此，咱们都是人格分裂族！"母女俩相互搂着笑作一团。

饭做好了，电话响了。点点指着电话机说："肯定是由眼珠不回来了。"她接起电话，由浩亮果然告诉她，他要在外面应酬，让她先做着作业，他吃完捎饭回来。点点放下电话嘟哝道："财迷心窍，花天酒地！"吴小蒿说："点点，我很少回家，你爸又是这样，我想让你姥姥过来照顾你，你看好吗？"点点说："好呀。反正我不想放学回来，家徒四壁。"吴小蒿听女儿用这个词，乍觉不妥，细思极妙，心中又是一阵酸楚。

吴小蒿将饭菜端上桌子，与点点一起吃。点点夹一块红烧排骨，咬一口尝尝说："不如由眼珠做的好吃。"吴小蒿说："我承认，我的厨艺比不上他的。"点点说："我还是等着吃他捎回来的吧。"接着放下筷子，去自己卧室做作业了。

吴小蒿看看自己做的两样菜，再看看对面的空位子，心中悲凉。她想，点点连我做的都不愿吃，能吃得下她姥姥做的庄户饭菜吗？如果吃不下，让姥姥来的意义还有多大？

不过，她想起点点说的"家徒四壁"一词，便找到了让母亲来的理由。所以，等到由浩亮满身酒气地回来，点点吃了他带回的烤羊排和素馅包子，看了一会儿电视睡下，她就向他讲了自己这个打算。由浩亮不同意，将眉毛与眼缝儿并作一处："你让一个农村老太太过来，想把点点培养成柴火妞？"吴小蒿说："让她奶奶过来？"由浩亮连连摇头："不行，她要照顾我爸。我爸的心血管已经堵了百分之七十。""那怎么办？你知道不知道，点点用哪个词来形容她放学回家后的感受？家徒四壁！"由浩亮指着她说："你要是不下乡，她会有这感觉？都怪你！"

　　吴小蒿不愿跟他争吵，自己去了书房。这里有一张小床，平时不住人，她只在与由浩亮起了冲突之后才到这屋睡，一个人生气到天明。

　　天明了，吴小蒿去厨房做饭，由浩亮进来说，他同意让点点姥姥过来，因为他实在顾不上照顾点点，有老太太在家，还放心一点儿。吴小蒿说："那好，我跟点点姥姥打个招呼，周末去接她。"

　　回到楷坡，吴小蒿给母亲打电话说了这事，母亲迟疑一下，说要问问老头子。吴小蒿知道，母亲一辈子对父亲俯首帖耳，她自己不敢做主。但母亲很快回话说，老头子同意了。

　　周末回城，吴小蒿开车去接母亲。点点要跟着，由浩亮阻止了，说她要参加英语课外培训班，不能缺课。点点鼓突着嘴，说一声"真没意思"，背着书包走了。

　　吴小蒿回到娘家，没想到三个妹妹都在。她惊讶地说："你们怎么也都回家了？"四妹吴小蓬说："听说你把咱娘抢走了，回来送送她呀。二姐，我跟你谈个条件：等我生孩子，你要立即让咱娘到临沂！"吴小蓬在临沂读完大学，在那边一家培训机构做辅导老师，找了个同事做老公，去年刚刚结婚。吴小蒿说："好，你肚子一大，我就放人。"

　　五妹吴小艾大学毕业后，到平畴师范当老师，她说："娘给四姐看大了孩子，再接着给我看。"吴小蒿说："你连老公是谁都没确定，约得也太早了。"

　　只有三妹吴小莲不吭声。她读完高中没考上大学，在镇上一家超市打工，早早嫁给一个厨师，儿子比点点还大一岁，现在夫妻俩开了一家烤串店。吴小蒿看着她问："怎么没带壮壮回来？"吴小莲说："给他爸打下手，穿肉串。"

　　大姐也来了，提着一个白布袋子。吴小蒿问那是什么，大姐说："娘睡觉一直用马穄糠装的枕头，让我给她做一个新的带着。娘说，枕头装上脱了粒的马穄糠，不软不硬，还有一股香味儿，她特别喜欢。"吴小蒿知道，大姐手巧，每年种一些马穄，用叶子结蓑衣，到集上去卖。她接过那个枕头摸一摸，手感果然不错，放到面前闻一闻，真有淡淡的香味儿，就说："大姐，你也给我做一个，我拿到楷坡用。"大姐说："行，家里有布有糠，一会儿就好。"说罢走了。

　　父亲从外面回来，提着一包糖炒栗子，往老太太手里递去："喏，你带给点点吃。"吴小蒿问："是从哪里弄来的？"父亲说："去茅沟集上买的，人家炒的栗子就是香。"吴小蒿想，去八里外赶集，买栗子带给外孙女，可见父亲的一片爱心。但他怎么不给外孙壮壮带一份呢？

看看三妹，她果然是一副生闷气的模样。

吴小蒿与几个妹妹一齐动手，边说话边包饺子，还没包完，大姐提着一个枕头回来了。吴小蒿道一声谢，放到车上。

一家人吃罢饺子，吴小蒿准备上路，小艾提议说："咱们从来没照过全家福，今天五朵金花凑齐了，跟咱爹咱娘合个影吧。"四个姐姐听了，全都同意。小艾就去邻居家叫来堂弟，将手机给他，然后安排父母坐在前面，姐妹五个站在后面。

6

孙伟神采飞扬，跑到吴小蒿办公室请她审查节目。他说："《海上高跷》排练了半个月，现在已经成形。"吴小蒿问："演员是从哪里找的？"孙伟说："有的是小学教师，有的是业余舞蹈培训班教师，清一色的'小鲜肉'，绝对好看，能秒杀百分之百的女观众。"吴小蒿笑道："你不要瞎忽悠，先看能不能把我秒杀。"

孙伟带她去位于大院最后边的文化站活动室，七个小伙子已经在腿上绑好高跷，坐在舞台边上说话。孙伟一进去就喊："起立，欢迎吴镇长！"七个小伙子就齐刷刷站在高跷上，看着吴小蒿拍巴掌。吴小蒿向他们招手致意，到观众席上坐下。孙伟说："准备演出！"小伙子就咯噔咯噔，从台阶走到台上，一个个显得十分高大。

孙伟坐在舞台边上，拿过一副高跷，动作麻利地绑好，也上了台。一位工作人员操作音响设备放出音乐，孙伟就和七个小伙子一起开始表演。看那意思，是一边徘徊一边看海，打着眼罩，面带喜悦，扭来扭去，竟然有几分妖娆的味道。吴小蒿越看越反感，有一种要吐的感觉。

"小鲜肉"们却很投入，走到舞台一侧，抄起大网开始"下海"。似乎是海涛打来，他们前仰后合，动作似乎惊险异常，却与吴小蒿在月亮湾看到的真实场面相去甚远。再后来是推网，是上岸，是丰收后的欢庆。吴小蒿看到后来，已经不敢正视，因为再看她就真要吐了。

节目演完，孙伟踩着高跷下台，直接走到吴小蒿跟前，请她提出宝贵意见。吴小蒿说："你让演员解散，咱们两个谈谈。"

演员们走了，孙伟解下高跷，眨巴着一双黑白分明的大眼等着吴小蒿说话。吴小蒿说："你这个节目，真是差点儿把我'杀'了。"孙伟面露惊喜："真的？""我的意思是，我受不了这个节目的做作与虚假。"孙伟将眼瞪圆，看着吴小蒿发呆。吴小蒿说："我决定，把你这个节目'杀'掉。"孙伟又将嘴张圆，表示震惊。

吴小蒿向他讲，郭默排练的《斥求两》虽然加了女生，加了一些花哨的东西，但还保存着最基本的文化要素，可是这个《海上高跷》，只是模仿了踩高跷下海推虾的一些动作，但没把渔民的精气神演出来，没把月亮湾的壮美场景表现出来。

孙伟说："正式演出时，要加上灯光背景，朝阳、大海、海鸥都会呈现……"吴小蒿说："那也不行。关键是，你让一群'小鲜肉'演，再怎么弄也出不来那个味儿。唉，这也是我的一个失误，没考虑好定位问题就让你编排。今天我终于想清楚了，海上高跷，不能搞成舞台艺术，不能脱离民间。"孙伟问："那你说怎么办？"吴小蒿说："把它定位于一项民俗文化，让渔民自己表演，保留原汁原味。我跟郭默讲一下，让她找个老师来指导。"孙伟咂一下舌头："好吧。"

他停了停又说："其实，我排练这个节目是有私心的。我想，郭默排出《斥求两》，亲自参加演出，被借调到区里进了城。我呢，目前还是大学生村官，如果通过亲自编导、演出这个节目，改变自己的身份，那就好了。"吴小蒿说："你的想法，我很理解，但是，挖掘这项民俗文化，用合适的方式去表现出来，照样是你的成绩。"孙伟心悦诚服地点头道："谢谢吴镇长，我重打锣鼓另开台。等到区里的老师过来，我一定按照他的意见好好打造。"

两天后，郭默带一位老师来了。那人是市舞蹈家协会的关天意主席，身材不高，肌肉发达，头发不多，目光如剑。他对吴小蒿说，他早就看过渔民踩高跷推虾的场面，一直想把它提炼加工成艺术品，有一些舞蹈语言都已经酝酿好了，并且找人做了一副高跷，在家里练习，现在已经健步如飞了。他还说，听了吴镇长的设想，定位于民俗文化，他豁然开朗，决定找渔民来演。他知道郭默生在渔村，了解渔民，让她也参与这个节目的创作。吴小蒿说："好呀，相信你们一定会成功。"关主席说，他还要进一步深入生活，再去仔细观察海上高跷，把这项民俗文化完美地表现出来。吴小蒿说："谢谢关主席，你让孙伟带着再去体验吧。为了方便，我让聚丰集团的辛总给你们安排住处。"吴小蒿问郭默去不去，郭默说，她也去，但不能住，因为孩子在城里，放了学没人管。吴小蒿就给辛总打电话，辛总说："没有问题，让他们来吧，我一定安排他们吃好住好。"

过了一天，吴小蒿在镇政府大院里遇见王晶晶，发现她面黄肌瘦，腮上还有斑块，问她是不是怀孕了。王晶晶说："是呀，吃了就吐，太难受了。"吴小蒿说："哎呀，我安排孙伟带关主席去体验生活，没想到你这边有情况了。我打电话给他，让他晚上回来住，好照顾你。"王晶晶说："谢谢吴镇长。"

到了晚上，吴小蒿还不放心，去超市买了几块生姜送给王晶晶。她说，根据她当年的孕期经验，喝生姜茶可以止吐。她说罢就给王晶晶做：切上硬币大小的两片，用开水浸泡五到十分钟取出，再加入红糖，让王晶晶喝下。王晶晶喝下，过一会儿说，舒服多了，不想吐了。

孙伟回来了，见吴小蒿在这里照顾他媳妇，十分感动，去刷杯子泡茶。吴小蒿说："不用了，我马上就走。你说说关主席体验生活的情况。"孙伟说，人家到底是舞协主席，看了两个早晨的捕虾场面，就把节目编好了。他让捕虾的渔民参演，有的答应，有的不干。找辛总说这事，辛总就在养殖场找了几个养虾的，说他们也踩过高跷推过小虾，这才把十个演员找齐。郭默建议，为了提高观赏性，让一帮年轻的渔家女人表演加工虾皮的过程，又是煮，又是晒，又是簸，这一来好看多了。吴小蒿点点头："就等着看你们的精彩节目了。"

孙伟说："吴镇长，我和辛总还商定一件大事。"吴小蒿问："什么大事？""举办祭海活动。"他说，农历六月十三是龙王生日，沿岸渔民都在这天祭龙王，不过很分散，是一些船老大自发组织的。他在聚丰集团了解到这项风俗之后，就和辛总商量，在月亮湾搞一次规模较大的祭祀活动。辛总同意了，说他从龙王爷那里割下五千亩海域，去年龙王爷发了脾气，把大坝冲垮了，今年得好好敬一敬。吴小蒿眼睛一亮："这个祭祀活动，就叫'楷坡祭海节'吧！楷坡的渔业文化底蕴丰厚，咱们借这个活动深入挖掘一下。你们排练的这个节目，正好放到祭海节上演出。"

7

吴小蒿多次与娄婷婷联系，想尽快推进房车营地项目。她问那边定下见面商谈的时间没有，娄婷婷老是说，还没定下，顾总太忙。周斌等不及了，要亲自打电话给顾总，吴小蒿就找到顾总的电话号码给了他。很快，周斌告诉她："顾总说，让咱们后天去北京，他给咱们订好酒店，并且设晚宴招待，边吃边谈。如果谈妥，饭后就签合同。"吴小蒿说："到底是书记的力度大，我是人微言轻。"

周斌又说，他已经向支区长报告了这事，支区长让区招商局、旅游局、海洋渔业局各去一位局长。周斌让吴小蒿担任联络人员，向他们逐个汇报，传给他们有关材料。招商局去的是副局长禚丽，她早就与吴小蒿认识，主动说，她可以带一辆八座商务车。吴小蒿说："太好了，你给我们镇省下车票钱了。"吴小蒿建了一个微信群，名为"房车营地进京招商团"，随时向几位领导汇报情况，沟通信息。周斌让刘大楼也去，加上司机，进京人员一共七名。招商团从隈城出发，周斌、吴小蒿于头一天傍晚同车回城。刘大楼虽然家在楷坡，也随车到隈城找宾馆住下。

吴小蒿进家，只见母亲一个人坐在餐桌前，守着几样饭菜。她叫一声"娘"，母亲抬手擦擦眼角，带着鼻音说："回来啦？"吴小蒿说："回来了。点点呢？"母亲向点点的卧室一指。吴小蒿过去推门看看，点点坐在桌前看着她，手上的笔被点点拨弄得滴溜溜转动。她问点点怎么不去吃饭，点点说，姥姥做的菜不好吃。吴小蒿紧皱双眉道："怎么会不好吃呢？我从小吃你姥姥做的饭菜，至今还没吃够呢。"点点鼓突着嘴说："你觉得好吃你吃，反正我要等老爸捎饭给我。""你又让他捎饭！整天吃饭店做的，里面的添加剂太多，吃了对身体不好！"

吴小蒿将女儿拉起来，手扯手走到外面，坐到餐桌前。她看着桌上道："你看，丝瓜炒肉，菜花炒豆腐，多好呀，快吃！"她把筷子递到点点手中。点点很不情愿地夹了一块豆腐，放到嘴里慢慢嚼着。吴小蒿对母亲说："妈，你也吃。"母亲端起碗喝粥，一双老眼从碗沿上露出来观察点点。吴小蒿喝一口粥，吃两口菜，发现点点还在嚼那块豆腐，发火道："小祖宗，你嘴里是块橡皮？是块钢铁？嚼半天还咽不下？"点点便抻长了脖子，做出咽的动作。吴小蒿心中腾腾冒火，想打女儿两巴掌，但又怕伤母亲脸面，只好努力忍住。

点点装模作样吃了几口，将筷子一放，走向卧室。吴小蒿说："你就吃这点儿？"点点说："饱啦！"说罢进屋，将门嘭地关闭。

　　吴小蒿长吐一口气，看着母亲小声问："点点整天这样？"母亲眼泪汪汪道："也不是整天这样，她爸在家做饭，她吃得欢欢喜喜；她爸不在家，我做给她吃，三顿有两顿不吃，就说我做得不好。唉，这孩子太难服侍了，我还是回去吧。"吴小蒿说："娘你别走，你走了我不放心，她爸整天在外头忙，一个女孩在家不行。"母亲说："我也是这么想，才一天天忍着。点点她爸在外头喝到半夜，把孩子撇在家里，这还了得？小蒿，你就不该去当那个镇长。女人家当什么官？伺候好男人、孩子就行啦，唉……"吴小蒿说："娘，我已经走上这条路了，开弓没有回头箭，你就将就一点儿吧。"母亲说："将就将就，哪天是个头？"吴小蒿说："我去和点点谈谈，让她不再挑食。你以后也多跟她爸学着点儿，看他是怎么做饭、怎么炒菜的。"母亲点点头："好吧。"

　　吴小蒿草草吃完饭，去了点点卧室，见点点坐在那里发呆，问她作业做完没有。点点说："没有作业。"吴小蒿："怎么没有作业？"点点说："快考试了，老师让自己复习。""你复习了没有？""正复习。""你这是复习的样子？你根本不在状态。"点点翻眼问道："你在状态？"吴小蒿一愣："我怎么不在状态？"点点冷笑一下，不再吭声。

　　吴小蒿明白了，点点是说自己作为一个母亲不在状态。她搂过点点说："你说得对，我不在状态，我不是一个称职的母亲。"点点还是冷笑："我可没说你不称职，那是你自己说的。"她捧起课本，大声念了起来，"小明已经做了二十九道题，还有二十八道没做，他一共做了多少道题？"

　　吴小蒿见她摆出要复习的样子，就不再作声，走了出去。母亲正在拖地，此时放下拖把，将她扯到厨房把门关上："小蒿，我跟你说个事。""什么事？""点点她爸好像有病。"吴小蒿听了这话很吃惊，问母亲怎么知道由浩亮有病。母亲告诉她，自己昨天在客厅听见点点她爸去茅房，半天尿不出来，好容易尿出来，又是抽气又是哼哼，好像害疼。母亲说到这里，满脸忧虑地看着女儿："你说，他是不是得了花柳病？"吴小蒿愣了，转身走出去，到主卧室检查。她发现，抽屉里果然有两盒治淋病的内服药。她气得浑身发抖，立即打电话给由浩亮，压低声音问他在哪里。由浩亮说，他在应酬。吴小蒿让他马上到小区对面的广场东北角，有事要和他谈。由浩亮说："什么事？这么急？"吴小蒿说："天大的事，你快回来！"说罢挂了电话，揣上那盒药出了门。

　　到了约定地点，由浩亮迟迟不来。广场上有大群人在跳舞，欢乐气氛与夏夜温度正好匹配，可她心中一片冰冷，充满了对由眼珠的仇恨。

　　由浩亮的车停在广场旁边。他下车后急急走来，步伐没带醉态。他问吴小蒿有什么事，吴小蒿咬牙道："你从哪里来的？跟谁应酬？"由浩亮说："丰局长呀。还有合作方，还有几个朋友……"吴小蒿骂起了粗话："放屁！你到底去哪里了？快坦白！"由浩亮将眼缝儿眯细："我没啥可坦白的。"吴小蒿从兜里掏出那盒药，在他眼前一晃："你已经得病了，还在外面胡搞？"由浩亮瞅一眼那盒药，往花坛边沿一坐，唉声叹气。吴小蒿抡起巴掌，猛抽他两个耳光："你真是块垃圾！"

　　由浩亮将脖子一梗："这也怪你，谁让你整天不在家？我憋得难受，加上喝醉了酒，荒唐了一回，没想到就中彩了。"吴小蒿说："中彩？你想没想到后果？你带了一身病毒，回家传给点点怎么办？作死呀你！"由浩亮说："我……我也怕这事，刚才我没去应酬，在男科医院打吊针，想赶紧治好。"吴小蒿用指头戳着他的头道："由眼珠你记着，从今天晚上开始，你自己找地方住，彻底治好再回家！"由浩亮点头道："好，好，我听你的。可我得上楼拿几件衣服。"

　　吴小蒿转身上楼，由浩亮跟在后头。进门后，由浩亮对点点说，他要到外地出差，过几天才回来，让她在家听姥姥的话，吃姥姥做的饭菜，好好复习。点点半信半疑，看着老爸拿了衣物走掉。

　　吴小蒿问点点饿不饿，点点说："老爸没带吃的回来，我能不饿吗？"吴小蒿就去厨房，将母亲做的饭菜热了热，端出来让她吃。点点坐下，一句话也不讲，喝粥夹菜，并且吃了一个馒头。点点回卧室后，她姥姥将膝盖一拍，满意地舒了一口气。

　　吴小蒿悄悄和母亲说了由浩亮为何离家，母亲连连点头："对头，这样对头。"

　　这时，母亲拿过一个蓝布包，掏出一双鞋垫，又拿出一本书，从中找出针线，绗了起来。这是母亲在家经常做的活儿：绗鞋垫。这些年来，吴小蒿与姊妹们穿的鞋垫，都是母亲做的。

　　那本书，鼓鼓囊囊，引起了她的注意。她拿过来看看，原来是她的高中历史课本第一册，里面夹了一些丝线和鞋样子。她知道，老家的女人多有一个花线本子，将一些五颜六色的丝线和一些用纸剪出的鞋样子，夹进书里，用时方便。她翻看母亲的花线本子，发现里面除了丝线和鞋样，还有几张二十年前当红的明星的画片，那是她当时夹在课本里的，现在已经忘记了。

再翻到课本开头第一章《原始社会》，她读到了这样的句子："二三百万年前，地球上出现了人类。恩格斯说：有了人，我们就开始了历史。"

读到这里，她想起当年平畴一中的历史老师讲第一课时的表演——他退到门口，弯腰爬行，爬上讲台，直立行走，突然转身喊道："人来了！历史开始了！"全体同学鼓掌大笑……

吴小蒿想，人来了，走过了二三百万年，但是走着走着，有的人却又退化成了兽。由眼珠就是一例。

8

次日一早，禚丽带着单位的商务车接上吴小蒿，再一个个接别人，接齐上路。周斌向大家讲了北京之行的目的，拜托几位局长施展本领，玉成此事。旅游局相局长说，他太希望谈成这个项目了，因为房车营地这个产品绝对高大上。海洋渔业局昝局长开玩笑说："咱们这个房车营地招商团，应该开一辆房车进北京。"禚丽说："这样吧，你到北京买一辆，咱们回程躺在上面。"昝局长说："这么多人，躺不开咋办？摞成两层？"禚丽说："两层就两层。"几个男人齐笑。吴小蒿望着车外，一声不响。

但她没有忘记自己的职责，路上给娄婷婷打电话，说他们已经出发，下午到达。招商团途中在一个服务区吃过午饭，下午四点多钟进入北京。越往里走路越堵，两个小时后才到达酒店。

那是位于东城区的一家五星级酒店，富丽堂皇。娄婷婷站在大厅笑脸相迎，发给每人一张房卡。吴小蒿进了房间，发现房大床大，装饰别致，心想，顾总真够大方，看来真想在楷坡做成这个项目。

进了宴会厅，吴小蒿更加吃惊：这个地方，少说也有七八十平方米，除了餐桌，还有麻将桌和一圈红木座椅。她正在发愣，昝局长指着墙边的博古架说，把这上面的摆设卖了，大概能买好几条船。禚丽一拍他的肩膀："真是三句话不离本行，你就知道买船！"吴小蒿看了看博古架，上面真是琳琅满目，有古董，有现代工艺品，好多是她从没见过的。

娄婷婷陪着顾总来了。顾总往主陪位子上一坐，顾盼自雄。他让服务员倒酒，声称是他珍藏了八年的茅台。坐在吴小蒿身边的禚丽闻一闻，悄然点头。

顾总举杯敬酒，说："热烈欢迎各位进京，祝我们的合作圆满成功！"三杯之后，周斌敬酒，说代表楷坡镇干部群众，热切期待顾总在黄海之滨大展宏图。禚丽伶牙俐齿，说她一来北京，就感受到了顾总的浓浓诚意，隅城招商局一定积极配合，用足用好有关政策，相信房车营地在隅城建成后，一定会让全世界的房车主人和驴友有惊艳之感。顾总问："你用足用好有关政策，能给我多少优惠？八百亩海滩，我租七十年，租金能否全免？"

此言一出，吴小蒿十分吃惊。这个顾总在北京隆重招待我们，原来是想赚大便宜呀。把他的租金免了，镇里拿什么向群众交代？她看邻座的禚丽正泰然自若，用染了红指甲的双手剥一只大闸蟹，就凑近她小声说："咱可不能轻易答应。"禚丽说："没事，谈判桌上，哪有不讨价还价的？"

周斌沉思片刻，看着顾总说："顾总，租金全免，你的条件是否太高？"顾总说："不高。我做的几个项目，有的地方就是租金全免。不只是租金全免，还免税三年。"禚丽说："那是能够创造较高利润的项目。房车营地的创利空间不大，不能享受免税待遇。"顾总立即指着她道："你说我的项目创利空间不大，这话有根据吗？我还没向你们提出免税条件呢，你就忙着给我吃闭门羹？我想问问你们支区长，为什么会让你这样的人负责招商！"禚丽急忙摆手："好了好了，顾总对不起，我收回刚才那话！你放心，只要你到隅城投资，保你方方面面满意！"

海洋渔业局昝局长说："顾总，你先前去隅城海边考察，看没看到海边的实际情况？那些养殖场，养海参，养虾，养蟹，每年都有很高收益，没有相应的补偿措施，怎么能够说服他们拆除？"顾总一摆手："这个我不管，那是你们地方政府的事。我只管接收地皮，拆除得干干净净的地皮。"

吴小蒿被这话激怒了，心底的火苗腾腾往上冒。但她努力控制住情绪，喝下一口茶水，问道："请问顾总，您是哪里人？"顾总说："湖北。""老家在城市还是农村？""农村。"吴小蒿直盯着他说："我也在农村出生。您知道土地是农民的命根子吗？那些祖祖辈辈传承下来的土地，被人无偿拿走，父老乡亲会是什么样的心情？他们的生活会受到什么样的影响？海边也一样，那些土地，那些海滩，牵涉到家家户户的生计，您考虑过这些吗？"顾总仰起脸道："那你们说，要我付多少租金？"周斌说："一亩地每年一千，可不可以？"顾总说："高了，我只能出到五百。"旅游局相局长充当和事佬："顾总，你是全国知名的商界精英，实力相当雄厚，为了一个有着光辉前景的项目，不会锱铢必较的。你加加价吧，一亩八百，好不好？"顾总说："八百就八百，但我只能一年一交。"吴小蒿立即说："不行！你只给我们区区六十四万，我们怎么向群众讲？你必须一次性把七十年的交齐！"顾总说："四千多万？你们这是杀鸡取卵！"吴小蒿说："问题是，你这只鸡，根本就没有下蛋的意思！"

顾总突然将桌子一拍："你诬蔑我！我要问问你们支区长，怎么会选了你这样素质极低的人当副镇长！"

吴小蒿忍无可忍，指着他道："你问，你马上问！我就是豁上不当这个副镇长，也不能把那片黄金海岸拱手相送！"

她这么一硬，顾总反而软了，换上笑脸道："好好好，今天我遇上杨门女将杨排风了。吴镇长，吴妹妹，你消消气，你的意见我很重视，我一定充分考虑，好吧？"

见他服软，吴小蒿不再吭声，只是下意识地抚摸左胸。她觉得那里隐隐作痛。

周斌说："顾总，咱们折中一下，你如果一把交齐七十年租金有困难，先交一半好不好？"顾总点点头："可以考虑。"周斌说："那咱们什么时候签合同？"顾总说："还没起草好呢。娄主任，你连夜加班，把合同写好，明天上午咱们过来，和隅城的领导们举行签字仪式。"

第二天早晨一起吃饭，几个人认真讨论签字仪式如何进行，如双方怎么坐，怎么站，还要请酒店的小姑娘帮忙传递合同，一些细节都想到了。周斌嘱咐刘大楼，一定要把握时机，拍几张历史性的照片。

然而，吴小蒿打电话问娄婷婷，大约什么时候过来，娄婷婷却说，情况有变，顾总要组织人对这个项目做进一步的评估。她让吴小蒿等人先回去，等到这边评估结果出来再联系。

通电话时，吴小蒿摁了免提键，让大家都能听到。通话结束后，禚丽说："听这口气，是不愿跟咱们谈了。"周斌用筷子指点着吴小蒿说："都坏在你手里！你昨天跟人家吵了一架，人家还有兴趣到楷坡投资？小不忍则乱大谋，你怎么这么不成熟呢？"

吴小蒿看着他，满腹委屈："我不跟他吵，难道就让他占尽便宜，让海边群众流离失所？"

周斌拿筷子在盘子上敲出一声脆响："你还不认错，还固执己见！"

禚丽说："你俩别吵了。招商引资很不容易，有成功有失败。煮熟的鸭子又飞了，这样的事我见得太多太多了。"

昝局长说："咱们走吧，来一趟北京，总算赚了一顿好饭，还在五星级酒店住了一宿。"

想不到，他们回房间提了包，到前台交房卡时，服务员却告诉他们："万成公司交代了，房款由你们结。"周斌气得脸发青，骂顾总真不仗义。禚丽却说："人家管了一顿饭，让咱们自己结房款，也算正常。"周斌说："早知咱们自己结，哪能住五星级的？"他问刘大楼钱带得够不够，刘大楼说，不够。好在禚丽说不够就刷她的卡，一行人这才结清房款，怏怏出了酒店。

9

从北京回来后，周斌召开领导班子会议，向大家通报招商情况。他说："自从北京万成旅游开发总公司表达了来楷坡投资的意向，我们抢抓机遇，迅速向区长汇报，得到了领导的大力支持。兵贵神速，与区里几个有关部门负责人组成招商团之后，我们立即进京，与投资方连夜展开谈判。本着互利双赢的原则，双方分析讨论了在月亮湾打造房车营地的各种有利条件以及光辉前景。当然，在土地租赁与补偿问题上，我们也据理力争，努力维护群众利益。现在，对方正在进一步论证中，一旦有消息，我们马上积极推进。"

听他这么讲，吴小蒿感到十分困惑：招商的事情基本上黄了，书记为什么不明讲，非要说对方正在进一步论证中，给大家一个好事临近的印象呢？想了想，她便明白，书记是碍于面子，不愿告诉大家事情真相。

书记讲完，贺镇长说："在西施滩搞这个项目，我认为要慎之又慎。那里有漂亮的金沙滩，有大片海水养殖场，有几十个养殖大棚，还有滩涂上的著名特产西施舌。如果被投资商占去，弄得面目全非……"书记打断他的话："哪能叫面目全非？应该叫面貌一新！"贺成收皱眉道："算我用错了词，行吗？面貌一新，看上去很美，但是，楷坡镇的老百姓到底能有多少好处？"书记说："这样讲，就有点儿小农意识了。"镇长说："我从来就没当过农民，怎么会有小农意

红色岁月　红色历程　红色史诗　红色经典

识？"书记说："你反正没有现代意识。"镇长怒目以对："你有现代意识，就瞒着楷坡镇领导班子的大部分成员，去谈这么大的项目？在你眼里，镇政府还存在不存在？""怎么不存在？吴镇长参加招商团，就代表了楷坡镇政府。""那你起码和我说一声吧，我毕竟还是一镇之长！"说这话时，贺成收高门大嗓，下巴骨上下晃动，让人能看得见下面的紫斑。

周斌毫不退让："一镇之长不错，但在党委班子里，你就是个副书记。有些事，可以让你知道，也可以不让你知道。"

"不让我知道，不就是想把招引项目的功劳记在自己账上吗？放心，别人不会抢的！"

周斌冷笑一下："咱们不要这么狭隘好不好？今天会议就开到这里，散会！"

十几个班子成员，纷纷起身走掉。

吴小蒿回到办公室心乱如麻。她没想到书记与镇长会在会上公开翻脸。也难怪镇长发火，这么一件大事，书记不让他参与，不在事前向他通报消息，委实不妥。临去北京时，吴小蒿考虑到自己是镇政府班子成员，不能不报告镇长，就给他发了短信，说她要跟书记等人一起去北京招商，谈房车营地项目，镇长只回了三个字："知道了。"从今天他俩的争吵可以看出，书记一直没向他讲这件事情。

至此，吴小蒿深深体会到了身为一名副镇长，夹在书记与镇长中间的难处。平时，两个一把手虽然貌合神离，但还能保持着表面上的和气，下属们还好周旋，今天一闹翻，往后就难了。

她想，还是应该让镇长知道谈判结果，就给他发了一条短信："镇长请息怒，是我向您汇报晚了。那个项目，投资方基本上放弃，可能建不成了。"

镇长又回了三个字："知道了。"

第二天上班后，吴小蒿接到书记的电话，书记让她马上到他办公室。她去后看见，松台社区书记韩玉振正坐在那里。书记满脸焦虑，说："小蒿镇长，你赶快去西施滩，平息那里的突发事件。"吴小蒿忙问出了什么事情。韩玉振说："群众听说那里要建大项目，连夜在那里盖屋，建大棚，挖池子，都想多得些补偿。"吴小蒿早就听说，每当一个地方要上项目，这些事情就会出现。她说："那个项目可能建不成了，就是建成，也不会给这种突击搞建设的人发补偿金。"韩玉振说："我劝不了，挡不住，他们干得热火朝天，我只好来找领导了。"吴小蒿说："我马上跟你去。"说罢就走。书记在后面嘱咐："小蒿，你跟群众挑明，就说项目建不成了。"吴小蒿在心里道，你要是昨天在领导班子会上挑明，西施滩就不会出这种事了。

吴小蒿骑上摩托车，和韩玉振一前一后走了。到西施滩一看，海边果然有好多人在建房子，好多车在拉建材，好多挖掘机和推土机在挖池子。吴小蒿想起了镇长说的那个词儿：面目全非。

看见这个场面，吴小蒿十分不安。她想，本来是打算招引项目，结果项目没招成，却让群众听信传言，盲目建设，造成损失，也对海滩造成破坏。如果我在北京不坚持自己的意见，一味忍让，让顾总唾手可得，事情是否会有另一个结果？

唉，一方面是招商引资，一方面是维护群众利益，如何在两者之间找到平衡点？

吴小蒿正站在那里苦恼着，韩玉振建议，到村里找高音喇叭讲一讲。吴小蒿马上摇头："不行，离群众那么远，你再怎么讲，还不是随风飘散？咱们面对面做工作去。"

她见近处有一伙建房的，走过去看看，用的都是最简易的材料，墙体用空心砖垛起。她问："你们建房干啥？"一个缺了门牙的中年汉子笑了笑："住人看虾池。"吴小蒿指了指旁边一间小屋说："那不是有了吗？""不够住的。"吴小蒿就说："大哥，我知道你建房干啥，你就别忙活了，这里的项目不建了。"缺齿汉子说："不建了？别哄人了。你们这些当官的，说话没法信。"

吴小蒿心中一凉。干部说话，群众不信，这是多么严重、多么可怕的一件事情！怎么会有这种情况呢？她意识到，只有真诚、坦率，才能与这些人沟通，让他们相信。她说："大哥，我前天跟着周书记去北京，跟那个老板谈判，我把真实情况跟你说说。"就把谈判中顾老板提出的条件、她的立场与观点、争执到最后的结果，都告诉了缺齿汉子。缺齿汉子听了频频点头："是这么回事呀。你这个镇长，是替俺老百姓说话的，俺相信你。"他招呼几个给他帮忙建房的，"不干了不干了，咱甭给政府添乱！"

吴小蒿说："大哥，你再给别人说说，让他们也赶快停工吧！"

"行！"

他走向了另一伙建房的。

　　吴小蒿见远处湿地上有一点黄、一片绿，那是挖掘机在芦苇荡里开动，便又去了那里。她踩着黑乎乎的淤泥，走近挖掘机，劝说挖池子的几个人。他们也相信了吴小蒿的话，将挖掘机开出了芦苇荡。

　　吴小蒿与韩玉振劝了一帮又一帮，听从劝说的人又去劝说别人。到了十一点多钟，大部分突击施工者离开了这片海滩，只有两伙建房的依然不停。吴小蒿苦口婆心，劝了好大一会儿还是没有效果。她感觉小腹憋胀，急需释放，心情便焦躁起来，嗓门也大了起来。可是，无论她怎么劝说，人家就是不理她，依然让砖墙继续增高。

　　韩玉振小声对她说："算了，他愿意建就建吧。有些犟筋头，从来都是油盐不进。"

　　吴小蒿只好撤退，问韩玉振哪里有厕所。韩玉振说，西施滩村部有。吴小蒿说："走！"骑上摩托，跟着韩玉振去了。

　　然而，海滩上的路凹凸不平，遇到一个大坑猛地一颠，她觉得憋不住了，就急忙停车，慌不择路，钻进了旁边的玉米地里。

　　再出来时，韩玉振正在前面等她，远远近近有人望她。她羞臊不堪，心想，在这个有西施名字的地方，我竟然成了一个随地撒尿的村妇，真斯文扫地。

　　她发现，玉米地边长着一片蒿子，叶片上落满尘土，灰不溜秋。她弯下腰，抚摸着其中的一棵想，我本来就是田野里的一棵蒿草，今天算是回归本色，现出原形吧。

　　她这么想着，眼窝便是湿漉漉的了。

10

　　处理完西施滩上的突发事件，吴小蒿全力以赴筹办祭海节。

　　孙伟向她报告：已经和钱湾社区书记多次联系，成立了祭海节组委会，请吴镇长担任主任。吴小蒿说："我怎么能当主任？主任应该是书记或镇长。"她向书记汇报后，书记说："当这个主任，我责无旁贷。"吴小蒿小心翼翼地问："镇长进不进这个组委会？进去后担任什么职务？"书记说："你找他商量。"吴小蒿找到镇长一说，镇长立即发了火，说："老周就擅长抢甜水，这么个主任他也挂名。你让他干好了，这事我不管了。"

吴小蒿回到自己办公室，将门一关，给樊卫星打电话诉苦，说两个一把手不和，干工作真难。樊卫星说："小蒿，你先甭说你们领导闹矛盾的事，你考虑问题就是不够周全。六月十三祭龙王爷，沿岸渔民都有动作，你搞个祭海节挺好的，但是你一个楷坡镇办，毕竟影响太小，应该是区委宣传部、区文体局、楷坡镇委镇政府联合举办，我给你召集媒体大力宣传。"吴小蒿说："到底是学兄站得高看得远，这样一来，活动就上档次了。今年叫'首届'，搞出影响来，以后年年举办。不过，如果是联合举办，组委会领导成员是不是要调整呀？"樊卫星说："那当然啦，让部长当主任，我跟周斌当副主任。"

想不到，她去向周斌汇报，周斌很生气，说："这个老樊，简直是个投机分子，咱们搞祭海节，他也要插一杠子！就他会请媒体？我难道请不来？媒体有多少我的铁哥们儿！"吴小蒿大窘："那怎么办？咱们回绝？"周斌说："事已至此，你看着办吧。"

吴小蒿想，你让我看着办，我只好全权负责了。她在电脑上列出一个组委会名单，除了主任、副主任，还有几个成员，其中包括贺成收、吴小蒿、孙伟、钱湾社区书记李言密等。她把这个名单传给樊局长，樊局长又加了区委宣传部文艺科科长、区文体局一名副局长、区文化馆馆长。吴小蒿再把名单给书记看，书记说："你把科级以下干部也放进去，简直是乱七八糟！"吴小蒿说："活儿主要靠他们干呀。"书记说："再成立一个组委会办公室，你当主任，把他们统统放进组委会办公室当中。"折腾了几番，终于将名单搞定，她发给樊局长和贺镇长看，他们没再提出意见。

这天，孙伟请吴小蒿去聚丰集团审查《海上高跷》。吴小蒿一进大院，就见一帮男女穿红着绿，正在院中练习。关主席戴一顶太阳帽，走来走去指点。吴小蒿过去向他道谢，关主席却说："不用谢，要谢的话，我们应该谢你。没有你的建议，就没有这个《海上高跷》。没有《海上高跷》，安澜渔文化节就少了个精彩节目。"

吴小蒿问："你是说，市里要办渔文化节？"

关主席说："是呀，7月20号，阴历六月十三。《安澜日报》搞的，还要从全国请上百名记者过来。文化节上要演出节目，让市艺术馆出几个，咱们这个节目正好排成了。"

吴小蒿一听急了："我们也要搞呀，也在那天。你这个节目拿到市里，我们怎么办？我们的节目本来就少！"

关主席脱下太阳帽，搔着秃头道："这真是个难题。"

孙伟提议，先在楷坡演，然后去市里。关主席说，三十多公里，恐怕来不及。吴小蒿说："你跟报社领导商量一下，能不能把活动提前，这个节目先演，我们把活动推迟，等着演员。"关主席说："这个办法可行，我跟他们商量商量。"他打电话找到报社社长，说了这事，社长倒是痛快，同意了这个方案。

关主席让吴小蒿审查节目，吴小蒿说："你导演的节目还用审查？我到这里，就是先睹为快。辛总呢？把辛总也叫来看看。"

等到辛总过来，关主席拍拍巴掌，招呼群众演员集合。他把音响设备打开，放出音乐，六个中年渔民扛着大网背着箩筐上场，将踩着高跷推小虾的场面演得原汁原味，将人与海的关系揭示得既深刻又易懂。他们有了收获，喜洋洋登岸后，六个渔家女人拿着簸箕跑上来，做着加工虾皮的种种动作。整个节目，先粗犷后温柔，不在海上，胜似海上，吴小蒿看了十分欣赏，拍着巴掌叫好。

关主席却看出了毛病，尤其是渔家女人们的动作，不够柔和，不够整齐，指导她们再度演练。

看完节目，又去看祭海节现场。关主席指着那片沙滩说，月亮湾既漂亮又开阔，船老大在沙滩上跪拜，格外出效果，《海上高跷》在这里演，也有现场感。孙伟说，他已经和沿海一些渔村谈妥，组织一百名船老大参加祭海仪式。吴小蒿问："主祭是谁？"孙伟说："请领导定。"吴小蒿看着辛总说："这活动多亏辛总，你出人出钱出场地，主祭由你担任吧。"辛总急忙摆手："我可不敢。过去祭龙王，都是德高望重的船老大当主祭，咱们还得找这样的。"吴小蒿说："那就委托你找一个吧。"辛总点头答应。

11

自从发现了由眼珠的丑事，吴小蒿几乎夜夜失眠。她恨由眼珠，恨得咬牙切齿。她惦记女儿，每天都要在点点去上学后与母亲通话，问点点怎样。母亲说，这孩子跟以前不一样了，做什么饭她就吃什么饭，晚上做完作业就睡，早上也不用叫，闹钟一响就起床。听了母亲说的这些，吴小蒿的心才稍稍安顿。

　　吴小蒿又问点点她爸回家了没有，母亲说，没有，到了晚上他就给点点打电话，点点在卧室里跟他说话，一说说半天。

　　吴小蒿也给点点打电话，点点埋怨她："老爸出差，老妈你也不回家看我。"吴小蒿说："宝贝儿，妈在忙工作，忙完了就回家看你。"

　　过了几天，母亲告诉她，点点她爸回家住了，看来已经好了。吴小蒿听了，没有吭声。

　　一天上午，办公室的小马姑娘送来一份刚刚接到的通知，内容是区政府明天召开旅游工作座谈会，让各镇镇长和分管旅游工作的副镇长参加，并且准备发言。上面已有贺成收写下的两个字："已阅"。她也签下这两个字，小马收起文件走了。吴小蒿打电话问镇长，要不要准备个发言稿。镇长说，不用，想到啥说啥。吴小蒿想，镇长的风格就是和书记的不一样，要是书记参加这个会，肯定要让我写发言稿。贺成收问："你怎么去？明天早上跟我一块儿？"吴小蒿不愿跟他同行，就说："谢谢镇长，我今天晚上就走，想回家看看。"

　　既然说了晚上走，那我怎么走呢？她忽然想出一个点子：让樊局长过来看看祭海节现场，陪他看完，坐他的车回城。于是她就打电话，说准备在月亮湾举办祭海节，让他过来视察指导。樊局长答应了，下午来到楷坡，和吴小蒿一道去月亮湾。见吴小蒿上车时提着一个大包，樊卫星问她提了什么，吴小蒿说："明天区里有个会，今天晚上回城，把被子带回家，让我妈拆洗一下。"樊卫星说："小蒿，你让我今天下午来，真正的目的是捎你回城吧？"吴小蒿一笑："谁让你是我学兄呢？沾你一点儿光，也损不了你的光辉。"

　　樊卫星到月亮湾看了看，十分满意，让吴小蒿好好准备，届时他请区委宣传部领导过来，请媒体过来，争取上镜上报，把月亮湾和这里的渔文化一起宣传出去。听说市里搞渔文化节，还有增殖放流项目，樊卫星说那天也搞，他来联系一下区海洋渔业局，让他们安排。吴小蒿说："对，给龙王爷添丁进口，也是对他表示敬意。"

　　她忽然想到，前段由浩亮一直忙着请客送礼，为的是争取放流资格，从中赚钱。他联系成了没有？在哪里放？我办祭海节，如果是他来放流，人家看了肯定起疑，会说三道四。

　　回到家已经下午六点，由浩亮果然在家，正在厨房里做饭。他见吴小蒿回来，不自然地笑道："回来啦？我再加个菜！"

点点从卧室里出来，抱住吴小蒿说："妈，你要表扬一下由眼珠先生，他出差回来，也不出去喝酒了，一天三顿在家做饭，可像个模范丈夫啦！"

由浩亮将饭菜端上餐桌，招呼老少三代女性吃饭。坐下后，点点夹一条油炸小黄鱼吃着，看看这个，看看那个，挥着筷子道："我宣布我的一项研究成果：姥姥是双眼皮，老妈是双眼皮，我也是双眼皮，我长大了生的孩子，肯定也是双眼皮！"

由浩亮笑道："肯定的，肯定的。"

"还有一项，"点点看着他边笑边说，"爷爷没眼珠，老爸没眼珠，可是我有眼珠，我长大了生的孩子，肯定也有眼珠！"

由浩亮还是笑："肯定的，肯定的。"

吴小蒿见由浩亮一味讨好，就问他前段联系放流成了没有。由浩亮摆摆手："唉，别提了，丰局跟他们说了多次，渔业局的人在饭桌上也答应了，可是到头来还是没成，他们找了另外的养殖场。"吴小蒿点点头："好。"由浩亮将一对细细的眼缝儿冲着她："好什么好？你幸灾乐祸是吧？我整整忙活了两个月，破费了多少？"吴小蒿说："你活该。你想参加放流，可是你的鱼苗在哪儿？虾苗在哪儿？你就是想坑国家害渔业。"由浩亮面现愠色，但没有发作，只将筷子一放，去了卧室。

12

隅城区旅游工作会议，上午的活动是参观。几十个人上了大巴，旅游局相局长用车载话筒向大家说："时间有限，咱们到山区看一个点，到海边看一个点。"

大巴开往西北方向，一个小时后进入桃园镇的"田园综合体"。导游姑娘介绍说，这里的四平方公里六千亩山场与土地，原属于两个村庄，三年前全部流转给金果集团，每年每亩租金九百元，村民有三分之二在这里打工，每人每月能领两千多元工资。

大家参观时看到，几座山上全是果树，有好多人开车到这里亲手采摘桃子。山坡上有大片花圃，各种花儿争奇斗艳，许多男女青年在这里拍婚纱照。山下有一座水库，开办了垂钓、划船、露营等项目。还有一处"蜂乐园"，里面养了好多箱蜜蜂，而且有一座蜜蜂展览馆，揭秘蜜蜂生活，展销蜂蜜制品，有好多家长带着孩子参观游玩。

最让参观者惊讶的是，有一座小山包叫作"仙山桃园"。导游姑娘介绍说，这里的蜜桃听着音乐、吃着黄豆、喝着新西兰牛奶长大，已经取得欧盟认证，一个桃子在那里售价合人民币三十八元。参观者都不相信，进去听听，果然有轻柔的乐曲在果园里回响。再到肥料配置区看看，二十五公斤一包的新西兰奶粉高高地垛在墙边，地上晒着大片酒糟样的东西，散发着酸腐味道，据说是由新西兰奶粉、黄豆粉以及锯末混合而成，将要埋到桃树下为其追肥。再看展出的出口包装箱，上面赫然印着欧盟 CE 认证标识。大家纷纷感慨，说果树这么个种法，真叫人想不到；农村发展到这个程度，真叫人眼界大开。

离开这里后，与会人员去了隅城北面的一处海滩。下车后，吴小蒿看到那里有一块很大的展板，上面有"隅城房车营地效果图"一行红色大字，北台镇党委书记范联合正满面春风地站在那里。她一下子傻了，急忙走到相局长跟前问："这是怎么回事？房车营地怎么到了这里？"相局长说："这是北台镇自己招的项目，投资商是上海的。你们楷坡的招引没有成功，区长也倾向于在这里建，因为这一片不光有沙滩，还有松林，有湿地，可以建多种游乐设施。"吴小蒿脸上写满沮丧，去和贺成收说了这个情况。贺成收说："不怕，咱们还有得天独厚之处。"吴小蒿问："哪里？"贺成收一扬下巴颏儿："鳃岛呀。"吴小蒿将两手一拍："对，咱们开发鳃岛！"

下午在区政府会议室集合，大家在一张长桌周围坐了两圈。支区长、胡副区长与发言者面对面，一边听一边记，还不时插话问询。轮到楷坡镇汇报了，贺成收讲："看了上午的两个点，很受启发。发展旅游，就要高点起步，出奇制胜。我们的鳃岛，是隅城海域唯一一座海岛，大有文章可做。"他刚说到这里，支区长向他一指："老贺说得非常正确。你打算搞什么项目呢？"贺成收讲："一是渔家乐餐饮住宿，二是海上垂钓，三是随船体验捕鱼。"

吴小蒿坐在贺成收后面，见他发言时将下巴一掀一掀，露出下面的紫斑。

贺成收把这三条讲完，停顿了一下。区长说："你这三条可以是可以，但还是谈不上出奇制胜。"

贺成收一笑："还有第四条呢。"他摇晃着大巴掌，讲了鳃人传说，讲了一个设想：在鳃岛附近创办潜水旅游项目，将一些年轻渔民培养成潜水教练，让游客借助潜水设备下海，看海底世界，体验徒手捕捞，还可以为年轻人举办海底婚礼。

参会人员都被他讲的这些所吸引，有的点头，有的竖大拇指。

区长目光闪亮，指着他道："老贺，你这点子好！这个项目，可以叫作'鳃人之旅'。"

吴小蒿忍不住拍起了巴掌："'鳃人之旅'，名字起得太好了！"她指着贺成收说，"我们镇长就是鳃人后代，他下巴底下长着鳃，但他不让别人看。"

与会者一下子兴奋起来，都将目光投向贺成收。贺成收却将下巴紧贴胸脯，说："没有这事，你们别听小蒿镇长忽悠。"

支区长一边笑一边说："发展旅游，有时候真得忽悠。不管你老贺是不是长了鱼鳃，但鳃岛的传说值得利用。你思路开阔，点子新鲜，我为你点赞。你们抓紧研究研究，尽快把这个项目搞成。"

贺成收答应一声，又说："还有一件事，区委宣传部、区文体局与我们镇联合举办祭海节，时间是 7 月 20 号，欢迎区长莅临指导。"

支区长说："我听说有这事。那天我如果有空，就去看看。"

13

祭海节的前一天，区政府办公室通知楷坡镇，区长支青生和区委常委、宣传部部长冯建强将出席祭海节开幕式。周斌立即召开党政领导班子联席会议，说："区长、部长亲自参加祭海节，这是对楷坡镇的高度重视，我们一定要好好筹备，做到万无一失。"说罢，他让吴小蒿汇报筹备情况。听完汇报之后他说："为了把仪式搞得更加隆重，议程应该做出重大调整。小蒿，你抓紧起草一篇祭海文，明天由我宣读，然后再让船老大上香磕头。"吴小蒿明白，书记是想在区领导面前露脸，但她觉得祭文难写，就说："这种文章我怕写不好，再说，时间很紧张，下午要到月亮湾看节目彩排。"周斌指着孙伟说："小孙你写。"孙伟说："书记，我下午也要去月亮湾。"周斌发火了："谁让你下午写？晚上写不行吗？十点前，你用微信发给我！"孙伟急忙点头答应。

下午，吴小蒿和孙伟骑着摩托车去了月亮湾。等到参演人员到齐，彩排开始。一个个节目登场，演完一遍，关主席和孙伟指出问题，让他们改正。辛总向吴小蒿说，来演《斤求两》的老花鼓，是他的姨家表哥。

演了一遍又一遍，终于全部通过。吴小蒿和辛总与主要演员握手，向他们表示慰问。辛总握着老花鼓的手开玩笑："表哥，看你穿得花不棱登，差一点儿不认识了。"老花鼓却捅他一拳："你是混阔了，不认识我了。你忘了到俺家要麦子的时候啦？"说罢，他搂住辛总肩膀，嘻嘻一笑，念起了顺口溜：

> 过了五月十三汛，
> 狗日的就把亲来认。
> 提着两串臭螃蟹，
> 捎着两根狗鱼棍。
> 进门就把姨来叫，
> 眼瞅着门后的大麦囤。

吴小蒿问他说的是什么意思。辛总说："这是以前的事儿，是山民编出来贬低渔民的。过去渔民苦，因为交通不便，鱼货卖不出去，换不来粮食，好多时候挨饿……"

吴小蒿问："挨饿？那些鱼虾不能吃吗？"

辛总说："是能吃，但天天吃就不行了。渔民终究还是人类，属于杂食动物，光吃鱼不吃粮也受不了。我小的时候经常饿肚子。八岁那年的一个早晨，全家七口人吃了一筐梭子蟹，我不到中午饿得直哭。为什么？因为梭子蟹春天鲜美，满壳是黄，可是到夏天它瘦得只剩下壳，我们叫它'骷髅蟹'，没有多少肉。鱼虾也是这样，当令时很肥，过一段时间就没有肉，吃起来像嚼麦秸筒子。这样，怎样弄来粮食，把一家人的肚子填饱，就成了让许多渔民很头疼的事情。麦收之后，他们更想弄来麦子，磨成白面，让全家人尝尝这种最好的粮食。五月十三左右的鱼汛过后，渔民们收了鱼货，就跟住在山岭、平原的亲戚走动起来，跟他们以物易物。亲戚们也明白，就将新麦子送给他们一些。我当年就跟着哥哥走姨家，拿鱼换了点儿麦子，回家磨成面，吃了一顿面条、几顿面疙瘩。但是，有的亲戚并不情愿，就编出了这种歌谣。"

吴小蒿说："这歌谣很有意思，'进门就把姨来叫，眼瞅着门后的大麦囤'，多生动多形象呀！'捎着两根狗鱼棍'是什么意思？"辛总说："狗鱼是一种鱼，身子很长，肉很香。"吴小蒿说："你不说这些，我还真不知道渔民的苦处，不知道渔民和农民的这种关系。"她转脸对孙伟说，"你作为文化站站长，应该把这些民谣记录下来，因为它们反映了那个时代。"孙伟说："对，我记下来。"

傍晚回到楷坡，吴小蒿嘱咐孙伟，别忘了写祭海文。孙伟说："忘不了，我写完了先给你看。"

到了九点，还不见孙伟发过来，吴小蒿在宿舍里坐立不安。她想，这种文章很难写，要有深厚的古文底子，孙伟是学财经的，能不能写好？万一憋不出来，怎么向书记交代？她甚至想起了当年吊死在这间宿舍里的那个年轻秘书，转脸看看后窗，心惊肉跳。

九点半，她发微信问孙伟写得怎样，孙伟回复："刚刚出炉。"接着发了过来。吴小蒿打开一看，发现那篇三百来字的祭海文四字一句，古雅深奥，心想，孙伟的学问真是不小。但她一转念：这家伙是不是抄来的？她复制一段，上百度查一下，原文果然出来了，孙伟只是将地名和时间改了改。她还发现，网上有好多现成的祭海文，版本大同小异。她心中感叹，现在的网络，真是要什么有什么。不过，把别处用的祭海文拿来用，涉嫌抄袭，不太合适。

于是，她以原文为基础，一字一句改动，尽量与原文不再重复。紧紧张张改到快十点，她发给孙伟，让他抓紧给书记看。过了一会儿，她问孙伟书记什么意见。孙伟发来一个调皮的表情和四个字"没有意见"，她才放下心来。

然而，书记这时来电话，说区委下达紧急通知，明天上午召开领导干部会议，不准请假，他必须去开会，让吴小蒿按照领导班子会议精神，把祭海节认真搞好。吴小蒿急了："支区长和冯部长也不来了？"书记说："那当然。"

吴小蒿接着打电话给樊卫星，问他明天还来不来。樊卫星说："我正要告诉你，我要去开会，去不了了，我让一个副局长过去。"

吴小蒿又给镇长打电话，说了这个紧急情况，让他明天读祭海文。贺成收却说："我不念。过去这里的渔民祭海，就是上香，磕头，从来不搞文绉绉那一套。"

吴小蒿想，镇长说得对。祭海节，还是原生态的好，将渔民集合起来，让他们按照过去的风俗，该咋办就咋办。

次日一早，她和孙伟去了月亮湾，对头一天搭好的舞台、供桌及相关设备做了最后一次检查，将所有的细节都考虑到了。斤求两鼓乐团按照约定，早早过来敲起了家伙，声音在海边传出好远。聚丰集团来了两百多人，在沙滩上坐成一片。担任主祭的那位船老大穿戴整齐，早早过来。他摸着刮成一片青色的胡子茬儿，肃立松下观望大海，看样子是在酝酿情绪。其他那些船老大陆续开车或骑车过来，拉来十几头宰杀了的肥猪。它们在沙滩上趴成一片，嘴衔红花，身披彩绸，猪脸上用刀划出一个十字，抹上豆瓣酱，旁边还放上两棵大葱，这是按山东人的口味讨好龙王爷，等待他老人家享用。船老大还运来一袋袋用金箔纸叠成的"金砖"，在沙滩上堆"金山"，等到仪式结束后烧掉。

贺成收坐着他的专车来了。下车后，有的船老大向他伸手说："镇长，给咱根好烟抽抽。"贺成收就掏出一包中华，一人发给一支。

一位中年渔民眼中闪着冷光，看着贺成收道："镇长，我送你两条大中华，你给我多发一条船的燃油补贴行不行？"贺成收立即变脸骂道："胡呲！滚你妈的蛋！"说罢离开这些船老大，走向一边。

吴小蒿看着这一幕，满腹狐疑。她听说，政府这几年发给渔民的燃油补贴，存在造假冒领现象，有的船已经报废或卖掉，有的根本没有船，却也通过非正常手段领到了手。难道镇长也插手这种事情？

就在这时，周斌给吴小蒿打来电话，说散会了，问这边的活动开没开始。吴小蒿说，还没有，还在等关主席他们。书记说："那好，你也等着我，我还要回去读祭海文。"吴小蒿慌忙说："那我让孙伟赶紧去把祭海文打印出来。"书记却说："不用，我手机上有。"

按照事先和关主席的约定，等到《海上高跷》在市里的渔文化节上演完，他带着演员过来，这边的活动才正式举行。等他们的这段时间，斥求两鼓乐团要一直敲锣打鼓。他们敲打了近两个小时，关主席和《海上高跷》的演员终于来了。敲大鼓的主演姑娘看到他们，发出停止的指令，锣鼓声骤然停止。吴小蒿跑过来说："不行，你们还要继续敲，要敲到周书记过来。"主演姑娘扑到鼓上撒娇道："哎哟，累死我了，手脖子都要断了！"老花鼓也说："太累了，抽袋烟歇歇！"

两辆卡车从聚丰集团开来，各拉了一车封好的透明水袋，可以看见里面游动的小鱼。辛总从上面下来说，这是他们培育的黑头鱼苗和牙鲆鱼苗，一共十万尾，今天无偿放入大海，让龙王爷高高兴兴过生日。

周斌书记终于来了。吴小蒿问："会议怎么散得这么早？"周斌说："省委来人考察区委区政府两个一把手，让我们去投票，投完票就散了。"

吴小蒿问："他们俩都提拔？"

周斌说："是，书记到外市当组织部部长，区长接任书记。"

第四章

———

鳃人之旅

历史上的今天：8 月 3 日

713 年　中国佛教禅宗六祖慧能大师圆寂

1492 年　哥伦布第一次远航

1887 年　两广总督张之洞奏请开办广东水陆师学堂各一所

1938 年　日军向武汉合围

1965 年　我国首次人工合成了牛胰岛素结晶

小蒿记

2008 年　随单位领导看望来安澜疗养的汶川大地震伤残儿童

2013 年　开展全镇安全工作大检查

2014 年　全家去鳃岛游玩

2016 年　西施滩一家渔家乐发生宰客事件，被媒体曝光

点点记

2013 年　参加小记者培训班

2014 年　鳃人之旅

2017 年　发现老爸还有一个家，恨死他！

1

2014年夏天的一个周六，吴小蒿上午开完会，正准备坐公交车回城，却接到母亲的电话。母亲说："锄头媳妇到了隈城，要到楷坡找你"。吴小蒿问："她找我干啥？"母亲说："夏天不打鱼了，锄头也不回家，媳妇说他有了外心，想叫你主持公道。"吴小蒿说："锄头休渔期间打工，她不知道？"母亲说："叫她跟你说吧。"

手机里传来哭唧唧的一声"二姑"，接着就是破口大骂："那个狗日的，不打鱼了也不回家，整天跟那些女流氓一块儿洗澡，二姑你就不管管他？"

吴小蒿哭笑不得："侄媳妇你想到哪里去了？锄头现在当潜水教练，是在干工作。"

"我不信还有这种工作，脱得只剩下一个小裤头跟女人下水。他还不在乎，给我发他跟女人的合影，不是想活活气死我？二姑你等着，我这就坐车去你那里，你带我上那个什么岛，抓他的奸！"说罢就把电话挂了。

"咳！"吴小蒿叹息一声，只好放弃回家的打算。

吴小蒿早已知道，锄头因为去年的雇主用鱼货顶工资，今年不再给他干，到了万玉凤家打工。万玉凤的男人叫贺永财，从小打鱼，几年前买了一条二百四十马力的单拖渔船，今年雇了六个伙计，锄头是其中的一个。贺永财老婆万玉凤则开了家渔家乐，用自己的绰号命名：东风荡子饭店。看来，别人说她会浪，她不以为耻，反以为荣。吴小蒿想，过去在农村老家，哪个女人如果被人用一个"浪"字评价，会闹出大事，甚至会出人命，而今的女人却将"浪"当成了褒义词，就连自己的女儿也时常在QQ上说，"今天跟某某同学上街浪了一回"，她不禁感叹世风变化之大。

万玉凤不只是东风荡子饭店的老板，还是鳃人旅游开发公司的董事长。去年贺镇长在全区旅游工作会议上提出这个潜水旅游项目，回来让吴小蒿抓落实。吴小蒿从青岛请来一位姓邵的潜水专家上鳃岛考察，发现岛东一带水浅，相对清澈，可以搞潜水游玩。邵专家做了个规划方案：用防鲨网拦起一万平方米的海域，在里面放上鱼、虾、蟹、贝，搞一些人造珊瑚礁，弄一条报废的船沉入水底，再购买一些潜水设备，培训几名潜水教练。有游客过来，用快艇将他们拉到潜水基地。他算了算，总投资需要三百万元。吴小蒿与鳃岛村干部商量，是自己办，还是招商。书记厉大棹说："三百万，那么大的数目，到哪里弄去？吴镇长你给俺招商吧。"万玉凤却不同意，说："这样的好项目让外人来办，把钱挣走，咱们不是一群傻子？咱们成立个公司自己干，发动大家入股。"这么一说，村两委成员也都同意，推举万玉凤当公司董事长。万玉凤不负众望，找了二十四个合伙人，把资金筹齐，到区工商局注册了公司。公司请邵专家当顾问，又是指导又是培训，终于在今年6月建成了这个项目，7月1日正式开业。

让吴小蒿想不到的是，八个潜水教练，锄头是其中一个。她在6月中旬来看工程进展情况时见到他，问他为什么不回家。锄头说，在家里蹲一个夏天，不挣钱光花钱，太难受了，在这里干，一个月能领六千。

开业那天，楷坡镇的领导来了一大群，区旅游局也来了个副局长。在停泊在潜水基地的一条大船上，镇长主持仪式，书记讲话。仪式结束，万玉凤让几位领导和记者当一回鳃人。发现领导们面面相觑、犹豫不决，她指着潜水教练说："请领导放心，他们都是鳃人后代，一对一带领你们，万无一失！"吴小蒿瞅一眼冒充鳃人后代的锄头，忍不住想笑。书记听了万玉凤的鼓动，振臂一呼："下水！咱们搞出的项目，不亲自体验一把也不对！"潜水教练发给他们头盔，培训一番，让他们到舱里换上泳衣，带领他们上船。八个人，只有吴小蒿和万玉凤是女的。万玉凤说："你们看，咱们这些人的体形，男的数成收镇长，女的数吴镇长。"大家都向他俩看，吴小蒿很害羞。贺成收说："我先下了哈。"他没戴头盔，矫健地一跳，一头扎进水中。一个随行记者惊呼："贺镇长！"万玉凤说："你别怕，他在鳃岛长大，是个鳃人。"其他人戴上头盔，变成大头娃娃，踏着船边舷梯先后下去。吴小蒿下去之后，感觉水有些凉，但很快就能适应。

落到水底，踩到沙子，吴小蒿发现自己像在雾天行走，头顶明亮，却看不见太阳，四周朦胧，人影幢幢。她知道，北方的海，毕竟不如南方的海纯净，但能在鳃岛建成这样的休闲项目，让游客们不用跑到几千公里之外就能过一把潜水瘾，也很难得。

那天，她的潜水教练是一位瘦小伙，肋骨历历可数。他很腼腆，只在她后面跟着，密切注视她的一举一动。吴小蒿感到不好意思，想离他远一些又不敢，就以手拨水向前游动。她看见了一条条鱼，长的、短的、圆的、扁的，从她身边游过。她还看到几堆人造珊瑚礁，白的、红的，看上去很美。不时与别人相遇，隔着头盔难以看清是谁，双方只是摆手示意。突然，一个没戴头盔的伟岸男人出现在她的面前，那是贺成收。他伸出一只手，往她额头的面罩上弹击一下，笑着游走了。奇怪的是，与前年登岛回程中的那一弹不同，那一次是疼，疼到心里；这一次却是震动，有一种麻酥酥的感觉从头传到脚。她扭头去看，贺成收已经离开可视范围不见了。吴小蒿捂着额头面罩想，他不戴头盔，不用供氧，真是鳃人呢！

"鳃人之旅，让你回访人类故乡！"离开鳃岛时，吴小蒿看着码头上竖立的大广告牌，脑海中又浮现出贺成收在水中游动的模样。

2

吴小蒿算一算，已经有三个周末没回家了。两个月之前她就开始筹备第二届祭海节，忙得焦头烂额，终于在半个月前圆满举行。区委支书记也来了，他说，上一年没能参加，今年补上。仪式结束后，支书记还在楷坡两位一把手以及吴小蒿的陪同下登上鳃岛，了解鳃岛旅游开发情况。看到"鳃人之旅"等各个项目运转良好，渔民在休渔期间都有事干，都有收入，他很高兴，将楷坡镇党委、政府表扬了一通。尤其是对组织渔民入股，建成鳃人旅游开发公司运作潜水项目，支书记特别赞赏，说这是渔村合作经济组织的一个典范，并指示将潜水本事高强的教练训练成救援队，以备应急之需。

这个周六，则是党的群众路线教育实践活动动员大会。区委派来的工作组组长、区监察局副局长谢光玉在会上做了动员，要求全镇党员干部以"为民、务实、清廉"为主题，按照"照镜子、正衣冠、洗洗澡、治治病"的总要求，坚决反对和杜绝形式主义、官僚主义、享乐主义、奢靡之风。周书记对活动做了全面安排，要求用半年时间认真学习，查摆问题，开展批评，整改落实。他宣布，从这周开始，每到周六都要集合全体干部学习半天，以保证活动扎实有效，不走过场。

今天不能回家，吴小蒿强烈思念女儿。在等锄头媳妇的时候，她打开电扇，往床上一躺，用手机看女儿的QQ空间，看女儿的"说说"。她发现，点点的空间原来叫"点点不是一点点"，现在改名为"哭树的鲸鱼"。她的心脏猛地一揪，竟有一种似曾相识之感。鲸鱼、大树、泪水，这些毫不相干的意象，竟然叠加在一起，纠结在一起，在她脑海里沉沉浮浮。

她打电话给家里，听见是点点接电话，开口就问："点点，你的空间为什么改名？"点点说："因为前天夜里我做了个梦。""你梦见了什么？""梦见一条鲸鱼、一片树林，还有一片海。我流的泪太多太多，多得成了海。醒来想想，小四郭敬明是悲伤逆流成河，我呢，悲伤逆流成海。"

吴小蒿立即泪奔。她捏了捏鼻子，克制住情绪，问道："宝贝儿，你怎么会做那样的梦呢？"

点点说："我也不知道，醒来觉得奇怪。可是我的眼泪还在流呀流，我流着泪就把空间名字改了。"

吴小蒿说："这个名字不好，你改回来吧。"

"不，我不改。有人说，梦境是神秘的警示。"

吴小蒿放下手机，仰躺在床上，双手捂脸，却捂不住继续涌流的泪水。哭树的鲸鱼，这是怎么一回事呢？

她觉得，她也是悲伤逆流成海了。

3

吴小蒿陪着锄头媳妇上岛，已经是下午四点多钟。在来往于钱湾与鳁岛之间的小型轮渡上，锄头媳妇趴在船帮上吐得一塌糊涂，连胆汁都吐净了，还张大嘴巴，整个身体一下下猛烈抽搐。吴小蒿扶着她，为她捶背，为她擦去秽物，自己的胃也痉挛不已。

终于到了鳁岛码头，吴小蒿把她扶上去，她一下子瘫坐在地上，又开口骂锄头，说他不着调，害得她受这个熊罪。登岛之前，吴小蒿打电话给锄头，说他媳妇来了，让他到码头去接。锄头说，他正要带一帮客人去潜水，让她先去东风荡子饭店等着。

来到东风荡子饭店门口，锄头媳妇止步不前。吴小蒿让她进去，她小声说："实在不想见这个浪女人！我听锄头说过，'东风荡子'的意思就是浪。这个浪娘儿们，肯定把俺锄头给弄过了。"吴小蒿捅她一把，小声道："你甭胡乱猜疑！"

万玉凤在里面看见了她俩，颠着一对大奶子跑了出来："哎哟哟哟，镇长妹妹来了，快进来坐坐！这是谁？"吴小蒿介绍说："这是我侄媳妇，她老公就是在你家打工的吴建山。"万玉凤脸上做出惊喜表情："小吴的媳妇呀！快进来快进来！"

锄头媳妇随二人走进去，鼓突着一对厚嘴唇不说话。

万玉凤给她们倒了茶水，问吴小蒿怎么突然到了岛上。吴小蒿指着锄头媳妇道："陪她来的，她说锄头休渔期间不回家，过来看看。"万玉凤向锄头媳妇嘻嘻一笑："想他啦？"锄头媳妇开口道："想他中什么用？人家整天跟那些浪女人混，早把我忘了。"吴小蒿向万玉凤解释说，锄头在这里当潜水教练，媳妇有些担心。万玉凤把眼瞪向锄头媳妇："担心什么？他跟你闹离婚啦？"锄头媳妇说："没有。"万玉凤又问："挣钱不交给你啦？"锄头媳妇说："没有。"万玉凤将大腿一拍："那你担心啥？莫说你男人没叫人偷吃，就是偷吃了又怎么样？那又不是黄瓜，咬一口去一截。"锄头媳妇将白眼一翻："叫浪女人偷吃你男人的试试！"万玉凤似乎让这话噎了一下，但她咽下一口唾沫，向厨房里招手道："永财！永财！洗几根黄瓜送来！"厨房里有人答应，只听水声哗哗响过片刻，很快走出一个身穿白大褂、头戴白高帽的矮胖男人，他端着一个盘子，盘子里放着几根黄瓜。想到万玉凤刚才的比喻，吴小蒿有些恶心，但她注意到，贺永财的左手缺了小指头。

贺永财笑一笑回了厨房。万玉凤将自己的左手小指头竖起来，对锄头媳妇说："你看见了吗？我男人的这个指头没了。为什么？这里面有故事。五年前，他打鱼回来，到钱湾一家酒店吃饭，喝迷糊了，把一个服务员办了，以后又找过她几回。想不到，这小姑娘非要嫁给永财不可。永财说：'那怎么行？我有老婆孩子，不能离婚。我给你两万块钱，咱们分手。'小姑娘说：'我不要钱，要人。'缠着永财不放。见永财一直不答应，她从厨房拿来一把刀，说：'你不答应，我就剁手指头。'永财说：'你真敢剁？你吓唬谁？'那小姑娘一刀下去，咕咚一声，就把她的小指头剁去了。俺永财也真是有种，看一眼桌上那截断指头，说：'这有什么了不起的？我还你一根就是！'夺过刀，咕咚一声，也把自己左手的小指头剁掉了。小姑娘这才明白永财是铁石心肠，从此再没纠缠。"

这个故事，让吴小蒿和锄头媳妇听傻了，两双眼睛圆溜溜的，瞅瞅厨房，再瞅瞅万玉凤。

万玉凤说："男人嘛，都是吃着碗里的，看着锅里的，就这么贱。但有一条，他要是不离婚，舍不得老婆孩子，就是好男人。你们说，永财犯了错误，我就跟他闹，跟他离婚，我还有现在的事业？还有现在的幸福生活？”说罢，她从盘子里摸起一根黄瓜，咔嚓一声咬下一截。

吴小蒿哭笑不得，连连摇头。

一群人走进饭店，领头的男人大声道：“东风荡子，我们找你浪一回，快安排地方！”万玉凤急忙起身道：“欢迎欢迎！来我这里，保证你浪打浪过把瘾！小孙，快安排客人！”一个小姑娘从后门跑进来，笑着走近来客。

万玉凤对吴小蒿说：“吴镇长，多亏你费心开发鳃岛旅游，今年夏天这里可火啦，每天上岛一千多人。几十家渔家乐，无论吃饭还是住宿，都得预订才有保证。光是网上的预订，我店里的生意就占到一半！尤其是“鳃人之旅”，这些天水温升高，玩的人更多，两条船来回拉客，码头还有人排着长队等。我估计，这个项目两年就能回本。”

吴小蒿说：“好呀，可惜北方水温低，只能营业三四个月，不然你赚得更多。”

万玉凤说：“就是。哎，你家孩子没来玩过吧？明天叫她爸带着过来，我给你们全家免费。你今天在我这里住下等他们。”

吴小蒿本来打算把锄头媳妇送上岛就回去，听万玉凤这么说就动了心，觉得点点放了暑假，自己顾不上陪她玩，明天陪她一次也好。她打电话问点点，想不想来鳃岛玩。点点说：“还用问吗？我在家里快捂烂啦。”吴小蒿就让点点转告她爸，明天上午带着她和她姥姥到钱湾坐船，自己在鳃岛等着。

锄头来了。他已经换上平时穿的衣服，一进门就黑着脸冲他媳妇吼：“熊娘儿们，不老老实实在家干活带孩子，跑到这里干啥？”他媳妇将眼一翻：“看你个狗日的黄瓜还有没有！”听了这话，万玉凤和吴小蒿都笑。万玉凤捂着半边嘴，小声对吴小蒿说，文化人见面要寒暄，这两口子见面也要寒暄，只是用的语言不同。

果然，两口子“寒暄”之后和颜悦色，面对面坐着，你瞅我一眼，我瞅你一眼。

这时，进店吃饭的人更多。万玉凤说：“锄头，快领你媳妇到你宿舍歇一会儿。镇长妹妹，我开个房间你休息一会儿？”吴小蒿说：“不用，我到外边溜达溜达。”

　　锄头带着媳妇上楼，吴小蒿走出饭店。看看太阳还没落山，她决定，沿着环岛路走一走。

　　沿着下行的斜街走一段，便到了宽约五米、用沥青铺成的环岛路。走出村子，前面一边是山崖，一边是大海。她回头看看，鳃岛建筑从低到高，尽入眼帘，渔家乐的招牌密密麻麻，有许多人进进出出。她看到了东风荡子饭店，还看到饭店二楼的一排窗子，其中一扇被窗帘遮挡得严严实实。她猜测，窗帘后面，大概是锄头两口子。想象一下他俩现在的样子，吴小蒿心跳加快，浑身燥热。

　　那件事，久违了。她在心里暗想。自从去年发现由眼珠得了性病，她就把他看作一个病毒携带者，一看就恶心，一想就头痛。她回家住时，由眼珠想亲近她，她都是拒绝。由眼珠发火了："我已经痛改前非，你还拒我于千里之外，这就不占理了！男人嘛，都有犯迷糊的时候，迷糊过去就好了。我告诉你一个秘密，我爹年轻时就搞过女人，还有一个私生子，比我小五岁。我妈知道了，跟我爹闹过，后来还是原谅了他，照样对他服服帖帖。"吴小蒿说："原来你是家族遗传，你更让我恶心。"由眼珠的思想动员工作失败，就动起了粗，用拳头打得她鼻青脸肿，让她回楷坡后无地自容。后来由眼珠再打她，她就趴着保护面部，任他摧残身体的其他地方。结果，她到了夏天也不敢穿裙子，怕暴露四肢上的青肿。

　　拒绝由眼珠，并不是她没有情感需求。看看朋友圈里，一些闺密晒幸福，时不时将自己与老公的亲密合影发出来，她看了真是羡慕嫉妒恨。再看看经常出现在她视野里的男性，可以用"man"来评价的不止一个。就连当年吊死在她宿舍里的那个帅哥秘书，也让她在夜深人静时产生臆想，巴不得他变成一个能说会动的精灵，与她演绎一段聊斋故事。然而，她等到天亮也没有动静，只好打着哈欠起床，回归副镇长的角色，该干啥干啥。

　　她长叹一声，向前走去，走了一段，拐弯向北，到路边的树下站着。此刻，太阳在她的正前方，楷坡镇的广大地盘笼罩在金晖之中。"青藏高原"莽莽苍苍，有"香山遗美"石刻的山崖依稀可见，楷坡的建筑黑压压一片，镇后的挂心橛醒目矗立。海边，长长的金色沙滩像一只大鸟，西施滩、月亮湾像两只长长的翅膀，钱湾渔港像庞大的身体，伸向海中的码头则像鸟喙。唯有那道由礁石组成的霸王鞭以凛冽之势，以不和谐的样子突兀生出，笔直地戳向大海。

这就是总面积为一百三十二平方公里的楷坡镇，我是这个镇的一名副镇长。吴小蒿内心产生了一种庄严而神圣的感觉。"守土有责""造福一方"，这是我前年参加新任职干部培训班时，领导和老师多次强调的两句话。到任近两年来，我做到了多少？

扪心自问，吴小蒿有几分欣慰，也有几分惭愧。

手机响了，是贺成收打来的："小蒿，你来岛上了？"

"是呀。镇长你在哪里？"

"我在你的身后。"

吴小蒿吃了一惊，转身回望，果然看见贺成收正站在一座门楼前面向她招手。

"你上来吧，这是我的祖屋。"

吴小蒿踌躇少顷，而后沿着一条陡路，吃力地走了上去。

4

这是一座用乱石垒起的院子，房门向南，院门朝西。贺成收穿一领蓝白相间的海魂衫、一条黑色短裤，更显挺拔。吴小蒿的心脏腾腾急跳，加上爬坡，喘气都费劲了。

她向贺成收说了因何事来岛上，然后问他："镇长，你回鳃岛也有事？"贺成收说："有事。回来扒坟。"吴小蒿甚感意外："扒坟？扒谁的坟？""我父母的。"

贺成收将手机拨弄几下，让吴小蒿看一张照片。那是一处豪华墓地，是南方才有的"椅子坟"，坟堆被倚山而建的半圈矮墙围起，坟前则是墓碑、供桌，地面用花岗岩石板铺成。

吴小蒿问："为什么要扒？"

贺成收看着落日叹了口气："区委工作组过来，昨天和我谈话了解情况，组长向我透露，有人反映慕平川给我父母造坟，影响不好。我当即表态，周末回来拆掉。"

"这坟，是慕总造的？"

"是，他好心办坏事，给我惹来麻烦。前年他父亲去世，请南方匠人来造

121

坟，跟我说，顺便把我父母的坟地改造一下。我不让，但他还是给我垒了一圈围墙，坟前搞了硬化，搞完才告诉我。我来看看，木已成舟，就没再吭声。结果，有人嫉妒，向领导告了。"

吴小蒿听说这事跟慕平川扯上干系，就瞅着他的脸说："你跟慕总为什么要走得那么近呢？"

"本来就近。喏，后面那座宅院就是他家的。"

吴小蒿循他所指看去，那边的院落规模与贺成收家的一般大小，只有三间正房，但修葺一新，砖墙瓷瓦，门口还有一对石狮子。她问那里住了谁，贺成收说，没人，老慕偶尔回来住一宿。

贺成收瞅一眼吴小蒿，说外面有蚊子，让她到屋里坐。吴小蒿迟疑一下，但还是走了进去。她见院子东面的厨房锁着门，问贺成收怎么吃饭。贺成收说，已经跟堂兄约好，到他家吃，一起商量明天找人扒坟的事。吴小蒿早已听说，贺成收是独子，两个妹妹都住在隅城。

一进屋，便觉凉风扑面，原来有一架立式空调开着。屋里摆了几件老家具，一套沙发，墙上挂着几幅书画，还有几个相框。右手是一间耳屋，里面摆着一张双人床，挂着蚊帐。

吴小蒿在沙发上坐下。贺成收端起一个紫砂壶，倒一杯茶给她，而后坐到沙发的另一头看着她微笑，笑容里带着暧昧的意味。

吴小蒿觉得紧张，但又不好马上告辞，就喝一口茶，向贺成收甩出一个足以转移他注意力的话题："镇长，你跟慕总的关系，能向我讲一讲吗？"

贺成收果然收起笑容。他点上一支烟，抽了一口才说："我知道，你对我俩的关系不理解，今天跟你透个底儿。我跟他是发小，同年出生，都属猴，我比他大三个月。两只小猴长大了，整天光着屁股在岛上窜来窜去。从十多岁起，我们就下海摸鱼，摸蛤蜊，摸海参。但我们渐渐觉得这个岛太小了，对陆地非常向往。我俩经常站在我家或他家门口向海那边看，看那边的人、那边的车、那边的渔港、那边的村镇，越看越觉得陆地神秘。所以，他把自己的名字也改了，改成慕平川。那时候，鳃岛大队捕捞的鱼货都要交给国家，楷坡渔业合作社在岛上设了收购点，收满一船就送过去。有一年，我俩偷偷上船，躲进船舱，随船去了一趟楷坡。我们走在又平又宽的路上，感觉像上了天堂。看到那些车辆，汽车、拖拉机、自行车，都想上去坐一坐，因为鳃岛没有平路，连一辆自行车都没有。走进楷坡供销社看看，屋顶那么高，柜台那么宽，货架上的商品那么丰富，我俩这看那看，半天舍不得离开。后来狠狠心走出去，我问慕平川陆地好不好，他说好。我说：'咱们长大了到这里来。'慕平川说：'一定来！到这里住下，安家落户，出人头地！'"

吴小蒿听到这里说："真想不到，你们还有这种陆地情结。"贺成收说："你不在此境，不生此心。像你，当年努力考学，就想离开农村，走进城市。我们呢，走上陆地就觉得挺好了。"吴小蒿问："你俩是怎么来到楷坡的？"贺成收说："我先到楷坡上初中，然后考进安澜渔业中专，毕了业分配到楷坡渔业科技站。老慕没上中学，他是十八岁那年到这里当鱼贩子，一步步起家。"吴小蒿说："慕总在楷坡，是个人物了。"贺成收说："他现在摊子不小，比较招风。因为他办事风格粗暴一些，好多人对他有意见。"吴小蒿说："他不是粗暴，是霸道。你应该很了解他。"贺成收说："我比较了解。但他粗暴也好，霸道也好，是遗传基因造成的。"吴小蒿问："遗传基因？他遗传了谁的基因？"贺成收答："海盗的基因。我从小就听大人讲，鳃岛上姓慕的，是海盗的后人。"

"哦？真的？"吴小蒿愣住了。

贺成收微微一笑："可能是真的。鳃岛上有鳃人后代，那是很古老的传说了。还有一个传说，鳃岛曾经是海盗的据点。老人们讲，当年官府实行海禁，不许片帆出海，沿海居民必须退后三十里居住，然而楷坡崔家湾有个崔姓人说自己不会种地，离不开海，率领一群渔民去鳃岛当了海盗。他有时带手下趁黑夜登岸，去内地打家劫舍，天明时再回鳃岛。因为他在兄弟中排行老二，他被人叫作'催命二郎'。官府上岛清剿过多次，却老是扑空，也不知海盗躲在哪里。"

听到这里，吴小蒿抬起头，向西窗看看，被晚霞映红的波涛中，似乎隐藏着无尽的史事，抑或传说。

贺成收二笑："老慕可能是海盗的后人，继承了祖上的狠劲儿。"吴小蒿问："他不是姓慕吗？并不姓崔。"贺成收道："据说，催命二郎的后代觉得祖上当海盗不光彩，就改了姓。"吴小蒿笑了笑："你俩一个是鳃人后代，一个是海盗后代，很有意思。但你俩来历不同，秉性不同，没必要搞得那么亲近吧？"贺成收说："我也经常提醒自己，再跟老慕撂在一起，会栽跟头。但他救过我的命，我不能忘恩负义呀。"他看着窗外，吐出一口烟，接着讲，"十五岁那年，我俩一起潜水捞海参，我让黄鳍鱼蜇了。有这么一句老话：'黄鳍针，后娘心。'是说这两样东西都毒。黄鳍鱼有一根尾刺，让它攮了，会立即肿起来、痛起来，行动困难。那天我让它攮了，疼得厉害，在水里挣扎，平川发现了，赶紧拽着我游到岸边，没让我死在海里。所以后来他让我帮忙，我不得不帮。"吴小蒿看着他认真地说道："镇长，我劝你还是远离慕平川。万一他继续作恶，你脱不开干系。"贺成收点点头："小蒿，谢谢你的忠告。"

吴小蒿看看天色不早，站起身说："镇长，我走了，我到万玉凤那里住下，明天孩子过来，一块儿下海玩玩。"

贺成收也站了起来。他指着墙上挂着的相框说："你不看看我年轻时的样子？"

吴小蒿说："好呀，我看看。"

她跟着贺成收走近相框，抬头瞅去。只见相片有黑白的，有彩色的；有全家福，有单人照。那张大大的全家福上，有老少三代十几口子。吴小蒿还没来得及细看，贺成收指着一张黑白照片说："岛上照相不方便，我第一次照相是初中毕业照，在这里。第一张单人照，是从渔业中专毕业那年照的，喏，你看这个傻小子。"

吴小蒿仔细看看，见上面的贺成收只是个青葱少年，眉宇间却有一股英气。他盯着镜头的眼神穿过二十多年的时空，落在吴小蒿的脸上。

突然，贺成收将一只手揽上了她的肩膀："小蒿，我那时候要能认识你，该有多好。我第一次带你来岛上，发现你的额头长得出众，像海豚的额头一样饱满可爱，就有了冲动，想弹它一下。"吴小蒿说："你那一弹，让我痛不欲生。"外面天色昏暗，屋里没有开灯，吴小蒿嗅到一股说不出是腥还是香的怪异味道……她突然清醒过来，急忙用力推开贺成收："你还是赶快去找你堂兄商量明天怎么办妥那件事，好向区委工作组交代吧。"说罢，急三火四地走出门去。

5

回到东风荡子饭店，只见厅堂里灯火通明，几桌客人正在吃喝喧闹。万玉凤从收银台后面走出来，问吴小蒿去哪里了。吴小蒿没敢说去了贺成收家，只说到岛子西面转了转。万玉凤摸出手机打通，高门大嗓吼叫起来："小吴，还有完没完？快下来陪你二姑吃饭！"

她将吴小蒿领到一个单间，鳃岛村的书记和会计坐在里面。万玉凤说："我让他俩过来陪你吃饭。"说罢又跑走照应客人去了。吴小蒿心想，按常理，贺成收去堂兄家吃饭，他堂兄应该让村支书去陪的，可是厉大棹没说这事，可见他们堂兄弟商量扒坟，不想让外人参加。

锄头两口子来了。吴小蒿看见，锄头媳妇容光焕发，脸上有藏不住的笑意，她猜想背后原因，不禁脸热心跳。她端起茶碗掩饰自己，听厉大棹与锄头说话。书记问今天"鳃人之旅"怎样，锄头说："很好，星期六人特别多，光是我自己就带了十几拨。听卖票的说，今天又创了新纪录。"会计说："玩钓鱼的游客也不少，我见垂钓平台上站满了人。"吴小蒿说："这些渔家乐，今天好像也特别红火。"会计说："可惜只有这一季，等到9月1号开海，天冷水凉，人就来得少了。"

锄头媳妇插话道："等到开海，俺那里的人来得就多了。"

吴小蒿不明白，问她是怎么回事。锄头说，跟他在一条船上的一个小伙计，刚结了婚，舍不得媳妇，辞工不干了。另一条船上，有两个伙计觉得出海风险太大，到陆地打工去了。还有几条船也是人手不足，都在招人。他就打电话给本村熟人，动员成了三个，等到8月底，他回家把他们带来。

锄头媳妇说："来得多了好，相互有个照应。"

吴小蒿感叹："这几年，农民来当渔民的越来越多了。"

锄头说："渔民当渔民的越来越少了。"

会计说："还真叫你说对了。过去渔民是祖祖辈辈打鱼，到了我们这一辈，只要有一条出路，就不叫孩子下海。我给你算一下：书记的孩子，一个在济南上班，一个在隔城做生意；万玉凤的孩子，一个当兵，一个上大学，都不可能回来；我的孩子学习不好，没考上大学，跟他大舅学装修去了。村里别的孩子，或者往外走，或者在岛上做生意，真正下海的没有几个。"

吴小蒿对此不太理解，就问为什么。厉大棹说："怕吃苦、怕出事是一个方面，另一方面，因为海越来越穷。""穷？"吴小蒿被他用的这个字眼惊到了。厉大棹说："就是穷。过去打鱼，到近处转转，就把舱装满了。可是现在，你置上几百马力的船，到外海跑几天几夜，起网看看，收获还是不大。"会计说："出海一趟，扣除油钱和工钱，不但不赚，还要赔本，这样的情况很多。"吴小蒿说："国家把休渔期延长，再加上放流，是不是会好一些？"厉大棹说："稍好一

125

点儿，但不能从根本上扭转态势，海洋资源还会继续减少，因为人类的捕捞能力实在是太强大了！我带船出海，夜间看看，四处都是船，都是灯，跟城市的万家灯火差不多，你说有多少鱼能生存下来？"吴小蒿焦虑地问："那怎么办？"厉大棹说："上级整天讲，渔业的出路只有转型，号召多搞人工养殖，可是养殖业也有很多困难。"吴小蒿问："现在鳃岛渔民养什么？"厉大棹说："有扇贝、贻贝、海带、海参等等，但是受自然条件制约，一不小心就受灾。漂来一些浒苔，会影响它们生长；刮来一场大风，可能毁掉养殖器具。去年夏天太热，水温升高，海参死了好多，漂在水面上一片一片的，叫人看了心疼。收入不稳定，养殖业就很难进一步发展。"

万玉凤端来几样菜，也坐下跟他们吃喝、说话。她喝下一大杯白酒，挥动筷子说，开海之后，"鳃人之旅"项目暂停，来饭店吃住的人也少了，她要在这店里办一个新项目。吴小蒿问是什么新项目，她将胖脸晃了晃说："我是东风荡子，我要领着全岛妇女大浪特浪！"听她这么说，一桌人都笑。万玉凤解释说："现在不是时兴网购吗？有的女人想买外边那些好吃的、好穿的，又不会上网操作，我就让店里两个小姑娘代办，收一点儿服务费。"

吴小蒿一听，立即向她竖起大拇指："万大姐你厉害，你走在了时代前头。不过，你不一定光在网上买，也可以在网上卖。你开一家鳃岛网店，推销岛上特产，可不可以？"

厉大棹说："对，把咱们的鱿鱼干、乌鱼蛋、扇贝丁、海参等等，统统挂到网上。"

吴小蒿说："你就办一个鳃岛电子商务服务点，既买又卖，为岛上居民服务。"

万玉凤搓着双手兴奋地说："好，镇长妹妹的主意好！我去做个牌子，挂在饭店门口！"

6

鳃岛之夜，耿耿难眠。

临睡前，朦胧中，白天所经历的深刻事件，被记忆细胞重演。吴小蒿坐起身，撩起床头的窗帘。她看见，半边月亮正在海面上高挂。

手机一响，贺成收发来了短信："你虽然走了，但你好像依然在我怀里。"

原来，镇长也没睡。

我能回复吗？不能。

她将窗子打开，让海风灌进来，让自己头脑清醒，身体降温。

为转移注意力，她摸过手机去看新闻，看朋友圈，看女儿QQ上的消息。"哭树的鲸鱼"，空间依旧是这个名字。刚刚平息的心潮，再一次因它而涌动。她发现点点今天晚上这样说："期待明天的太阳升起。'鳃人之旅'，会给点点带来什么？"

吴小蒿给她留言："宝贝儿，我在鳃岛等你，大海会给你惊喜！"

第二天上午九点多钟，锄头两口子还没起床，吴小蒿在万玉凤的陪同下去了码头。她要掏钱买票，万玉凤不许，说："吴镇长，建这'鳃人之旅'有你的功劳，哪能让你买票？不行，坚决不行！"吴小蒿说："开业那天，我已经享受一次免费待遇了，这次不行，我必须买，不然我们就不去了。"万玉凤拗不过她，只好咂舌咧嘴，看着吴小蒿到售票窗口把票买上。

十点，渡船来了。还离得好远，吴小蒿就见点点向这边招手，穿着去年吴小蒿给她买的蜜桃色连衣裙，在湛蓝的大海背景下格外显眼。吴小蒿心花怒放，也向女儿招手。她发现，女儿似乎又长高了一些。再一想，是因为和女儿分离的时间长，才会有这种发现，她便生出负疚心理。

渡船靠岸，点点一步跨上码头，扑到吴小蒿怀里，用手摸着她的下巴颏儿说："鳃人妈妈，鳃人妈妈，你早来了！我看看，你长出鱼鳃没有？"吴小蒿笑道："快啦快啦！点点先别闹，咱们把你姥姥接上来。"

母亲被由浩亮扶着上岸，还弓腰伸脖保持着呕吐的姿态，呻吟道："哎哟，第一回下海，要血命了，把苦胆都吐出来了。"吴小蒿为她捶着背说："娘你别紧张，过一会儿就好了。"母亲张目四顾："锄头呢？怎么不见锄头？"万玉凤说："久别胜新婚，我让他今天不上班，在店里陪媳妇。"母亲对吴小蒿说："我可不再坐船了，你们一家三口去玩吧，我找锄头两口子拉呱儿。"吴小蒿就让万玉凤陪母亲去了饭店。

在等快艇的空当，由浩亮拿着手机给母女俩拍照，左一张，右一张。点点说："给我手机，我给你俩也拍一张。"由浩亮立即把手机交给点点，跑到吴小蒿身边站着。点点拿着手机说："喊'茄子'！一、二！"由浩亮喊了，吴小蒿却不喊。点点拍一下，看看手机，向吴小蒿皱眉道："老妈你努着嘴，是喊'青椒'吗？"

点点还要拍，吴小蒿指着那边说："船来了，咱们上吧。"

海上风平浪静，鸥鸟翻飞。一帮人坐快艇到潜水基地，上大船接受培训。男女分别到两个舱里换上泳衣后，到甲板上领了潜水头盔，一个晒得乌黑的青年给他们讲潜水要领和注意事项，讲完给他们分组，安排潜水教练。吴小蒿一家三口，由一位肌肉健壮的教练负责。那人指着自己头盔上的数字说："我是三号，负责你们三位。"吴小蒿因为在此玩过，也当了点点的教练。她给点点整理头盔，交代点点下水后注意什么，说完牵着点点的手，从船舷一步步下去。由浩亮与教练跟随其后。

下水之后，点点十分兴奋，伸臂蹬腿，奋力游动。吴小蒿紧紧跟着，还抓住她的一只手，让她慢一点儿。点点不愿意，甩掉她的手，平身向前，学着鱼的样子。吴小蒿也像点点那样，与她并肩前进。阳光入水，变成一道道金色闪电，在她们身上闪动着，缠绕着。点点扭头看看她，主动靠近她，表现出对母亲的依恋。点点忽而在上，忽而在下，忽而在左，忽而在右，还磨磨蹭蹭，与母亲做身体上的亲密接触。那种接触美妙极了，让吴小蒿觉得，整个海洋都变得温馨无比。

点点忽然伸出一只手，向另一边抓动。吴小蒿看见，那是由浩亮。她明白了点点的意思，要做三人连接。她不愿意，觉得由浩亮太脏，今天与他共用一方海水，就是一种不洁。她抓住女儿，不让女儿接近由浩亮，但女儿挣脱了她的手，靠近父亲，与他牵手并行。因为能见度低，像在大雾之中，父女俩很快隐身不见。

吴小蒿的左胸忽然生疼，疼得几乎让她窒息，她就停止划水，不再游动。她的身体在海水中悬浮着，慢慢下沉，下沉，最后竟然落到海底，触到沙砾。她躺在海底，觉得光线昏暗，一片宁静，人间已经离她很远很远。

面前有了人影，且有一只手把她拽起。那是三号教练。教练拉着她的手，向上游动，越来越亮，后来变得刺眼，是到了水面。教练继续牵着她游，游到船边，给她摘下头盔，问她怎么样。吴小蒿摇摇头说，没事。教练让吴小蒿自己上去，他又潜入水中。

吴小蒿没有往船上走，而是倚靠着舷梯，向水中看去，嘴里叫着："点点，点点。"

　　叫过几声，无人答应，她忍不住落泪。泪珠入海，无声无息。

　　歌声由远而近。吴小蒿抬头看看，一条快艇开过来，上面坐着一群准备下水的游客。"我能想到最浪漫的事，就是和你一起慢慢变老……"原来这是来举行水下婚礼的，快艇上放着音乐，新郎新娘正手牵手依偎在一起。

　　点点与她爸从水里出来了。吴小蒿牵上点点的手，上船坐下，点点却循着歌声扭头去看，问道："新郎新娘怎么到这里来了？"吴小蒿说："他们要举行水下婚礼。"点点忽地站起来，说要再下水，去看水下婚礼是什么样子。教练说："不行，咱们已经完成了'鳃人之旅'行程，必须回去。"点点遗憾地猛拍一下座椅背："唉，错过了精彩的一幕！"

　　大家摘下头盔，换好衣服，到快艇上坐下。点点回头看着刚才潜水的地方说："老爸老妈，等我结婚，也要到这里举行婚礼！"一船人都笑。点点却不害羞，又说："老爸老妈，你们答应不答应？"吴小蒿和由浩亮不约而同地说："答应！"点点随着那条船上播放的歌曲唱了起来："你说想送我个浪漫的梦想，谢谢我带你找到天堂……"吴小蒿想象一下若干年后女儿的婚礼，暗暗激动，眼窝再度变湿。

7

　　回到码头，锄头正等在那里，说："二姑，咱们去吃饭。"吴小蒿问几点了，锄头说，十二点半了。

　　到了东风荡子饭店的一个单间，锄头媳妇和点点她姥姥已经坐在那里了。点点说："姥姥，我刚才从海里上来，发现我已经变成鳃人了，呼吸不用口不用鼻子了，不信你看！"说罢，她捏着鼻子闭紧嘴。姥姥说："是吗？点点变成鱼啦？身上也该长出鱼鳞了吧？"说着就去她身上摸。点点放开手扑哧一笑："谁让你摸的？你一摸，我就变回人类啦！"

　　万玉凤端着一盘海蜇过来，说今天中午这顿饭是小吴安排的，招待他二姑一家，给他媳妇送行。吴小蒿看着锄头媳妇："你今天就走？不多住几天？"锄头媳妇摇了摇头："不住了，家里有老有少，还有庄稼，果树也该打药了。"万玉凤向她笑着说："来这里见了小吴，吃饱喝足了，可以回去了！"锄头媳妇羞羞地一笑，抬起巴掌打她一下。

万玉凤看着由浩亮伸出手去："这是由总吧？认识一下！"由浩亮将眼眯成细缝儿，起身与她握手。锄头向他介绍，这是万总，不光是这个饭店的老板，还是"鳃人之旅"的老板、鳃岛的妇女主任。由浩亮说："幸会幸会。"万玉凤说："感谢由总对吴镇长的支持。有了您的支持，她才有更多的精力、更多的时间为我们楷坡人民造福！"吴小蒿急忙制止她："可别这样说，我只是干点儿该干的工作，哪里称得起造福？真叫我惭愧死了！"

万玉凤又说："由总，听说你在城里做大生意，请多多帮衬帮衬俺，让俺鳃岛渔民也都赚大钱！"由浩亮立即浩气十足，拍着胸脯道："没问题，要是有赚大钱的机会，我一定跟你联系，争取让鳃岛群众来一个大翻身！"万玉凤立即变了脸："你怎么说这种话！"说罢起身，气哼哼离去。

吴小蒿向由浩亮瞪眼："你呀，真不懂事。"锄头指着由浩亮道："姑夫，你是不懂事。渔民忌讳那个字，你偏说出来！"点点问："哪个字呀？"由浩亮说："翻！我知道了，就是它。我说了个'翻'怎么着？船就翻了？可笑！"吴小蒿说："你还认为可笑？要是在过去，万玉凤会叫来几个渔民，把你狠狠揍上一顿！"点点揪着爸爸的耳朵说："听见了吗？好汉不吃眼前亏，快去找万总道歉！"由浩亮说："我不去。"点点说："你不去我去！我就说，由眼珠知道自己错了。"说罢跑到外面。

锄头说，渔民的忌讳很多，除了不能说"翻"，还不能说"沉"，不能说"住"。吃饭的时候，筷子不能放在碗上，因为筷子象征船，碗象征礁石，渔民认为那样放筷子会触礁。渔民上了船，不能在船头大小便，不能光着身子睡觉，因为那样会冒犯海神娘娘。

万玉凤牵着点点的手回来了，说刚才不是生气了，是想起一件事，去吩咐服务员赶快办。由浩亮见她变了态度，就梯子下楼，拱手道："我不知道渔民忌讳，有所冒犯，还请万总多多包涵。"万玉凤笑道："由总客气啦。你们两家吃吧，我还有事。"说罢又走了出去。

服务员又送来一盆海鲜。点点她姥姥不认识，问这是什么东西。点点说，是蛏子。说罢她夹了一个放到姥姥面前，又拿了一个做示范，让姥姥剥开壳吃肉。姥姥看看，说："这蛏子怎么长成这样？跟小盒子似的。"锄头说："大奶奶，这两片壳里，夹着一个老汉。"锄头媳妇朝他瞪眼："你胡说八道！"

锄头嘻嘻一笑，说他听这里的人讲，海边过去有个老汉，他儿子从来不听爹的话，叫他上东他偏上西。老汉临死，打算让儿子把自己埋在山上，可是想到儿子的毛病，就正话反说，嘱咐儿子，把他葬在海里。等他咽了气，老汉的儿子心想，我一辈子没听过爹的话，今天听他一回吧。就买了一副棺材，装了爹的尸体，扔进了海里。龙王爷生气，就叫这棺材变成两叶薄壳，中间夹一个老头，警告那些不孝之子。

点点端详着蛏子壳中那块肉说："是像，像一个老汉。"

点点姥姥看着面前的蛏子说："哎呀，俺可不敢吃了！"

吴小蒿也不敢下手，用筷子夹了一段油炸刀鱼给母亲。母亲夹起吃了一口，看着女儿的脸说："点点她娘，侄媳妇回家，我想跟她一块，回去看看。"

点点问："姥姥，你想我姥爷啦？"

她姥姥的老脸上现出羞容："我想他干啥？我是想回去看看，院子里的山楂今年结了多少。"

吴小蒿的眼前立即现出一片艳红。家里有一棵山楂树，每年都结很多，等到成熟，母亲摘下，分给五个闺女每人一包。而今年，母亲一过春节就来到隔城，一次也没回家，她没能看到山楂发芽生叶，没能看到山楂开花结果。吴小蒿带着愧意说："娘，你走吧，在家过些日子再回来。"

吃完饭，锄头埋了单，送几个人去坐船。吴小蒿看见码头上有卖干货的，就买了几样，分成两份，嘱咐由浩亮让她俩上火车时带上。由浩亮拉长脸问："你不回家？"吴小蒿说："不回，明天一早还要开会。"

8

按照惯例，周一八点召开党委、政府领导班子会议，每个人要将上一周的工作情况、下一步要开展的工作汇报一下，书记综合归纳，并加上他的意见，形成工作报告，等到九点召开全体干部会议时讲。吴小蒿将手机备忘录打开，对这一周的工作，文化方面、旅游方面、包片方面，做了回顾，并列出了下一步要开展的工作：一是举办全镇广场舞大赛；二是督促检查各村文化活动室建设情况；三是组织"摄影记者鳃岛行"，将鳃岛的风土人情，尤其是"鳃人之旅"潜水项目，通过摄影作品进一步加以宣传。另外，再向党委、政府提出建议，在全镇普遍建立电子商务服务点，通过互联网买进来、卖出去，让大伙提高生活质量，进一步增收。

吴小蒿刚刚写完，刘大楼打来电话，让吴小蒿把明天的发言要点给他，书记要看。吴小蒿想，这是以前没有的事，班子成员都是直接到会上讲，难道是因为路线教育工作组在这里？她没有多想，就用微信把发言要点传给了刘大楼。

晚上十点钟，吴小蒿到院子里的水龙头下刷牙洗脸，准备睡觉，听到屋里手机响，急忙跑去接听。她一看是周斌的，就问书记有什么指示。书记说："我看了你的发言要点，很好，你开展工作思路开阔，成效显著。"吴小蒿说："谢谢书记鼓励。"书记又说："你那个关于电子商务的建议非常好，但你明天在会上就不要讲了，由我来讲。"吴小蒿说："好的，书记讲，力度大。"

周斌停了停又说："小蒿，上级布置下一项任务，需要抓紧落实，由你牵头好吧？"吴小蒿问："什么任务？""城乡环卫一体化。区里已经开了会，要求十一前完成农村垃圾处理工程。时间紧，任务重，让别人干我不放心。"这个消息，吴小蒿已经从媒体上了解到，知道农村的垃圾要实行"户集、村收、镇运、区县处理"。这是一件非常好的事情，她举双手赞成，但没想到书记会让她牵头。她说："书记觉得我行，我就不推托了，争取圆满完成任务。"

第二天早晨八点前，吴小蒿来到小会议室，发现镇长和几个领导班子成员已经坐在那里，似在闲扯。见吴小蒿进来，镇长瞅了一眼笑道："小蒿今天穿着这件衣服，好漂亮呀！"吴小蒿立即说："谢谢镇长夸奖。"她坐下后，低头看一眼自己经常穿的紫色 T 恤衫，心脏腾腾跳个不止，不觉脸上发烧，就假装低头看手机，再不说话。

周斌书记陪着区委工作组的三个人过来了，会场上的气氛骤转紧张，只有空调呼呼运转的声音。

这次会议，座位有了调整：往常是书记一人坐在长桌尽头，这次却是他与工作组谢组长二人并坐。书记说："大家注意，现在开会。"他让谢组长先做指示，谢组长摆摆手说："我们是旁听的，你们只管进行。"于是，书记就按照各位领导班子成员的职位高低和排名先后，让他们一一发言。看得出来，大家的发言都比平时认真，甚至有几分表现的意味。到了书记最后讲话，吴小蒿更是吃惊：书记虽然手头没有稿子，但他总结上周情况，安排下一步工作，讲得头头是道，没有一句废话，可见做了精心准备。

讲到在全镇推广农村电子商务，他讲得更出彩：全国电商发展背景，楷坡发展电商的条件，具体做法，长远目标。在做法上他提出，建立"1+2+N"电商体系。"1"是一个覆盖镇、村两级的电商服务网络体系，要为每个村配备一台电脑，并联系电信部门开通网线。"2"是电商人才和电商产业两大支撑，集中培训电商操作人员，尽快搞成"一村一品"，每个村都有一样叫得响的产品上网。"N"是 N 种电商模式，包括建网店、建宝库、对接城里各个物流与快递行业等等。他最后强调，要把发展农村电商当作践行党的群众路线的一项重要任务，抓紧抓好，抓出成效。

吴小蒿听呆了。她在内心感叹：到底是书记的水平高。我在鳃岛听万玉凤讲要做电商，受了启发，只想到向领导提出建议，但没有往深里想，往细里想。这个建议到了书记那里，他却高度重视，做足功课，全面部署。她相信，这项工作全面铺开后，肯定会成为楷坡工作的亮点。

不过，书记昨晚让我不要讲，今天由他来讲，这个做法令人费解。让我讲出来，你再进一步发挥、完善，也照样能显示你的高明呀。但她看到，工作组组长在听书记讲话时频频点头，便明白，在这个声势浩大的学习教育运动中，书记需要有更多展现才干的机会。他"空降"到楷坡已经四年多，真该回城高就了。再看看他一脸憔悴，眼袋下垂，分明是为了准备今天的讲话熬了夜的，便进一步理解了他的苦心孤诣。

书记还讲了城乡环卫一体化，说这是区委区政府为建设美丽乡村而推出的重大举措，一定要抓紧落实。他宣布成立楷坡镇环境卫生办公室，由吴小蒿兼任主任，再从镇机关抽调几个人过去，通过扎扎实实的工作，让全镇各个村庄提高颜值，变得整洁干净。

9

让一个个村庄变得美观整洁，吴小蒿却成了一个邋遢女人。

书记在全镇干部会议上布置了城乡环卫一体化工作，并指定团委干事小陈、武装部干事小高到环卫处帮忙。吴小蒿带着两个小伙子，每天都往各个社区跑，与社区书记一起去检查，看村里有没有安放垃圾箱，有没有安排专人扫大街。有的村子很快落实，街上隔一段距离就有一个区环卫处统一定制的绿色垃圾箱，村民把垃圾放到那里，由镇上的环卫车拉走，送到三十公里之外的垃圾填埋场。这些村安排一到两个村民当环卫工，每天将大街扫得干干净净。

有的村子却还是老样子。农户门口、大街小巷、河流沟溪，到处都是脏兮兮的，垃圾成堆，苍蝇飞舞，破塑料袋子纷纷扬扬。找到村干部，有的说马上就办，有的却不接受，说自古以来，老百姓就是这样生活的，自己的垃圾自己处理，多数变成肥料，用得着花钱费力帮他们搞吗？吴小蒿就苦口婆心劝说他们，讲垃圾的危害，讲清洁的好处，讲搞好村容村貌的重要意义。好不容易说服了他们，有的村干部却哭穷，说村里没钱，买不起垃圾箱。吴小蒿不相信，一个村子，竟然连垃圾箱都买不起？仔细问问，还真是没钱。有的村，在20世纪90年代靠贷款上缴"三提五统"，至今在银行里还有几十万元贷款，连利息都还不起。她请示书记，这样的村庄，镇上是不是给他们买上垃圾箱？书记说，不行，镇上买四辆环卫车就够艰难的了，哪有钱再给他们买垃圾箱？让他们自己想办法。

有的村干部想出了办法：在街上标出一个个垃圾投放点，用砖头、石块围起来，让镇上的环卫车过来时逐个收拾。吴小蒿觉得这样不够规范，但又没有别的办法，只好默许。

时令正在伏天，气温大多在三十五摄氏度以上。吴小蒿他们晒着太阳，闻着臭味，流着汗水，最后自己也变得臭不可闻。跟随她的两个小伙子说："咱们也成垃圾了！"吴小蒿点点头，表示认同。

有一次，他们走在乡间路上，突然来了雨，小陈大声喊："好呀，来一回天浴！"他不穿车上带的雨衣，故意让雨水冲刷自己。吴小蒿觉得这法子好，也学他的样子。电闪雷鸣，大雨倾盆，三个人飞车奔驰。冲出雨区，吴小蒿虽然全身湿透，衣服滴水，却觉得清爽痛快。

两个月下去，吴小蒿又成了欠钱的"老赖"。

是欠环卫工的工资。环卫工由各村自找，大村两名，小村一名。这些人穿着镇环卫办发的红马甲，任务是打扫街道，等到环卫车来了帮忙装车，每天工作两三个小时，每个月工资五百元。这个钱，要等到向各村收齐了环卫费再发。环卫费的收缴标准，区里统一规定：凡是户口在楷坡农村的，每人每月三元。从7月开始，一次性收半年的，每人十八元。一些海边的渔村，村级经济发达，用公款代交，不用村民掏腰包，但一些山区穷村就没辙，只能向各家各户要。

要到贫困户，户主说没钱交；要到另外一些户，却找不到人。这些人都是进城居住的，打电话给他们，他们说："真好笑，我们不在村里产生垃圾，凭什么要交环卫费？"

环卫费收不起来，环卫工的工资就不能发放。吴小蒿走到哪里，哪里的环卫工就问："吴镇长，大热天的，俺出这个苦力，你还不发工资给俺？"吴小蒿只好安慰他们，工资肯定要发，只是个时间问题。

时间一天天过去，工资一天天欠着。吴小蒿想，照这个态势下去，无论如何也收不齐环卫费，等到过年，我将如何面对这些天天劳作的环卫工？我抓这事，代表着镇政府，如果一个劲儿地拖延下去，能不影响政府形象吗？

她把这件事情向书记反映，建议镇上不要再收这钱，由镇财政解决算了。但书记说："你不当家不知柴米贵。你知道现在需要花钱的有多少地方？这一段，为各村电商服务点配置电脑，已经把自有资金花掉好多。"

吴小蒿想，书记说得也是，这么一个镇，有多少人领工资，有多少事情等着花钱，免收环卫费是不可能的了。可是她一想各村的"红马甲"，挥着扫帚大汗淋漓，改变了村容村貌却拿不到报酬，她就觉得十分难受。

这天，南京一位著名学者由樊卫星陪着过来看文化景点，吴小蒿当然也要陪同。看过丹墟遗址，再看"香山遗美"。在石屋村找老人座谈，村支书把老花鼓和另外几个老汉叫到了村委。一个老汉见了吴小蒿就问，工资什么时候发下来。吴小蒿认出，他是这村的环卫工，只好应付道："快了。"老汉瞪眼道："天天说快了快了，就是不见你发，我看你是个老赖！"

那位著名学者莫名其妙，看看老汉再看看吴小蒿。吴小蒿羞愧欲死，向那位学者解释了一番。学者一笑："建议你们乡政府的官员们都到这里来，面对'香山遗美'，谈谈心得体会。"吴小蒿红着脸向他连连拱手："诚恳接受教授批评，真不好意思，我们会尽快解决这件事情。"

怎么解决？回来想想，还是没有办法。晚饭后，她决定去挂心橛散散心。到了那里，她发现孙伟和王晶晶正抱着半岁大的孩子坐在山顶玩耍。那孩子刚生下时，吴小蒿去看过，现在已经坐在孙伟的腿上咯咯笑了。吴小蒿伸手抱起，十年前抱女儿的感觉重新被唤起。她逗一逗怀中的孩子，抬头看看东北方向，心想，我的点点，我的"挂心橛"，你这会儿在干啥呢？

孙伟借机向她汇报工作，说全镇广场舞大赛举办之后，群众反映可好啦，晚上到一些村里看看，跳舞的人更多，舞姿也更加标准。各村文化活动室建设进展也挺顺利，已经有百分之六十的村子建起。另外，"摄影记者鳃岛行"活动也在筹备，邀请的摄影家名单已经拟好。

王晶晶向孩子拍拍手："宝宝，别累着你吴阿姨，到我这里。"说着就把孩子抱去了。她将汗衫掀开，让孩子吃奶，眼睛却盯上了吴小蒿的脑袋："吴姐，我发现你有白头发了。你才三十六吧？不该有的。"吴小蒿抓一把头发说："我已经发现了，叫工作愁得呗。各村的环卫费要到财政所交，你应该知道收缴进度。"王晶晶说："我知道，是我一个同事经手的，她跟我说，很难收齐。"吴小蒿抓挠着头发说："你说这可怎么办？在那些环卫工眼里，我成老赖啦……"王晶晶说："据我了解，区财政是有钱的，这笔钱应该有能力解决。"吴小蒿眼睛一亮："对呀，全区五十来万农业人口，总共才花一千来万。区里既然能把城市的环卫经费承担下来，为什么不能承担农村的这一千来万？我得找领导反映一下这个问题！"王晶晶说："对，应该反映一下，不然咱们根本解决不了。"

她将孩子抱起来，在怀里换了个方向，将另一只乳头塞进孩子嘴里，又抬头说："吴镇长，告诉你一个好消息——乡镇补贴到位了，马上就发，从1月份补齐。"吴小蒿说："好呀，一个月多领几百块钱，对乡镇干部来说，既是物质鼓励，更是精神鼓励。我个人呢，还房贷的压力也轻了一些。"

孙伟说："吴镇长，我这大学生村官快到期了，打算明年考公务员，直接报考楷坡镇的职位，请你支持我。"吴小蒿说："我一定支持。下一步，我少安排你工作，让你有时间备考。"王晶晶说："孙伟如果考上，俺俩在这里工作，收入比城里公务员的还多，挺好的。"

坐到天黑，吴小蒿和孙伟一家走下挂心橛，各自回到住处。

她在宿舍里，念头还在环卫费上。她想，我向哪位区领导反映这事呢？左思右想，她决定给区委一把手写信。她打开电脑，噼里啪啦打起字来："尊敬的支书记：您好！我是楷坡镇副镇长吴小蒿，我向您反映城乡环卫一体化工作中一个亟待解决的问题……"

两天后的一个早晨，吴小蒿接到蒺藜岭村支书解洪峰的电话，说他们村的环卫工罢工了，大街好几天没人扫，垃圾车来了没人装车，村里已经臭气熏天，让她快给解决。吴小蒿说："为什么罢工？因为工资发不下来？"解洪峰说："就是这事。"吴小蒿说："我正向领导反映，争取尽快解决，你跟他说说，让他先干着。"解洪峰说："我跟他说过，可是人家不听。"吴小蒿说："他不干，你另找人干。"解洪峰说："我也想这么办，可是，别人听说发不下工资，也没有答应的。"吴小蒿说："一时找不到人，你们村干部先把这事承担下来行不行？"解洪峰支吾片刻说："好吧，先这么办。"

吴小蒿知道解洪峰这人，脾气较面，没有魄力，但是人品不错。她想知道老解是不是按她的要求办了，第二天吃过早饭，她便带上小陈去了。二人骑着摩托一进村，就见大街脏兮兮的，到处都是杂草粪便。垃圾箱满满当当，旁边还扔了一大片，苍蝇嗡嗡乱飞。小陈指着一块西瓜皮说："你看，都生蛆了。"吴小蒿一看，那里果然有小白蛆乱爬乱拱。她火了，打电话叫来解洪峰，让他看现场，质问他为什么不替环卫工干几天，让村里弄成这个样子。解洪峰咧咧嘴说："我打算替的，可是刚在大街上扫了几下，环卫工就过来夺我的扫帚，不让我干，说就是要叫蒺藜岭变成垃圾场，好让镇上发工资。"吴小蒿听了，头皮一阵阵发麻。

几个女人先是站在家门口看热闹，这会儿走过来七嘴八舌。一个小老太太说："您这些当官的真是小气，一个月才五百块钱，还给人家拖着。这年头去打工，一天就挣二三百，有的当天就发现金。"

吴小蒿解释，肯定会发给他们工资，只是还没筹备好。

小老太太说："不都是政府出钱吗？没筹备好，您的工资也是欠着的？"

吴小蒿无言以对。她把解洪峰拉到无人处，掏出钱包说："我先给你这里的环卫工发一个月的工资，你让他先干着行不行？"

跟在后面的小陈立即阻拦："吴镇长，这个做法使不得。你发给这村的，其他村的同行马上知道，他们都找咱要，咱能发得起？"

吴小蒿想，小陈说得对，真是不能这样办。但是，眼前这个脏乱样子让她无法忍受，她就吩咐小陈："你给县环卫办打电话，让他们派一辆车过来，咱们给他装车。"

接着，吴小蒿走进街边一户人家，在院里找到一把扫帚扛着出来，往街中央一站，左一下，右一下，扫了起来。解洪峰看了看，对街上围观者大声说："你们看，镇长来给咱扫街，咱还站着干啥？过去有句老话，'各人自扫门前雪'，自己扫家门口的大街，不是应该的吗？"说罢，他去另一户人家找来扫帚，也埋头去干。一些村民纷纷走出家门动手，很快，这条大街就变了模样。

不料，一个老头穿着红马甲，不知从哪里跑过来大吼："谁叫恁扫的？谁叫恁扫的？我干了好几个月，一分钱没发，恁这一扫，我还能领到吗？"

吴小蒿站在那里，满头冒汗，不知如何应答。

就在这时，手机响了，是个固定电话号码。打电话的人说："是吴小蒿镇长吗？我是支书记的秘书小宋。你给书记的信，他阅后做了批示，并召集有关部门领导专题研究了这件事，决定将环卫工工资在区财政经费中列支，半个月之内发放下去。"

听到这里，吴小蒿说一声"谢谢"，声音哽咽。

10

楷坡镇的电商服务搞出了名堂。书记特批经费，给每个村子配置一台电脑，并让宣传委员老齐牵头，举办一期培训班，农村电子商务就在全镇搞了起来。除了为村民提供代购服务，还着重推销楷坡特产。山珍海味，上网呈现，下单购买者日渐增多。每天从楷坡发出大量包裹，上面的地址涉及全国各地。

周斌当然要向领导汇报，要请媒体过来采访。区领导、市领导，有多人前来视察，表扬楷坡走在了时代前头。媒体记者纷至沓来，从群众路线教育实践活动成果、乡村振兴、农村电子商务等多个角度进行报道。周斌频频出镜，意气风发，用标准的普通话讲他的创意，讲楷坡镇发展电商带来的巨大变化。纸媒报道更多，周斌在领导班子会上讲，他上网搜索关键词"楷坡电子商务"，有上千条结果。

有一天，万玉凤给吴小蒿打电话，说看了书记在电视上说的话，她心理很不平衡："我的电商服务点红红火火，几个小姑娘一天到晚打包，手都磨得淌血，可是没有记者来采访过。你们镇领导图方便，光领着记者看陆地的，不愿过海上岛！"吴小蒿见她情绪激动，就说，马上向宣传委员转达她的意见，再来了记者也往岛上领。吴小蒿问现在"鳃人之旅"还搞不搞，万玉凤说，停了。一开海，水凉了，小吴他们都上船出海了。

时令进入秋季，楷坡镇党的群众路线教育实践活动进入查摆问题、开展批评阶段，党员干部都开始撰写对照检查材料。对群众反映的问题线索，工作组经过审查，有的问题上报到区纪检委。

这天上午，区纪检委来了一辆车三个人，将袁笑笑带走。区纪检委网站当晚发布消息：楷坡镇党委委员袁海波因涉嫌严重违纪，接受组织审查。

一个月之后，区纪委发布消息：袁海波因涉嫌贪污救济款和低保补助款，给予开除党籍、开除公职处分，对其涉嫌犯罪问题，移交司法机关依法处理。

看到这个结果，楷坡干部中有人议论：老袁这个"光腚委员"，彻底"光腚"了。

第五章

——

乡村颜值

历史上的今天：8 月 26 日

1884 年　清政府向法国宣战

1940 年　英国皇家空军袭击柏林

1973 年　中国第一台百万次计算机试制成功

1980 年　我国正式设立经济特区

1981 年　邓小平会见傅朝枢，首次公开提出"一国两制"构想

小蒿记

1999 年　国务院发出《关于实行公民身份号码制度的决定》

2012 年　到楷坡镇任副镇长

2015 年　开始进行农村土地经营权确权登记颁证工作

点点记

2012 年　老妈去了 jiē 坡，离我远了

2013 年　老爸带我去青岛玩

2016 年　偷听到老妈和姥姥说，她要离婚，我很伤心

1

甄月月终于去了南极。

她实现这个梦想，用了两年时间。本来，她好不容易向单位申请调休获得批准，加上七天长假，凑足半个月时间，定在 2014 年春节期间过去，但临行之前患上重感冒，高烧不退，只好取消行程。因为旅行社规定，出发前三个月之内因个人原因不能参加的不退团费，她因此损失了七万块钱。但是她不死心，还是要去。好在画家丈夫支持她，她重新办理手续，眼巴巴等了一年，终于在马年的腊月十八走了。

临行时闺密们为她送行，吴小蒿因为那天晚上在楷坡开会没能回去，只好在散会后给她打电话，说："月月，我真佩服你，为了圆一个南极梦锲而不舍。"月月可能是喝多了，语气比平时更加豪迈："逐梦而行，无远弗届！"吴小蒿说："祝你一路平安！"月月说："谢谢亲家。你不知道，今天晚上姐妹们一个个泪眼婆娑，搞得跟永别似的，好像我一去不复返，会在南极成为冰雕。"吴小蒿说："南极毕竟太远太冷太荒凉，说不定会遇上什么不测风云，你一定要小心谨慎。"月月说："放心吧，我肯定会全须全尾回来，继续跟你做干亲家……"

此后，吴小蒿经常看朋友圈，关注月月的行程。见她在上海与一群旅友集合登机，见她到了阿根廷首都布宜诺斯艾利斯，见她又坐飞机去美洲最南端的乌斯怀亚市，见她与来自中国各地的一百多位旅友登上了又大又漂亮的意大利游轮。接着是一张图片：月月坐在房间的飘窗上，端着咖啡杯欣赏大西洋美景。图片上方还这样写道："船上有 Wi-Fi（无线网），100 刀（美元）买 130M（兆）流量，但慢得要死，发一张图要一个多小时。以后发得少了，请'小盆友'们谅解。"

已经到了年底，吴小蒿忙得不可开交。她先与孙伟组织了"楷坡春晚"，给人们带来欢乐；又与环卫办公室人员分头下村检查环卫状况，让全镇农民、渔民干干净净过年。

母亲早就跟她说，腊月二十三要回去"辞灶"。吴小蒿知道，老家有个说法，"官辞三，民辞四"，意思是过小年，为灶王爷上天送行，官员提前一天送自家的，因为这些灶王爷高贵，向老天爷汇报时排在前面；而普通百姓，是在腊月二十四，吴小蒿以前年年跟着父母在这天晚上到锅屋灶台前磕头。到隅城工作之后，吴小蒿才知道这里是二十三过小年，隅城人统统向官员看齐。今年腊月二十三虽然是周三，但楷坡镇领导依照惯例，默许干部下午早一点儿回家。家住城里的宣传委员老齐刚买了私家车，邀请吴小蒿同行，吴小蒿答应了。

上路后老齐说："小蒿镇长，听说过了年你要变成常务了，提前祝贺你呀。"吴小蒿很惊讶，说："齐大哥你别胡说八道，我怎么能干常务？"老齐说："有风就有雨。区里的熟人告诉我，前些天区里来楷坡搞班子考评，大家对你评价很高。熟人还说，楷坡的班子要大动，书记调走，副书记也调走。"吴小蒿问："他俩去哪里任职？"老齐说："书记要到双岭县进常委，当宣传部部长，副书记调到别的镇当镇长。"吴小蒿问："谁接他们？"老齐说："老贺接书记，老池接副书记。"吴小蒿这才明白，是因为常务副镇长池家功当副书记，才有了她当常务副镇长的小道消息。常务副镇长，不只是副镇长中的第一位，还必须是党委委员，这意味着她的从政之路要上一个台阶。她说："我才来楷坡两年半，不可能的。"老齐说："估计过了年就有消息，等着吧。"吴小蒿问老齐："你还干宣传委员？有没有变动？"老齐说："我已经快五十了，甭想好事了，就盼着退休抱孙子了。"吴小蒿知道他说的是实话，就祝他心想事成。

回到家已是晚上六点多，母亲正往餐桌上放碗筷，由浩亮在厨房里忙活。吴小蒿问："点点呢？"母亲向点点的卧室努一下嘴："考试没考好，没评上'三好学生'，说没脸见你。"

吴小蒿心一沉，便走到点点门口敲敲门："点点，点点。"

点点却不吭声。吴小蒿想开门，门却反锁着。

她走到厨房低声问由浩亮："点点以前都是'三好学生'，这个学期是怎么了？"由浩亮一边炒菜一边说："我怎么知道？这孩子，越来越不听话了。你有本事，你说说她去。"

吴小蒿又去点点门口叫她，说："今天过小年，是个喜庆的日子，你不能把自己关在屋里。"点点这才把门打开，鼓突着小嘴走出来，走到餐桌边猛地一坐。

由浩亮端上菜，说吃饭喽吃饭喽。点点姥姥却说："隅城的灶王爷今天夜里上天，咱们应该先给他行个礼。"说着自己走到厨房，向着煤气炉跪下磕个头，念叨说，"灶王爷，你上天给俺一家人多说好话，保佑俺们来年日子更好。"当她起身往回走时，点点冷笑着大声道："真虚伪！"

吴小蒿听了这话生气，瞅着点点说："辞灶是一项民俗，你姥姥是表达一个美好的心愿，怎么就虚伪啦？"

"虚伪！你们大人都虚伪！"点点突然爆发了，她猛地站起，冲到厨房门口大声道，"灶王爷，你到天上见了玉皇大帝实话实说，不必隐瞒我们家的任何事情！你就说，点点不好好学习，考了个全班第二十一名，没评上'三好学生'！你就说，这家男主人本来有老婆，还在外边搞女人！你就说，这家女主人官迷心窍，不管孩子，光为自己着想……"

吴小蒿傻了，她万万没有想到，点点会借机发泄，说出这些话来。

由浩亮吼道："胡说八道！我残你！"吓得点点哇的一声大哭。点点哭着跑到自己的卧室，砰地将门关上。姥姥哭道："都怪我，都怪我！我不该搞迷信，跟灶王爷瞎叨叨……"

吴小蒿指着由浩亮，两眼喷火："你敢吼孩子？点点说的不是事实？"由浩亮说："事实，谁没有事实？你吴小蒿就干净？我还想残你呢！"说罢，一拳捣在她的脸上。她捂住疼处，倒在沙发上蜷缩成一团。由浩亮蹿过来，摁住她要继续暴打，点点姥姥拼命阻挡："你要把俺闺女打死呀？！你怎么这么狠心？！"由浩亮这才骂骂咧咧开门走了。

母亲坐下哭道："唉，恁这一家可怎么办呀？……"

吴小蒿往娘身上一扑，咬住娘的衣领，哭得全身颤抖，眼泪把娘的后背都打湿了。

母女俩哭了半天，母亲为女儿擦擦眼泪，压低声音道："小蒿，你从小就有志气，考上大学，混出了人样儿。可是，因为咱家穷，叫姓由的捡了便宜。因为这事，我跟恁爹不知道吵过多少回。我说：'咱这一辈子，最对不起的就是小蒿。'本来，你应该找个好男人，过一辈子好日子的，哪知道，你一步一步往上走，他一步一步往死里作。点点这一段学习不粘弦，肯定跟她爸的事有关系。"

吴小蒿点点头，带着鼻音道："估计是这原因。这孩子，智商并不低，不遇到严重事件让她分心，不会这样。"

母亲说："小蒿，为了孩子，你不当那个官行不行？你再回原先那埝儿，安安稳稳上班，好照顾点点。唉，人这一辈子图个啥呀？不就图个孩子能到好处吗？"

吴小蒿沉默一会儿，说："娘，你是我的娘，我是点点的娘，做娘的心思都一样，都想让孩子好。但是，让我回城，像原来那样上班，我还是做不到。娘，刚才我下定了决心，我要离婚。"

"离婚？点点怎么办？"

"让她跟着我。麻烦你在城里给我带着。"

娘沉默片刻，说道："离就离吧，你再找个好的。可是，我就怕点点想不通。"

"点点也不小了，过了年，我跟她好好谈谈，让她别管大人的事情，只管把功课学好。"说到这里，吴小蒿就起身去了女儿卧室。

她推门进去，发现灯关了，点点和衣躺在床上。她叫了一声，也没有回应。她展开被子给点点盖上，自己也脱掉外衣，掀开被子躺到了点点身边。

路灯从窗外照进来，屋里朦朦胧胧。女儿的头发散在枕上，像黑漆一样流到吴小蒿的腮边，像麦苗一样的清新味道沁入她的心脾，让她生出无限的爱意。她伸手抚摸女儿的头发，一点儿一点儿，从梢到根，到达鬓发根部时，发现那里湿了一片。她实在忍不住，将女儿一下子抱住。几乎在同时，她也被女儿紧紧抱住。母女俩面颊相贴，泪水汇聚到一起……

2

吴小蒿与点点谈妥，明天跟着姥姥回去，到除夕把她接回来。点点答应了，第二天收拾了自己的东西，跟姥姥去火车站。吴小蒿到公交站送她俩，点点看着她的脸说："老妈，你上班戴上口罩。"听女儿这么说，吴小蒿点点头，眼圈红了。

公交车来了，她含泪抱了抱点点，把这一老一少扶上车去。吴小蒿送走她们，老齐打来电话，让她二十分钟后在楼下等着。她回家找到口罩拿上包，下楼等到老齐，二人一起走了。

路上，老齐侧过脸看看吴小蒿，说："你在车上还用戴什么口罩？"吴小蒿说："我感冒了，怕传染给你。"老齐说："你不用遮遮掩掩，你肯定又叫老公打了。以前，你脸上就出现过多次'意外情况'，大家心知肚明。"吴小蒿汪然出涕，索性将口罩扯下，转过脸道："是让他打了，你看看吧。"老齐看了一眼，一边开车一边道:"好郎无好妻,好妻无好郎,这世界就是如此吊诡。"吴小蒿坦白道:"吊诡,是因为当年我人穷志短,铸成大错。"她就把自己与由浩亮的纠葛与婚姻,大致讲了讲,而后说,"长痛不如短痛。我已经下决心离婚。"

老齐面向前方开车,长时间无语。吴小蒿忍不住问:"齐大哥,你一直是我尊敬的老兄,你说,我的选择对不对?"老齐拍一拍方向盘,慢悠悠道:"不对。"吴小蒿问:"为什么?"老齐说:"你提拔在即,这会儿闹离婚,会影响政治前途。"

说到这里,吴小蒿的手机响了,是由浩亮打来的。她不接,直接按拒绝键。她对老齐说:"离婚是个人的事情,跟政治前途有什么关系?"

刚说到这里,由浩亮又打来电话,她还是不接。

老齐说:"怎么没有关系?咱们虽然是基层干部,但如果打算离婚,也要付出政治成本与道德成本。离婚是家庭重大变故,组织上要查明你为何离婚,有没有与权力有关的因素,有没有道德上的问题。离婚过程中,对方还可能故意将你抹黑,让自己站在道德的制高点上。"

手机响起短信的声音,她低头看看,是由浩亮发来的:"吴小蒿你不接电话,是正搞车震吧?!"

吴小蒿愣住了。由浩亮为何说这话?难道刚才老齐去接我,被他看见了?

由浩亮又发来一条短信:"你虽然走了,但你好像依然在我怀里。"

紧接着,由浩亮发来了第三条:

"去年你让我和点点去鳃岛,原来你头一天就上岛与奸夫鬼混。我有他发给你的短信,铁证如山!"

吴小蒿万分惊愕:难道,由眼珠到电信部门查我的通讯记录了?

老齐看着她笑:"怎么样?我说的一点儿不差吧?"

吴小蒿骂起了粗话:"真是这样,他奶奶的!"

老齐看她一眼,望着前方语重心长:"小蒿妹妹,你品质优良,能力不凡,仕途光明,还是忍一忍吧。有句老话讲:'忍'字心头一把刀。但咱们不要那把刀,要一颗坚忍的心!"

吴小蒿含泪点头:"好吧,我听大哥的。"

但她知道,从此以后,她再也不能单独坐老齐的车了。

回到楷坡,她继续忙于工作,每天晚上打电话到父母家中,与点点说一会儿话，然后浏览一下微信，看月月的消息。她看见，月月已经乘坐游轮到达南极，在游轮上一次次下来登陆，目睹了那些奇异风光，还参观了中国长城科考站。等月月结束游程，回到乌斯怀亚，吴小蒿才松了一口气，发微信祝贺她平安着陆，祝愿她春节快乐、羊年大吉。

这天已经是中国的除夕，吴小蒿开着孙伟的车，从楷坡直接回老家。孙伟早听说她要回老家接孩子，说："我和晶晶已经分头看过双方父母，我长假期间不出门，抓紧备考，你用我的车吧。"吴小蒿说："好的，我初三值班，给你加满油开回来。"

这是一辆蓝色比亚迪 F3，因为不熟悉，她开得较慢，到家已经是十一点半。在院门外停好车，她将在楷坡买的几箱鱼货往下搬，出来迎接她的只有父母和大姐。她问："点点呢？"母亲说："点点让她爸接到县城了。"吴小蒿听后心境阴郁，连笑容都装不出来了。

到了屋里，大姐眼泪汪汪地看着她："听咱娘说，你跟点点她爸过不下去啦？"吴小蒿吁出一口气："过不下去，但也得过。"母亲问："你又不打算离啦？"吴小蒿说："有好多事，没法撕扯。首先是为了点点吧。"大姐说："就是。我看点点跟她爸怪亲。为了孩子，咱们忍着，打掉了牙往肚子里咽吧。"吴小蒿听姐姐这么说，差点儿落下泪来。

父亲坐在一边，连声叹气。吴小蒿见他更加消瘦，说："爹，俺娘过了正月十五还得到隅城，你自己在家，要好好吃饭。"说着掏出早准备好的一千块钱给他。父亲摆着手不接，说："我哪能要你的钱？我不要，我不要。"吴小蒿不跟他多说，将钱放到了桌子上。父亲看看那些钱，低下脑壳用双手捂住，又是一声声长叹。

吃过饭，吴小蒿开车走了。她本来想今天接上点点直接回隅城的，没想到扑了个空。这个由眼珠，他早早把点点给抢走了。怎么办？我去不去县城？想到独自回去，这个除夕再与女儿分处两地，她实在受不了。

她只好去了平畴县城，去了由家。点点见她进门，雀跃着扑上来："老妈，我猜你肯定来，你果然来了。"吴小蒿搂住她说："见不到宝贝儿，我能不来吗？"

由浩亮的父母坐在客厅里，见了她不冷不热的。由浩亮正在厨房里忙活，露出头来看了看又回去了。吴小蒿不理他们，和点点去屋里亲热。她问点点，这一个星期住在姥姥家，感觉怎样。点点说："挺好的，我交了好几个小朋友。大姨还带我走亲戚，赶年集，我知道了农村的好多事，回家写作文有素材啦！不过，农村太冷了，你看我的手！"

吴小蒿看看，那双小手果然脱了一层皮，而且裂了一道道口子。她心疼得很，将女儿的手攥住，哈一口气，塞到了自己的毛衣里面。点点嘻嘻笑着，摸着妈妈腰间的皮肤停留一下，继续向上，再一包抄，一手握住一只乳房。

"哎哟！"吴小蒿只觉得左乳疼痛，忍不住叫了一声。

点点急忙放开："老妈你怎么啦？"

吴小蒿说："那儿有点疼。没事，你摸吧。你小时候就这样，睡觉也摸着它们。"

点点却将手抽回，带着羞容道："不好意思，我已经大了，不能再跟小时候一样了。"

吴小蒿跟女儿商量，明天吃过早饭就回隅城。点点却说："老爸要在初二带全家，包括你，包括我爷爷奶奶，一起去杭州玩，从这里直接出发。"吴小蒿说："我去不了，我初三要到楷坡值班。"点点努起小嘴："哼，你就知道楷坡、楷坡，就不想多陪陪我。"说罢，气鼓鼓地去了外面。

吴小蒿觉得，虽然女儿的手印还在腰间，在乳房上，但心里已经发凉。由浩亮又把点点拉过去了，这是对她的一种战胜。在这方面，她真是战不过他，他会做菜，能照顾孩子，她还要忙于工作。不过，即使她长假里不值班，让她跟着他们去杭州旅游，在车上再听老头子唠叨，她怎么能受得了？她不可能去的。

左乳还是隐隐作痛。以前孩子摸它，她得到的只是享受，没有疼痛，这次是怎么啦？她伸手插到内衣里去摸，握一握，还是疼。再仔细捏，发现里面有个银杏那么大的硬块。

她的手，感觉到了心脏的疾跳，与此同时，一张瘦如刀削的脸闪现在眼前。

那是她的高中同学戴锦。戴锦在隅城一中教书，两年前得了乳腺癌，割掉一只乳房，放疗、化疗做了无数次，最后还是走了。她有一次去看望，发现戴锦正在看一本书《此生未完成》。这本书吴小蒿也看过，那是复旦大学年轻女老师于娟的日记汇编，里面详细记录了她患癌症之后的经历与感悟。戴锦流着泪说："小蒿，我无论如何也想不到，我会跟于娟一样，此生未完成……"吴小蒿握着她的手无言以对，只是一个劲儿地流泪。

难道，我也会像戴锦，此生不能完成？点点的成长我再也看不到？点点预约的水下婚礼我不能参加？我想在楷坡做的一些事情化为梦幻泡影？我记录的"历史上的今天"个人部分再无接续？

吴小蒿感觉毛骨悚然，眼前一片昏暗！

她掏出手机，用百度查乳腺癌，看来看去，自己已经是疑似了。她想，我回到隅城就去医院检查。

3

正月初二一早，吴小蒿就去了隅城人民医院妇科门诊。一个中年女大夫给她看了看，摸了摸，开了单子，让她去做 X 线摄影。下午她再去，拿到片子，大夫看了看说，问题不大，应该是良性的乳腺结节。吴小蒿松了一口气："这么说，只是普通的结节？"大夫说："我觉得是，但也不能完全放松警惕，还要定期来做复查。平时你自己也要注意有没有新的症状。"吴小蒿问："哪些症状？"大夫说，乳房上是不是出现酒窝，是不是有橘皮现象，乳头是不是有液体溢出，等等。吴小蒿拿着片子，忐忑不安地回到家。

她脱掉外衣走到卫生间，将毛衫掀上去，将乳罩解开，让两个乳房呈现在镜子里。她看见，那一对乳房不大不小，对称、白皙、饱满、微翘，乳晕如花，乳头则像花蕊。她第一次发现，自己的乳房是如此之美！

百度上讲，乳腺结节也可能发展成乳腺癌。如果真的到了那一步……想到这里，吴小蒿的身心都在战栗。

她将衣服拉下，将乳房藏起，又到客厅里坐着发呆。

初三一早，吴小蒿开车去了楷坡。她将车子交还孙伟，到他家坐了坐。

孙伟的儿子已经会说话，到处跑动。王晶晶说："庆庆，给大姨拜年！"庆庆说："大姨新年好！"吴小蒿就将包好的红包递给他，里面装着两张百元钞票。两口子不让庆庆接，庆庆却抢过红包跑进卧室。孙伟自嘲："晶晶当会计，生了个儿子也是见钱眼开。"吴小蒿忍不住笑。晶晶说："我儿子还会跳抓钱舞呢，刚跟街上店铺的小姑娘学的。儿子，出来跳跳！"等庆庆出来，孙伟哼唱一段旋律，孩子果然跳了起来，两只小手左抓右抓上抓下抓。吴小蒿说："我还没见过这种舞呢。"孙伟说:"刚从城里传过来的。年前我组织'楷坡春晚',有的商家要让小姑娘跳这个舞,被我拒绝了。他们在店铺门口跳是可以的,但不能上咱们的春晚,这是导向问题。"

吴小蒿想起,在"楷坡春晚"上,钱湾社区的败家娘儿们歌舞队的小品《网恋》,讲述渔家妇女通过电子商务买卖东西的故事,受到观众称赞,准备代表楷坡参加区里的元宵节群众会演。她问孙伟准备得怎么样了,孙伟说,没问题,郭默这几天回来给大家辅导过,整得更精彩了。

正说着,孙伟的手机响了。他接听后说:"是吗? 大过年的,就有人去盗挖文物? 你马上打 110 报警,我向领导报告一下,马上过去。"

他跟吴小蒿说,丹墟村的文物看护员报告,早上巡视,发现村外有坑,是夜间有人挖的,不知道被挖走了什么。吴小蒿说:"咱们快去看看。"

孙伟开车,二人去了丹墟遗址,只见麦田里有一堆新鲜的黑土。过去看看,那坑五米见方,两米多深,挖出的土堆在四周,覆盖了许多麦苗。几个农村老汉站在一边,孙伟指着其中一个说:"刘大耳朵,你这个文物看护员是怎么当的? "长着两个大耳朵的老汉咧咧嘴:"这么大的地盘,我怎么跑得过来? 再说,他们都是下半夜来动手,我不睡觉,光蹲在野外? "孙伟说:"你不睡觉也应该。政府给你发着钱,你就白领? "老刘摆摆手:"别提钱了。一个月就给六百,还指望我没白没黑地看文物? 我去建筑队打工,三天就能挣那些。"吴小蒿听他这么说,无奈地摇摇头。

她见地上有一块薄薄的陶片,认出那是碎了的蛋壳陶。那种先祖们用作礼器的高脚杯,她在博物馆见过,书上形容它们"黑如漆,明如镜,薄如纸,硬如瓷,掂之飘忽若无,敲击铮铮有声",是原始文化中的瑰宝。她曾经伫立在它们跟前想,那些脚蹬转轮、手把陶泥的先祖,到底有着怎样一份至柔至静的心性,才成就了这四千年前地球文明最精致之制作? 然而,现在盗贼们盯上了它们,在正月初二的月黑风高之夜,到这里胡挖乱掘,弄碎了文物也在所不惜,实在让人痛心,让人气愤!

她给樊卫星打电话说了这事,这位文体局局长很震惊,说:"那些狗东西也太猖狂了! 我们正在申请经费,实施文物管理的'天网工程',把所有的文物遗址都纳入监控。"吴小蒿说:"嗯,那样可能还好一些。不过我有个建议,应该尽快请专家来发掘丹墟遗址,估计会有很多考古发现。"樊卫星说:"你老师不就是考古学家吗？你问他能不能带人过来。"吴小蒿说："好呀，你授了权，我就联系他。"

一辆警车过来，下来了几个警察，立即看现场，拍照片，做笔录。吴小蒿用手机拍了几张现场照片，发给了山东大学的方治铭教授。

很快，她接到了方老师的电话。方老师说，看到照片，得知丹墟遗迹被盗挖，心情十分沉重。吴小蒿说："老师，你快带人来挖掘吧，再不挖掘，就让犯罪分子把宝贝挖光啦！"方老师说："你说得对，事不宜迟，应该抓紧组织力量发掘。不过，这件事非同小可，要报国务院批准才行。我找同行探讨一下。"

4

甄月月正月初四回到隅城，在朋友圈中说，要举办"南极之行汇报茶会"，时间是初五下午三点，地点在逸兴茶楼。吴小蒿看到消息，决定参加。

逸兴茶楼在海边，吴小蒿下乡之前去过，在楼上能将著名的安澜大港收入眼底。茶楼是月月的闺密于珊珊开的，她的主业是做贸易，从东南亚进口木薯干，开茶楼只为会客方便，不求赚钱。

吴小蒿打车到了那里，于珊珊戴着红珊瑚项链、天珠手串，款款而行，将她领到二楼一间东南亚风格的大茶室。已到了十多个女人，都坐在那里喝茶聊天吃瓜子。甄月月正操作手提电脑，在投影幕上打出 PPT（演示文稿）的封面：一幅有大群企鹅的南极照片，蓝天背景上是"月月的南极之行"七个大字。看见吴小蒿来了，她莞尔一笑："镇长驾到，请坐。"吴小蒿说："别酸梅假醋。你就说，乡下女人来了。"

一个穿旗袍的小姑娘给吴小蒿摆上茶具，倒上茶水。坐在旁边的马云抓来一把瓜子，放到她面前的盘子里，说："镇长妹妹请用。"吴小蒿见马云比以前胖了，面色也挺好，问她现在酒店生意怎样。马云说："还行，公款吃喝指望不上了，我现在指望中产阶级。"吴小蒿问："你的意思是说，中产阶级自费的多了？"马云说："是，有钱人真是多了。过去招待客人，谁舍得到饭店吃呀？现在成了常态，一家人也时不时到饭店撮上一顿。有这个群体，我照样把酒店办下去。"坐在对面的荀如问她："你不是一直保养卵巢吗？效果好吧？"马云拍拍小腹笑道："挺好，棒棒的！"

于珊珊起身拍了拍巴掌:"姐妹们静一静,咱们请浑身是胆、勇闯南极的月月妹妹开讲!"

在闺密们的掌声中,甄月月抬手理一下鬓发,坐正身体说道:"谢谢珊珊姐,我今天借她一方宝地,向姐妹们汇报一下去南极的见闻。我不是想向各位炫耀,是觉得南极之行收获太多,如果不与姐妹们分享,无异于私吞财富,于心不忍。请各位一边喝茶,一边看我的 PPT。"

接下来,甄月月一下下点着鼠标,让一张张图片出现在屏幕上。每放出一张,月月都要做些讲解,谈一些感悟。漂亮的美洲南端,浩瀚的大西洋,狂暴的西风带,肃穆的南极雪山……大家看得入迷,听得入迷。

讲到初见南极,甄月月说:"我们在德雷克海峡经历了雷霆万钧的西风带,经历了地狱般的颠簸折磨之后,在那天早晨突然见到了白皑皑的陆地、连绵而高耸的雪山、沉睡了上万年的蓝冰,觉得一下子到了圣界,到了净土。是的,净土。有一位西方学者写了一本书,叫作《未知的领域》,说南极是'这个星球上唯一没有被所有权、法律、人口数量所绑架的一片净土',我深以为然。不仅是净,还有静,似乎没有任何声响,唯有震撼人心的画面,那是喧嚣的城市中无法想象的宁静。面对这块净土、这种静寂,我觉得内心突然安详下来,平静如水。我还觉得,我面对的是一面无比巨大的镜子,它照见了我的种种俗念、种种可笑之处,也照见了人类的可怜与狂妄……"

吴小蒿被她的讲述深深吸引,一种强大的代入感,让她像亲历其境,亲身感受。

月月动情地继续讲:"在南极,我常常在观景时出神,想到许许多多,譬如人类,譬如万物;譬如时间,譬如空间;譬如地球,譬如宇宙。我打通时空,让眼前景物与亘古洪荒联系在一起,让心灵到达另一个远方——遥远的过去。真的,去一趟南极,人生观、宇宙观都会有所改变……"

吴小蒿觉得,月月去了一次南极,气质似乎进一步提升,俨然是一位哲人了。再想到月月说的"逐梦而行,无远弗届",她感到万分羡慕。她想,我没有月月那样的勇气,更没有月月那样的条件。我只能日复一日地在乡下忙忙碌碌,莫说去南极,连去国内景点游玩的时间都没有。

月月放出另外一些照片,讲述她与同行游客登陆后的所见所闻:去中国长城科考站,去英国探险家留下的蓝色小屋,看聚集在海滩上的大群企鹅,看浮冰上趴着的一只只海豹。

月月介绍说，南极行程的最后一次活动，是在威尔敏纳湾巡游。这儿是著名的鲸鱼湾，有个夸张的说法：过去鲸鱼多时，人们能踏着鲸鱼背到达海的对岸。尽管现在鲸鱼少了，但还是能够看到一些，而且大多是座头鲸。

说着，她展示了在那里拍到的鲸鱼照片。有一张，是鲸鱼露出的一段黑色脊背；有一张，是鲸鱼入水后高高扬起的尾鳍。

讲到这里，月月问："姐妹们，你们听说过'鲸落'吗？"

大家纷纷摇头。

月月说："我也是刚刚听说，是在游轮上听一个专家讲的。他说，鲸鱼在海洋中死去，它的尸体会缓慢地深入海底。这个过程有一个名称：鲸落。英文叫作'Whale Fall'。"

连玉红说："哇，好有诗意！"

月月说："就是诗意盎然。鲸落的诗意，不只在于那个壮美的画面，更在于那是鲸鱼献给大海的最后一次温柔。有位诗人这样写：'世间最美不过鲸落。'它那庞大的躯体，悠悠沉落，喂养着许许多多的海洋生物。沉到海底之后，它会将所有的养分奉献给芸芸众生，甚至包括一些可以分解鲸骨的细菌，形成一个生态系统。20世纪末，夏威夷大学的科学家发现，在北太平洋深海中，至少有四十三个种类的一万两千四百九十个生物体依靠鲸落生存，直到所有的营养被消耗干净。这个过程，可能长达百年。有机物质被耗尽后，鲸鱼骨头的矿物遗骸，会作为一处礁岩，成为生物们的聚居地……"

吴小蒿听到这里，惊诧不已，激动莫名。她心中蹦出了一个词儿：造福一方。

这时，月月放出一幅题为《鲸落》的油画，是河南一位青年画家的作品。画面上五颜六色，除了死去的鲸鱼用灰色表现，其他海洋生物全用鲜艳浓烈的颜色画出来，夸张变形，满满当当。吴小蒿看得出，画家在创作时饱蘸深情。

看着看着，她眼眶发热。她忽然在心里向自己发问：你的生命能否像鲸落那样造福一方？

5

春节长假结束后，果然有一个干部考察组去了楷坡。先是召开股级以上干部会议，让大家从正科级干部中推荐一名副处级干部。吴小蒿明白，周斌真是要升职了，就在推荐表上毫不犹豫地写下了他的名字。她想，周斌虽然有些毛病，但他没有腐化堕落行为，也为群众做了不少实事。

午后，办公楼前贴出了考察公示：市委组织部决定将周斌同志作为副处级干部考察对象。工作组在小会议室里等着，让组织委员叫来一个个科级干部面谈。吴小蒿被叫进去之后，讲了周斌的许多优点，尤其是对清廉正派这一点，做了重点强调。至于缺点，她轻描淡写只说了一点：因为他是搞文字出身的，有一点儿文牍主义。

考察组走后，大家见了书记都表示祝贺。周斌微笑致谢，说这仅仅是考察，八字没有一撇。他像往常一样履行书记职责，没表现出一点儿异样。

一周后，办公楼前又贴出了安澜市委关于周斌同志担任栖凤山风景区管理委员会主任的任职公示。楷坡干部悄悄议论，原来书记没能当上双岭县的宣传部部长，去栖凤山当了个"山大王"。栖凤山在连山县，离隅城有五十多公里，虽然提了个副处级，也没多大意思。

五天的公示期过去后，区委组织部部长过来，传达市委关于周斌同志到新岗位任职的决定，并代表区委宣布，楷坡的工作暂由党委副书记、镇长贺成收同志主持。

周斌做告别讲话，讲得很动情，说他在楷坡工作六年零五个月，现在要离开这里，对这片热土充满眷恋。楷坡的山山水水、一草一木，都让他难忘。楷坡干部群众对他的厚爱，他会终生铭记。讲话中，他几次哽咽流泪，大家报以热烈掌声。

贺成收的表态发言铿锵有力。他坚决拥护市委与区委决定，高度评价周斌书记在楷坡的业绩，表示在主持楷坡工作期间，他会与同志们一道，努力将各项工作推向前进，决不辜负组织的信任。

对他俩的发言，吴小蒿既有感动，也有疑惑。她想，如果他俩以前都像今天这样融洽该有多好，我们这些当部下的会免除多少烦恼。

周斌走后的当天晚上，吴小蒿接到他的电话，说感谢小蒿镇长几年来对他的大力支持；检讨自己有时批评她，不注意方式方法，现在想想很后悔；有的工作创意，他是掠人之美，也请她谅解。吴小蒿这次真的受了感动，觉得与周斌共事几年，第一次听他这样坦诚地说话。她由衷祝贺周斌走上处级领导岗位，周斌却说："唉，原来一直盼望能回城工作，照顾家庭，没想到去了一个比楷坡更远更偏僻的地方。没办法，只能让我老婆孩子继续受罪了。"吴小蒿听他这样说，心中产生共鸣，说："不容易，都不容易。"

周斌还说："楷坡领导班子很快就要调整，相信你会更上层楼，为楷坡人民服大务。"吴小蒿说："我这点儿能力，能服什么大务？还请主任多多指教。"周斌说："谈不上什么指教，但是我要告诉你一条：千万不要跟老贺走得太近，不然，他落马那天，你会受到牵连。"

"他可能落马？"吴小蒿十分吃惊。

"这是我的个人判断，不代表组织。但是，他的问题很多，组织上也应该了如指掌。小蒿你不要向任何人讲，尤其是不要让老贺知道。祝你万事如意，前程似锦！"说罢，他将电话挂了。

拿着发烫的手机，吴小蒿内心焦灼。她想，周斌这是向我透露了一个重要信息，也算是对我的友情提醒。看来，组织上让老贺主持工作，不等于让他接任书记。他不但接不了书记，还有可能落马。他的落马，肯定是与慕平川有关。这一对在鳏岛长大的发小，到底是谁把谁带坏了？

让吴小蒿想不到的是，周斌走后，贺成收立即摆出了一把手的架势：开会讲话，仰着大方脸，晃着阔大的下巴颏儿，掷地有声；走路时，昂首阔步，趾高气扬；在一些场合，有人称他"书记"，他也毫不迟疑地答应；有的干部趋炎附势，巴结他，吹捧他，他照单全收，陶然若醉。

看着他这样子，吴小蒿十分担忧，心想，老贺你低调一点儿好不好？你只是暂时主持工作，职务没到位，姿态却提前到位，这怎么能行？如果你真的落马，不是更让人齿冷？

她想，周斌的个人判断，我决不能向老贺透露，但我真心希望他能平平安安。

有一天，贺成收把吴小蒿叫到他的办公室，先给她布置了一项临时性任务，然后盯着她的脸，目光炯炯："小蒿，往后跟着我好好干，楷坡是咱的天下了！"

吴小蒿一惊："镇长，你这话不妥，可不要说楷坡是谁的天下。"

贺成收拍拍桌子："不是咱的天下，能是谁的天下？"

吴小蒿心中悲凉，起身告辞。

一天早晨，吴小蒿从宿舍往楼上走，刚到楼前，就见书记的司机小金与镇长的司机老张在吵架。老张说："你给我！"小金说："我就不给！"老张说："贺书记让我向你要的！"小金说："等他真的当了书记再说，反正这车你不能开！"

吴小蒿听明白了：贺成收要坐书记的帕萨特。这也太急切了！她就劝老张，让他别抢那个车钥匙。老张却不听，把眼一瞪："我听一把手的，你是几把手？"

吴小蒿摇头长叹，想起了家乡人说过的一句话："小神灵担不起大香火。"

但她还是不忍心再看这出闹剧，就走到一边给贺成收打电话："你在楼上听见了吗？老张向小金要车钥匙，闹得全楼都能听见，这样不好，对你也有负面影响。你让他别争了，好吗？"

贺成收沉默片刻，说一声"知道了"，就挂了电话。她上楼后，到窗前看看下面，两个司机都不见了。

6

女儿学习成绩下降，吴小蒿十分着急。新学期开始后，她每天晚上都看家长微信群，了解班主任发布的指令，看家长们的相互交流，以便了解情况。但她很少发言，因为她下乡后不方便，看微信不及时，虽然在群里是"由点点妈妈"，但一般是让由浩亮作为点点的家长代表。

由浩亮的微信名叫作"浩亮"，吴小蒿一见就恶心。她早就知道，由浩亮他爹当年看了《红灯记》，崇拜男一号浩亮，才给儿子起名为"由浩亮"。吴小蒿想，人家浩亮是什么形象？高大威武，双目有神，高擎红灯，顶天立地。由浩亮后来长成什么样子？没眼珠，没身材，没文化，没良心。他用"浩亮"做微信名，实在是有损英雄形象。由浩亮刚用微信时，想加吴小蒿，她一看用了这个微信名，就没有答应。

但是，家长群不能不参加，她与由浩亮只好共处一群。

家长群里十分热闹，几十位成员的职业五花八门，社会地位高低悬殊，却因为孩子，都被班主任拉到了"四小五（2）班家长群"里。群主是苑老师，吴小蒿见过她，是一位特别瘦的中年女人。她在课堂上发号施令，在家长群里也是如此。"某某妈妈，你儿子今天表现很差，与同桌打架，你要严加管教！"某某妈妈就在群里表态，回家要狠狠教训儿子。"某某爸爸，你女儿没完成作业，你让她补上。"某某爸爸说，好的好的。

吴小蒿发现，有一天晚上苑老师在群里说："由点点爸爸，你女儿今天上课听音乐，我批评她，她向我翻白眼，你看怎么办吧！"然而，由浩亮长时间没有反应，"由点点妈妈"只好"冒泡"了："老师，对不起，我让点点改正。"

吴小蒿晚上打电话给点点，问她在干什么，点点说她在听音乐。吴小蒿火了："你在学校里听，回家还听？"点点说："老师向你吐槽啦？我就想听，怎么了？大不了以后只在家里听。""你听的是什么音乐？""好歌。""什么好歌？""落差草原大不溜大不溜大不溜大不溜的《鳃人》！"

吴小蒿不懂。点点在电话里扑哧一笑："老妈蒙圈了吧？我发给你听听。"她放下电话，很快用 QQ 发来一个音频文件。吴小蒿打开，原来是"落差草原wwww"唱的一首《鳃人》。她十分惊奇，心想，还有专门写鳃人的歌？就点开去听。

　　　　从洪荒的洪荒以来
　　　　它一直在做梦
　　　　做千千万万
　　　　珊瑚礁的梦
　　　　做众鱼众生
　　　　众沙数的梦

　　　　它的梦
　　　　把呼吸推塑成物质
　　　　把躯壳淘洗为尘埃

　　　　它做一代又一代
　　　　海鸟归来和盘旋的梦
　　　　做乘季风越洋的鹰群之梦
　　　　做每个子宫内的星云罗列之梦
　　　　也梦见厄难中的白色哺乳类
　　　　和逐渐僵直沉默的海岸线
　　　　……

　　歌声像波涛，像涌浪，将吴小蒿的心灵撼动。听着这动人的歌声，她眼前出现幻象：深蓝色的海水里，一个个非人非鱼的动物游来游去，姿势或优美，或丑陋，或文明，或野蛮。

　　忽然，一个身躯高大的鳃人来了。他不是游，而是在水中行走，昂首阔步，趾高气扬。哦，那不是贺成收吗？

　　她的心态立即变得十分复杂：既喜欢，又排斥；既想亲近，又想逃离。

　　歌声停息，她呆坐良久，才突然想起，把督促女儿学习的事情忘记了。她自责不已，狠狠揪着自己的头发，直到把自己揪疼。

　　她再发信息给点点，让点点不要听歌了，赶快完成作业。点点回复："老妈你有完没完？本'公举'正襟危坐，正做作业！"吴小蒿看到这话，像荒漠中遇到甘泉，痛苦中听见福音，急忙献媚一般表扬她："好孩子好孩子，老妈为你点赞！"她将那个大拇指表情，一连发了七八个。发完她才稍稍放心，因为她知道，点点独自做作业成了习惯，只要动手，会一气做完，从不需要家长陪伴。

　　再看看群里，家长纷纷倾诉陪孩子做作业的苦恼。有的说："在这个春风沉醉的夜晚，我的血压却在噌噌上升。"有的说："我跟你不一样，我是肺活量飙升，我一个晚上都在吼呀！"还有一个家长说："儿子上一年级，我的心脏无比健康；等他上五年级，我每次陪孩子做作业，老婆都要做好叫 120 的准备。"

　　吴小蒿看了，摇头苦笑。

　　家长群里的信息，大部分是孩子学习方面的内容，但与学习无关的也有，譬如搞笑段子、商业广告等等。群主三令五申，不准乱发，但有的家长不自觉，还是要发出来。

　　这天，吴小蒿忽然在群里发现，"纪小薏妈妈"发了一条信息："我想丰胸，遇到一家好店。老板说，丰一只，才要两千，而且是丰一送三。可惜我没长四只，请问，有没有姐姐或妹妹感兴趣，与我一起去丰？"

　　吴小蒿觉得可笑，丰胸居然丰一送三。但她又觉得悲哀，因为想起了自己的乳房。我不考虑如何丰，只考虑如何保。我的左乳房还是经常疼，摸摸里面，结节还在。它到底会不会变成恶性的？左乳会不会有被割除的那一天？

　　一想到这，吴小蒿就心境灰暗，浑身冰冷。

　　吴小蒿想知道，这个要拉别人一起丰胸的女人是干什么的，就加她为好友，点开她的微信看她的相册。吴小蒿发现，"纪小薏妈妈"是开网店的，每天都晒她的商品，但也时不时晒自己的照片，一看就是美过颜的。因为"纪小薏妈妈"做了设置，只能看到她十天内的相册，看到最后，一张照片让吴小蒿瞪大了眼睛。

那是一双鞋垫，上面是两朵牡丹，还有"步步登高"四个字。照片上方，那女人写道："嘿嘿，步步登高，好开心好幸福！"

吴小蒿惊呆了：这是母亲给我做的鞋垫，怎么成了她的？

母亲来到隅城，除了照顾点点，其他时间多是纳鞋垫。去年有一天吴小蒿回家，母亲拿出一张用报纸剪出的鞋垫样子，让吴小蒿写"步步登高"四个字。问她写了干啥，她说纳一双鞋垫给吴小蒿。再一次回去，母亲果然将一双漂漂亮亮的鞋垫给了她。母亲做得非常用心，针脚细密，配色讲究。吴小蒿知道，"步步登高"四个字，寄寓了母亲对她的美好祝愿。但当时是夏天，她无法用这鞋垫，就将它放在了桌子抽屉里。到了冬天，她想用来垫鞋，看到这鞋垫堪称艺术品，不忍心将其践踏，依旧放在那里。

这双鞋垫，千真万确属于我的鞋垫，为何到了那个女人手中？

她截了个图，存在手机里，而后主动加由浩亮的微信。由浩亮立即加了，发了个兴高采烈的表情。吴小蒿就将截图发去，问他是怎么回事。由浩亮装傻，说："这是谁的鞋垫？发给我干吗？"吴小蒿用语音声色俱厉地向他讲："由眼珠，你也太嚣张了！你竟然把点点姥姥给我做的鞋垫偷去，送给你的烂女人！"

由眼珠说："你肯定搞错了。那不是你的，你回家看看，你的鞋垫肯定还在。"

吴小蒿猜出了由眼珠的伎俩。过一会儿，她再看看"纪小薏妈妈"的朋友圈，发现晒鞋垫的那一条没了。

周末回家，她翻看抽屉，那双鞋垫果然在那里。她气愤至极，想把这鞋垫扔掉，又觉得那是母亲的心血，不能丢弃，就将抽屉重重地关上，去由浩亮的卧室摊牌："我不跟你多说了，咱们离婚吧。"由眼珠却有准备，冷笑道："你敢？！"他拨弄几下手机，将屏幕向她一亮。吴小蒿就看到了那天在鲺岛贺成收发给她的那条短信。她说："我当然敢。那条短信能说明什么？"由眼珠跳起身来发飙："还不能说明什么？我要是向纪委举报，你跟那个流氓镇长全都玩儿完！"吴小蒿被气坏了："你才是流氓！你才是流氓！"

由眼珠一拳将她捅倒，带翻了桌上的水杯，砰的一声，水杯碎得满地。吴小蒿的母亲捶门喊道："别打啦！别打啦！"点点在外面哭喊："由眼珠，住手！你再打我妈，我就报警啦！"

由眼珠停住手脚，打开房门，气冲冲下楼。

7

隅城区学习外地做法，决定将全区农村环卫外包。经过公开招标，外地的两家保洁公司分别包下南北两大片。包南面七个镇的是潍坊一家公司，他们带来运输车辆、垃圾箱和有关设备，接收了原先的环卫工并做了一些调整，从春节后开始运营。

吴小蒿知道，这么做能让农村保洁更加专业，进一步提高乡村颜值。但是，督促检查不能放松，所以她多次到各村察看，发现问题就与公司沟通，让其改正。

保洁公司的管理让人惊叹。他们让每一个保洁员身上都别着一片考核芯片卡，公司不定期下去检查，走街串巷。考核车所到之处，周边百米之内，保洁员是否在岗，一目了然。他们还应用了物联网技术，所有的垃圾清运车辆都安装了定位系统和感应器，垃圾箱上都装了电子芯片，垃圾箱是不是满溢，能及时监控。

然而，吴小蒿还是发现了问题：垃圾箱被清理之后，箱子外表的污垢无人清理，有碍观瞻。她向公司提出来，公司马上让保洁员保持垃圾箱外表的整洁，并纳入考核范围。

这天，她到各村再次察看，发现各村垃圾收集井井有条，大街小巷干净利落。串了七八个村，时间已近中午，她便骑着摩托车回去吃饭。

来到镇大院门口，见里面聚集了好多人，她想，他们是来上访的？但进去看看，见大家围着一辆小卡车，看拖斗上放着的一样东西。那东西呈圆柱样，灰不溜秋，长约两米，直径有一米多。她见钱湾社区书记李言密站在一边，就走过去问他，这是什么。李言密说，好像是鲸鱼的一段脊椎骨，是渔民拉网拉上来的。

吴小蒿心中一动，便靠前仔细察看，发现真是鲸鱼的脊椎骨，上面是密密麻麻的蚀孔，还有一些贝类、藻类附着在上面。

鲸落。她想起了甄月月讲的那些。她看着这段鲸骨心想，不知它沉入海底有多少时间了？看那样子，至少有几十年吧。想一想那条逝去的鲸鱼，想一想它对海底众生的福泽，吴小蒿不禁肃然起敬。

她又去问李言密："怎么把鲸鱼骨头拉到这里来了？"李言密说："渔民拉回来，放在码头上，大家都去看。我听说了也去看，觉得这是重大事情，就向镇长汇报了，镇长让拉到这里。他进城了，让我在这里等着。"

镇长的普桑忽然进了院子。贺成收下来，李言密急忙上前向他报告。贺成收走到车边看了看，摸了摸，问旁边一个看热闹的老头："老哥，大鱼出水，是祥兆吧？"

那老头笑着附和："祥兆，祥兆。"

贺成收见吴小蒿站在一边，对她说："你和老李都上楼，咱们商量商量。"

吴小蒿就和李言密一道，跟随贺成收上楼。

到了镇长办公室，贺成收一屁股坐下，满面春风："看见了吗？楷坡有几千条船出海，几十年没拉出过这种宝贝，现在它突然出现，有没有天人感应的意思？"

听了这话，吴小蒿觉得荒谬，坐在沙发上沉默不语。

李言密微笑着，敷衍地点头。

贺成收看着吴小蒿说："小蒿，你分管文化旅游，我现在分派你办一件大事。"吴小蒿问："什么大事？""以这段鲸鱼骨头出水为契机，以这段骨头为基础，重建鱼骨庙。你听说过鱼骨庙吗？"吴小蒿点点头："听说过。""那你俩研究研究，抓紧落实，拿出方案后向我汇报。"吴小蒿说："我们先研究一下建庙的可行性吧。"贺成收皱起了眉头："还要研究可行性？我说可行就可行！鱼骨庙，那是楷坡的一处古迹，很有文化内涵，你一定要给我重建起来！"吴小蒿不吭声了。李言密说："请示一下，这段鲸骨怎么处理？"贺成收说："我让刘大楼找人抬下车，先放到会议室里。"

8

楷坡过去曾有过鱼骨庙，吴小蒿以前看过有关资料。资料上讲，三百年前，有一条大鱼游到钱湾沙滩死去，皮肉被鹰鱼蛇虫吃尽，经海浪一遍遍冲洗，只剩下一具白骨。那骨架巍然耸立，人们对其十分敬畏，就决定建一座庙，檩、枋、椽，全用鱼骨。覆瓦之后，在里面塑一尊龙王像，此后来烧香祈愿的人络绎不绝。据说，庙门两侧还有一副对联，由康熙皇帝亲自题写："百年鱼骨为梁架，千年龟髓附至尊。"意思是，这鱼骨庙的房梁檩架为鱼骨所造，庙中神像底座是千年龟壳。

关于这座鱼骨庙后来为什么没了，民间有这样的传说：清末，楷坡一带瘟疫流行，死人无数。这天夜间，有人梦见龙王告诉他，建庙用的鱼骨可御瘟疫，取骨焙之，研成粉末，用开水服下，病人便可痊愈。一传十，十传百，人们纷纷拥到鱼骨庙去取鱼骨，导致庙宇坍塌。最后，所有的鱼骨都被搜捡取完，瘟疫停止了肆虐，此后再没出现。对那条大鱼的功德，人们世世代代感恩不尽。每年六月十三，钱湾一带的祭海仪式，内容都包括祭祀那条大鱼，祈祷大鱼的灵魂继续保佑苍生。

鲸落海底，养育众生；这一条死在岸边，鱼骨成为一座庙的构架，还能在灾难到来之际福佑人类。吴小蒿心中充满对鲸鱼的感激与崇敬，但对重建鱼骨庙不太认可。她认为，当年那座庙，用了真正的鲸鱼骨头，现在只有一段脊椎骨，如何支撑起来？

孙伟这时找吴小蒿汇报，说他报考公务员，已经考完，就等着公布成绩了。吴小蒿说："那好，你可以像以前那样投入工作了。"她向他讲了镇长关于重建鱼骨庙的指示，讲了办这件事的难处。孙伟说："有什么难的？可以采用3D打印技术，磨出一些鱼骨粉做原料，什么样的骨头都能打印出来。如果嫌3D技术费用高，干脆用水泥做成鱼骨。"吴小蒿说："那不是造假吗？"孙伟说："现在各地都在兴建旅游设施，什么假都敢造，咱们造一些鲸鱼骨头有什么不敢的？"

吴小蒿觉得，镇长非让建不可，也只好如此，就和孙伟一起去钱湾找李言密，商量建在哪里。李言密说，他向老渔民打听过了，庙址在渔港的南面，二十年前那里建起了一家修船厂。吴小蒿说，再到别处找找看。李言密说，到渔港北边，那里的沙滩可用。

三个人骑着摩托往北走，正好经过渔港。吴小蒿看见，百米之外的码头上，一些人正在那里吵吵嚷嚷，就停下车子问："出了什么事？"李言密说："又是争鱼货的。春汛期间，上岸的鱼少，买家争得更加厉害。"

那边的吵闹，此时变成了斗殴。两帮人相互动用拳脚，撕扯在一起。吴小蒿说："孙伟你打电话报警，老李你跟我去看看！"

二人跑到那里，那些人还在打。吴小蒿大喊："住手！"李言密也喊："别打了别打了！吴镇长来了！"

那些人看看他俩，收住拳脚站在那里。吴小蒿发现，神佑集团的二道河子也在，头上的两道疤痕在阳光下闪闪发亮。站在他身边的几个大汉，都文了身。

一个中年人捂着鼻子走过来，血从指头缝里向外涌流。他呜呜噜噜地说："吴镇长，你给评评理！我这船鱼，已经联系了买家，二道河子非叫我卖给他不行！打的鱼本来就少，他出的价又低，卖给他我就赔大了！他整天在这渔港上称王称霸，政府到底管不管呀？"

二道河子冷笑："你他妈的是烧香找错了神！她能代表政府？"

吴小蒿瞪眼道："你说，我怎么不能代表政府？"

二道河子向楷坡方向一指："贺老大才能代表政府！"

吴小蒿说："我郑重告诉你，政府不是某个人的，政府是老百姓的！"

一辆警用摩托车突突突来了，警灯闪烁。一个年轻警察跳下车来，向吴镇长点头致意，然后大声喝道："不准寻衅滋事，不准打架斗殴！听见了吗？散开散开，该干啥干啥！"

二道河子向吴小蒿拱拱手："吴镇长，失陪了！"接着与手下迅速行动，坐一辆商务车走了。

吴小蒿问那个警察："事情就这样完了？"警察说："斗殴被制止了，不就完了吗？"吴小蒿问："你怎么不了解一下他们为什么斗殴？你让这位船长向你讲讲情况行吗？"警察看看吴小蒿，再看看还在流鼻血的船长，面无表情："好吧，你跟我到所里做个笔录。"船长说："我做笔录中什么用？这几年我做多少回了？到头来还是挨人欺负。我得去处理鱼货了。"说罢，他捂着鼻子去了码头边，跳到自己船上。

吴小蒿心中愤懑，她看看钱湾码头，再看看海中的鳃岛，心想，这一方水土，到底什么时候才能干干净净呢？

9

一个绿、黄、蓝的三色世界，出现在吴小蒿面前，蓝的是海，黄的是沙滩，绿的则是一眼望不到尽头的松林。

海风袭来，松涛声声。

李言密指着面前的松林道："吴镇长你看看，要建鱼骨庙，在这里就行。"

吴小蒿看了一下，觉得这里果然合适。这些松树，是20世纪五六十年代栽的，是当年搞的海滨防风林带，在隅城海边绵延一百多公里，每棵树都有碗口粗，松针绿得发亮。她和李、孙二人走进松林，勘察一番，决定让这座庙背靠松林，面向大海，庙前就是广阔的沙滩。

突然，松林西面传来一声尖叫，接着又唱又喊，节奏感十分强。吴小蒿问是谁在喊。李言密说，一个船老大在喊渔家号子。孙伟说："这是起网号，咱们过去听听。"

松林中间有一条小路，三个人走了过去。只见林子西边有一座破旧的院子，院墙塌了半截，院里有一条粗制滥造的大船，船头向东。船上立着一根高高的桅杆，挂着破旧的船帆，顶端有一面小红旗迎风招展。一个白发凌乱、满脸沧桑的老汉站在甲板上，手舞足蹈，大喊大叫。

李言密说，这个老汉姓沈，今年八十多岁。他十几岁就下海，练成了一身本事，三十出头就当上了船老大，还当上了渔业生产队队长，在楷坡沿海渔村中非常有名。但是，后来有了机器船，多年来积累的经验再也用不上，加上不识字，不认得仪表，他就当不成船老大了。他很失落，精神变得不正常，在自家院子里造了一条老式渔船，整天爬上爬下，还像是出海打鱼，喊那些早就没人喊的号子。

吴小蒿远远地看着老汉，心中很不是滋味。

李言密又说，在没有机器船的时代，船老大身价很高，因为他有本事，航海捕捞经验丰富。船老大看看风向，看看云形，就知道未来几个小时天气如何；听听船头水声，就知道航速多少，到达目的地需要多长时间；看看海水颜色，尝尝海泥味道，就知道已经到了哪个海域；爬到桅杆上望望，或将空心竹竿插到水里听一听，就知道有没有鱼群，是什么鱼种，鱼多鱼少。所以，一个有经验的船老大，七老八十也是宝。据说，过去有一位船老大，年纪大了，眼睛瞎了，还是被人抬到船上发号施令。有一回海雾很大，船老大睡了一觉，起来闻闻海风，说船跑偏了，快到日本了，伙计们急忙调帆转向。跑了一段问船老大现在到了哪里，船老大让他们捞出一点儿海泥，他尝了尝说，到长江口了。过一会儿,大雾消退,崇明岛果然遥遥在望。一条船上,无论人多人少,必须都听船老大的。因为他有本事,有权威,船上的伙计们,哪怕在家是船老大的长辈,是他的亲爹,上了船也要乖乖地服从其指挥。渔民有句老话:"老大多了船会翻。"如果不是由船老大专权独断,会出各种麻烦,甚至重大事故。过去渔民出海,回到岸上,你会发现船老大与别人不一样:他有一种气场,会慑服周围的人,谁见了他都会恭恭敬敬叫一声"老大"。他有一种气概,那些"旱鸭子",那些接海的女人,都很崇拜他。他们大声说笑,大碗喝酒,那叫一个豪迈。

吴小蒿说:"咱们去看看这位船老大。"

三个人走到院子门口,李言密大声说:"老沈,镇长来了,你快下来!"老汉弓腰探头,向门口看看,哈哈一笑:"来大鱼喽!来大鱼喽!"说罢跪下磕头。吴小蒿羞窘万分:"这是干吗呢?"李言密说:"渔民把鲸鱼叫作'大鱼',在海上碰见大鱼,都要恭恭敬敬,烧香磕头。把你比作大鱼,是说你是大人物。"吴小蒿笑道:"我哪是什么大鱼,只是一只小虾罢了。沈大爷,你快下来,咱们说说话。"老沈从船上跳了下来,看着吴小蒿嘻嘻笑:"小虾?你可不是小虾。"

孙伟拍拍这船:"大爷,你这船是多少马力的?"老沈立即现出恼怒的神情:"我不用机器,我这是大风船!我会使风,八面来风我都会使!那年我去吕泗洋打黄花鱼,有一天来了西南风,我顶风使船,一夜走了上百里!我厉害吧?"李言密说:"厉害厉害!你是钱湾有名的船老大嘛!"老沈连连摆手:"咳,别提了,别提了,如今咱不值钱了!"

吴小蒿明白,老沈说的"不值钱",是指没有多少价值了。她听出了老人话语中的落寞。

再看看院子里,吴小蒿惊讶地发现,四周堆满了各种各样的渔具,有网有筐,有坛子有瓦罐,还有一些她从没见过的物件。

李言密指着那些东西介绍,这是干什么用的,那是干什么用的。

一个驼背老太太从屋里走出来,老脸含羞:"都是些破烂儿,疯老头子当了宝贝。"

吴小蒿说:"就是宝贝,可不能随便丢掉!"

她问老太太,有没有儿女。老太太说,有一儿一女,儿子当律师,住在隔城;闺女嫁到山里,前年得病死了。儿子想让爹娘进城住,老头子不去,要死在这里。

吴小蒿回头看着老沈心想，让他进城，他肯定不愿意。他死在这里，是死得其所。

孙伟说："自从有了机器船，渔家号子没人唱了，咱让老沈再唱一段。"

他走到老沈面前说："老大，船要开了，篷要张了，怎么办？"

老沈响亮地道："好办！"他两手扶住船帮，敏捷地跳了上去。他的脚上没有穿鞋，十个黢黑的脚趾大大张开，像树根一样牢牢把住甲板。他伸出筋骨嶙峋的双手，做出抓篷缰的动作，用近乎假嗓的高亢声音大喊一声："哎来响哟！"

吴小蒿觉得，那声音像电流一样突然将她击中，让她的半边脸麻酥酥的，心脏也震颤不已。

李言密兴奋道："这是张篷号子！"他高声接道，"哟来哟哟来！"也跳到船上。他俩一边唱一边做着拉拽动作，全身的肌肉统统绷紧。孙伟看明白了，也跳上去，做着动作随声附和。吴小蒿听着号子，仿佛看见篷帆渐渐升起，迎风张开，这条大船借助风力，正驶入苍茫的大海。她听说，过去这儿的渔民制作船帆，都用槲树皮煮汁染成紫色。在他们三个人的号子声中，她眼前出现了一片片紫帆，它们像神鸟翅膀似的飞翔于海面之上……

也就在这时，她脑子里迸出一个火花：与其造一座假的鱼骨庙，不如建一座真的渔业博物馆！

从钱湾回来，吴小蒿迸发激情，将所有的业余时间都投入渔业史研究当中。她想搞清楚，以海为生的人们，自古至今都做了哪些事情，用了哪些手段，有了哪些收获，存在哪些问题。

她从网上买了十多本专业书籍，先读一本商务印书馆民国年间出版的《中国渔业史》。"渔业为原始生业之一，古代渔猎并称，人类在原始时代，陆地则以兽猎为生，沿海湖沼之处，则用木石击鱼，捕而食之，其起源远在农业以前……"开篇这一段，就将吴小蒿深深吸引。读完这本，她又读《走向海洋》《山东海洋经济》《海洋捕捞手册》《实用海洋捕捞技术》，等等。周末回家，她找到区政协历年编印的《文史资料》，还有清代、民国和新中国出版的三本《隅城县志》，拣里面关于隅城渔业方面的内容一一读过，并且做了笔记。研读期间，她甚至产生冲动，想通过大量阅读和积累，加上实地调查，退休后写出一部《隅城渔业史》。

吴小蒿感觉到，做学问真是一件很愉快很有意思的事情。她觉得自己成了一条鱼，在好奇心的驱使下，在知识的海洋里潜游、探究，收获日渐增多。她想，如果从山大毕业后，不是被由浩亮硬拽回来，而是考取了研究生，现在自己可能是某所高校的讲师或副教授，有许多学术成果了。想着想着，她又为自己感到可惜，心情也有点儿戚戚然了。

但她知道，这辈子成为学者是不可能了，但自己能通过策划，建起一座渔业博物馆，让参观者了解人类与海洋、海洋生物的关系，了解隅城人几千年来是如何靠海吃海的。她甚至规划了博物馆的几大板块：渔业历史、民俗信仰、捕捞整备、养殖观光、隅城特产，等等。她预计，博物馆建起来后，会成为楷坡的一大亮点，门票收入也会相当丰厚。

这期间，贺成收一再催促，问吴小蒿筹备建庙到了什么地步。吴小蒿说："快了，形成方案后向您汇报。"贺成收批评她："工作效率这么低！我已经把建庙资金都找好了，你还在磨磨蹭蹭！"吴小蒿问："你在哪里找到的钱？"贺成收说："神佑集团的。老慕说，花多少他全包了。"吴小蒿听了连连摇头，心想，怎么又用慕平川的钱？他的钱不能用呀！

她打算，继续采用"蘑菇战术"，能拖则拖。

10

3月中旬，区委组织部来了考察组，考察贺成收、单文久、池家功、吴小蒿四人，并召开股级以上干部会议，让大家推荐一名副科级干部人选。推荐结果出来，刘大楼成为考察对象。考察组走后，大家都在猜测组织上的意图，可能是让贺成收正式接任书记，副书记单文久接任镇长，常务副镇长池家功接任副书记，吴小蒿接任常务副镇长，刘大楼则顶替吴小蒿担任副镇长。

那几天，这五个人无论走到哪儿，都能听到祝贺的声音。吴小蒿向祝贺者表示感谢，说："在哪个岗位上都是干活，请多多支持。"贺成收则高调回应，往往拍着对方肩膀说："跟我好好干，前途大大的！"

这天，贺成收在楼上遇见吴小蒿，又问建庙进度。吴小蒿只好说，已经选定庙址，在钱湾码头北边。贺成收说："好，下午你带我去看看，两点半出发。让老张先接上你，再到我家接我。"吴小蒿答应下来，但她不愿单独随贺成收出去，就通知孙伟，让他两点到楼前等着，随镇长去看庙址。

　　吃过午饭，吴小蒿躺在宿舍里看书，突然接到樊卫星的电话，第一句就是"祝贺学妹"。吴小蒿知道，樊卫星有个亲戚是区委办公室副主任，消息灵通，就坐起身说："谢谢学兄。区委研究啦？"樊卫星说："常委上午开过会了，你顺利通过。听说，研究到你，支书记还夸奖了你一通，说你有能力、有担当，是一位优秀的年轻女干部。看来，以后你还会进步。"吴小蒿说："支书记夸奖我？不可能吧？这消息不一定可靠。哎，楷坡的几个人都通过啦？"樊卫星说："老贺没通过，据说考察结果很差。灵泉镇镇长去楷坡当书记，你们那里的单文久去灵泉当镇长。"吴小蒿叹息一声："唉，这给老贺一次沉重打击。"樊卫星说："他是自食其果。听说他与楷坡的黑恶势力有牵连，主持工作期间也过于张扬。"吴小蒿说："是这么回事。"

　　与樊卫星通完话，吴小蒿下床，在地上来回走动。她知道，区委的决定，是她从政生涯的一个新节点。常务副镇长，意味着更大的权力、更重的责任、更繁忙的工作、更严峻的考验。我能担当得起吗？她思忖再三，告诫自己：要努力学习，不断增长才干，认认真真做事，清清白白做人。身为一个女干部，尤其要牢记"清白"二字。

　　我已经知道区委常委会的决议了，贺成收知不知道？如果知道了，他下午肯定无心再看庙址。

　　等到两点，老张开车来到办公楼前，吴小蒿与孙伟坐上去，一起去贺成收的住宅。吴小蒿来楷坡两年，只知道镇长住在镇东边，但从没去过，到了那里才知道，原来那是一座豪宅：三层小楼，独门独院，内外遍植花木，环境十分幽静。

　　老张在门前停下车，下去按了一下门铃。一阵乐声之后，铁门轰隆一声开启，贺成收脸色阴沉地走了出来。他看见孙伟，皱眉道："你来干什么？"吴小蒿替孙伟解释："具体的建庙规划是孙站长做的，让他到现场向您汇报。"贺成收说："下午不看庙址了，我到办公室有事。"说着拉开副驾驶座的门，一屁股坐进去，将车子压得晃了几晃。

　　吴小蒿一抬头，忽然发现二楼阳台上站着贺成收的妻子陈秀平。她以前当过楷坡医院的护士，提前办了退休手续，去看过"楷坡春晚"，吴小蒿早就认识她。她今天穿了一件毛衣，腰间的"游泳圈"十分明显。吴小蒿抬手向她打招呼："嫂子好！"那女人没说话，只是向吴小蒿点了点头。

　　吴小蒿坐到贺成收的后面，孙伟也从左边上了车。吴小蒿瞅一下贺成收，发现他面带怒容，便知道他也得到了小道消息。

　　回到镇政府，贺成收往楼上走时，让吴小蒿到他办公室，吴小蒿只好随他过去。进门后，吴小蒿将门虚掩着，贺成收却回身将门关上。

　　贺成收指指沙发让她坐下，他坐到办公桌后面，点上一支烟，瞅着吴小蒿道："区委没让我当书记，你知道了吧？"

　　吴小蒿实话实说："中午有人跟我透露了。"

　　贺成收吐出一口烟，望着窗外咬了咬牙，恨恨地说道："老来这个狗日的，也太狠了！"

　　吴小蒿不解："老来？人大来主席？他怎么啦？"

　　"他想当书记，竟然向区纪委实名举报我！"

　　吴小蒿很吃惊。她没想到，来春祥整天不显山不露水，突然来了这么一手。

　　"他捅我刀子，把我干掉，他就如愿以偿了？书记还是别人的！"

　　吴小蒿看着贺成收，用真诚的语气说："镇长，你和慕平川关系密切，楷坡人人皆知。他作恶多端，就牵连了你。你应该好好反思一下。"

　　贺成收说："我跟你说过，我跟他的关系，是打断胳膊连着筋，这辈子是撕扯不清了。其实我也后悔，我应该早就痛下决心与他切割的，但我这人讲义气，觉得他是发小，是兄弟，怎么也放不下，抛不了，所以就一步步陷入泥潭，最终毁了自己……"

　　吴小蒿说："也不能说毁了，你尽快向组织上讲清楚自己的问题，会取得宽大处理的。"

　　贺成收冷笑起来："宽大？有多宽、多大？"

　　吴小蒿无言以对。

　　贺成收站起来，在屋里走了一个来回。看着他的大个子，吴小蒿觉得压抑，心中发慌，就起身往门口走。

　　贺成收指着她道："你不要走，我的话还没说完。"吴小蒿只好站下。贺成收站在她的面前，俯视着她道："小蒿，你是个好干部、好女人，转个文儿形容你，叫作'秀外慧中'。好好干吧，躲开我的前车覆辙，你会行驶在快车道上，前程似锦。祝福你！"

　　说到这里，他伸手点了一下吴小蒿的额头："不过，你别太累。你看，来楷坡两年多，这儿有皱纹了。"

吴小蒿突然觉得想哭。她不敢再待下去，说一声"谢谢"，扭头走向门口。

回到办公室，她看看手机，有不少人发微信祝贺她荣升，有的还发来了区委组织部干部任职公示截图。吴小蒿向他们一一道谢，但心中始终有一块阴影，挥之不去。

当天晚上，吴小蒿辗转反侧，久久不能入睡。到了半夜，她突然接到陈秀平打来的电话："吴镇长，你知不知道老贺去了哪里？"吴小蒿说："不知道呀。""他吃过晚饭，说要出去散步，到现在还没回来。"吴小蒿说："司机知道这事吗？我让老张过去，帮你找找？"陈秀平说："我跟他说吧。"

过一会儿，吴小蒿打电话给陈秀平，问找到镇长没有。陈秀平哭道："老张到钱湾码头上找，有人说，看见他到过那里。可是老张找来找去，就是找不到他……"吴小蒿说："我跟刘主任过去看看。"

她到了党政办公室，和刘大楼说了这事，二人就坐公务车去了钱湾。此时大海漆黑，惊涛拍岸，有一些人正站在码头上向水中打量，其中有慕平川和二道河子。吴小蒿对刘大楼说："我就不下去了，你去问问慕总，有什么消息。"

刘大楼下车过去，走到慕平川跟前，向他问话。问了片刻，刘大楼回到车上，神色紧张地说："慕总说，有人看见镇长在码头上走来走去，后来突然跳进了水里。"

吴小蒿的心脏一揪，眼前出现了画面：贺成收跳入海中，矫健游走，渐行渐远……

她擦擦眼角泪水，对刘大楼说："咱们回去。你赶快把这情况报告区委。"

把刘大楼送到镇政府，吴小蒿又坐车去贺成收家中，打算把这个消息告诉陈秀平。贺家大门没关，屋里灯火通明。客厅里有几个吴小蒿不认识的男人女人，都在那里擦眼抹泪。陈秀平披头散发，歪在沙发角落里哭道："老贺呀老贺，你怎么能撇下我，跳海走了呢？"看来，已经有人向她讲了镇长跳海的事情。吴小蒿坐到陈秀平身边，握着她的手安慰她，说夜色黑暗，目击者不一定看得清楚。即使跳海的就是镇长，他水性那么好，说不定会从某个地方上岸，再回到家里。陈秀平抽咽着说，但愿如此。

吴小蒿坐了一会儿，陈秀平让她回去，说有了老贺的消息会告诉她，她就起身离开了这里。然而，吴小蒿等到天亮，也没有结果。

第二天，贺成收失踪的消息在楷坡传开。刘大楼带人去鳃岛找，发现他家老宅紧锁着，没有人进去。镇政府从隅城请来一帮专业人员到码头附近打捞，忙活了整整一天，也没有找到贺成收的尸体。与此同时，一个说法在楷坡流传开来：贺成收是个鳃人，他会水遁，跳进海里悄悄走了。

这天傍晚，吴小蒿独自一人去了挂心橛上。她看看近处的海面、远处的鳃岛，泪眼模糊，耳边响起了《鳃人》那首歌中的几句：

看不清　看不清

看不清　山在哪

分不清　分不清

分不清　家在哪

……

11

新来的楷坡镇党委书记叫房宗岳，之前在灵泉镇当镇长，四十四岁，身体矮壮，面色黝黑，寡言少语。他在全镇干部大会上的就职演说只有几分钟，中心意思是两个字："实干"。来后第二天，他老婆就用一辆卡车将家当搬来，在楷坡安家落户。他们住的是一个小院，两间平房，在吴小蒿宿舍后面，之前是副书记单文久住的。

房宗岳书记跑遍全镇所有的村庄与企业，提出了"三大任务、一场战役"。"三大任务"，一是招商引资，大力发展二、三产业项目；二是实行农渔业供给侧改革，让农民、渔民大幅度增收；三是精准扶贫，三年内消灭所有的贫困户。"一场战役"，是为即将开工建设的 QL 高铁项目完成征地拆迁工作。

鉴于镇长一职空缺，他给领导班子做了临时分工，让党委副书记池家功负责征地拆迁，让常务副镇长吴小蒿负责精准扶贫，让另一名副镇长严究文负责农渔业供给侧改革。招商引资，书记亲自负责，但每一位领导班子成员都有招商任务，每人年内要至少招来三百万元投资，多多益善。

领导班子成员，每人除了临时性的任务，还有常规性的分工。吴小蒿除了领衔精准扶贫这一项，还分管环境卫生、计划生育、民政，继续包葛沟社区。

吴小蒿原先分管的文化与旅游两摊，交给了新上任的副镇长刘大楼。他俩做了一番交接，吴小蒿嘱咐刘大楼，务必把文化遗址保护和旅游项目开发做好，尤其是渔业博物馆的建设，要创造条件争取立项。刘大楼说："吴镇长打下了这么好的工作基础，我一定把你交代的事情办好，请你加强指导。"

刘大楼还请示吴小蒿，说："从海里捞上来的那段鲸鱼骨头，放在会议室里，房书记一来就说太腥，你看怎么处理？"吴小蒿说："你先找个闲屋放着，等到渔业博物馆建成，转移到那里去。"

吴小蒿对自己分管的工作思考了一番，觉得环境卫生是自己一直负责的，保洁公司运作良好，不用过多操心。民政工作，有民政所所长和七八个人在那里，做好督导检查即可。计划生育，虽然有一些计划外怀孕的妇女，有一些待征收的超生罚款，但看看社会舆论和高层透露的信息，国家很可能要停止"一胎化"政策。关于精准扶贫，她决定召开专题会议，进一步摸清底子，全镇到底还有多少贫困户，用足用好上级政策，争取圆满完成任务。

麻烦的是招商。吴小蒿想，我一出校门就坐机关，出了机关又到乡镇，商界大老板一个也不认识，到哪里招去？

想来想去，她决定求助于同学。山大历史系 1997 级同学早就建了微信群，她虽然被拉进群里，但大多时间"潜水"。这天，她鼓足勇气发了条消息："吴小蒿跪求大款同学，请您移驾安澜市隅城区楷坡镇投资建厂，那里风景秀丽，政策优厚，肯定会给你惊喜！"

一石投下，波漪涟涟。有的说："吴小蒿你发错群了，学历史的能有大款吗？"有的说："我想要的惊喜是，我虽然不是大款，但是去楷坡之后，吴大镇长能让我们饕餮一顿海鲜！"有一个同学严肃指出："建这个同学群，目的是怀念山大生活，增进同学友谊，不能受铜臭气污染。"还有一个当了副教授的女同学调侃道："吴小蒿发的消息，让小伙伴们都惊呆了，一颗颗玻璃心粉粉碎！"

看到反应如此，吴小蒿羞愧交加。她恨自己脑子进水，竟然在同学群里发招商广告，自取其辱。她急忙在群里道歉："各位同学对不起，小蒿错了，郑重道歉！"并且加了好几个尴尬加羞愧的表情。

同学之路走不通，再到哪里招商呢？她正琢磨这事儿，高铁征地拆迁开始了。镇党委、政府召开誓师大会，全体股级以上干部和高铁经过的村庄负责人全部参加。房书记指出："QL 高铁，是国家'八纵八横'综合运输大通道的组成部分，建成后将助力沿海城市，拉动区域经济，我们楷坡要为这条高铁的建设做出贡献。从今天起举行'百日会战'，所有同志编成七个工作队，组长由包片镇领导担任，分头到七个村庄做工作。所有同志放弃周末休息，五加二，白加黑，不辞万难，坚决拿下！"

池家功副书记讲得更具体，他说："高铁放线之后共需征地四百五十八亩，涉及七个村庄，要做好承包户的思想工作，一个月之内完成。需要拆迁的五个村，发给各户租房费，一个月之内要全部腾空，等到区里统一建好安置房再搬回来。估计多数群众会通情达理，积极配合，肯定也会有一些想不通，成为钉子户，成为工作的难点。这是一场没有硝烟的战斗，我们镇村干部要审时度势，百折不挠，坚决打赢这场硬仗！"

组织委员老孙宣布了七个工作队的组成。吴小蒿是第一工作队队长，带领四名镇干部，负责黄城村。会上还发放了"明白纸"范本，上面有具体的补偿政策，供各村翻印，发给群众。另外，每人还发给一身迷彩服，大家在行动中统一着装。

拿到这身衣服，看看上面绿褐相间的花纹，吴小蒿心里很不舒服。

池副书记要求，会后各个工作队商量一下，立即奔赴战斗岗位。第一工作队的四名镇干部和黄城村支书到了吴小蒿的办公室。家住隔城的妇联干事徐霞一进门就唉声叹气："哎哟，五加二，白加黑，这是要命的节奏呀。俺闺女星期天要学钢琴，学画画，都是我接送，这下可怎么办？"孙伟跟她开玩笑："等到高铁建成，让你带着闺女免费坐高铁，去大城市玩个够！"徐霞说："拉倒吧，到了买票的时候，我一分钱也不能少掏。"张尊良憨厚地一笑："咱们把黄城村早早拿下，还能不让咱休息？"吴小蒿瞅着黄城村支书侍文豪说："文豪书记，听见了吗？大家能不能早休息，就看你们村有没有钉子户了。"侍文豪冷笑一下："钉子户肯定有，我就是一个。"

镇干部都瞪起了眼睛。吴小蒿问："你怎么啦？想不通？"

侍文豪说："我当然想不通。高铁占了承包地无所谓，反正种地也不挣钱，一亩给六万二做补偿，顶得上种几十年。关键是故土难离，穷家难舍。俺村为什么叫黄城，吴镇长你知道吗？"

吴小蒿说："我知道，不就是你们村边有一圈枳树，秋天结了果子像黄色城墙吗？"

侍文豪说："是，我从小就喜欢这一圈枳树，上学学了成语'南橘北枳'，知道这树很有名，就更喜欢了。俺姓侍的从山西大槐树底下移民过来，祖祖辈辈住在那里，已经六百多年，现在突然要拆迁，黄城不存在了，你说能不难受吗？"说到这里，他眼窝变湿。

吴小蒿沉默片刻，说道："我非常理解你的感情。六百年前老祖宗从山西过来，虽然官府手段粗暴，但还是为了东部的发展。现在，国家修建高铁，更是为了发展。这个发展对咱们来说，既有长远利益，也有近期利益。拆迁之后，建起新村，肯定比旧黄城还好看。咱们这些失地农民，还可以办理养老保险，老有所养，没有后顾之忧。"

侍文豪说："这些话，你给村民讲，反正我不想讲。"

吴小蒿说："好吧。"她让侍文豪回去下通知，下午三点召开全体村民会议，她和几个镇干部都过去。侍文豪点头答应。

孙伟拍拍手里的迷彩服说："哎，咱们下午去黄城，要不要穿上它呀？"

吴小蒿说："还是不穿为好。"

12

黄城村在楷坡北面六公里。到了那儿，吴小蒿突然想，唐代大词人温庭筠是不是来过这里？因为她想起了这位"花间派"鼻祖的两句诗："槲叶晓迷路，枳花春满庭。"这里的山坡上长满了俗称"大檞罗"的槲树，新叶似人掌，指向四面八方，这难道就是温庭筠迷路的原因？而在村边，在一些庭院中，枳花则一簇簇，一片片，像下了一场春雪。吴小蒿走近了端详，看到枳花下密密麻麻的绿色锐刺，心里像被它扎了一样。她想，这么一个在 15 世纪建起的村庄，历史悠久，承载了几十代农人的记忆，现在要在 21 世纪的第十五年里突然消失，怎能不让人留恋，让人伤感？

村委大院里，村民已经坐了一大片。吴小蒿让孙伟和徐霞向大伙分发"明白纸"，然后做动员讲话。她学习当地方言，用"老少爷儿们，姊妹娘儿们"称呼男女村民。她先讲修建高铁的好处，说高铁有多快，去北京只用四个钟头。下面一个中年男人高声说："北京也没有俺的亲戚，俺用不着高铁。"孙伟插言道："没有亲戚可走，你去旅游！"中年男人说："我身上没有多少油呀，经不住捋呀！"村民们听了，哈哈大笑。

吴小蒿明白，这人如此讲话，无非是不肯搬迁而已。她又讲搬迁后的好处，让村民们看着手里的"明白纸"，她一条一条给他们解释，苦口婆心。这一回，村民们倒是听进去了，不明白的就高声发问，吴小蒿微笑着回答，不厌其烦。

最后，吴小蒿要求，从明天起，到村委签订征地和搬迁合同，按照镇上制定的政策，三天之内签了有奖励，能多领钱。

刚宣布散会，村民们正乱哄哄向外走，徐霞晃着手机对同行的镇干部说："哎哟，你们快看看工作群！"吴小蒿掏出手机一看，原来是党政办下通知，叫各人把自己所在位置发到群里。大家明白，这是为了看各人是在什么地方。孙伟抬头看着天空，用夸张的表情大声喊叫："北斗卫星呀，马化腾呀，房书记呀，你们联手呵护我，我爱死你们啦！"吴小蒿看着他苦笑，而后用微信发了位置到楷坡工作群里。

当天晚上，吴小蒿收到一位山大同学的微信，说："你不是想招商吗？我介绍一位学兄给你。他叫刘经济，1996级的，是青岛一家企业的老总。我把他的微信名片给你，你们直接谈。"

刘经济？吴小蒿一下子呆住了。

1998年的春风仿佛扑面而来，刘经济的浓眉大眼在吴小蒿脑际闪现。山大的小树林里春风悠悠，她与刘经济对坐交谈，谈听的课，谈读的书；谈历史，谈当今……刘经济还与她谈理想，谈二十年后会成为什么样的人，让身边的杨树做见证……然而，那种美好，却被由浩亮的突然出现给破坏掉了，刘经济还受到他的辱骂和殴打。

同学将刘经济的微信名片发了过来。吴小蒿一看，他的浓眉大眼依旧，更有一种成熟且成功的男人才有的英气写在脸上。

可是，我当年让他受辱，今天怎么还有脸加他微信，求他帮忙？

她擦一下溢出眼窝的泪水，发微信向同学道谢，却没加刘经济的微信，只做了个截图，存入手机相册。

此后，吴小蒿带领第一工作队每天都去黄城村，看谁家没有签字，与其他几个人分工，登门动员。

这天，她在支书陪同下去了一户。侍文豪讲，这一户只有老两口，都已经八十多岁，无儿无女，是五保户。吴小蒿说："这么大年纪，而且无儿无女，还留恋什么？"

他俩去后，老两口都坐在墙根袖手沉默。吴小蒿开口劝说，说了半天还不见回应，就问他俩到底还有什么想不开的。老太太向院中的石磨下面一指："俺离不开这磨道。"

"磨道？现在也不用推磨了，都是用麦子换煎饼吃，怎么还离不开呢？"

老太太突然老泪纵横："俺那些儿女的衣胞，都埋在这里呀……"

吴小蒿更不明白。老头泪花闪闪，向她解释：这里的老风俗是，孩子生下来，胎盘要埋在自家磨道里。他们老两口先后生下三儿两女，都是早早死了，胎盘都埋在这里。老伴整天念叨，她不是不能生，不是绝户，不信挖开磨道看看……

吴小蒿听到这里，心中大恸。她看着那圆圆的一圈磨道，想一想埋葬在地下的血肉亲情，忍不住蹲到老太太面前，搂住她哭了起来。

后来，老头拉起了她。他说："孩子，俺不叫你犯难为了，俺搬，俺去签字摁手印！"

吴小蒿感动万分，顺势跪下向老人磕了个头，才站起身来。

从此，吴小蒿更加明白了一处庭院对一户人家的意义和内涵，把工作做得更加仔细、更加耐心，签字的一天比一天多了起来。

也有人传言，吴小蒿给人下跪，求人签字。吴小蒿听了说："我就是下跪又怎样？那两位老人跟我爷爷奶奶同龄。"她再动员别的村民，有人半开玩笑说："你给俺下跪，俺也答应你。"陪同她的侍文豪立即呵斥："让镇长下跪？你胆子不小！镇长上你的门，就给你好大面子了，快签！"那人嘟嘟哝哝，答应签字。

她又去一户人家劝说时，突然接到池家功的电话，说魏家泉发生群体性事件，让她带领工作队全体成员火速增援。吴小蒿很吃惊，急忙召集四个队友去了。五辆摩托车出村时冒着五股青烟，街上的村民议论纷纷。

魏家泉村在楷坡南面，他们还没到达，就听见有密集的爆炸声传来。到了那里，只见几十个穿迷彩服的干部和几个警察站成一片，旁边还有两台高举挖斗的挖掘机。村头则黑压压站了大片村民，他们扯着横幅呼喊口号，横幅上写着"坚决反对强拆，公民财产受法律保护"。

池家功头戴安全帽，挥手向挖掘机司机大喊："上，给我上！"

两台挖掘机轰轰响着，向村子推进。村头忽然一阵青烟迸发，烟花弹嗖嗖飞来，啪啪炸响。干部、警察四散躲避，吴小蒿也跑到了一边。

她看到了宣传委员老齐，就过去问他怎么搞成这个局面。老齐满脸焦虑地说："老池一心想赶快立功，好填补空白当镇长，可是他操之过急，带着挖掘机强拆。他在誓师大会上讲，这是一场没有硝烟的战斗，这倒好，硝烟滚滚啦！"

吴小蒿说："可不能这样！老齐，咱俩快去劝劝池书记！"

二人就去了池家功跟前，劝他改变强硬方式，不要与村民对峙。池家功怒视他俩大吼："怕死的往后退！不怕死的往前冲！"

挖掘机继续前进，村民又点燃一些烟花弹往这边射。干部堆里有人大叫："炸伤人啦！炸伤人啦！"吴小蒿回头看看，只见民政所的小孟捂着右腮惨叫："我的耳朵掉了！我的耳朵掉了！"大家围上去看，见小孟的右耳朵果然少了半边，血肉模糊，剩下的半边，让硝烟熏得漆黑。吴小蒿将脚一跺："快出人命了，还不撤退？！"她急急跑到挖掘机前面，用身体挡住了这两个庞然大物。

魏家泉发生的事件被村民拍下发到了网上，一时间舆论汹汹。市、区有关部门下来调查，认定楷坡镇党委、政府在拆迁工作中采用简单粗暴的方式，造成不良影响，决定对党委书记房宗岳同志进行诫勉谈话，给予党委副书记池家功同志警告处分。在领导班子会议上，二人做了深刻检查。池家功检了一番表示，要以戴罪之身再上前线，把征地与拆迁搞完。房宗岳说："你还'再上前线'？你怎么不说'再上火线'呢？事情都让你搞砸了！"他宣布，由吴小蒿接替池家功，将征地拆迁工作负责到底。

对这个委任，吴小蒿没有思想准备。她本来想，我把黄城村搞完了，就没这心事了，没想到书记会让她接替池家功。她说："书记，你还是让男同志负责吧，我一个女的，怕完不成任务。"书记说："第一个回合用男的，动硬的，结果败下阵来。第二个回合叫女的上，这叫以柔克刚！"

吴小蒿只好硬着头皮去"克刚"。她召开拆迁专题会议，要求大家汲取魏家泉事件的教训，把群众当亲人看待。她还以黄城村那老两口做例子，让大家深刻理解村民与村庄的血肉联系，把工作做好做细。

会后，她在将要拆迁的几个村子之间来回跑，发现问题及时解决，遇到难以说服的村民，她直接与其对话。

这天她到了于家洼，社区书记老姜说："就剩下一户没签字了，我们把嘴皮子磨破了也不行，请吴镇长亲自出马。"

吴小蒿问："这一家是什么情况？为什么不签字？"老姜说，这家户主叫于守山，说他刚刚翻盖了房子，花了十几万，舍不得。还听说，于家洼的安置房建在楷坡，回村种地要跑好远的路，所以他们不想搬。吴小蒿说："他们有这些顾虑，情有可原，但村庄不拆不行，必须把他们说服。走，我去见见他们。"

老姜和村支书老封就陪她去了。但是，这户人家锁着门，邻居说，那两口子种花生去了。吴小蒿说："咱们到地里找他们。"老封带路，去了西岭，两口子果然正在那里忙活。吴小蒿走到他们跟前，女人指着她骂："你是黄鼠狼给鸡拜年——没安好心！"吴小蒿赔笑道："是好心还是坏心，你以后会明白。"女人声音更高："我不明白！不明白！俺在庄里住得好好的，你为什么要拆俺的屋？你伤天害理！你全家不得好死！"

听她骂出这种话，吴小蒿彻底明白了什么叫作"唇枪舌剑"。她感觉到，那些锐枪利剑，一下下直戳她的心脏！

老封急忙呵斥女人，让她闭嘴，但女人还是骂，骂得更狠，脏话连篇，连吴小蒿的爹娘、孩子都涉及了。吴小蒿心想，我爹娘我孩子，无辜受到咒骂，我真是罪孽深重！她觉得眼泪已经涌出，但为了不让泪水流下，只好仰起脸做出观天模样，让脸上荡漾着两个泪池。

老姜指着于守山说："你老婆骂得也太狠了，你管管她好不好？"

于守山向女人瞪眼："行了，滚一边去！"

女人不再吭声，转身向沟里走去。吴小蒿以为她是去解手，松一口气，让两汪泪水倾泻下来。她擦了擦脸，与男人交谈，问他多大岁数，几个孩子，今年收成如何。她打算从这些家常话入手，细火慢炖。

女人从沟里走了出来，一声不吭。吴小蒿以为她已经消了气，就与男人继续聊天，正说着话，觉得女人猛然往她领子里塞进去什么东西。她伸手扯出一看，是一条白花花的蛇皮！从小就怕蛇的她，一下子昏倒在地，浑身抽搐。

在场的几个男人都吓坏了。老封厉声训女人，说她胡来。老姜拍着吴小蒿的后背，连声喊她。于守山指着老婆说："把镇长吓死了，你得坐牢去！"

吴小蒿醒了过来。她睁眼看见，男人也往沟里走去。老封问他干吗，他说，洗洗手，到村委签字。

往回走时，吴小蒿还觉得脖子上冷飕飕的，浑身一阵阵打着激灵。后来，她多次在夜间梦见，有蛇钻进她的领口，在她的脖子上缠绕，她惊醒后难以入眠。她想，历史感与生俱来。她对蛇的恐惧，就是人类先祖对蛇的恐惧。那种恐惧，已经进入潜意识了。

奇怪的是，自从出了这事，工作却比以前顺利多了。因为她被人用蛇皮吓昏的事情在全镇流传，从干部到群众，都同情这个女镇长，不好意思再为难她。

两个月过去，楷坡镇的征地与拆迁全部完成。区长与高铁项目部主任一起来检查，对楷坡的进度十分满意。区长说："小蒿镇长你不简单，你们镇在七个乡镇当中第一个完成了任务。你是女干部中的佼佼者，堪当大任。"

6月底，区委派人到楷坡考察吴小蒿，大家都说，楷坡终于要有镇长了。果然，区委建议楷坡镇召开人民代表大会选举镇长，吴小蒿为候选人之一。会上，吴小蒿以百分之九十六的得票率顺利当选。

13

7月、8月的大海，是为放了暑假的学生们准备的。从隅城到楷坡，所有的浴场都是熙熙攘攘的。小孩子由家长陪着，年轻人成双成对，坐火车，乘飞机，从各地赶来。到了海边欢呼雀跃，除去衣物，换上各式泳衣，扑入海中与浪花嬉戏。

吴小蒿那天陪一位市领导去视察聚丰集团，看到南面月亮湾里的热闹情景，很想让点点过来，和点点一起好好玩上半天。她又想到公务繁忙，很难抽出空来，不由得暗暗叹息。

这天晚上，她突然接到一个电话，是陌生号码，有个怪怪的女声说："吴镇长您好，我是《安澜日报》的记者，我想采访一下您。"吴小蒿说："好的，请问你想了解哪方面的事情？"对方说："我想采访家庭教育方面的问题。请问您有孩子吗？""有呀，十一岁了，是个女孩。""请问，您平时陪孩子的时间多不多？""不好意思，真是不多，我太忙了。""请您说说，到底是工作重要，还是亲情重要？"

听到这里，吴小蒿突然笑了："装，装，点点你继续装！"

电话那头也传来了点点的笑声："装得还行吧？反正你一开始没听出来。"

吴小蒿问点点用谁的手机打的，她说用同学的。

吴小蒿说："宝贝儿，真是抱歉。我看到海边好多人游泳，是很想和你一起下去玩玩的。"

点点说:"谢谢老妈还能想得到。但我不想到浴场,想玩'鳃人之旅'。去年咱们去了一次,我还没玩够呢。"

吴小蒿想了想说:"这个周末我还有点儿时间,咱们去吧。"

"耶!老妈我爱你!"

"宝贝儿,我也爱你!"说这话时,吴小蒿心中柔情万端。

吴小蒿挂断女儿的电话,拨通锄头的手机,问他"鳃人之旅"项目今年怎么样。锄头说:"二姑,好着呢!每天都有好多人过来,把我们这些教练累得够呛。不过,今天忽然发现了一个问题,明天只好暂停营业。"吴小蒿忙问:"什么问题?""有一些海蜇出现在那里,有的很大,有上百斤重,可不能让它们蜇伤游客。""为什么会有海蜇?""估计是防鲨网破了,我们打算明天突击检修。"吴小蒿说:"那你们抓紧修好,再把海蜇打捞干净。"锄头说:"没问题,估计一天就能完成。"吴小蒿说:"修好了,你告诉我一声。"

第二天上午八点多钟,吴小蒿正与房宗岳商量事情,锄头突然打来电话,语气中带着惊慌:"二姑,出大事了!"

吴小蒿问:"怎么了?什么大事?"

"我们吃过早饭去检修防鲨网,发现了贺镇长!"

"什么?贺镇长?不可能吧?"吴小蒿顾不得身边还有房书记等人,高声大叫。

房宗岳也是万分吃惊,瞪大眼睛看着吴小蒿。

锄头说:"真的是他!不过,他已经死了,两手紧紧抓在防鲨网上。"

"啊?到底是怎么回事?"

锄头说:"他在防鲨网的一个破洞上,看来正在补网,因为网上的破洞已经缝上了一半。我们把他捞上来,抬到船上,两个老渔民看了说,他是叫黄鳍鱼蜇死的。他们议论,都说看来贺镇长在钱湾码头跳海失踪后,是游回鳃岛藏了起来。他水性好,喜欢海,可能经常到海里转悠,发现'鳃人之旅'的防鲨网坏了,就连夜过去修补,昨天是六月十五,月亮好圆。想不到,他在那里遭遇了不测……"

吴小蒿低头闭眼,用手机敲了两下脑门,连声长叹。

一个小时之后,房宗岳、吴小蒿同陈秀平一起坐船,登上鳃岛。

贺成收的老宅，里里外外都是人，人人眼中含泪。陈秀平哭喊着"老贺"往里走，吴小蒿扶着她，努力忍住眼泪。进了堂屋，只见贺成收仰躺在正中的一张床上，面色发黄，下巴底下，长长的紫斑更加显眼，潮乎乎的，似在渗水。

再看看墙上相框里，那个青葱少年依然英气逼人，眼睛瞅着每一个看他的人。

吴小蒿心中大悲，双手捂脸，泪水湿了掌心。

院里响起一个男人的响亮哭声，像老牛一样："成收哥！成收哥！我的亲哥呀……"原来是慕平川来了。他张着大嘴，泪水与涎水汇合成串。慕平川扑到贺成收身上，抱着他哭："亲哥呀，亲哥呀……"

房宗岳把吴小蒿叫出去，与厉大棹、万玉凤等人一起说话。房宗岳问村干部："老贺藏了四个多月，岛上就没人见过他？"厉大棹摇了摇头。万玉凤说："有人夜里似乎看见过他在水边转悠，老人说那是他的魂回来了，万万没有想到竟然是个大活人。我估计，他是藏在堂兄家里的。"

房宗岳叹口气说："老贺逃避组织审查，玩了几个月失踪，这是严重的错误行为。但他为'鳏人之旅'项目献出生命，也是一件了不起的事情。"

吴小蒿点点头说："这个项目是他提出来的，他一直牵挂在心，藏在岛上还没忘了管护。"

派出所所长和法医来了。他们让别人退出屋子，在里面检查一番，出来后法医说："从体征看，贺成收是被有毒的鱼蜇伤致死的。我们已经取了血样，回去化验一下才能做出最后的结论。"慕平川问："遗体是不是可以处理了？"法医说："可以了。"

房宗岳问陈秀平打算如何安葬老贺。陈秀平流着泪说："老贺早有嘱咐，说他百年之后实行海葬，把骨灰撒到海里。"慕平川说："我和成收哥是发小，我要亲手送他回归大海。"房宗岳说："好吧。我和小蒿镇长代表镇委镇政府，今天跟贺成收同志做个告别，善后事宜由你们安排吧。"

说罢，他与吴小蒿走进去，在遗体前肃立，鞠躬行礼，而后安慰陈秀平一番，离岛回去。吴小蒿在船上恍恍惚惚，回想与贺成收交往的一幕幕，心中有万千滋味。

第二天傍晚，万玉凤打电话告诉吴小蒿，贺成收上午在隅城殡仪馆火化，下午，慕平川跟贺成收的家属、村干部，坐一条渔船，绕岛一周，把他的骨灰撒进了海里。

第三天是周末，点点跟她姥姥坐大巴来到楷坡，吴小蒿带着她俩上了鳃岛。姥姥还是不下海，让母女俩去玩，她在码头上等着。

来到潜水基地的大船上，锄头正等在那里，他说："二姑，我今天要亲自带你和小表妹下去玩。"吴小蒿说："我不用你带，你只管照顾点点吧。"

换好泳衣，戴上潜水设备，母女俩随锄头下去。点点兴奋得很，一入水就蹿出老远，锄头紧追不舍。吴小蒿慢慢游动，心想，老贺是在哪个地方走到生命尽头的呢？

她探出头，看清楚防鲨网上的一串浮标，就向那里游去。此时海水半明半暗，蓝莹莹的。突然，她感觉额头一疼，似乎被人弹了一下，面前出现一个伟岸的身影，没戴潜水设备，矫健游走。

老贺！

然而，那个影子转瞬不见了。吴小蒿明白，这是自己的幻觉。她怔怔地望着前方，让滚烫的眼泪汹涌奔流，融入海中……

第六章

——

遍地蒺藜

历史上的今天：9 月 20 日

383 年 淝水之战

1865 年 曾国藩、李鸿章设立江南机器制造总局

1987 年 中国人第一次接触互联网

1994 年 国际《核安全公约》签署

小蒿记

2004 年 生下女儿

2007 年 与甄月月结为干亲家

2014 年 楷坡完成城乡环卫一体化

2015 年 给点点过生日，一言不合，被由暴打

点点记

2004 年 我出生啦

2013 年 老妈没回来给我过生日

2017 年 法不二送我生日礼物，是一个不听不说不看害羞熊公仔，我好喜欢

1

　　猴年正月初六，甄月月召集闺密聚会，生不生二宝成为大家讨论的主要内容。有的说生，一定要生，过去偷偷摸摸都要生，现在国家解除了禁令，那还不生？一位闺密说，她倒是想生，可惜卵巢已经退休了。一等舱酒店老板马云踌躇满志，说她的卵巢已经保养得跟少妇的一样生动活泼，她准备聘请一个人替她打理酒店，她要在大好春光里全力以赴造人。荀如说，她也想造一个，但是要跟自己所爱的人。路春说，她坚决不生，孩子有一个就行了，如果再生一个，从怀孕到分娩，到哺育，到孩子上学，到考进大学，要陪上二十年时光，太恐怖了。马萌萌说，她不怕苦不怕累，也不怕陪上二十年时光，只是经济条件不允许，现在每个月还了房贷后，只剩下吃饭的钱，生下孩子没钱买奶粉怎么办？她问月月生不生，月月双手合十说道，随缘。

　　吴小蒿一直坐在那里默默地听。她想，过去三十多年中国实行计划生育，是人类历史上独一无二的大事，改变了中国的人口状况，改变了人们的观念，也影响了中国的未来。如果我是学者，我会在调查研究之后写一部专著。

　　"镇长大人，走什么神呢？"月月问她。

　　吴小蒿笑了笑，跟她们开玩笑："我在考虑，今年我该送多少红包，能收多少喜蛋。"

　　月月指着她说："你的想法太超前了！你以为生孩子就像去菜园里拔萝卜，伸手就是一个？"

　　马云问："镇长妹妹，你生不生呀？"

　　月月盯马云一眼："你别问她这事。在座的其他人都生了，小蒿也不会生。"

　　马云问："为什么？"

　　月月一笑："缺乏良种。"

　　吴小蒿的心颤了一下：知我者，月月也。

　　二孩政策放开，吴小蒿也想过自己还生不生。真是奇怪，就那么一想，生孩子的想法竟然十分强烈。她想，如果真有一个我所爱的男人赐我良种，我将变成一块土地，调动全身的养分使之萌芽。她这时体悟到，人类的生殖冲动是非常强烈的。她想，我遵从生殖本能，再生一个也挺好，最好生一个男孩，让点点有个弟弟做伴。她回家时，点点曾问她："你生不生二宝？"吴小蒿反问："你想不想让我生？"点点说："当然想呀。我很想有个小弟弟，好欺负欺负他，嘿嘿。"母亲私下里也对吴小蒿说："趁着你年轻，我也还能给你看，抓紧再生一个吧。"吴小蒿说："娘，实话告诉你，我不想生。"母亲看着她点点头，转过身擦眼抹泪。

由浩亮的生殖冲动更加强烈。还是在三个月前，国家宣布明年放开二孩，他在一个晚上打电话，跟吴小蒿商量这事。吴小蒿一听他的声音就厌恶，没好气地说："你别提这事。"由浩亮大声嚷嚷："我为什么不提这事？我们老由家三代单传，到我这里眼看就要成绝户了，你还不给我生一个？"吴小蒿说："让我当你家的生育机器？休想！"

闺密聚会结束后，月月开车送吴小蒿回家。在路上，月月说："小蒿，赶快离了吧。"吴小蒿说："我也想过这事。但是我怕点点难过，而且刚当了镇长就离婚，怕人家议论。"甄月月说："人生很短促，尤其是女人，好年华转瞬即逝。你就这样一年年熬下去，要熬到老？"吴小蒿听了这话，车前的夜景全都变得模糊了。她抽泣道："谢谢姐姐关心，你让我考虑一段时间，反正现在不行。"

吴小蒿进了家门，客厅里没开灯，只有由浩亮的卧室里透出灯光。明天她就要去楷坡上班，母亲要带点点回老家住几天，今天一早祖孙俩就坐火车走了。今晚家中只有她和由浩亮二人，她感到紧张。自从由浩亮得了性病，她每次回家都和母亲一起睡在书房，由浩亮自称病好了，她也坚决不回主卧室。她怕今晚由浩亮骚扰自己，索性连洗漱也免了，直接走进书房，将门反锁。

她刚把外衣脱掉，门把手就响了，她不吭声，仰面躺在床上。由浩亮在外面说："开门！"她还是不吭声。门不断地被敲得山响，夹杂着踹门声。吴小蒿不想让左邻右舍耻笑，于是起身把门打开。由浩亮眯着一对细眼进来了："我要当面问问你，你到底给不给我生儿子？"吴小蒿说："不可能！"由浩亮火了："怎么不可能？你是我老婆，给我生儿子天经地义！我他妈的现在就播种！"说着就将吴小蒿往床边推。吴小蒿愤怒道："你不要胡来！""胡来？是我胡来还是你胡来？你在楷坡接连升官，没干几天常务副镇长就升到了镇长，这是怎么回事？还不是因为裤腰带解得顺溜？"吴小蒿气坏了，狠狠地打他一耳光："你敢这样说我？"由浩亮说："我不但敢这样说你，还敢强暴了你！"说着将吴小蒿推倒在床，扑了上去。吴小蒿拼命挣扎，由浩亮一边动粗一边骂，吴小蒿拼死反抗，一张口咬住了他的耳朵。由浩亮觉得疼，只好放手。

　　吴小蒿站起身，立即向门外走去。由浩亮却一把拉住她，拉到窗前，用另一只手打开窗户。他将吴小蒿猛地抱起，半个身子送到窗外。吴小蒿的肚子被压迫在窗沿上，隐隐作痛，她看一眼八层楼下面的水泥地面，万分恐惧，万念俱灰。

　　由浩亮在窗子里压低声音问："吴小蒿，你死到临头了，到底从我不从？"

　　吴小蒿想，有这么一个恶魔丈夫，真是生不如死！就说："我不想活了，你把我推下去吧！"

　　说罢这话，吴小蒿看见，在路灯的照耀下，她的泪水像两串晶莹的珠子一样落到楼下。

　　七楼阳台上有人喊："哎，楼上是怎么啦？要不要报警呀？"

　　由浩亮抓住吴小蒿的衣领猛地向后一拉，将她拉回房间。吴小蒿感觉肚皮好像破了，疼得厉害。她从地上爬起来，抓起自己的包，踉踉跄跄夺门而去。

　　到了楼下，吴小蒿给马云打电话，问她酒店有没有房间，她说有。吴小蒿说："我到你那里住一宿，现在就去。"

2

　　吴小蒿住进一等舱酒店，打电话给月月，说想让她过去说说话。月月立即说："你稍等，我马上到。"

　　很快，月月来了，一进门就问："小蒿，由眼珠又打你了？"吴小蒿点点头："是。"她讲了今天晚上发生的事情，月月听得泪眼婆娑。月月小心地掀起吴小蒿的衣服，察看一下她的伤情，瞪眼瞅她，打了她一巴掌。吴小蒿问："姐姐为什么打我？"月月咬牙道："恨你太软弱，恨你不抗争！"吴小蒿再也控制不住情绪，抱紧月月哭了起来："姐姐……"

　　月月拍着她的背说："今天晚上他折磨你，你应该报警呀！"

　　吴小蒿摇摇头："不中用的，我以前多次报警，他见了警察可会表演了……以前你多次鼓动我离婚，我考虑到孩子，老是犹豫。现在孩子大一点儿了，懂事了，我决定不再将就，一定要离！"

　　月月说："这就对了，我坚决支持你！"

俩人坐下来，详细讨论了离婚所牵涉到的事情和解决的措施。月月说："你不要怕离了婚由眼珠不让你见孩子，有法律保护，他不敢。"又说，"等你办完离婚手续，我给你介绍一个帅哥，保证会疼你爱你。"吴小蒿苦笑一下："我没有那样的奢求，眼下能逃离由眼珠，我就求之不得了。"

正说着，手机响了，吴小蒿见是孙伟打来的，就问他有什么事。孙伟叹息一声："哎呀，吴镇长，我遇到难处了，山穷水尽了……"

吴小蒿说："孙伟你怎么这样说话？你遇到什么难处了？怎么会山穷水尽？"

孙伟就跟她讲了一通。原来他去年考公务员没有考上，今年再考还是落榜。问题是，他当大学生村官已满三年，组织上与他签订的聘任合同自然中止。今天晚上，王晶晶一边吃饭一边唠叨，说："明天大家都上班了，你成无业游民了。你当大学生村官，一个月领两千多，现在连这两千多也没了，光靠我一个人的工资怎么生活？我本来还想生二宝，现在连大宝都养不起了。你怎么这么笨呢？我考财政所会计，一考就中，你一次次就是考不上！"孙伟让她唠叨烦了，说："晶晶你放心，我不会吃闲饭的。"晶晶说："不是你一个人吃不吃闲饭的问题，是你一个大老爷们能不能撑起这个家的问题。"孙伟觉得这话伤他自尊，就将筷子往桌子上一扔，坐在一边生气。晶晶质问他："摔筷子给谁看？你一个钱不挣，脾气还不小！""我就是去挣钱，今天晚上就能挣来吗？"孙伟一下子把嗓门提得老高。晶晶更火了，抓着他的衣领追问："你不挣钱还有理？你凭什么嚷嚷？"孙伟想推开她，晶晶却不放，小两口就厮打起来，把孩子吓得哇哇大哭。

孙伟在电话里带着哭腔说："吴镇长你是知道的，现在考公务员有多么难，一个岗位几百人争，人家都是交钱参加考前辅导班，我整天在镇里忙这忙那，整个腊月都在筹备'楷坡春晚'，怎么能考得过人家？可是晶晶不体谅这些，说我笨，说我撑不起这个家……"吴小蒿听见有风声与松涛声，就问他在哪里。孙伟说，他在挂心橛上。回想一下三年前在挂心橛上第一次见孙伟与晶晶的情景，吴小蒿感叹人事变化之快。

吴小蒿安慰一番孙伟，让他稳定一下情绪，便跟晶晶通话劝她。打通晶晶的手机，晶晶一开口就说："镇长，孙伟跟着你干了两年，没有功劳也有苦劳，现在他失业了，你得帮帮他吧？"吴小蒿想了想说："孙伟其实很优秀，我争取给他找个地方，你不要再跟他闹了。"晶晶道一声谢，说自己心情不好，不完全是因为孙伟的事，还因为事业单位人员的待遇问题："从今年开始，咱们市从上到下实行车改，公务员每人每月至少领五百元车补。这是件好事，我举双手赞成。可是，财政所的人员同样在楷坡镇干事，同样辛辛苦苦，就因为是事业编，没有补贴，你说我们郁闷不郁闷？"吴小蒿说："我理解，这事是不公平，咱们向上级反映一下。"

跟晶晶通完话，她又打电话给孙伟，说晶晶已经消气了，让他回家。孙伟说："我不想回去，一想到我是无业游民，囊中空空，就严重自卑。"

吴小蒿说："孙伟你不要自卑，你是个有本领、有担当、肯吃苦的人。我忽然有了一个想法，介绍你去聚丰集团，到辛总手下搞宣传，他正要搞观光渔业，你在那里大有用武之地。我甚至想，咱们筹建的渔业博物馆，就放到他那里，你已经参与了大半年，情况烂熟……"她刚说到这里，孙伟在电话里大喊大叫："好，我去，我去！"吴小蒿问："你本来代理文化站站长，突然去民营企业就业，不嫌掉价？"孙伟说："我还管掉价不掉价？只要不做无业游民，不让晶晶心烦就行了。镇长，你快问问辛总可不可以！"

吴小蒿就打电话给辛总，介绍了孙伟的情况，讲了建设渔业博物馆的建议。辛总说："好呀，建起这个博物馆，聚丰集团这片海滩就有文化有看头了。你让小孙来吧，我让他当宣传处处长，一个月给他六千块钱工资。"

吴小蒿打电话给孙伟，一开口就说："孙伟，恭喜你要当处长了。"孙伟问："镇长，这话是什么意思？"吴小蒿向他讲了辛总对他的安排，孙伟嗷一声大叫，欣喜万分，对吴小蒿连声道谢。

吴小蒿说："挂心橛上风大，肯定很冷，你赶快回家吧。"

孙伟笑道："遵命，本处长打道回府！"

把孙伟的事安排妥当后，吴小蒿发现月月正在旁边看手机，就带着歉意说："对不起，没顾上和你说话。"月月抬头一笑："你今晚做的这些事情，让我想起了佛家的一句话：'自度度人。'"吴小蒿说："哎呀，姐姐别讽刺我了。我想自度，前途未卜，但是帮助他人，必须尽力而为。"月月一笑，打她一掌。吴小蒿说："姐姐怎么又打我？"月月说："打是亲，骂是爱。我越来越欣赏你了。"

过了一会儿，吴小蒿看看时间已是十点半，就让月月回去。月月说："好的，我走，明天还得早起给儿子做饭。"月月走后，吴小蒿又想离婚的事，一夜没有睡好。

3

吴小蒿五点即起，洗漱后结了账，就去坐车。她身为镇长，本可以让司机开车到城里接的，但她没有。她不想让人觉得自己当了镇长就摆谱。再说，全市去年实行了城乡公交一体化，从城里到乡下，再远也只是三元票价。所以，她除了进城开会，回家都是坐公交车。

在车上，尽管她脑子昏昏沉沉，肚子上的拉伤还在疼着，但她还是开动脑筋，考虑今天上班后怎样主持会议，讲些什么。以前周斌当书记，凡是开这样的会都由他自己主持，镇长只是个配角。房宗岳书记就不一样，在她当了镇长之后，他与她有过一次长谈。他说："我在灵泉镇当了六年镇长，书记独断专行，让我憋屈了六年。有的镇长当了书记，多年的媳妇熬成婆，自己也要起了威风。我绝不那么办，我要跟镇长理顺关系，给予充分尊重。以后，镇财政一万到五万的支出，都由你签字，我只签五万以上的大项。再一个，开会的时候你主持，我只做个主题发言，最后由你总结。涉及楷坡镇的全面工作，你作为一镇之长，也可以做决策，发指示。"吴小蒿十分感动，说："谢谢书记对我的信任，你是党委一把手，我一定在你的统一领导下认真履职，做好各项工作。"

吴小蒿打算，今天到了会上，书记对工作做出全面部署之后，她再讲今年要抓好的两项工程："建一座馆，造一片林"。"建一座馆"，就是建起渔业博物馆；"造一片林"，就是在镇后栽起一片楷树，让楷坡名副其实。这是她考虑了很久的事情，在春节长假中想了又想。

她接到房书记的电话，问她在哪里，她说在公交车上。书记又问她昨晚住哪里，她说住在家里。书记说："小蒿镇长，你没说实话。你家那位一大早就打电话向我告状，说你夜不归宿，你要注意影响。"吴小蒿急了："书记，我在车上说话不方便，等我回去向你详细汇报。"

挂断电话，吴小蒿悲愤满腔。她没想到，由眼珠昨晚差一点儿害死了她，却恶人先告状，给书记打电话造谣。他讲了些什么，书记只透露了一点儿，他肯定用更多的污言秽语将我抹黑。这样下去怎么能行？我不能被他搞得声名狼藉，成为楷坡干部群众的谈资。

离婚！越快越好！

吴小蒿看着公路边的大海，更加坚定了决心。

回到楷坡，她先去书记办公室，想汇报家庭纠纷，书记却摆手道："还有二十分钟就开会，我得准备讲话，散了会再说。"

吴小蒿正要走，书记却叫住了她："小蒿镇长，我跟你商量个事儿。孙伟不能再在文化站干，我的意见是让郭默回来。她是楷坡的文化站站长，在镇上领着工资，不在这里干活，这算什么事儿？"

吴小蒿说："她因为想让孩子上学，就通过借调的方式去了城里。"

"孩子上学？谁家没有孩子？难道都去城里上班？不行，镇干部包村人手不够，你通知她。我听说，郭默是在你分管她的时候走的。解铃还须系铃人，你让她明天回来，除了干文化站，再包一个村！"

吴小蒿见书记态度如此强硬，只好点头答应。

她知道，刚才书记说的"谁家没有孩子"，是暗指他自己。他早就跟人说过，因为长期在乡下工作，儿子没到好的学校就读，去年没考上高中，只好去了职业中专，让他们两口子很失望。

离开会还有五分钟，书记、镇长、副书记等几位主要领导在会议室门口聚齐，一起走进会议室，拱手向大家拜了个晚年。各就各位之后，吴小蒿宣布会议开始。她先让各位领导班子成员分别讲了自己分管的一摊子工作，并对全镇工作提出一些建议，而后请书记讲话。书记讲："吃了过年的饺子，咱们重打锣鼓另开台，把猴年的戏唱好。去年咱们楷坡的戏，有的成功，有的唱砸了，最糟糕的就是高铁拆迁，发生了群体性事件，受到上级领导的批评，有的同志还受了处分。多亏小蒿镇长救场，把这出戏唱下来。另外，招商这出戏也不太成功，让每个同志都有招商任务，这是不合适的，引进了几个项目，有的很好，有的很差。个别项目产能落后，是污染项目，被别的地方赶了出来，淘汰掉了，我们有的同志却如获至宝，高高兴兴往楷坡引。若不是咱们在评估环节把住了关，一旦让它投产，麻烦就大了。以后成立招商办公室，由陈涛副镇长兼任主任，专门负责这件事，不再分派给其他同志招商任务，但如果遇到了好的项目，也要积极招引，一旦成功，给予奖励。"

书记又讲："2016 年的戏，中央、省、市、区各级党委、政府已经给咱们定好了调子，写好了剧本，咱们要带领全镇干部群众隆重上演，并且要在演出过程中有创意，有发挥。简要地讲，楷坡的剧本就是'四大工程'：第一，美丽乡村建设；第二，一、二、三产业融合；第三，精准扶贫；第四，深化改革。"他具体讲了"四大工程"的内涵与目标，要求通过这一出出大戏，推进楷坡农渔业增效、农渔民增收。

他讲完之后，吴小蒿做总结。她发自内心地讲："书记对上级指示吃得透，对下面情况把握得准，提出的工作任务既鼓舞人心，又切合实际。咱们要凝心聚力，攻坚克难，一条条抓好落实。"她还对书记的讲话做了许多补充，譬如说，建设美丽乡村，重点是抓好河道整治与旱厕改造；对上级拨发的专项资金，一定要严格管控，坚决防范偷工减料以及贪污挪用行为；精准扶贫，要坚决改变输血性的发钱发物，改为造血性的项目扶贫、科技扶贫、教育扶贫。"过几天，区里要派一批第一书记下来，分到几个村子，咱们要关心他们，帮助他们开展工作。"最后，她讲了今年要搞好的两项工程："建一座馆，造一片林"。许多人听时频频点头。

领导班子会议结束，接着在十点钟召开全镇干部大会，还是镇长主持，书记讲话，镇长最后强调、补充，将春节后的这次例会开得有声有色。

散会之后，吴小蒿去了书记办公室向他道："书记，昨天晚上的事，我跟你说实话。我被家暴，差一点儿死了，只好到闺密那里住了一夜。"她讲了二十年前与由浩亮成为同学，怎样一步步成为他的女友、他的妻子。她讲了由浩亮的性格缺陷、对她的精神摧残与暴力殴打。她还开诚布公，讲了她与贺成收的关系，尤其是讲了去年在鳏岛与他的邂逅，以及对他的拒绝。书记一边听，一边默默点头。等到吴小蒿讲完，他开口道："小蒿镇长，我相信你说的这些，也佩服你的人品。我在乡镇工作多年，目睹一些同志在个人问题上犯了错误，栽了跟头。有的女同志，为了改变境遇，改变命运，屈从权势，委身于人。个别女同志，遇人不淑，在家里受气，遇到优秀的男同志产生爱慕之心，导致出轨。你嫁了这样一个渣男，被欺负，遭家暴，实在让人痛心。但是这样继续下去不行，会影响你的威信、你的声誉，进而影响楷坡政府的形象。"

吴小蒿说："书记，我决定与他离婚。"

书记说："这是你自己的权利。你跟他谈谈，最好是和平分手，协议离婚，别搞得沸沸扬扬。"

4

吴小蒿回到自己的办公室，就准备给郭默打电话，考虑怎么跟她说。吴小蒿知道，书记的决定对郭默影响很大，甚至会影响她女儿的前途。吴小蒿看过郭默发的朋友圈，那孩子才十岁，就显现出歌唱天赋，曾在全市少儿艺术大赛中获得银奖。如果在城里上学，孩子会得到更好的教育、更多的发展机会。但是，郭默毕竟是体制中人，她的工作岗位在楷坡，书记让她回来她就必须回来，除非她辞职。

吴小蒿先给樊卫星打电话，问他郭默在文化馆干得怎样。樊卫星说："可以用一句歇后语跟你讲：年三十打了个兔子——有它过年，无它也过年。"吴小蒿说："明白了。我们书记让她明天回楷坡上班。"樊卫星说："这事我不表态，你们看着办吧。"

樊卫星又说："小蒿，我正要告诉你，丹墟遗址发掘的事，咱们层层上报，最后由省文物局上报国务院，已经拿到了批文。省文物局准备请山大历史文化学院组织考古队过来。"吴小蒿说："那太好了！我的老师方教授来不来？"樊卫星说："不知道。"

与樊卫星通完话，吴小蒿立即给方老师打电话，问他知不知道国务院批准发掘丹墟遗址的事。方老师说："知道。我不但知道，还正准备去呢。学院领导已经责成我组织考古队，尽快实施。我要带几个学生去，还要与美国同行联系，让他们也来参加，因为他们的一些仪器比咱们的先进。哥伦比亚大学的Judge（贾奇）教授早就关注丹墟遗址，与我说过，如果发掘这处遗址，他很想参加。"吴小蒿说："好呀，我在楷坡等着你们。"

她打电话将这事告诉了刘大楼副镇长，让他做好准备。刘大楼说："请镇长放心，没问题。"吴小蒿又说："书记决定让郭默回来，继续担任文化站站长。"刘大楼说："就怕她回来情绪低落，影响工作。"吴小蒿说："到时候，咱们劝劝她。"

吴小蒿拨通郭默的手机，问她讲话方便不。郭默说："方便，我正在文化馆开会，我出来……镇长有什么指示？请讲。"吴小蒿听得出，进城几年，郭默的普通话变得十分纯正，原来的本地口音消失殆尽。

她说:"郭默老师,你借调到区里之后,是孙伟代理你的工作,现在他的大学生村官合同到期,文化站缺人。镇党委、政府决定,让你回来。"

郭默立即现出惊慌的语气,渔家女的口音不经意地出来了:"什么?叫俺回去?要血命了!俺闺女已经完全适应了城里的生活,在隅城也是个小明星了,她能回去吗?还有,俺租的房子,又刚刚续交了一年的房租……"

吴小蒿说:"我了解你的情况,也知道你女儿很优秀。但你是楷坡的干部,长期不回来上班是不行的。"

郭默迟疑了一下说:"好吧。"

吴小蒿把林业站站长齐广原叫过来,与他商量造楷树林的事情。齐广原进来后,表情木然。他的眼泡本来就大,今天像两瓣橘子似的挂在脸上。吴小蒿跟他开玩笑:"齐站长怎么啦?过完年还没醒酒?"齐广原眨巴两下眼:"过年酒早就醒了,我觉得镇长你有点儿醉。"吴小蒿莫名其妙:"我怎么醉了?我滴酒未沾!"齐广原说:"我那会儿听你在会上讲,要栽植大片楷树,让楷坡名副其实,还讲曲阜孔林,讲楷树的文化含义,讲镇后面石碑上的碑文,看样子,你是醉在传统文化里面了。但是,镇长,我要告诉你,栽楷树没有经济效益。"吴小蒿反问:"难道种树就是为了经济价值?"齐广原说:"那当然,没有经济价值,怎么动员村民在那片地上栽这种树?他们会认为,还不如栽速生杨,三年就能杀掉卖钱。"吴小蒿从办公桌后站起来,用指头敲着桌面说:"难道经济效益就是一切,金钱就是衡量价值的标准?你多亏没在莒县浮来山当林业站站长,要是在的话,你可能会把那株三千多年的大银杏树给杀了,栽上一片速生杨!"齐广原笑道:"镇长你不要这样批评我,我不服。你知不知道人家那棵老银杏树一年吸引多少游客,门票收入有多少?"吴小蒿气得在地上转了一圈,指着他道:"老齐,你钻进钱眼儿里了,我没法跟你沟通!"

见她这样,齐广原嘻嘻一笑:"镇长你别生气。我这人脾气犟,虽然想不通,但我懂得服从。你是镇长嘛,你下指示,我就去办。不过,有些问题,必须领导出面协调才行。譬如说,我规划出几百亩地栽楷树,土地承包经营权属于楷坡的两个村的多户村民,怎么集中起来?由谁统一管理?如果没有收益,是否由镇政府给予补偿?"

吴小蒿听他说得实在,就点头道:"嗯,这都是些需要解决的具体问题。你先去做做调研,听听村干部和村民的意见,拿个方案,在领导班子会上研究一下。"

齐广原点点头:"好的。"

吴小蒿又问他,楷坡镇没有一棵楷树,到哪里找苗木。齐广原说:"我通过同行打听一下。"

吴小蒿说:"走,咱们先去镇子后面看看,规划多大面积为好。"

然而,她打电话叫车,老张的手机无法打通。平时,老张是二十四小时开机,这是怎么了?她打电话问党政办,党政办主任项春江说:"镇长,他出事了,我马上过去向你当面汇报。"

齐广原这时说:"镇长你先忙,何时去看现场,我等你通知。"说罢走了。

吴小蒿等到项春江过来,问他出了什么事。项春江说,那会儿开完会,发现老张还没到办公室签到,打手机也不通,就给他家属打电话。他家属说,毁了,老张进看守所了。原来,老张大年初三到城里跟朋友喝酒,酒后开车回楷坡,在路上被交警拦查,查出他是酒驾,而且不是初犯,当即把他带回去关了起来。老张的驾照被吊销,拘留八天,家属一直没敢报告领导。

吴小蒿气坏了:"这个老张,我劝过他多少次,酒后千万不要开车,他把我的话当耳旁风!"

项春江说:"镇长,事情已经发生了,老张出来之后也不能开车了,我物色一个司机替他。"

吴小蒿说:"好吧,你抓紧找,要找老实可靠、技术过硬的。"

项春江走后,吴小蒿坐在那里长吁短叹。她当上镇长之后,房书记提出给她买一辆新车,她说:"镇财政很紧张,我还是坐老张那辆吧。"书记见她如此表态,也就没再坚持自己的意见。其实,吴小蒿很不愿意再坐贺成收那辆专车,不是因为旧,是因为里面有贺成收的影子,有她一些不愉快的记忆,还因为她不喜欢老张。这个司机已经四十多岁,跟着贺成收开了多年的车,惯出一身毛病。最严重的,是他贪杯。吴小蒿刚来时,多次见他喝得大醉,走路都要人扶着。但贺成收不管,说:"没事,把他抬到车上,他照样把我送回家。"果然,别人把老张抬到车上,他照开不误,有人就说他是人车一体,是半个机器人了。过去不查酒驾,他喝了酒照常开车,后来严了起来,他一次次被查,都是贺成收一次次找关系,捞他出来。

换车换人,是吴小蒿的真实想法,但为了节俭,也为了不让人觉得她当上镇长就噤若，她就依旧坐那辆六成新的普桑，整天忍受着老张嘴里喷出的恶臭酒气。

她现在想，老张这次犯事，贺成收无法救他，我也救不了他，他只能老老实实蹲在看守所里了。他也是自作自受，谁让他管不住自己呢？

樊卫星来电话了："小蒿，有领导下达指令，让我给你打电话，说区文化馆离不开郭默，让你们不要再强求她回楷坡。"吴小蒿说："郭默真是神通广大。是哪个领导？""哪个领导，你就不要问了，反正是大领导。"吴小蒿说："这事我做不了主，我得向书记汇报。"

她到书记办公室里一说，房宗岳黑着脸道："谁说情也不行！郭默必须回来，她不回来，这边就停发工资！"

5

冒着刺骨的寒风，吴小蒿与齐广原在楷坡搞了一番调研。他们到楷碑旁边看，到挂心橛上看，划出了大约三百亩的一片，命名为"楷园"。二人商量，实行退耕还林，流转土地。齐广原叫来两个村的干部商量，问这样可不可以。他们说，只要租金够高，土地流转不太困难。吴小蒿问："一亩地的年租金多少合适？"村干部说："最好不低于八百。"吴小蒿说："一千吧，另外，楷园用工，优先考虑土地承包户。"吴小蒿打电话将这方案跟书记讲了，书记说："我同意。"

吴小蒿决定趁热打铁，马上订购楷树苗，争取在3月12日全国植树节前后栽上。齐广原说，他联系了本市多家苗圃，都没有楷树苗，他再联系外地看看。

吴小蒿为树苗着急，就上网去查。她发现，网上有这样一篇文章：《孔子冢前的树木，已经在日本大学遍地生根》。作者讲，儒家思想早在5世纪时就传入日本，对日本文化影响很大。到了江户时代，儒家思想二次传入日本，并在思想界取得统治地位，支持着幕府体制的封建社会。当时各藩都重用儒者，建立学校讲授儒学，同时建起祭祀孔子的圣堂或圣庙。1915年，有一位叫白泽保美的博士访问曲阜，从孔子墓旁采集到了楷树的种子，带回日本播种。这便是最早在日本长出的楷树，它按中国原名称作"楷の木"，也称"孔子の木"。现在，日本的楷树不仅矗立在孔庙、藩校、现代大学、图书馆等与儒学、文教有渊源的地方，而且种植在许多街道上和公园里，贴近了市民，成了景观树木。还有一位日本人，叫杉浦启荣，因为对曲阜有贡献，获得"曲阜荣誉市民"称号，曲阜市 1993 年赠送给他楷树种子，他回去育成树苗，转赠给了东京都市大学新增设的环境经济学部……文章最后说："百年间，楷树在日本不知栽种到第几代了，有楷模精神、体现儒家思想的它们怕是繁殖得成千上万了吧。"

吴小蒿读了这篇文章后十分振奋，心想，既然曲阜市能向日本友人赠送楷树种子，我们也可以通过这个办法获得。孔子墓前的楷树种子，更有象征意义。

她跟书记打了个招呼，和齐广原去一趟曲阜。

开车的司机是新雇用的小王，二十六岁，楷坡当地人，在部队当志愿兵，刚转业不久。齐广原问他叫王什么，他说本名王小刚，诨名王小二。吴小蒿觉得奇怪："你怎么得了那个诨名？"小王一笑："在部队里，战友给我起的。"

原来，他参军后当了小车司机，发现自己有一个大缺陷：不会喝酒。前几年，部队流行这样的观念：酒量就是战斗力。看看人家，一个比一个喝得多，喝得猛，深受首长赏识，有的还被提了干部升了职，小王眼馋，下决心练习喝酒。他每天临睡前喝"小二"，就是北京二锅头，喝上一瓶，倒头就睡，战友们就叫他"王小二"。后来，除了身份证上还是"王小刚"，填表还写"王小刚"，其他场合他都被人喊作"王小二"，久而久之，他也认可了这个名字。喝了半年"小二"，酒量果然大长。他充满"战斗"豪情，到了酒桌上不光自己喝，还替首长喝，自信能够飞快进步。万万没想到，戒酒令下来了，他和许多战友没有了用武之地。再加上，他服务的首长也因为向大首长行贿，被抓了起来，他只好灰溜溜转业了。

小王的故事，让镇长和站长大为惊讶。齐广原说："了不得，原来你亲历了部队反腐。"

6

在曲阜下高速是十点钟，他们直接去了孔林。小王指着路边的马车说，他年前跟老婆来旅游，坐过这车，从孔府到这里，一人二十五块钱。赶马车的师傅也姓孔，介绍起孔林无比自豪，说这是世界上规模最大、历史最长的家族墓地，里面有十万座坟。孔林有好多神奇之处，譬如说，孔林里没有乌鸦，也没有蛇。老孔说，他死了以后也葬在里面，一平方米墓地才交五十块钱。齐广原听了说："真够便宜，我给我父母在隅城公墓买墓地，一平方米五千。"吴小蒿说："葬在这里，是孔氏后人的荣耀。"

在停车场下车，小王将吴小蒿买的两盒茶叶从车上提下来，三个人一起往孔林里走。看见有卖花的，吴小蒿掏钱买了三束，小王急忙接过去抱着。

走在长达一千米的神道上，吴小蒿又有了读大三那年来朝圣的感觉。她还清清楚楚地记得，那天是4月20日，艳阳高照，同学们在树荫下一边走，一边听班主任方治铭老师讲历史。方老师说，孔子生在公元前6世纪，那是一个生灵涂炭、苦难深重的时代，也是一个催生思想、孕育圣哲的时代。楚国人李耳苦思冥想，深究大道，在骑着青牛过函谷关时以五千言表达了他的超人智慧；鲁国人孔丘为了实现他心目中的理想社会，奔走呼号，让学生记下了那么多的"子曰"；在古印度的伽耶城外，一位释迦族的王子坐在菩提树下，面对无常的世间日夜沉思，终于大彻大悟，若干年后弟子结集，遂有恒河沙数的"如是我闻"。函谷紫气，杏坛书香，菩提梵音，从此在世界的东方升腾、飘散、传播……二十二岁的吴小蒿听到这些，暗暗感叹：人类社会，从野蛮到文明，在很大程度上靠了那些先哲的启蒙。如果没有老子、孔子、释迦牟尼他们，这个世界上的黑暗会持续更久。两千多年过去，人类社会无论有多大进步，然而细究世道人心，先哲们的话语还是没有过时。

三个人走完神道，过"至圣林"牌坊，过二林门，过洙水桥，而后直奔孔子墓。吴小蒿从小王手中拿过一束鲜花，毕恭毕敬走到墓前献上，待同行的二人也献了花，与他们一起向孔子三鞠躬。面对那个大大的坟堆，她默立一会儿，又去旁边看"子贡手植楷"。齐广原看着那段干枯的树桩说："当年子贡栽下这棵树的时候，肯定想不到今天会有一个海边的女镇长到这里找楷树种子。"吴小蒿说："当年咱们楷坡的那棵楷树，说不定也是从这里传播过去的。"

她来到楷亭后面，找到她记忆中的石碑，再次看见了清初诗人施闰章写的赞诗。她边看边念："不晓何人植，悠悠矗古今。孔林瞻圣树，尘海化人心。屡感风霜重，常观天地阴。书生楷下坐，睹叶泪沾襟。"小王问："镇长，你念的怎么跟这碑上的不一样呀？"吴小蒿说："我念的是咱们那里的碑文，道光年间隅城教谕申瑶的和诗，你看，韵脚跟这首诗的一样。"小王连连摇头："俺不懂，俺不懂。"齐广原说："镇长是山大毕业的，学问当然比咱们高！"

吴小蒿看看太阳，说："咱们抓紧找人要树种去。"她向附近的值勤人员打听了一下，听说在孔林西部有守墓人，他们可能有收藏的树种。三个人离开孔子墓，顾不得看别的风景，沿着林间小路寻寻觅觅，只见到处是大大小小的坟堆、高高低低的墓碑。

走着走着，齐广原忽然指着一棵树说："看，这是一棵楷树。"

吴小蒿驻足观望，见这树十分高大，落光了叶子的枝条伸向四面八方，在蓝天的衬托下显得庄严而大气，令人肃然起敬。小王过去展臂测量，搂了两搂还没到起点。吴小蒿问："齐站长，你看这棵楷树有多长的树龄？"齐广原说："我估计，在千岁以上。"吴小蒿说："楷坡的那一棵，据说活了八百年，要是还活着该有多好。"

三个人继续往前走，只见墓碑越来越少，新坟偶尔出现，有些坟前还有过年上坟留下的纸灰与花束，便知道这是普通孔姓人的墓地了。

前面忽然出现一座平房，房墙被涂成赭红色，在墓地里格外醒目。小王指着房子道："那里肯定有人，咱们过去看看。"

三人走到那里，敲敲房门，果然从里面走出一位古稀老者。吴小蒿向他深鞠一躬："老先生好！我们是从隅城来的。"老者看着她微微一笑："来要树种子的。"吴小蒿一脸惊诧："您怎么知道？"老者说："凡是外地人来孔林，能找到我这里，一般都是要树种子的，而且大多是要楷树的。"吴小蒿道："对，我们也来要楷树种子，请问您有吗？"老者说："多乎哉？不多也，只有半窖子。"吴小蒿将手一拍："太好啦！"

她从小王手里拿过两盒茶叶，递给老者，说这是产自海边的绿茶，请他尝尝。老者点头道："好，咱们进屋沏上。"

吴小蒿进屋看看，里面烧着一个蜂窝煤火炉，上面有一壶水正冒着热气呜呜作响。小王拆开茶叶盒，把茶叶放进桌上的一把紫砂茶壶里。沏好了茶，孔老先生品尝一口，抿了抿嘴道："好茶，有味道。"

吴小蒿与老者攀谈起来，得知他是孔子第七十一代孙，今年七十三岁，在这里当了二十年守墓人。孔老先生喝一口茶，捋着花白胡子说："七十三，八十四，阎王不请自己去。圣人离世是七十三，我也是大限将至。走了也好，圣人在那边开讲新课，我去蹭个课听听。"听他说得这么豁达幽默，吴小蒿笑着问："你说，圣人在那边开讲新课，他会讲什么？"孔老先生绷起老脸，一字一顿："少、玩、手、机。"

正在旁边看手机的小王急忙做个鬼脸，将手机揣到兜里。

吴小蒿忍不住掩嘴而笑。

看看墙上的挂钟，时间接近十二点。孔老先生从墙根拿过一个蓝布袋子，再拿过一把铁锨，说："我给你们拿种子。"说罢走出门去。吴小蒿他们急忙跟上。

来到屋东一块空地，孔老先生指着一个土堆说："在这里。"只见那个土堆呈长方形，上面还有一把草露出。吴小蒿想起，母亲冬天挖窖子藏萝卜，也要插一把草通风。

齐广原说："大爷，我来挖。"拿过锨开始铲土。孔老先生一边指导一边讲，收藏楷树种子必须十分上心，重阳节前后，要观察楷果的颜色，它从红色变成铜绿色，那就是成熟了，可以采摘了。如果是冬天播种，将它撒到地里，来年春天它就生芽。如果是春天种，要用草木灰温水浸泡两三天，搓烂果肉，晾干，再用湿沙拌匀，出了九取出来播种。

齐广原挖到了楷树种子，铲出一锨摊在地上。吴小蒿和小王蹲下，从沙里拣出，装进布袋。看着这些铜绿色的种子，吴小蒿想到了古时的青铜器，感到沉甸甸的。

等他们装满布袋，孔老先生说："好了，我就给你们这么多。可能还有别人来要呢。"

吴小蒿提起袋子，连声道谢，向老先生告别。

7

白天忙于公事，忙忙碌碌履行镇长职责，到了晚上，吴小蒿往往会想到"个人问题"。虽然被由浩亮从自家窗户一推一拉造成的擦伤已经结痂，但她心中的创伤并没有平复，一想就痛。她想，我的疗伤之药，只有一味，那就是离婚，越快越好。

吴小蒿与点点每天晚上都通电话，问她在姥姥家怎么样。点点有时候情绪好，有时候情绪差。情绪好，是因为结识了新的小伙伴，小伙伴"崇拜"她。情绪不好，是因为姥姥家太冷，只有火炉没有暖气，炉子里冒烟，加上姥爷抽烟，她被熏得头痛加咳嗽。吴小蒿很心疼她，但只能对她说："有火炉就不错了，我小的时候，家里连火炉都生不起，棉衣又薄，那才叫冷呢。"点点说："哼，别给我讲这些，你那时候只能蹲在吴家庄，没有人在城里等着你。"吴小蒿警觉地问："谁在城里等你？"点点说："天依姐姐。""她怎么能到隅城？"点点哼地一笑："我的意思是，天依姐姐的声库刚刚升级，我在这里下载不了，回家用电脑才行。"

吴小蒿是在二十天前才知道洛天依的。那天她回家过小年，点点一吃完饭就将电视节目调到了湖南台，说要看天依姐姐。湖南台的春晚开演，等了一会儿，点点兴奋地指着屏幕嚷嚷："来啦来啦！"吴小蒿看见，字幕上有"花儿纳吉"四个字，还有演员的名字"杨钰莹　洛天依"。杨钰莹登场后，另一个美少女却从天下飞了下来。她这才明白，惊叹道："原来你的天依姐姐不是真人呀！"由浩亮在旁边嘲笑："乡镇干部，就是没见过世面。洛天依不是真人，是虚拟的。这是第一个登上中国主流电视媒体的虚拟歌手！"吴小蒿很吃惊，仔细去看，发现她虽然不是真人，但一举手一投足，都有一种豆蔻年华才有的韵味流露出来，她的声音也甜美动人。此后几天，点点一直哼唱洛天依的歌。吴小蒿想，现实世界加虚拟世界，假作真时，比真更真，人类不像从前那样只是孜孜以求改变世界，而是苦心孤诣地去创造新的世界了。

吴小蒿劝点点："姥姥一年到头在隅城陪你，好不容易回去一趟，你就让她多住两天，陪陪你姥爷，让她跟你姨、跟乡亲们说说话。"点点说："好吧，反正我要在元宵节前回去，我要看灯会。"吴小蒿说："好，你俩十四那天回隅城吧。"

正月十三这天晚上，吴小蒿决定趁着那一老一少还没回去，跟由浩亮商谈离婚事宜。吴小蒿打通电话，由浩亮问她有什么事，她说："我想跟你好好谈一谈。当年我上大学，没钱交学费，是你帮了我，这是事实。但是，我也做了报答，嫁给你，给你当了十三年老婆……"刚说到这里，由浩亮就打断她的话："十三年，有十三年吗？这几年你跟我睡过吗？前些年你跟我睡了多少？你觉得亏了？我他妈的比你更亏！"吴小蒿说："咱们都亏，连零和游戏都谈不上，何必还要捆绑在一起？离了吧。"由浩亮却说："你想得倒美！你想离了婚，撇下我和点点去当官太太呀？休想！""你别把我想得这么龌龊！""你还不龌龊？你已经是一辆公共汽车，谁愿上谁上了，还装清纯！"

吴小蒿当即挂断电话，气得全身发抖，左乳也一下下跳疼，像针扎一般。

她扑到床上咬着枕头流泪，心想，我怎么摊上这么一个恶魔？他要把我折磨死呀！

她伤心流泪好大一会儿，却听见房后有人吵架。她从床上站起身，通过窗户最上方的透明玻璃观察，看到了一个让她震惊的场面：院里，房书记正和儿子撕扯在一起。他腾出一只手去扇儿子耳光，儿子竟然以牙还牙也去扇他。书记的妻子老许拉不开这爷儿俩，往地上一跪，一边磕头一边号哭："你们别打了！别打了行不行呀！"

吴小蒿急忙下床开门，跑到书记家中解围。见吴小蒿进门，书记放开了儿子，儿子跑出院子，留下一股浓重的酒气。老许追着他喊："冬子，你要去哪里呀？"书记咬牙切齿道："他愿去哪里去哪里！他死在外头才好哩！"

吴小蒿让书记进屋消消气，他到屋里坐下还是气喘咻咻。吴小蒿说："书记，孩子大了，要注意教育方式，你怎么跟他打起来了？"书记说："这个狗东西，他不成器呀！"他点上一支烟讲，"冬子去年没考上高中，去念职业中专，哪知道一到那个学校就变坏了，跟一些不良男生混在一起，抽烟喝酒打游戏，经常逃课。打游戏还要到网吧里打，说是人多势众，刺激。放了寒假，冬子还是去城里玩，有时候两三天不回来。让他晚上必须回家，他今天晚上回来，竟然是让出租车送回来的，带着一身酒气，让他妈到门外付钱。你说我能不生气吗？"

老许流着泪从外面回来，埋怨丈夫："儿子不成器，也怪咱俩。你在灵泉当镇长这些年，管过儿子多少？咱要是能到城里买了房子，我陪冬子上学，他也许能考上高中。"

房宗岳将眼一瞪："你又烦我！"

老许不理他，接着向吴小蒿诉苦。她说："老房当年从农校一毕业就到了灵泉镇，一干就是二十多年。他要是去找领导提提要求，也可能会到城里工作，可他要脸，从来不好意思向领导张口，结果吃了大亏。人家在城里工作，能分到福利房，交上两三万，房改以后产权归自己，现在一套能卖一百多万，顶得上大半辈子挣的工资。可是，乡镇干部就没有福利房，俺们从灵泉到楷坡，只是从那边的两间屋搬到这边的两间屋，像寄居蟹，壳不是自己的。这些年，好多乡镇干部都到城里买房，可是别人能买得起，我家买不起，因为我没有工作，是个病秧子。光靠老房那点儿工资，什么时候能买得起房？如果在城里买不上房，以后儿子怎么办？职业中专出来的，能找到像样的工作吗？没有工作，没有住房，让他在城里当流浪汉？"

　　说到这里，她呜呜大哭。房宗岳皱眉抽烟，沉默不语。

　　吴小蒿搂住老许肩膀，叫一声"嫂子"，也忍不住流泪，为她一家难过。吴小蒿知道，在乡镇一级，也有腐败分子，并且有称霸一方、作威作福的那种。但像房宗岳这样的乡镇干部也有好多好多，他们的工作量很大，生活质量却很差。为了那份责任与担当，他们在基层年复一年地付出，直到退休还住在乡镇。

　　房宗岳将烟蒂一扔，看着妻子说："你出去找找，看冬子到哪里去了。"

　　吴小蒿明白了一个父亲的担忧，就说："我陪嫂子去找。"她扶老许起身，二人一起走了。

　　到了门外，老许给儿子打电话，但儿子不接；走到巷子西头再打，儿子还是不接。老许哭道："冬子不会学贺镇长，跑到码头跳海吧？"吴小蒿听了这话心中一沉，就说："咱们到那里找找看。"就从自己宿舍里推出摩托车骑上，带着老许出了大院，直奔钱湾而去。

　　正月十三的月亮，明晃晃地挂在南天。吴小蒿一路疾驶，很快到了渔港。那里只有几条停泊着的船，几帮在路边店铺里喝酒打牌的渔民。老许去问渔民，看没看见一个十六岁穿蓝色羽绒服的男孩到这里，他们都说没见。

　　老许再打儿子电话，这一回通了。老许哭着说："儿子呀儿子呀，你在哪里？妈在渔港上找你，再找不到你，妈就跳海寻死了……什么？你在挂心橛上？这么冷的天，你到那山顶上干啥？我跟吴镇长马上过去！"

　　吴小蒿看一眼西北方向，挂心橛正在月光下黑黝黝地立着。她觉得，此时此刻，她和老许的两颗心都挂在那里。等到老许在身后坐好，她发动车子一溜烟去了。

8

　　元宵节后，"建一座馆，造一片林"这两项工程均付诸实施。吴小蒿请来一批专家，包括安澜大学的两位教授，市里的博物馆馆长，区里的文化局局长、林业局局长、海洋渔业局局长、旅游局局长，让他们到楷坡指导。房宗岳、吴小蒿、刘大楼等人陪同，先去楷园规划场地看了看，接着去看钱湾那位船老大，大家都为这里收藏的渔具之多而惊讶。博物馆馆长两眼放光，说："我怎么不知道呢？如果知道的话，我早就拉到市里去了。"吴小蒿说："这是我们当地的宝贝，一件也不能离开楷坡！"

这天，船老大没有到船上喊叫蹦跳，而是蹲在墙根，望着面前这船发呆。老太太认出了吴小蒿，跟她说，一过了年，老头子就跟霜打的茄子一样，蔫了。吴小蒿问："大爷的身体是不是出了问题？没进城查查？"老太太说，儿子把他爹接到城里查过，没有大毛病，就是小脑萎缩。吴小蒿嘱咐老太太，一定要看好这些渔具，老太太答应着。

离开这里，他们又去月亮湾为隅城渔业博物馆选址，最后一起到聚丰集团办公楼开会座谈。领导与专家各抒己见，充分肯定这两项工程的意义，也提出了各自的建议。

樊卫星说，只建一个楷园还不够，应该搞成楷坡文化广场，以后成为传统文化教育场所、文化演出场地、休闲娱乐中心。这项建议让吴小蒿豁然开朗，她忍不住向这位学兄竖大拇指。

房宗岳开口道："建园经费有些困难，韩局长，你这尊菩萨今天驾到，不洒点儿甘露？"韩局长是林业局局长，他笑眯眯道："我可以给你一点儿，你还可以打报告向市局要，他们手里有好多钱。我还有个想法供参考：你们以后可以以园养园，除了栽种楷树，还栽培各种苗木，用卖苗木的收入支付土地租金和工人工资。"他说的这些，也让楷坡几位干部连声致谢。

市博物馆馆长则对渔业博物馆的建设提了好多建议，从选址到设计，从建设到陈列。他特别强调，这个博物馆不是你楷坡的，是隅城的，是安澜的，也是山东的，是中国的。建成之后，通过广泛搜集有关物品，精心布置与解说，让前来参观者看了之后，能对中国的渔业史有非常直观的感受。吴小蒿说："对，对，孙伟，大馆长讲的这些，你这个小馆长一定要牢牢记住！"孙伟说："我一定不辜负各位领导的重托，把这个博物馆建好！"

辛总表态道："聚丰集团正在进行转型升级，在继续搞好养殖业的同时，发展观光渔业，争取把这里打造成黄海之滨的一个旅游热点。感谢镇领导决定把博物馆建在我这里，请各级领导放心，建馆经费没问题，以高大上为标准，无论花多少我都能掏得出来。"

听他这样讲，在座的人都报以热烈掌声。

安澜大学的两位教授，一个研究古文化，一个研究旅游发展。他们高屋建瓴，建议把全镇的文化资源与旅游资源整合起来，从海上的鳏岛到山上的石屋，从挂心橛到霸王鞭，从丹墟遗址到海滩美景，把全域旅游搞起来。

吴小蒿越听越激动，忍不住插言："教授，这是个金点子，太好了！"

座谈会结束，辛总设午宴招待，让服务员开了白酒和红酒。樊卫星说："酒就不喝了吧。"辛总说："这是我自己的酒，没花公款，怕什么呀？"吴小蒿看看房书记，服务员过去倒酒，他拒绝了，他把辛运开叫过来，小声说："你代我们敬教授专家吧，都能理解的。"

9

吴小蒿宿舍里的水仙开花了。

春节前看"楷坡春晚"，结束后她发现，小广场旁边有人卖花，有一些水仙站在玻璃盅里嫩绿可爱，就买了两盅回来。她放在自己宿舍一盅，拿回家一盅，跟点点说："咱俩各照顾一盅，看谁的花先开。"点点说："好的，我的花肯定要早开，因为我的生日比你的早，我是处女座，你是天秤座。"女儿的推理虽然没有道理，但引起了吴小蒿的好奇之心，她说："咱们都注意观察，看咱俩的花到底是谁先开。"

吴小蒿的这盅水仙，就放在宿舍朝阳的窗台上，吴小蒿每天在外面忙完回来，都要看它一眼。过了春节，这盅水仙有七八根花序轴从叶片中间抽出，一天比一天高，元宵节后高出了所有的叶子。正月十八这天，她晚上回宿舍，进门一开灯，就见窗台上有一片耀眼的洁白。原来，水仙在这一天之内让生命产生了飞跃。她站在窗前久久地观察，心中充满感动。她想，这种花，只取天地之间的一点儿水分，就奉献出超凡脱俗的美丽，真是让人钦佩之至。

她打电话给家里，正好是点点接的。她问家里的水仙开了没有，点点说："我正要跟你说，今天，就在今天，八朵花全都开了，好好看呀！"吴小蒿说："是吗？我养的这些，也是今天开的，也是漂亮极了。"点点说："看来，它们都是一个星座的。"点点的这个说法，让吴小蒿感到新鲜，也感叹孩子思维之特别。

尽管天天忙乱，吴小蒿还是惦记着女儿的学习与成长。暑假之后点点就升初中了，如果小学的底子打不好，到了中学就会吃力。看到房书记的儿子连高中都没考上，她更是担忧点点。这半年来，吴小蒿几乎每天晚上都要与点点通话，聊上一会儿，话里话外提醒她，督促她。早晨，趁着点点去上学了，自己还没上班，她就给母亲打电话，问家里的情况。让她欣慰的是，点点的学习成绩还算稳定，放寒假时拿回了"三好学生"证书。听母亲说，正月十六开学后，点点更听话了，每天晚上不用大人催促，都是先做完作业，再玩别的。

吴小蒿还经常浏览家长群里的信息，以便了解老师的要求与孩子的学习进度。看看家长群里，能感受到一片紧张气氛。班主任动不动就强调小升初的重大意义，说这是孩子人生中的第一个台阶，让家长工作再忙，也要投入精力努力扶持，不然，在这个台阶上跌了跟头，会影响终生。家长们除了领会老师指令，就是交流经验，吐槽自己的辛酸。吴小蒿还是"潜水"不语，让由浩亮代表点点的家长在群里发言。

这天中午，吴小蒿吃过午饭躺在宿舍休息，又拿过手机看家长群。她惊讶地发现，由浩亮发了大量与学习无关的信息，时事政策、社会新闻、保健常识、小道消息……好像是逮到什么就立即转发。更奇怪的是，近百位家长竟同时"潜水"，只有个别家长发出个偷笑的表情。吴小蒿想，由浩亮得神经病了？她就滑动屏幕往前翻，拨弄了几十下，看到的还是"浩亮"发的消息。她明白了，由浩亮这是要掩盖什么东西，就继续往前翻。

突然，她看见了"纪小蕙妈妈"发的一张照片。那是一个房间，一张大床，床上有人睡觉，睡觉的人是由浩亮。只见这家伙头顶一个女人的粉色乳罩，张着一张大嘴熟睡。

这是在哪里？怎么是由一个孩子的妈妈发出来？由浩亮为什么拼命掩盖？答案只能是：那个女人拍下由浩亮睡觉的照片，想发给由浩亮调情，却发错了地方。看看床上的凌乱样子，这肯定是一对刚刚苟且过的狗男女。

那女人把照片发到群里，对我来说，这是奇耻大辱！吴小蒿仿佛看见，中午时分，每一个孩子的父母都在家中议论这件事情，都在与朋友分享照片。

吴小蒿小时候在河滩上见过纠缠在一起的两条蛇，大姐告诉她，这是公蛇跟母蛇交尾。现在，她从这照片上又看到了类似的场面。厌恶加痛恨，让她把手机扔到了一边。

但她马上意识到，这张图片必须保留下来，作为与由浩亮谈判的证据。于是她拿过手机，做了截图，并下载了照片。

她心中冒出一个疑问：狗男女的淫乱场所是哪里呢？仔细看看，不是家里，也不是宾馆，床边衣架上，有多件由浩亮的衣服。据此判断，这是由浩亮经常居住的地方。

他还有别的房子，家外有家？

吴小蒿想起，房管局副局长应小萍是她的党校同学，就给应小萍打电话："小萍姐姐，我是小蒿。我想查一查丈夫名下有几套房子，可不可以？"应小萍说："作为妻子，是有权利的。要是平时受理，需要你出示身份证和结婚证，但我了解你，就不用了。"吴小蒿说："那好，你马上给我查查。"

几分钟后，应小萍发来了拍自电脑的照片，上面清清楚楚地显示，由浩亮名下有两套房子，一套位于萃华小区，另一套在海景华府。

吴小蒿肝胆俱裂！她万万没有想到，由浩亮会背着她偷偷置办房产！买萃华小区这套房子时，由浩亮说："你的工资卡每个月有固定收入，到时候让银行自动扣除就行了，咱们的房贷账号就绑定你的工资卡，我负责家中开支。"吴小蒿觉得有道理，就同意了。这样，房贷由她还，每个月扣除之后剩不下多少钱。由浩亮不帮她还房贷，竟然还干出了家外有家这种事！

她又向自己认识的学生家长打听纪小薏妈妈的情况，得知这个女人叫容红英，与丈夫离了婚，自己带着女儿过日子，目前在一家超市做收银员。吴小蒿从群里找到这女人的头像，点开看看，发现她刚发了朋友圈，是转载的一篇文章，题目叫作《为我所爱，赴汤蹈火》。

好，我让你赴汤蹈火！

吴小蒿抓起桌头柜上的一杯凉开水，咕咚咕咚灌下，将刚才的手机截图发给由浩亮，接着写道："这算是人赃俱获吧？"

由浩亮却不回复。再看看家长群，他还在不辞劳苦继续往上面转发信息。等到两点该上班了，吴小蒿才吁出一口长气，晕晕乎乎走出门去。

10

去年完成高铁拆迁之后，房书记宣布，取消五加二、白加黑，但是鉴于工作繁忙，楷坡所有干部只在每周的周日休一天。有些人当着吴小蒿的面抱怨，剥夺法定休息日是错误的，要求与城里公职人员一样，周末也休两天。吴小蒿找书记反映干部们的这个要求，书记却不答应，冷冷地说："想和城里干部一样，那就调到城里去。"吴小蒿想，谁有本事调到城里去呀？但她又没法转达书记的这个答复，只好劝慰大家，说："咱们少歇一天也说得过去，因为国家发给了咱们乡镇补贴。"干部们不好反驳这个理由，只好在周六继续加班，等到傍晚才各自回家。

吴小蒿也在这个周六晚上回到家中。因为点点给她打过电话，得知妈妈回来，所以一直等到七点半还没吃饭。等到妈妈进门，她扑上去拥抱了一下，接着去打电话："老爸，我老妈回来了，你不回家？"但她爸说，在外面有应酬，不回来了。点点扔掉电话，努着小嘴坐到桌边。

看出女儿用心良苦，吴小蒿既感动又悲哀。她知道，由浩亮在这个周末是不敢见她了。但她决定，不将照片事件和由浩亮另有私宅的事情告诉点点和她姥姥，怕她们接受不了。

吃饭时，吴小蒿问点点明天准备怎么玩。点点说，已经跟同学约好看电影。吴小蒿问："看什么电影？"点点说：《半熟少女》。"吴小蒿问："你约的是男同学，还是女同学？""当然是'半熟少女'！"

吴小蒿听了心想，点点已经长大了，是"半熟少女"了，不再像过去那样，每逢周末缠着她了。她满怀爱怜，给点点夹了一筷子菜。点点说："谢谢。"

吃罢饭，点点说要去追剧，走进自己卧室不再出来，吴小蒿便与母亲说话。她问母亲身体怎样，母亲说："还行，就是夜里睡不好觉，老是想你这一家子可怎么办。你跟点点她爸越来越生分，家还是家吗？现在别人都忙着生二胎，你三妹妹已经怀上了。你要是再生一个，他也许能改邪归正。"吴小蒿说："娘，你不要再提生二胎的事，我不会跟他生的，就是真的生了，他也不会改邪归正。"

她停了停，又说："娘，我打算明天去找律师，准备起诉离婚。你先不要告诉点点。"

母亲盯着女儿的脸瞅了又瞅，叹一口气说："唉，离就离吧。找个好的，跟他生一个，我再给你看着。"

吴小蒿埋怨母亲："你怎么老是想到生孩子呢？"

母亲不解："嫁汉嫁汉，生孩子做饭，不就是这些事吗？"

母亲睡后，吴小蒿就在手机上写离婚起诉书。她用两个小时写完，又改了两遍，这时已经到零点了。

次日上午，点点出门看电影，吴小蒿则去找律师。她不想找熟人，怕被传得沸沸扬扬。她来到宁波路一家律师事务所，见前台有一位小姑娘坐着，就向小姑娘说明来意，并指定要找女律师。小姑娘说："蒯玉律师在里面，请跟我来。"

到了一个单间，吴小蒿见到了这位女律师，只见她有四十多岁，白白胖胖，眉眼清秀。蒯玉与吴小蒿握握手，让她坐下。吴小蒿向她递上名片，蒯玉看了看说："我知道你，你是楷坡的镇长，《安澜日报》报道过你。你找我有什么事情？"吴小蒿就把自己的诉求讲了，请她担任自己的诉讼律师。蒯玉问："据我了解，好多女干部的婚姻都有问题，但下决心离婚的不多，因为她们有太多的顾虑。你怎么就这么决绝呢？"

吴小蒿说："我是忍无可忍。"

说罢，她就从头到尾讲了自己的婚姻与家庭，讲了由浩亮的残暴与无耻，并加了蒯玉的微信，把起诉书和手机截图发给她。蒯玉看了说："同为女人，我对你的遭遇深表同情，我决定为你代理离婚诉讼。"

她又说，需要补充材料，包括双方财产证明、对方隐藏财产的证据、家暴的证据等等。吴小蒿说："我被打之后，倒是忘记了留存证据，连一张伤痕照片也没拍。不过，你可以去找我楼下邻居了解一下，去年那天晚上由浩亮要把我从楼上往下扔，他肯定看到或听到了。"蒯玉说："好吧，我找他取证。"

蒯玉又问孩子由谁抚养，吴小蒿说："当然是我。我不能让女儿跟着他，否则她就学坏了。"蒯玉说："你在乡下，能照看孩子吗？"吴小蒿说："没问题，我母亲长期跟着我，平时由她照顾。"蒯玉点点头："好吧。"并告诉吴小蒿，明天就去法院代她递交诉状，有什么情况随时沟通，等到开庭，她必须出席。吴小蒿说："我明白，谢谢你。"

吴小蒿问到哪里交代理费。蒯玉说："给你办案，我就不收了吧。"吴小蒿说："不行，我必须交。"蒯玉说："那我给你优惠，交三千吧。"说罢开了单子。吴小蒿拿了单子与她告别，到前台交上。

走出律师事务所，吴小蒿抬头看看，天上虽然有一些雾霾，但她觉得已经明亮多了。

11

这天早晨，吴小蒿去食堂吃饭，碰见纪检委员老秦。老秦说："镇长，我正要告诉你，我刚接到电话，区纪委丁副书记今天上午过来，找你和书记两个人谈话，你不要出去，在办公室等着。"吴小蒿问："丁书记来谈什么？"老秦说"不知道。"

九点半，丁书记带着一位科长坐车来了。楷坡两个一把手与老秦在楼前接到他们，一起去小会议室坐下。丁书记一副儒雅模样，但不怒自威。他与楷坡几位干部寒暄几句，掏出笔记本说："我和陈科长过来，是要向你们几位了解一件事情。有人向纪委提供视频举报，2月24号，也就是正月十七的中午，你们违反区委的禁酒令，接受私营企业招待，并且都喝了酒，是不是有这事？"房宗岳和吴小蒿同时愣了一下，承认了吃饭，也说明了并未喝酒。

"你们把情况说清楚。"

房宗岳就把楷坡要造楷坡文化广场、建渔业博物馆，请有关领导与专家来指导的经过说了。吴小蒿觉得，这事是自己主抓的，不能因为一场饭局让书记背了处分。他老婆没有工作，孩子正叛逆着，他要再受个处分，这家人往后可怎么办？等到房宗岳说完，她大包大揽，说这件事全是她筹划的，聚丰集团在中午招待，要给大家倒酒，她没能坚决制止，犯了错误，如果处分，请纪委处分她吴小蒿。

丁书记笑一笑说："小蒿镇长，你先不要急着要处分。区纪委接到举报之后，让我来调查这事。我和陈科长看了视频，觉得你们喝酒的行为是错误的，但是，你们想把来宾招待好，加上聚丰集团老板盛情难拒，为什么有人要特意录下来向我们举报？这背后有道道儿，甚至是有阴谋。我们区纪委，既要按党规党纪办事，坚决杜绝不正之风，处分那些该处分的人，同时也要明察秋毫，保护好我们的干部。"

听他这样讲，吴小蒿如释重负，大着胆子说："丁书记，谁这样录了视频向上举报，绝对是不安好心！"房宗岳说："这个做法太可怕了，请领导查清楚。"

丁书记说："你们身为一个镇的主要领导，要从这件事情上接受教训：今后，一方面大刀阔斧开展工作，我们会为你们保驾护航；另一方面，也要谨言慎行，防微杜渐，不让某些人抓住把柄，毁了你们的声誉和前程。"

房宗岳说："谢谢领导关爱。"吴小蒿说："我们一定注意。"

丁书记安排陈科长留下，和老秦一起到聚丰集团去调查，搞清楚是谁录的视频，动机何在，二人答应着。而后，丁书记说他回去有事，上车走了。

老秦陪陈科长去聚丰集团调查了一番后，陈科长直接回城，老秦回来向书记和镇长汇报，说那视频肯定是一个服务员录的。宴会是正月十七，她第二天就说她娘病了，要回家伺候，辞职走了，现在那个房间里查不到任何放摄像头的地方。房宗岳问："小姑娘是哪里的？"老秦说："是鳃岛的，叫慕兰兰。我打电话问过鳃岛妇女主任万玉凤，她说，这个兰兰是慕平川的侄女，她娘没有生病。"

房宗岳将两手一拍："水落石出！"

吴小蒿看着他问："你是说，这事是慕平川指使的？"

房宗岳说："肯定是他。今年区人大换届，他想当代表，请我吃饭，给我送礼，统统被我拒绝了。楷坡选举区人大代表，应该安排一位企业家当候选人，辛运开就成了慕平川的竞争者。他安排自己的侄女去聚丰集团卧底，录下这个视频是一箭多雕：既让咱俩背处分，又把辛总牵连进去，以此达到他的目的。"

吴小蒿目瞪口呆，过了一会儿才说："这个虎鲨，真是狠毒。"

房宗岳看看门外，压低声音说："值得注意的是，咱们的人大主席倾向于让老慕当代表，已经在我面前多次夸他。"

吴小蒿更是吃惊："来主席？"

房宗岳说："老慕原来以贺成收为靠山，他不在了之后，又傍上了老来。"

吴小蒿说："哎哟，防不胜防呀。"

12

市、区两级选拔了一批第一书记，分到楷坡五个。

人还没到，吴小蒿就接到甄月月的电话，说和尚要去楷坡给她当兵。吴小蒿感到惊诧，说："他一个大画家，怎么能屈尊到乡下来？"法慧接过电话跟她说："小蒿镇长，去当第一书记是我主动要求的，我想假公济私。"吴小蒿笑了："你怎么个假公济私？"法慧说："我早就发现，楷坡西部山区的山水和民居很有特点，我想到那里写生，创作一批作品。"吴小蒿说："写生可以，但是别忘了你的主要职责——当好第一书记，投身乡村振兴。"法慧说："没问题，我一定不让你失望！我先跟你挂号，你要把我分到山区。"吴小蒿说："那行，你去蒺藜岭吧。那里遍地是蒺藜，小心扎破你的脚掌。"

第一书记在区里集合培训，吴小蒿因为主抓扶贫工作，就到镇委镇政府选定的五个村跑了一遍，让村干部给他们安排住处，做好接待工作。那些村干部，有的持欢迎态度，有的很不高兴。他们说："组织上这是对俺不放心呀，本来有书记，忽然再派一个过来。"吴小蒿说："来了第一书记，也抢不去你的大权。人家是帮助咱们的，住两年你看看，你这个村肯定面貌一新。"还有的说："来了第一书记，说明俺这里还是贫困村，多丢人呀！"吴小蒿说："全镇没有一个贫困村，你那里哪能是贫困村？只是你村还有些贫困户，需要抓紧脱贫。"还有的村干部问："第一书记来了，是不是村里要管吃管喝，要有人专门给他们做饭？"吴小蒿说："不用，他们有生活补助，进村后一切自理。"

这天，区委组织部派人把五个第一书记送到楷坡。吴小蒿与他们见面，介绍有关情况，而后就与分管扶贫的副镇长严究文分头将他们送到村里。吴小蒿送三个人，其中包括法慧。法慧在路上摸着自己的光亮脑门，嘿嘿直笑。吴小蒿问法慧笑什么，他说："我从小到大没当过官，今天竟然当了书记，亚克西！"吴小蒿向他瞪眼道："法慧书记，你要严肃，你从今天起要有三个到位：职务到位，感情到位，心态到位。别像平时在文化馆里，稀稀拉拉，嘻嘻哈哈。"法慧说："没问题。我已经筹划好了，你哪天有空给我站台，我在蒺藜岭搞一次作品义卖，卖得的款项全部捐给贫困户，把我的威望高高地树立起来！"

到了蒺藜岭，村支书解洪峰很热情，紧紧握住法慧的手，说："欢迎欢迎，热烈欢迎！"法慧晃了两下胳膊，抽出手笑道："哎哟，你也太用力了。你攥断了我的手指头，我还怎么画画？"

吴小蒿指着他说："法书记，你这是感情没有到位。到位的话，不会说出这样的话。"

法慧吐了一下舌头："来来来，解书记，咱们再握！握他个休戚与共、水乳交融！"他抓住解洪峰的手狠狠用力，把在场的人都惹笑了，气氛变得十分融洽。

放下法慧，吴小蒿再送另外两位，把他们统统安排好了，才回到镇政府。

次日，法慧打电话，说他准备后天搞作品义卖，问她有没有空。吴小蒿说："有空，我去。"法慧说："好，我马上通知买家，让他们届时过来。"吴小蒿则通知两个人去参加，一个是葛沟社区书记张尊良，一个是文化站站长郭默。

义卖定在那天十点，吴小蒿准时到了蒺藜岭。只见村部大院挂起了大红横幅，上面写着"第一书记、著名画家法慧作品义卖会"，墙上扯了一根长绳，绳子上挂了十来幅画。有一些村民在那里看，还有一些坐着说话。

吴小蒿也过去看画。看得出，这都是法慧最拿手的焦墨山水画，虽然用的是纯墨，但很有层次感、滋润感。她在心里说，这个和尚，不愧是中国美协会员、区美协副主席。

她正在观赏，旁边有人细声细气地叫："镇长。"她扭头一看，是郭默来了。郭默化了妆，还装了假睫毛，让吴小蒿觉得厌恶，她下意识地往旁边挪动一步，与郭默拉开距离。

郭默热情地说："镇长，法慧是个才子呀。他能来搞义卖，是蒺藜岭村民的福气！"

吴小蒿点点头，没有吭声。

门外陆续有小车停下。每进来一位，法慧就向来人介绍吴小蒿，也向吴小蒿介绍来人是谁。原来，那些都是法慧的朋友，专程来给他捧场的。还有一位漂亮姑娘，法慧说，是他的学生杨雯雯，今天让她主持。吴小蒿问："月月怎么没来？"法慧说，她今天上班。

到了十点，法慧看朋友到齐了，就示意杨雯雯开场。杨雯雯落落大方地走上去，先介绍领导与嘉宾，再介绍法慧的艺术简历，而后请镇长讲话。吴小蒿走到众人面前讲："法慧书记刚来蒺藜岭两天，就举行作品义卖，这是文化扶贫行为，体现了他对蒺藜岭贫困户的关爱，体现了第一书记的可贵情怀，我代表镇委镇政府向他，也向前来参加义卖活动的朋友表示感谢。"解洪峰也代表蒺藜岭村党支部和村委会讲了讲，用纯朴的话语向法慧书记道谢。

杨雯雯宣布，下面开始拍卖法慧老师的画作，每幅起拍价是八百元。法慧的朋友们踊跃报价，每一幅都卖到一两千。十幅画卖完，村委会计向大家报告，总收入为一万八千元。解洪峰早就安排十个贫困户的代表坐在最前面。会计将钱分成十份，装进十个红包，法慧从他手里拿过来，一个个递到贫困户手中。发放完毕，全场热烈鼓掌，皆大欢喜。

13

第二天早晨，吴小蒿刚醒，就接到解洪峰的电话。这位村支书一开口就带着哭腔："镇长，你快来我家看看！快来！"吴小蒿问："去你家看什么？"解洪峰说："你来看看就知道了！日他祖奶奶，我当干部十二年，头一回遇上这样的腌臜事儿！"吴小蒿问："什么腌臜事儿？"解洪峰说："你来看看就知道了，你快来，我等着你！"说罢就将电话挂了。吴小蒿再打过去，解洪峰却一直不接。

吴小蒿想，蒺藜岭到底出了什么事情？问问法慧吧。她就给法慧打电话，然而打不通，关机。她想，这家伙正睡觉呢，也许他老婆知道情况，就拨月月的电话。月月接了，说："吴大镇长，你不能大清早就骚扰老百姓。我正给儿子盛饭，晚了他赶不上校车。"吴小蒿说："有重要情况需要调查！你家和尚呢？"月月说："昨天从你那里回来，跟狐朋狗友喝高了，正睡得像头死猪！""他在家？那你知道不知道蒺藜岭夜间发生了什么事情？那里的村支书一大早让我过去。"甄月月说："不知道。"听到这话，吴小蒿只好挂了电话。

她再打电话给张尊良，张尊良也不知道蒺藜岭出了什么事。吴小蒿说："你住在鸡翅岭家里是吧？你也过去吧，我现在就走。"她拨通司机小王的电话，让他准备出发，随即起身下床，草草洗漱完毕，就去前院上了车子。

出了楷坡，只听小王说："嗬，山上的花更多了。"吴小蒿扭头看看，只见春光满眼，桃红柳绿。但她无心欣赏，只是猜度蒺藜岭到底发生了什么事情。

走完五公里乡间公路，拐上去蒺藜岭的山道，颠簸之下，吴小蒿觉得左乳隐隐生疼。这时她心情变坏，车窗外的春天就成了冬天。

进村后，吴小蒿让司机直接去解洪峰家，拐过街角，见他家门口站了好多人，都在那里围观。她下车后，有人高声吆喝："镇长来了！"大伙儿立马让开一条通道。解洪峰正站在门口，此时像受委屈的孩子见了娘一样，眼窝里闪着眼花，哽咽着道："镇长你快看看，我家门上是什么！"

吴小蒿看看解洪峰身后的两扇铁门，见上面涂了一片泥巴似的东西，黄乎乎的，地上还有淌落的一摊，散发着臭味。

屎！

吴小蒿看明白了，觉得胃部剧烈痉挛。她知道，在门上抹屎，是对一个人、一个家庭最严重的侮辱。她抬起一只手,努力卡住咽喉,而后愤怒地问:"这是谁干的?!"

解洪峰说:"不知道。但我敢肯定,与昨天的义卖有关。"

"为什么?"

"法书记搞义卖,让我提供贫困户名单,我就写了十个人名给他。可能是有人不在这十户里,有意见。早知道这样,我就把村民花名册给他,一万八除上一百六,一户分一百多块钱,就不会有人往我家门上抹屎了!"

吴小蒿听了这话心中悲哀,她想,解洪峰遭遇这事,可能是他提供的名单不够"精准",但更大的可能是有人觉得,这钱只给十户,不够公平。不患寡而患不均,这是中国人沿袭了几千年的思路,曾经引发多少悲剧,今天在蒺藜岭又上演了活生生的一幕。

解洪峰的老婆从院子里跑了出来,拿着手机向丈夫手里递:"洪峰,咱儿子说了,叫你赶快报警!"解洪峰不接手机,把眼一瞪:"你告诉他啦?胡来!都是兄弟爷儿们,有的人只是有意见,到咱门上发泄一下,能报警吗?"女人将胸脯一挺:"那你说怎么办?咱就吃这样的哑巴亏?"解洪峰向吴小蒿一指:"镇长来看了,她知道咱受委屈了就行。"

吴小蒿心中一热,鼻子一酸。她知道,当村干部实在不易,受了委屈,却又不能走法律途径解决,只想让领导知道这事,安慰一下。

她提高声音,让解书记不要难过:"你当村干部难免会得罪一些人,咱们今后注意一点儿,把工作做得更周全一点儿就行了。"说罢,她走到解洪峰院里,见压水井旁边有一桶清水,就提出来,猛地向门上泼去。那些屎,立即随水流走许多。解洪峰见镇长亲自为他清理大门,大为感动,夺过水桶递给老婆:"你这个熊娘儿们,还站着干啥?快,咱自己冲洗!"

围观群众见到这个场面,议论纷纷,都说镇长了不起,比爷们还爷们。

吴小蒿的手机响了。她一看是法慧的,立即走到人群外面,小声而严厉地说:"法慧你这个花和尚,就是戒不了酒!我要是像你这样关机睡觉,与上级失联,区委非把我撤职不可!"

法慧说:"小蒿镇长,实在对不起。我昨晚喝多了,回家倒头就睡,忘了给手机充电。听月月说,你一大早就找我,有什么指示?"

吴小蒿就把蒺藜岭发生的事情说了。法慧听了大叫:"我早知道这样,搞这个义卖干吗？我动用我的资源，好不容易才说服一些朋友，请他们做功德去捧场，他们才在百忙之中跑到蒺藜岭，掏钱买下我的画。有人往老解家门上抹屎？这等于往法慧脸上抹屎呀！你看这事弄的！"

吴小蒿说："你先不要往自己身上拾。农村的事，就是这么复杂。老解心里很受伤，你今天回来，好好安慰他一下。出了这种事，我也有责任，没把蒺藜岭的情况摸清楚，没把事情安排好。以后再有类似的扶贫措施，咱们要考虑仔细，实行透明机制。如果事先把扶持对象公示一下，听听村民们的意见，也许就不会出这种事了。"

法慧说："对，接受教训，下不为例。"

回身看看，解洪峰家的门板已经清理干净，她过去又安慰他几句，说："我回去了。"解洪峰两口子握着她的手，千恩万谢。

出村之后，见张尊良骑着摩托车来了，吴小蒿让小王停车，她下来责问："老张你怎么才来？"张尊良脸上带着愧意说："镇长，我来晚了，我向你检讨。"吴小蒿想了想，他从家里到这里要走十几公里，晚一点儿也正常，就没再说他。

她忽然想起，自己前几天乳房疼痛，曾在网上看到一个偏方，出自《方龙潭家秘》："乳胀不行，或乳岩作块肿痛：刺蒺藜二三斤，带刺炒为末。每早、午、晚，不拘时，白汤作糊调服。"她还看到解释，"乳岩"就是乳房有肿块。她当时就想，再去蒺藜岭时采一些试试。今天来这里，光忙着处理解洪峰被污辱事件，把采蒺藜一事忘记了。

她问张尊良，这个季节还能不能找到蒺藜。张尊良说，也许能。他看看路边，就迈着大长腿，登上一个荒坡，指着地上说，这儿就有。吴小蒿过去看看，见七八棵蒺藜匍匐于地面，叶蔓枯黄，上面缀满了带锐刺的果儿。

她掏出手机，拍了几张照片，接着蹲下身去采摘，谎称母亲让她采一些回去，不知干啥。张尊良和小王听了，都帮她采。小王边采边说："好犀利，好犀利！"吴小蒿说："我家乡也有这东西。小时候下地，曾经赤脚踩上蒺藜丛，可疼了。现在那里没有了荒地，已经找不到了。"张尊良说："这东西生命力很顽强。你看，上一年的好像死了，今年又发出了新芽。"

吴小蒿看他所指，果然有一些嫩绿的幼苗从蒺藜丛中冒出，就说："老张，它多像咱们的工作环境呀，明里有蒺藜，暗里也有蒺藜，一不小心就会踩到，被它扎到。"张尊良点点头，却捂着嘴，脸上现出痛苦表情。吴小蒿问："你怎么了？"张尊良顾不上回答，脖子一抻，身子一转，呕吐起来。

吴小蒿的心猛然一揪，她急忙从包里掏出纸巾递给他，问他到底怎么了。张尊良接过纸巾擦擦嘴说："不知道，这些日子常这样。今天早晨起来吐了好几阵，所以来晚了。"

吴小蒿说："你应该去医院查查。"

张尊良说："儿子说了，等到周六，他一早从城里回家，带我去查。"

吴小蒿说："咱们别采了，走吧。"说着就将张尊良搀扶起来，向车子走去，说，"老张你上我的车，让小王直接把你送回家休息，我给你把摩托车骑到政府大院。"张尊良说："这怎么行？"吴小蒿说："别说了，你上车吧。"她骑上张尊良的摩托，发动之后在前头走了。

吴小蒿的微信头像，本来是一棵蒿草，这天晚上她换成了蒺藜。闺密群里有人发问："这是什么？"吴小蒿回答："蒺藜。"有人问："为什么用它做头像？"吴小蒿回答："警醒自己。"

14

吴小蒿一直惦记着张尊良的身体，记得他去医院查体的时间。周六中午，她打电话问，接电话的不是他，是他儿子。他儿子说："是吴镇长吗？我爸上午查了，情况不好。"吴小蒿忙问："查出什么病了？""胃癌中期，已经办了住院手续，要动手术。"吴小蒿心里一阵难受，问他爸住哪个医院哪个病房，问清楚之后说："你转告你爸，我明天上午去看他。"

吴小蒿晚上回家住了一夜。本来她打算一吃过早饭就去医院，但律师蒯玉打电话，要她过去一趟。她也关心自己的离婚诉讼到了什么地步，就先去了律师事务所。

等她到了那里，蒯玉说："吴镇长，我给你去法院递交了诉状，法官迟迟没有回话。昨天我又去，她说不能开庭，先做调解。"吴小蒿十分恼火："我不要调解！能调解成的话，我还用得着起诉？"蒯玉说："你不要着急。法院受理离婚案件，调解是必不可少的一个过程，请你耐心等待。我到房产局调查了你和由浩亮的房产，取了证据材料，今天请你过来签字。"

吴小蒿就看她拿出的材料，在上面签了字。她问蒯玉，找没找她的邻居做证。蒯玉说："我找了你家楼下的那个人，人家说，那天晚上什么都没看见，也没听见，不给做证。"

吴小蒿瞠目结舌："他为什么这样？"

蒯玉摇头一笑："多一事不如少一事，现在的人大多这样。"

从律师事务所出来，吴小蒿心情郁闷，脚步沉重。她想叫一辆滴滴专车去医院，然而打开微信钱包，见手机上出现提示"请输入手势密码"，她竟然想不起来自己的设定，在屏幕上划拉了几回都不成功。她知道，是自己的心乱了。好在等了一会儿，她招手拦下了一辆出租车，坐上走了。

到了医院门口，她到路边商店买了一些补品，去了张尊良住的病房，只见床边站了许多人，有的还领着孩子。吴小蒿走过去，见张尊良正在输液，面色蜡黄。她叫了一声"老张"，与他握手。张尊良憨厚地笑着说："镇长，我没事，没事。"

他老婆流着眼泪说："都躺在医院了，还说没事。你给公家干了一辈子，都是住管理区，住社区，就没到过能吃食堂的地方，吃饭不规律，硬是把胃给糟蹋坏了。"

吴小蒿知道，在乡镇，有一些干部始终在最基层工作，像张尊良这样的社区书记，在乡政府没有办公室，去开会、办事，连个歇脚的地方都没有，真是难为他们了。

她握着张尊良的手，沉默了一会儿，嘱咐他安心养病，社区的工作不要惦记了。张尊良说："我明白，谢谢镇长。"

第七章

——

"深海一号"

历史上的今天：10 月 23 日

1953 年　第一届全国工商联代表大会召开

1978 年《中日和平友好条约》正式生效

1994 年　我国高速铁路车辆试验台在青岛建成

小蒿记

2002 年　编订《隅城文史》第八辑，平生第一次编书

2008 年　拿到驾照

2016 年　中美联合考古队到丹墟遗址开始考古发掘

2017 年　楷坡镇引进地瓜优良品种大获丰收，每亩平均增收两千一百元

点点记

2013 年　霜降，早起看霜，失望

2015 年　第一次翘课，去植物园哭了一下午

2017 年　同桌骚扰我，被我掐哭

1

吴小蒿永远忘不了那次三人长谈。

她、山东大学的方治铭教授和美国考古学家 Judge，在丹墟遗址，在深秋之夜。

中美联合考古队终于来到楷坡，在区文体局局长樊卫星的安排下住进楷坡镇上的望海旅馆。共进晚餐时，Judge 却提出，要到丹墟遗址住一夜。他说，每到一个新的考古地点，都要这样。方教授说："好，我陪你。"吴小蒿说："我给你们带路。"她让党政办派了一辆面包车，将 Judge 准备的帐篷与睡袋放上去，还拿了几件干部夜间值勤用的军大衣，一起去了。

白天，中美联合考古队的八名成员已经在吴小蒿、刘大楼、郭默的陪同下看了丹墟遗址。Judge 打开电脑，看着卫星地图，指点着四周，说这里是当年丹墟古城的城墙墙基，那里是城市中心的民居。他的一位女学生推出了探地雷达，电脑屏幕上显示出埋藏于地表之下的房屋布局与零星遗物。Judge 抖着乱糟糟的黄胡子哈哈大笑，大喊了一声。吴小蒿问方老师："他喊什么？"方老师说："他喊：'太平洋西岸的考古圣地，我来了！'"

晚上来到丹墟遗址，Judge 打开太阳能电池灯，选择一块平整而干燥的地方，十分熟练地搭起了帐篷，而后将灯一关走出帐篷，又抬头看着星空惊叹。方老师告诉吴小蒿，Judge 说，这里的星空非常清晰，如果没有东北方向的城市灯光，简直是一座暗夜公园。

吴小蒿也去看。今夜天空晴朗，没有月亮，只见银河横亘，星汉灿烂。但她不明白什么是暗夜公园。方老师向她解释，暗夜公园是国际暗夜协会为呼吁治理全球光污染，在全球范围内评选的一些暗夜条件特别好的公园。今年中国有一个暗夜公园已建成开放，在西藏的阿里。

Judge 又向黑漆漆的四周望一下，用中文结结巴巴地说："伙计……吃了吗？"

吴小蒿大为惊讶："他居然会用中国人的问候语！"

方老师笑道："前天到了济南学会的。他太爱学习了。"

Judge 自问自答："哦，吃了，伙计，吃了。"

吴小蒿知道，他在问臆想中那些先人的灵魂。

他又用英语问了吴小蒿一句。方治铭对吴小蒿讲，他在问，当年这里的人吃什么。吴小蒿说："老师你告诉他，《隅城县志》上讲，这里的古人'饭稻羹鱼'，就是以稻米做饭，用海鱼做汤。"Judge 听了说："Yummy（好吃）！"嘴里还发出吸吸溜溜的进食声。这一回，吴小蒿懂了。她觉得，这老头太可爱了，太有趣了！

Judge 又和方老师说什么，吴小蒿听不懂，但是她当年读书学到的英语，在心中雪藏了多年的单词，此时像脚下土壤里的麦粒一样在发芽，在往外拱。她连听带猜，再加上方老师的解释，弄明白了：Judge 说他每到一个国家，都要起一个当地名字，到了中国也要有一个。方老师说："你比我小一岁，是我弟弟，我叫方治铭，你叫方治丹吧，你来考察丹墟遗址嘛。昵称，就叫'丹丹'。"Judge 很高兴，拍着胸脯连叫了自己几声"丹丹"。

一阵寒风吹来，吴小蒿打了个寒噤。她从车上抱下军大衣，分别送给方老师和丹丹，自己也穿了一件。而后，三人围坐在一起。吴小蒿依靠苏醒了的英语会话能力，再借助方老师的翻译，与他俩聊了起来。

丹丹看来已经从方老师那里得知吴小蒿的一些情况，此时说："文化是闲暇的产物，是自由的产物，在欧洲和美国，只有中产阶级家庭的子女才去学人文学科。你出身贫困，为什么要学历史？"

吴小蒿回答："是受了中学历史老师的鼓动。他告诉我，古罗马的著名人物西塞罗说：'如若不了解在你出生以前发生的事情，你始终只能是个孩子。'如若人类的生活不与其祖先的生活结合起来，并被置于历史的氛围中，那它又有什么价值？"

丹丹立即兴奋起来，说他也读过西塞罗的这句话，也对历史着迷。古希腊阿波罗神庙上有一句箴言："认识你自己。"他对这句话的理解是：既要认识自己，也要认识人类。所以，他从十八岁开始迷上考古，足迹遍布世界各地。

丹丹又说："历史是动物学的发展，是人类学的延伸，是天文学的组成部分。"他指着星空道："地球只是宇宙中的一粒微尘，人类只是这粒微尘上的一个物种，这样，历史学就成为人类进入宇宙和理解宇宙的途径。"

吴小蒿忍不住感叹："你这视野太宏阔了！"

方老师说："如果持有宇宙眼光，再低头看我们脚下的文化遗址，就会感觉到，几千年，那是一瞬间的事情。"

吴小蒿问："既然这样，历史不就是虚无的吗？值得你们这些考古学家辛辛苦苦风餐露宿？"

丹丹说："当然值得。就像一些物理学家想尽办法要把分子、原子做进一步分析一样，他们追究的是物质的根底，我们追究的是历史的根底。"

"追究到历史的根底，有何用处？"

方老师说："鉴古知今，知未来。"

丹丹说："还有一个目的——纠正人们不正确的历史观。"

他接着讲，进入文明史的人类，大致有三种历史观：一种认为历史是循环的，一种认为历史是倒退的，一种认为历史是前进的。

方老师说："对，第一种和第二种，在中国很有市场。有一部著名的古典小说《三国演义》，一开篇就说，'天下大势，分久必合，合久必分'。这是典型的循环说。"

丹丹笑道："在西方也有这种观点，并且能找出佐证。比如说，欧盟建起刚刚二十多年，英国人就闹着脱欧。全球化是大势所趋，美国却有人似乎要开倒车。"

方老师说："我是不同意循环说的。我今年六十岁，在中国叫作'花甲之年'。中国人过去用天干地支纪年，六十年一轮，人们也以为世事会以'花甲'为单位循环往复，以至无穷。民间有这样的说法：'三十年河东，三十年河西。'但这不是事实。举例来讲，两年后的2018年，又是戊戌年。两个花甲之前的戊戌年，光绪皇帝正在一群大臣的鼓动下搞'戊戌变法'，现在与那时相比，社会进步了多少？"

丹丹点点头："是的。还有倒退说。无论东方还是西方，古人都认为在他们之前有一个黄金时代，人们道德高尚，但后来越来越堕落……"

吴小蒿插言道："在中国，叫作'人心不古'。"

丹丹笑道："所以，上帝很痛心，很悲伤，只好发了一场大洪水，让世界重新洗牌。"

方老师说："在东方，也有洪水的传说，但人们更多地相信古书里讲的：三皇五帝，个个圣明；神州子民，近乎舜尧。所以后来的一些思想家、政治家，就呼吁克己复礼。"

吴小蒿问："老师，三皇五帝，是不是在龙山文化时期？"

方老师说："目前学界大多认同这个说法，但需要更多的考古发现来做证明。但愿在丹墟遗址的挖掘中，能有新的发现。"

吴小蒿问丹丹，到底认同哪一种历史观。丹丹沉默一会儿，说："从天文学尺度，我认同第一种和第二种。从人类学尺度，我认同第三种。"

这样的观点，让吴小蒿十分吃惊，她便让丹丹解释。丹丹说："有的科学家提出，宇宙起始于一百三十多亿年前的大爆炸，但是，等到宇宙扩张到极限，就会收缩、塌陷，收缩成一个原点，再来一场大爆炸。这不就是循环吗？第二种，倒退说，是根据'熵理论'做出的——等到太阳熄灭的时候，人类还存在吗？"

吴小蒿点点头，表示理解。

方老师说："从人类学的角度，前进说是正确的。丹墟遗址，四千年前可能就是一个国都。史书记载的夏、商、周三代，华夏大地上可谓万国林立。但是，中国一直向着大一统前进。还有，人类社会的变化是多么巨大。一万年前，人类想象不出一个有国家的社会；一千年前，想象不出一个离不开电的社会；一百年前，想象不出一个离不开网络的社会。"

丹丹说："看卫星地图，光是山东半岛，就有好多好多的古城轮廓。一圈城墙，里面就有一个命运共同体。一道长城，也企图保护一个命运共同体。当代人中的高瞻远瞩者提出，要建立人类命运共同体，这是观念上的多大进步！"

方老师感慨道："休谟说过这样的话：'洞悉自古以来整个人类的真面目，不为任何有碍观察者做出判断的虚假掩饰所阻隔。人们能够想象出如此宏伟壮观、丰富多彩和兴趣盎然的景象吗？还有什么比这能带来更愉快的感受和想象呢？'这就是历史学家的幸福。"

吴小蒿说："老师，我真羡慕你们。"

方老师说："不，我们是历史的研究者，你是历史的创造者。你身为镇长，在这片有着悠久历史的土地上工作，让这里的山山水水变得更加美丽，让这里的老百姓更加富裕，难道不觉得幸福吗？"

吴小蒿由衷道："幸福，是幸福。"

方老师说："我知道，你的个人生活不幸福，工作中也有苦恼，但是你拥有了历史眼光，会在一定程度上使之消解。回顾人类历史，想一想前辈经历的那些苦难与困厄，就会庄严接受命运的挑战！"

吴小蒿听到"庄严"二字，心灵受到极大震撼。她仰面向天，泪光在星光下闪闪发亮。

她说："老师，我记住了，谢谢您！"

2

中美联合考古队在丹墟遗址开始工作，挖出了一个个探方，吴小蒿隔三岔五过去看看。她看见，考古队清理出了几处房址，有方形的，有圆形的；挖出了各种各样的陶片，有灰色的，有红色的；还发现了几处墓葬，有大人的，有小孩的。

吴小蒿见识了他们的敬业：趴在地上，蹲在坑里，用铲子、刷子等工具一点儿一点儿除去覆土，让先民遗物一点儿一点儿显现出来。丹丹在考察一处墓穴时，为了取出一块小孩的碎骨，趴在地上，几乎是屏住呼吸，胡子上沾了许多土粒。

当地一些村民过来围观，站在隔离线之外看上半天，却没见有什么宝贝出土。有人摇头走开，边走边说："这是一群嘲巴！"

嘲巴，是傻子的意思。

吴小蒿听了，摇头苦笑。

这个周六，吴小蒿又去，方老师一见她就说："小蒿，我们今天有了重大发现！"说着拿出两个玻璃瓶，让她看里面的东西。吴小蒿看见，其中一个装了些灰黑色的颗粒，她端详片刻说："这不是稻粒吗？"方老师点头道："是稻粒，已经炭化了。我初步判断，它属于粳稻型。这证明，当年这一带气候温暖湿润，生态环境有利于水稻生长。"

再看另一个，黑乎乎的一块，似乎是树皮。吴小蒿问这是什么，方老师说是一堆鱼鳞。吴小蒿兴奋道："看来隔城人'饭稻羹鱼'是有传统的。"方老师说："对。"

方老师对吴小蒿说："明天有个学生从青岛过来看我，是你的学兄，你过来陪陪吧。"

吴小蒿问："好的，他是哪一级的？"

方老师说："比你高一级，叫刘经济。"

刘经济？她的脑际立即闪现出他的浓眉大眼。

方老师说："他见我在朋友圈发了在隅城考古的消息，说离这里不远，要过来看看我。他现在是个老总，做制造业。"

吴小蒿说："做制造业？他没去经邦济世？"

"哦，你们认识？"

吴小蒿这才知道自己说漏了嘴，只好承认："认识。但毕业后从没联系过。"

"那正好，你们明天就恢复联系了！"

从丹墟遗址回来后，吴小蒿的心情一直不能平静，尤其是晚间躺在床上，当年与刘经济的交往，一幕一幕重新浮现在眼前。她仿佛还能嗅得到山大文史楼下丁香花的气息，听得到小树林里树叶哗哗的声音。于是，她的体内也起了春潮，一波一波，让她脸发热、心发慌。

第二天早晨，她起来之后先是挑衣服，想穿一件好一点儿的，看上去优雅一些的。但她打开衣橱找来找去，没找到一件合适的，这才知道，来楷坡之后，自己就没添过一件像样的衣服。衣橱里都是些大路货，让自己的女性特征不那么突出的，混在乡镇干部堆里显不出别样的。她沮丧半天，终于选定一件黑呢子大衣、一条赭红色裤子。穿上之后去照镜子，她发现自己的发型很土，脸色微黄，皮肤粗糙，已经是中年妇女的模样了，不免灰心丧气，觉得今天肯定要被刘经济耻笑了。

但她先把自己耻笑了一番。"女为悦己者容"，你兴冲冲地"容"，人家不一定对你"悦"。当年你跟人家交往，让人家突然受到由浩亮辱骂，今天他不痛斥你一顿就不错了。想到这里，她对自己说："小蒿，别自作多情了。你就是遵老师之命，去见见一位学兄，仅此而已。"

十点多钟，方老师打来电话，说："刘经济已在隅城下高速了，你到蓼河大桥北头等他，等到之后带他过来。"吴小蒿答应一声，就坐自己的专车去了。

到那里等了一会儿，小王指着前面说："这辆路虎是青岛车牌，可能是你同学。"

那辆白色的路虎，果然减速，停在了路边。

从路虎的驾驶位上，下来了浓眉大眼的刘经济。他留着小平头，身穿花格子休闲西装，完全是一副成功人士的派头。看到吴小蒿，他走过来叫一声"学

红色岁月 红色历程 红色史诗 红色经典

妹"，用力与她握手。吴小蒿羞笑着答："欢迎学兄。"

刘经济做个手势，让吴小蒿上他的车，吴小蒿就让小王开车回去。她坐到副驾驶的位子上，向西面指了指："老师在那边，很快就到。"刘经济就发动车子，沿河堤向西驶去。

吴小蒿心里紧张，但还是与他寒暄起来，问他何时出门，走的是跨海大桥还是海底隧道。刘经济说："走跨海大桥。"

之后，吴小蒿便不知说什么好了，刘经济也直视前方不再说话。突然，他将方向盘一打，停在了路边。吴小蒿问他："停下干吗？"刘经济扭过身看着她："你说我干吗？我想揭开一个谜底！"吴小蒿心脏咚咚跳着，慌乱地问道："什么谜底？""在山大，你已经有男朋友了，为什么还要跟我玩暧昧？"

吴小蒿低头捂脸，叹一口气："刘经济，这是你想弄清的谜底，也是我的心结。我向你郑重道歉，对不起。"她停了停又说，"但是，那时候我真的被你吸引，是真心喜欢你，同时也心存幻想，想摆脱一个梦魇。"接着，她就把自己与由浩亮的事情，原原本本讲了。

刘经济听罢，叹息一声："唉，原来如此。可惜了你。"说罢向吴小蒿瞅了一眼，那一眼里，包含着非常复杂的内容。

吴小蒿觉得眼泪要往外涌，但还是努力忍住，转换了话题："我今天也想揭开一个谜底：你当年说，毕业后要进入高层，经邦济世，为什么搞起了制造业？"

刘经济笑了一下："当年我一毛头小伙，免不了轻狂。毕业后印证了那句话：理想很丰满，现实很骨感。"

"你现在并不骨感呀，已经是大老板了。"

"还行吧。今年的产值能过百亿。"

吴小蒿惊呆了："过百亿？你制造什么呀？"

"主要造船，也造别的。最近要造一件国之重器。"

"什么样的国之重器？"

"世界上最大的全潜式智能渔业养殖装备，叫作'深海一号'。"

"哦，厉害！"

刘经济说："这是海洋大学于辉教授的科研项目要用到的。现在中国沿海养殖业遭遇了瓶颈，大多处于低端化、简单化，他想探讨转型升级的举措。他发现，在黄海中部有一个巨大的深海冷水团，面积相当于半个山东省，计划在那里建设海洋牧场，养殖三文鱼。"

吴小蒿惊讶道："养三文鱼？那可是名贵鱼类。"

"就是。现在中国市场上的三文鱼主要从北欧进口，到了酒店的餐桌上，贵得要命。如果在黄海冷水团养殖成功，吃它就不是高消费了，它会出现在普通老百姓的餐桌上。于教授说，这个项目搞成了，将在全世界率先实现在温暖海域养殖三文鱼，中国传统海洋渔业的养殖模式，将从近岸浅海养殖转向深远海离岸养殖。"

"将创造历史！"吴小蒿脱口而出。

刘经济一笑："让你说对了，创造历史。吴大镇长，你有没有意愿让它花落楷坡？"

吴小蒿瞪大眼睛瞅着他："怎么，这项目还没落地？"

"没有，只是个概念。于教授研究了好几年，想制造这个'深海一号'，我有能力，也愿意承接，就是没找到愿意出资的养殖企业。谈过几个，他们都犹豫不决。"

"这项目要花多少钱？"

"光是网箱就要一个多亿，另外还要建育苗场，建养殖工船，没有两三亿干不了。"

吴小蒿说："那是挺多。不过我预感到，这是一个虽然有风险，但也有大好前途的好项目。我可以和我们这里有能力的企业谈一谈，一旦动员成了，就与你联系。"

"好的，你加我微信吧。"刘经济说着掏出了手机。

吴小蒿扫了扫他的二维码，一边发验证申请一边说："去年年初，我在同学群里请同学帮忙招商，有人把你的微信名片发给了我，我没好意思加。"

刘经济一笑："东隅已逝，桑榆未晚。"

说罢，他发动车子，沿着开满蓼花的河边向西去了。

3

在刘经济与方老师说话的空当，吴小蒿心想，"深海一号"真是个好项目，应该把它引来。在楷坡所有的养殖企业中，唯有聚丰集团规模最大，实力雄厚，应该鼓动辛总干这件大事。

　　她打通辛总的电话，说她的一个同学从青岛过来，看望正在丹墟遗址考古的老师。同学手里有个非常好的项目，辛总可以了解一下，看能不能上。辛总说："好呀，你带你老师跟同学到我这里吃饭吧。"吴小蒿说："可不敢到你那里吃了，再让小姑娘拍下来向纪委举报，我就死定了。"辛总说："你如果不放心，咱们到附近一个小鱼馆，那是我本家兄弟开的，绝对安全。"吴小蒿说："好吧。不过，我想让一位美国考古学家一起去。"辛总说："好的，都来都来！"

　　这时，丹丹拿着一个小东西走过来让她看。她接过一看，是一件长约三厘米的柱状陶器，两端与中间都有沟槽，她不认识这东西。丹丹抡圆两臂，从左往右猛地一抛。吴小蒿还不懂，就说："老师，你看这是什么呀？"方老师和刘经济过来看看，说是网坠。刘经济笑道："这个网坠的制造者与我是同行，都在制造渔具。"吴小蒿说："对。不过，你要造的那件渔具也太大了。"

　　她对刘经济说："聚丰集团的辛总对'深海一号'有兴趣，中午他请咱们吃饭，你可以借机向他讲讲这个项目。"刘经济说好的。

　　到了十一点半，吴小蒿说："咱们走吧。"就和方老师、丹丹上了刘经济的车。到了车上，丹丹得知刘经济和吴小蒿是同学，就问："你们在大学里是不是情侣？"吴小蒿大窘，不知道怎么回答，刘经济摇头否认。

　　来到蓼河入海口旁边的一家鱼馆，辛总已经等在那里。吴小蒿向丹丹介绍辛总，说他是三百公顷海水养殖场的老板。丹丹将嘴张圆："哦，好大！"

　　到一个单间坐下，丹丹用中文问鱼馆老板："饭稻羹鱼？"吴小蒿一边惊叹丹丹对中文的超强记忆，一边向老板讲了这四个字的含义。老板听后笑着点头："没问题，没问题。"

　　一样样海鲜上桌，丹丹一样样仔细品尝，向方老师问这问那。吴小蒿则让刘经济向辛总讲"深海一号"。听说它直径六十米，周长一百八十多米，高三十八米，重达一千四百吨，辛总惊叹："俺那皇天神！怎么把它弄到海里去呀？"刘经济向他讲，用拖船拉去。听说"深海一号"能养三十万尾三文鱼，设计年产量一千五百吨，辛总说："一千五百吨三文鱼，那可老值钱啦！"

　　辛总问刘经济，那个黄海冷水团在什么地方。刘经济从手机上打开百度地图，指着上面说："在这一块，离青岛有一百多海里。"辛总看看说："离这里好像更远，坐船起码要十几个小时。"刘经济说："建成之后，放一条养殖工船在那里，安排人值班就行了。"

辛总又问，"深海一号"的全智能是什么意思。刘经济向他讲，上面会使用海洋大学发明的浮箱捕捞、网箱附着生物清除、鱼鳔补气等最新专利技术，由该校首创的波浪能发电半潜平台提供绿色能源。另外，它的网衣是用做防弹衣的材质做的，叫作"超高分子量聚乙烯纤维"，非常强韧，可以防鲨鱼冲撞。"深海一号"能实时监测水质，观察鱼类行为，还能根据鱼类的行为实现智能化投饵料。辛总说："做梦也想不到，会有这样的养殖设备！"

等到几碗米饭上桌，吴小蒿提议，参观一下聚丰集团和正在建设的渔业博物馆，方老师和丹丹欣然同意。刘经济看看表，迟疑一下才说："好吧，我四点前往回走。"方老师说："经济，你可以住下嘛，明天咱们让小蒿陪着去鳃岛看看。"刘经济说："老师，实在对不起，今天晚上我们公司搞'工匠精神'演讲比赛，让我回去给优胜者颁奖。——哎，小蒿，你今天回不回隅城？我可以把你捎上。"吴小蒿说："我还要回楷坡。我们规定，周六下午五点半，每个干部都要将自己所在的位置发到群里，以防有人早早离开岗位。我是镇长，更得这么做。"刘经济说："哎哟，到了周六考核还这么严格？乡镇干部真不容易。好吧，参观完了我自己走。"

吴小蒿就打电话给小王，让他三点钟左右到渔业博物馆工地等她。

离开鱼馆，辛总上了自己的车，带着刘经济的车去了聚丰集团。一路上他们多次停下，看这里养的对虾、基围虾、梭子蟹、牡蛎等等。刘经济看了说："辛总，我估计，你四千五百亩养殖场的总产值，也不一定赶得上'深海一号'的产值。"辛总说："我考虑考虑，争取上这项目！"吴小蒿指着旁边的育苗场说："你有这育苗场，要是养三文鱼，就不用另外再建了。"辛总说："是呀。"

来到拦海大堤，正值高潮时分，只见浊浪滚滚，直扑堤坝。吴小蒿想起了四年前在这里经历的天文大潮，脚下仿佛又有了那种可怕的震动。丹丹打量一番说，荷兰建的拦海工程在全世界是一流的，没想到在中国也有。吴小蒿向他讲了辛总拦起这块滩涂的艰辛历程，并讲了她亲自经历的垮坝事件。丹丹说，同海神争夺领地，肯定要付出代价。接着，他遥望大海，沉默一会儿说，在太平洋那边，有他的母亲，她已经八十一岁了。说出这话，他的眼睛湿漉漉的。见他这样，吴小蒿为之感动。

她向大坝南面看看，月亮湾那边，博物馆的三层框架已经建起，突出于松林之上，就让辛总带着去看。到了那里，她见孙伟头戴安全帽，身穿工作服，是个建筑工的形象了。吴小蒿向几位客人介绍，这是即将上任的渔业博物馆馆长。

丹丹指着方老师向孙伟说："你可以向他要一些展品放在这里。"吴小蒿说："对呀，像网坠什么的，应该拿来一些。"方老师说："我说了不算，出土文物的归属权在政府文物局。"吴小蒿说："我跟樊局长说说，估计他能给一些。"

吴小蒿问孙伟什么时候封顶，孙伟说，再有半个月就差不多了。吴小蒿让他在封顶之后就着手装修，同时搜集展品，安排布展，明年6月在旅游旺季到来之前一定开馆。孙伟说，一定，一定。

刘经济说："我希望，明年来参观这个渔业博物馆的时候，在最后一个展厅能够看到'深海一号'的缩微复制品。"辛总说："刘总放心，你会看到。"

刘经济看看表要回去，与大家一一握手。握到吴小蒿的手，他紧紧攥了一下，直视着她说："小蒿，我等着你到青岛谈项目。"吴小蒿说："好，我会去的。"

4

吴小蒿回到楷坡，看见书记的车在楼下，就去他的办公室汇报，说同学过来介绍了"深海一号"，聚丰集团辛总愿意引进。但书记紧皱眉头，说："这事要慎重，咱们不能花那么多钱，替科研人员搞试验。"吴小蒿见他态度不积极，只好不再说了。

吴小蒿刚回到自己的办公室坐下，辛总就打来电话，说他经过认真思考，不打算搞"深海一号"了，让她跟刘总说一声，免得耽误人家的大事。吴小蒿问："你顾虑什么？"辛总说："我没有那么多钱。镇长，你让我建博物馆，我痛痛快快答应下来，光这个工程就得投上八千万，我再到哪里去弄两个多亿？还是算了吧，我经营好现有的项目就行了。"吴小蒿听他这样说，只好不再劝他。

但她没给刘经济打电话回绝，想留个后手。她想，万一辛总改变了想法，下决心要搞呢？

五点半，她向"楷坡干部群"里发了自己的位置，就去坐公交车回城。甄月月早就跟她说，明天晚上给儿子过生日，让她一家过去。吴小蒿说："我不可能让由浩亮过去。"月月说："我理解，你跟点点来吧。"

她来到蓼河大桥，想到上午在这里接到刘经济，与他在一起待了五个小时，觉得聚也匆匆，散也匆匆。刘经济在我心里，似乎离得更远了。我在刘经济的心中，大概也是这种感觉吧？"人生到处知何似，应似飞鸿踏雪泥。泥上偶然留指爪，鸿飞那复计东西……"她想起了苏轼的这首诗，一阵释然，一阵怅惘。

虽然心里想着"鸿飞那复计东西"，但她还是忍不住给刘经济发微信，问他到青岛了没有，看到刘经济回复"到了，谢谢"，心才放了下来。

她翻看刘经济的朋友圈，想了解一下他的情况，发现他多是转载与制造业有关的资讯，也有媒体对他单位的报道。看那些报道，这个基地真不寻常。

公交车来到隈城的一个大路口，在红灯前面停了下来。有几辆大货车相随成串，轰响着从西往东驶去，挡风玻璃后面都有一个大白牌子，上面用红漆写着"浩亮物流"四个大字。吴小蒿正为"浩亮"二字疑惑，坐在前面座位上的一个秃顶老头指着那些大卡车向同座讲："大哥你看，这是俺儿带的车队，去港口送货的！超载也没人敢查，威风不威风？"

吴小蒿看看那些货车，都是加长车斗，车斗用帆布蒙着，从在路口重新启动的样子来看，就知道是严重超载。

前座上另一个老头说："你儿真厉害，能干这一行。"

秃顶老头说："不是俺儿厉害，是他老板厉害。人家跟公安局领导有关系，花钱摆平啦。你没见车前边放的牌子，'浩亮物流'？'浩亮'是老板的名字，一见这俩字，查车的无条件放行！"另一个老头问："给大车带路，是不是要收钱？"秃顶老头说："那当然，一辆车，每个月交给浩亮物流两千块！"

听着这些，吴小蒿的胸腔被怒气充满。这个由眼珠，就是不走正道！她早就听说，在隈城有这个行当：给货车带路。有一种，是跟警察玩"藏猫猫"，在主要路口安排人放哨，用手机通风报信，让货车司机绕道走，或原地休息，等警察下了班再走。另一种，就是注册一家物流企业，买通有关领导，让一些货车车主交买路钱，就带着大车，堂而皇之地从警察眼皮底下过去。没想到，由眼珠也干起了这一行。看着那些大货车冒烟的屁股，她深深厌恶。她想，由眼珠当这样的混混儿，用不了多久就会玩儿完。

吴小蒿回到家里，见母亲独自坐着，就问点点哪里去了。母亲说，她爸过来，说今天是什么节，带她出去玩。吴小蒿心想，是什么节呢？她查了查手机，原来是西方的万圣节。吴小蒿想，点点去就去吧，只要她开心就好。

母亲把饭端上来，坐下吃了两口就问："你跟点点她爸离婚，走到哪一步了？"吴小蒿没好气地说："咳，一步也走不了！"母亲问："为啥呀？"吴小蒿说："那个狗东西，坚决不离。不知他找了谁跟法官说了，法官老不开庭，就这么拖着。"母亲吧嗒一下嘴："他外面又不是没人，怎么还要这样拖着你？""他说，就是要拖着我，因为老婆是镇长，对他有利。"母亲说："有什么利？""可以跟人家吹牛，人家能高看他一眼。""那你就跟着背黑锅呀？"吴小蒿用筷子猛敲一下菜盘："就是！气死我了！"

吴小蒿早就知道，市纪委与安澜电视台联合举办了一个叫作《问政安澜》的节目，今晚是第五期。看看八点已到，她就将电视机调到那个频道。安澜市正在创建"全国文明城市"，已经努力了三年，市委市政府下定决心，明年一定到北京把大牌子抱回来。所以，这一期专门安排了"环境卫生"专题，被问政的有八位有关领导，隅城区区长万华年也上了台。主持人介绍了他们，再介绍三位点评嘉宾，还说今天晚上市委书记、市长等领导同志也在现场观看，接着电视上播出了坐在观众席第一排的他们。

节目正式开始，播放一段偷拍的片子，接着让有关单位领导做出答复，请嘉宾给予点评。那些片子，拍的都是一些被人忽视的"脏乱差"死角，可谓触目惊心。有关领导答复时，有的从容应对，有的语无伦次。放完曝光一家医院将医疗垃圾胡乱处理的短片，卫生局局长检讨了几句，话题一转，大讲市委书记如何关心重视卫生工作，多次去医院视察，意在向领导讨好，结果却让领导难堪，让现场一些观众捂嘴窃笑。

再播一段片子，涉及隅城区的一些卫生死角，万华年区长诚恳地检讨自己的失职，讲明造成问题的原因，接着把整改措施讲得扎扎实实。吴小蒿觉得区长有水平，在心里为他点赞。

吴小蒿正目不转睛地看着，门铃响了。她起身开门，却见门外站着一个脸上蒙着白纸、吊着一条红舌头的孩子。母亲在屋里看见了，哇的一声大叫："鬼！鬼！"

吴小蒿的耳边还响着区长的声音，脑子一时转不过来，头疼欲裂。但她马上明白，这是点点在万圣节扮的怪相，就没好气地说："点点，要把你姥姥吓死呀？"伸手把点点脸上的纸给撕掉。点点迈步进门，摇头晃脑道："今天晚上的万圣节派对真好玩，真好玩！"她姥姥说："有什么好玩的？出去还是个好孩子，回来就变成小鬼了！"

点点嘻嘻笑着，向吴小蒿伸手道："老妈，我提个小小要求，你应该不会拒绝我。"吴小蒿问："什么要求？""把你的支付宝密码给我。"吴小蒿问："你要这个干吗？""我上网给法不二买生日礼物！"吴小蒿问："明天他过生日，你今天才上网买礼物，来得及吗？""来得及，来得及，你乖乖告诉我吧！"吴小蒿就将密码告诉了她，她一蹦一跳去了自己卧室。

吴小蒿接着看《问政安澜》，正看着，手机有短信提示音，拿起一看，是银行通知她，借记卡账户刚刚被支取五百四十元。她知道是点点用的，就去问给法不二买了什么礼物。点点说："安琪拉。""什么？"点点轻描淡写道："'×者农药'用的。"吴小蒿还是不懂："什么农药？"点点指着她说："真没见过世面！'×者农药'，就是《×者荣耀》，法不二最爱玩的游戏，我给他买了一个英雄！"

吴小蒿这回懂了，但她不是心疼钱，是担忧，就问点点："你是不是也玩这游戏？"点点说："我不玩它，我玩《×女幽魂》。它的音乐太棒了，让我如痴如醉！"说着就哼唱起来。吴小蒿说："你可不要太痴迷，耽误了学习。""放心吧老妈，本'公举'自从上了初中，脑洞大开，语文英语数理化，那都不是事儿！"吴小蒿过去拥抱着点点，亲亲她那突出而明净的额头说："这才是我的好女儿！"

第二天傍晚，吴小蒿在网上订的蛋糕到了，她就带着点点，打车去了月月家。二人进门后，法不二一见点点，脸上现出羞容，扭头走进自己的卧室。点点也不过去，独自坐在沙发上玩手机，一看就知道是自己找事干，掩饰尴尬。月月趴到吴小蒿耳边说："孩子大了，知道害羞了，不再玩青梅竹马了。"

厨房门口露出法慧那亮光光的脑袋，他笑着说："镇长你先坐，饭菜马上好。"吴小蒿走过去说："你还是叫我小蒿吧。哎，你家怎么添了个这么大的冰柜？准备存多少海鲜呀？"月月说："咳，别提啦，都是因为你手下这个第一书记。"吴小蒿问怎么回事，月月就跟她讲，和尚在蒺藜岭住着，想给贫困户寻找致富之道，发现有几个妇女煎饼烙得好，就让她们烙，他收起之后拉到城里卖。和尚想得太简单，认为送到食品超市人家就会收下。哪知道，人家早有供货商，不能随随便便收别人的货。几百斤煎饼放在家里，怕变质，只好买了个冰柜放着。

吴小蒿打开冰柜看看，里面果然放满煎饼，就说："这可怎么办？我给你分忧，买几包带回家，反正家里要买煎饼吃，买谁的都是买。"月月一怔，突然拍着她的肩膀道："呀，你倒是启发了我。我在朋友圈发消息，让爱吃煎饼的找我，我有八百微友呢！"吴小蒿说："太好了！为了蒺藜岭的父老乡亲，你就做微商吧！以后，微友们再要，你就让和尚直接从蒺藜岭发货。"月月说："行，就这么办。没想到，我这么一个整天玩清高玩优雅的，竟然当起了煎饼店老板娘！"法慧一边炒菜一边说："老婆，辛苦你啦！你不能叫老板娘，我封你个官——我是第一书记，你是书记处书记！"

点点突然起身，去了法不二的卧室。月月对吴小蒿悄声说："看，你女儿终于忍不住，跑去找我儿子了。"吴小蒿说："肯定是你儿子发消息让她过去的。亲家，我平时不在家，你要注意观察他俩的动向，不要让他们提前进入状态。"月月仰起脸说："提前就提前，反正我家是儿子，吃不了亏。"吴小蒿拧她一把："你呀你呀，我求求你了好不好？"月月正色道："好的好的，你放心吧，我会让他们健康成长的！"

吴小蒿满意地点点头，见阳台上有几盆兰花开得正旺，就过去欣赏。她看见地上还有摊晒着的蒺藜果儿，就问跟在后面的月月："和尚采蒺藜回来干吗？"月月回头看看厨房，忍住笑说："他见网上说这东西可以壮阳，带回来试试。"吴小蒿脸红了，却又打趣道："怎么试？放在被窝里？"月月笑得花枝乱颤："是用它熬水喝！"吴小蒿点点头，再回到客厅，脸上红晕经久不退。

法慧将菜端上来，一边开红酒一边说："镇长，你看到我带回的蒺藜果儿啦？你知道我要用它干啥？"吴小蒿急忙摆手："不要说了，不要说了！"法慧明白了吴小蒿的顾忌，满脸尴尬："你让我说完好不好？区里不是发了号召，要搞'一村一品'吗？我准备在蒺藜岭发动村民种植蒺藜，秋后采下卖给药材公司，肯定比种庄稼收入高。"吴小蒿懂了，拍手叫好："和尚，你这点子好！发挥优势，扬长避短，用你儿子的名字讲，就是带领群众致富的不二法门！"

5

一天半夜，正在宿舍里睡着的吴小蒿被敲窗声惊醒。

她警觉地坐起身问:"谁?"窗外是一个女人的声音:"吴镇长,我是老许。老房正打冬子,你快来劝劝他!"吴小蒿不假思索,立即穿好衣服,走出门去。

吴小蒿来到后面的小巷子,老许正在自家门口等着,和她一起进院,就听见屋里传出书记的骂声。推门一看,书记正用脚踢冬子,还揪着冬子的头发扇他耳光。奇怪的是,冬子没像吴小蒿上回看到的那样挥拳还击老子,而是趴在地上一动不动。

吴小蒿急忙上前阻拦:"书记,你怎么又打冬子?"

书记气咻咻道:"他做下大事了,我能不打他吗?我叫他死!"

"他做下什么大事了?"

书记恨恨地说:"见不得人的大事!"

老许将儿子拉起来送进西屋。房宗岳坐下点一支烟抽着,而后瞅着吴小蒿压低声音道:"今天不是星期五吗?下午冬子从学校回来,又出去了。他经常跟同学出去胡混,我和他妈也懒得管了,就没找他。你猜怎么着?十一点多钟,突然有个电话打给我,是个男的,自称姓纪,是福临酒店老板娘的老公,在神佑集团做事。这人说,冬子刚刚喝醉了酒,把他老婆强奸了,被他抓了个正着。我一听急坏了,心想,冬子不可能干出这样的事。但是姓纪的说,证据已经收集,不信就去化验。听他这么说,我慌了神,求他不要报警。我就这么个儿子,才十六岁,进去后他这一生就完了。姓纪的说,我要是想保儿子,还有办法。我问是什么办法,他说,让他借花献佛,借这事向慕总尽一回心意——让慕总参加'两会',必须的。"

吴小蒿听了很吃惊:"还有这样的借花献佛?咱们不是形成一致意见,不同意慕平川当人大代表候选人吗?"

书记说:"是呀。姓纪的说,当不上人大代表,当政协委员也行。无奈,我就答应了他,让他放了我儿子。儿子刚刚回来,我问他到底是怎么回事,他说,跟几个朋友到福临酒店吃饭,吃完了,老板娘把别人打发走,让他到一间小屋里,一进门就扒了他的衣服……我生冬子的气,谁让他出去胡混呢?就忍不住揍他。"

吴小蒿气愤地道:"这又是个圈套!上次,慕平川找人拍下咱们在聚丰集团吃饭的视频,这次更狠、更恶毒!"

书记把牙齿咬得咯咯响,继而叹气:"唉,我就这么个儿子,栽到他们手里去了。我当干部这么多年,也经过一些风风雨雨,从没向坏人低过头,算得上一条汉子。但这次不得不认怂，因为我实在不愿让儿子背着强奸犯的罪名去坐牢……小蒿镇长，咱们明天研究政协委员人选，就把慕平川作为经济界的一个吧。你帮帮我，不要提反对意见，可不可以？"

吴小蒿想了想，说道："我……我理解你。就这样吧。"

她回到自己宿舍想接着睡觉，心中却忐忑不安，无法入眠。她想，因为冬子中了圈套，楷坡的两个一把手就一齐屈服于虎鲨的淫威之下？不行，我必须想办法解决这件事情！

第二天早饭后，她打电话给派出所所长郁钦志，问他在不在所里。郁所长说在，吴小蒿就去了。

她到了所长办公室，郁钦志问她："镇长驾到，有何重要指示？"吴小蒿说："我没有指示，只想搞清楚一些事情。我听说，福临酒店这几年有人卖淫嫖娼，是不是真的？"郁所长说："是真的，我们抓到过，还对当事人做了处罚。"吴小蒿说："你拿案卷给我看看行吗？"所长就去档案室找出来给她。

吴小蒿看了看，见上面只记录了对嫖客的处罚，却没见对饭店老板和卖淫女的惩处记录，就说："所长，这些案卷，是不是意味着福临酒店有容留卖淫嫖娼的事实？"所长说："可以这样认为。"吴小蒿说："好，请所长用这个事实做筹码，处理昨天晚上在这里发生的一件事情。"接着，她就把冬子的遭遇说了。

所长一笑："她被强奸？还不知谁强奸谁呢！这个女人太烂了，钱湾港口无人不晓。"

"我建议你找她谈谈，让她丈夫立即停止要挟行为。不然，就追究她以前犯下的罪行。"

所长说："没问题，我肯定能把这事办好。请镇长放心，请书记放心。"

吴小蒿回到镇政府大院，当天下午就接到郁所长的电话，说那个老板娘承认，冬子不是强奸。这女人还说，保证让她老公不再胡闹。

吴小蒿去和书记说了这个情况，书记连声道谢，说："你让我放下了千斤巨石，也让咱们的政协委员推荐工作健康进行，太好了，太好了！"

6

眼看就到年底了，吴小蒿开始做扶贫工作调查，想知道经过一年的努力，效果如何。

她先去鸡翅岭村，了解该村八个贫困户是不是都能实现脱贫。她和驻这里的第一书记、村支书一起，一户户算账，2016 年共有多少收入，达没达到人均三千四百零二元的标准。

第一户是老两口，他们今年用上级给的扶贫贷款养羊，光这一项就收入八千，已经达标了。第二户是个三十多岁的光棍儿，原来好吃懒做，今年到建筑队打工，一年挣了四万二，大大地超了。吴小蒿忍不住向他竖大拇指："好！"光棍儿却说："好什么好！政府扶贫应该扶到家，给我一个老婆！"吴小蒿哭笑不得。第一书记指着他道："你明年好好干，挣的钱更多，说不定就有姑娘看上你。"光棍儿将手一摆："别哄我啦！我看得清清楚楚，现在不是以前啦。过去在村里盖上几间新瓦房，就能娶来媳妇。现在不到隔城买上一套房，没有愿跟的！"村支书说："你降低标准，找个二婚女人也行啊。"光棍儿说："好，我听你的，你快给我找一个！找不到二婚的，三婚四婚的也行！"村支书指着他笑："你这家伙，想女人想疯了。"

将八户走完，吴小蒿从车上提出她在楷坡买的几样补品，让村支书带路，去看望家住这个村的张尊良。这个老张，做了胃癌根治术之后，一直在家休养。张尊良正在院里坐着晒太阳，见吴小蒿来了，起身道："镇长怎么来了？"吴小蒿说："我来看看你。"坐下后，问他手术后恢复情况。张尊良说："没事，每顿不能吃多，只好一天吃五六顿。但是我已经胖了五斤，体力也在增长。"吴小蒿说："很好，你继续好好保养。"张尊良说："嗯，谢谢镇长，我一定好好保养，起码要拿到退休证吧。"吴小蒿知道他再有两年就到退休年龄，安慰他说："没问题，到你退休那天，我带你到葛沟社区召开一个茶话会，与你的老同事老朋友们见见面，说说话。"

这时，吴小蒿突然接到项春江的电话，说有紧急情况，书记让她马上回去。吴小蒿告别张尊良，急忙坐车回到楷坡。

吴小蒿来到小会议室，房书记、宣传委员老齐、钱湾社区书记李言密以及项春江都在那里。吴小蒿坐下问："书记，什么情况？"书记说："老李发现，有一帮记者在海边拍片子，专拍那些乱七八糟的养殖区。问他们拍了干啥，他们不说。这是不是要到下一期《问政安澜》上播呀？咱们要抓紧想办法灭火，万一上了节目，咱们就出大丑了。"吴小蒿一听，立即对宣传委员说："老齐，你赶快找区委宣传部的人打听一下，他们拍了到底要干什么。"老齐说："我刚才找过人了，向市电视台打听，人家说保密。"书记拍着桌子道："问题严重，非常严重！小蒿镇长，你有没有关系，能到电视台说上话的？"吴小蒿说："我想一想。"

书记的手机突然响了，他接听后腾地站了起来："记者正在西施滩拍？老韩，你问没问他们要干什么？……他们不说？真是邪了门了！"他将手机一扔，"哎呀，人家拍了一处还不住手，又找一个地方继续拍，咱楷坡要毁！要毁！"

吴小蒿想起，电视台编辑部的苑主任是山大毕业的，跟她认识，就打电话过去，说了记者来楷坡拍片子的事，问他知不知道。苑主任说，知道，那是市长安排的。

"市长安排的？"吴小蒿叫了起来，"市长要拿楷坡开刀？目的何在？"与此同时，她摁下了手机免提键，让大家都能听见。

苑主任说："市长前几天没跟你们海边区、镇打招呼，自己从南到北，沿着隔城海岸线跑了一趟，发现乱建养殖设施现象严重，破坏了海岸风景，就让电视台拍一些镜头，过几天开专题会议时播放。这不是针对楷坡一个镇，你先不要紧张。"

在座的几个人都吁出长气。书记抚摸着胸脯说："哦哟，吓得我要犯心脏病！"

7

三天后，全市海岸线整治修复工作座谈会召开，楷坡镇两个一把手接到通知后参加了会议。二人走进市政府大楼十二楼会议室，找到自己的座牌坐下，发现隔城区区长、安澜经济开发区主任、市直部门的几位局长以及沿海其他五个镇的书记、镇长都来了。

等了不大一会儿，乔健市长和两个副市长也来了。常务副市长路正惠主持会议，让大家先看记者在沿海拍的片子。片子一段一段，全是海岸线上的丑陋部分：私搭乱建、低端养殖、沙滩被毁、垃圾成片等等，让在场的许多人坐不住，脸色难看。

楷坡镇被曝光了两个地方：一个是西施滩上虾池边的小屋，一间间又矮又破，与金色的沙滩、湛蓝的大海相比反差太大；再一个是钱湾南面的养殖大棚，密密麻麻，外面堆放着残破渔具和各种垃圾，不堪入目。吴小蒿看到这里，脸上出火，万分尴尬。她想，我多次走过那里，觉得渔民就是这样的作业传统，没当回事，现在看来太不像话。

片子放完，市长讲话。他用犀利的目光扫过对面这些区、镇头头儿，用沉重的语气说："我们安澜市因海而立、依海而兴，守着这样一个得天独厚的'蓝色宝藏'，海洋成为安澜发展的最大动能、最大优势和潜力所在。但我前几天下去调研，看到这些情况，十分痛心。老祖宗给了安澜人碧海蓝天金沙滩，这份家业有多么珍贵！尤其是属于我们的一百二十公里海岸线，那是中国北方少有的黄金岸线呀！可是，就像片子里揭露的，却被糟蹋成了这样，我们怎不脸红惭愧！我与青生书记专就此事交换了意见，决定由我召开这次座谈会，将沿海区、镇负责同志叫到一起，查问题，找原因，定措施，下决心，在全市开展'碧海行动'，让海岸线重新变得美丽起来！"

他接着讲了"碧海行动"的五大内容："治污净海、修岸护海、退渔还海、绿色养海、文化兴海"。同时，要把"碧海行动"与海洋渔业转型升级结合起来，与新旧动能转换结合起来。他让大家发言，各自谈谈看法，提出建议，并让来自六个镇的同志先讲。

镇委书记、镇长们便先后发言，对自己那里存在的问题主动担责，表示回去立即整改，同时也对"碧海行动"的重点与难点提出了自己的看法。大家都把难点集中在"退渔还海"上，说让渔民拆大棚，肯定会有抵触情绪，他们要补偿怎么办？再就是，渔业转型升级，怎么转，怎么升，让渔民从事哪些营生，都需要考虑。

市长答复，打算从市财政拿一部分资金，再到省海洋渔业局等部门要一部分，投入"碧海行动"。拆除低端养殖设备，要给予一定的补偿。同时，根据各地情况，结合渔民的作业传统，在海边选定几个地方，集中建设工业化养殖场房，达到智能化、生态化、集约化。养殖户可租赁场房，也可投资入股。另外，大力建设海洋牧场，就是海上养殖业，建设"海上粮仓"。

吴小蒿忍不住举手说："市长，养殖业转型升级，有这么一个大项目值得咱们考虑。"

市长看着她点头："你讲。"

吴小蒿就讲了她所了解的"深海一号"。市长听时目光闪亮，等她讲完，立即用手指点着她说："吴镇长，你提供了一个重要信息。在温带海域进行冷水鱼养殖的超级工程，将开辟全新的海洋养殖领域。咱们要积极争取，让这个项目落户。你们楷坡有没有企业愿做？没有的话，我安排到别的地方。"

吴小蒿急忙说："有，聚丰集团有这意向。"说完这句，她为自己讲了假话而脸红。

"那就好。"他向坐在身边的副市长骆文举说，"骆市长，这事由你牵头，隔城区、海洋渔业局、科技局，你们都靠上，抓紧推进。"

骆副市长说："好的，散会后，我们接着开小会商量一下。"

吴小蒿看到领导们是这态度，既高兴又担忧。她想，辛总已经向我说，他干不了，我能让他回心转意吗？青岛那边，一直没有我的答复，会不会已经另有合作伙伴？

想到这里，她坐不住了，便起身走出去打电话。她先联系上刘经济，说她在市长召开的座谈会上介绍了"深海一号"，市长很感兴趣。刘经济说："好呀，我一直在等你回话，于教授昨天还问我有没有消息呢。"吴小蒿说："你和于教授说，我们近几天就与你们商谈。不过，学兄，聚丰集团有个难处，就是一时拿不出上亿的资金，你能不能在价格上给他们优惠，并且分期付款？"刘经济说："没问题，一切都可以商量。"吴小蒿说："这就好，谢谢。"

吴小蒿又给辛总打电话，说了座谈会上市长的意见，说了刘经济的态度。辛总说："这就没问题了，我下决心干！"

散会后，被市长点名的几个人没走，聚拢到一起坐下商量。骆副市长问海洋渔业局的昝局长，"深海一号"到底怎样。昝局长说，黄海冷水团确实存在，面积约十三万平方公里，在隔城东北方向约一百三十海里处。三文鱼是冷水鱼，最适合生长在十六到十八摄氏度的水域中。"深海一号"能利用那个冷水团，帮助三文鱼度过炎热的夏季，这个项目就算成功了。万区长说："安澜的渔业，隔城占大头，我们一直在探讨如何让渔业提档升级，让渔民收入可持续增长。如果'深海一号'成功了，我们再建'深海二号''深海三号''深海Ｎ号'，让海洋牧场变得广阔而丰饶。请市领导放心，隔城区政府会全力支持楷坡镇，让这个项目顺顺利利落户。"骆副市长对房宗岳和吴小蒿说："你们二位看见了吗？市、区两级都是这样的态度，你们只管甩开膀子加油干！"房宗岳点头道："好的好的！"

骆副市长说要带队去青岛洽谈，吴小蒿当场联系刘经济，定下两天后见面。

那天，楷坡两个一把手连同辛总，早早去安澜市政府门前，与骆副市长、万区长等人乘坐中巴车去了青岛。他们先参观了船舶重工基地，被它的规模与制造能力深深震撼。原来，这个基地制造的大型船舶、大型海洋平台，以及多种与海洋产业相关的设备，在国内外享有盛名。刘经济穿一件藏青色高级风衣，带领他们一边走一边介绍，风度翩翩，吴小蒿都看迷了。她想，刘经济虽然没有实现当年的誓言，进入高层经邦济世，但他能在中国制造业领域做到这一步，也算是翘楚了。

他的私人生活是怎样的？到底有没有老婆？吴小蒿走神了。

这时，海洋大学的一位副校长、海洋养殖研究所的邰所长和于教授也来了，三方到办公楼会议室坐下。刘经济讲明洽谈会主旨，于教授就一边播放 PPT，一边讲"深海一号"的构想。骆副市长听时频频点头。待于教授介绍完了，他提出了几个疑问，万区长和两位局长也问了几个技术上的问题，于教授一一作答。辛总向刘经济提出了养殖工船在设计方面的问题，刘经济也向他做了解释。

最后，刘经济拿出了草拟的合作协议让安澜来宾看，几个人看了都没有意见，于是，邰所长、刘经济、辛总代表三方庄重签字。

午宴安排在基地食堂，刘经济做东。他提出，预祝三方合作成功，预祝"深海一号"早日下水。而后他频频敬酒，开怀畅饮，让大家都喝了不少。

吴小蒿也喝高了，刘经济在她眼里变得十分年轻，与在山大读书时差不多。单独敬酒时，她与刘经济走到一边，再次就当年的事情向他道歉，刘经济说："已经解开了心结，那事儿翻篇儿了！祝我们家庭幸福，孩子苗壮成长！"

听到这句祝福，吴小蒿清醒过来。她明白，今后与刘经济就是学兄学妹的关系、"深海一号"制造方与使用方的关系了，心里一阵轻松，又一阵难受，回到座位上呆坐好久。

8

大雪在夜间突降黄海之滨。

吴小蒿早上醒来，站在门口看见院中白莹莹一片，首先想到的是丹墟考古无法进行。她查查天气预报，发现下午便有来自西伯利亚的强大寒流到达隅城，之后几天的最高气温都在零摄氏度以下，这就意味着土地封冻，难以挖掘。

方老师这时打来电话，说他和丹丹商量了，鉴于气候的原因，中美联合考古队今天撤走，明年春天再来。吴小蒿问："老师你们怎么走？"方老师说："这个天气，坐飞机是不行了，我们坐高铁，订了午后两点的票。我和学生到济南下车，丹丹他们几个直接到北京，转乘去旧金山的航班。"吴小蒿说："好的，我中午给你们送行。"

她给书记打电话说了这事，书记说："我要到区里开会，你代表党委、政府送送他们吧。"吴小蒿答应一声，又给樊卫星打电话。樊卫星说："方老师已经告诉我了。我吃过早饭，和博物馆馆长带面包车过去。"

早饭后，吴小蒿去了考古队住的旅馆，考古队员们在各自整理行李。方老师和丹丹正在一间小会议室里，与一直跟随考古队的文物局工作人员一同动手，将一些新出土的文物分门别类，摆在桌面上，准备办理交接手续。门口，两位武警战士持枪挺立。

见吴小蒿来了，丹丹用中文说："蒿，我们走了，我们不是盗墓者！"

吴小蒿也和他开起了玩笑："不，你们是盗墓者，盗走了这里四千年前的文明记录！"

丹丹哈哈一笑："我还想把你盗走呢！我喜欢你，你不要当楷坡的镇长了，当我的夫人，陪我到太平洋东岸过圣诞节吧！"

吴小蒿心中咯噔一跳，她没料到这个可爱的老头会说出这话，但她还是用玩笑的口吻跟他说："你今天就走，我办护照也来不及啦。美国有了新的总统，你快回去参加他的宣誓就职仪式吧！"丹丹耸耸肩膀："我不感兴趣。""为什么？""我这个用千年尺度考量世界的人，能欣赏只用四年尺度考虑事情的人？"吴小蒿笑了。

方老师拿起一块玉质砭石，用它的尖端在丹丹背上扎了一下。丹丹叫了一声，问方老师要干什么。方老师说："这个地球，好多地方经络不通，要是能够针砭一番就好了。"丹丹向他竖起大拇指。

樊卫星和博物馆馆长来了。他们与考古队的中美两位领队办理交接手续，在文件上一一签字。方老师说，他和丹丹商量，回去的路上，到丹墟遗址告别一下。于是，博物馆馆长留下整理文物，樊卫星和吴小蒿陪着考古队员们去了。

出了楷坡，吴小蒿见已经建成的楷园一片洁白，雪中冒出一排排幼小的楷树，像插在方形瓷盘里的一炷炷细香，心中生出难言的感动。她想，这些树苗正在冬雪里悄悄积聚养分，等到春天再度来临，它们会枝繁叶茂，长得更高。

到了丹墟遗址，只见被考古队挖出的探方排列在雪地里，大大小小，错落复杂，像令人费解的棋局。吴小蒿突然生出一个念头：将这些探方保留下来，以后在这里建设丹墟遗址公园。她把这个想法一说，考古队员们都很赞成。樊卫星说："好呀，咱们局、镇联合打报告，让上边拨款。第一步，先搭建大棚，把这些探方盖起来。"

方老师看看表，说："咱们走吧。"丹丹用贮满留恋的眼神望着遗址，挥手喊道："伙计，春天再见！"而后转身上车。

到了安澜高铁站，吴小蒿想起了建这条铁路之前征地拆迁的事情，想起了衣领里被人塞蛇皮的可怕经历。她想，我还没坐过一次高铁呢，盼望能像城里干部那样享受休假制度，可以带着点点去北京玩玩。

送到候车厅门外，樊卫星和吴小蒿与考古队员们一一握手。到了丹丹面前，这家伙突然将吴小蒿紧紧抱住，吻了一下她的额头。

年末岁尾，忙忙乱乱。然而，有那么几次，临睡时分，吴小蒿总觉得额头上有异样的感觉。那是一蓬胡子，让她想起丹丹的一举一动、一言一行，她觉得那个美国老头特别可爱，特别有趣。

当丹墟遗址上麦苗返青、荠菜开花的时候，中美联合考古队回来了。吴小蒿发现，美方多了一个人，是个跟她差不多年龄的女人，黄皮肤黑头发。丹丹向吴小蒿介绍，说她叫娜塔莉，是他去年在秘鲁考察印加文明时收的一个学生。吴小蒿问："她是不是印第安人？"丹丹说："是的。她听说我来中国考古，就跟着我过来要研究一番，想弄清楚一个问题：印第安人的祖先与中国人的祖先到底有没有文化上的联系？"

吴小蒿说："肯定有的。我有一本书，叫《历史上的今天》，上面这样记载：1989年——哪一天我记不清楚了——《人民日报》海外版报道，云南省社会科学院楚雄彝族文化研究所的研究人员在民间发现了一种历法，叫'十八月太阳历'。这个古老历法，由彝族星占师世代相传。据说，玛雅人也用这种历法。"

娜塔莉听了方治铭教授的翻译，兴奋地跳了起来："对呀，墨西哥一带的玛雅部落就用十八月太阳历，一年分十八个月，一个月二十天！他们有文字，也像中国古文字那样从上往下写，读的时候从左到右！"

吴小蒿说："彝族人崇拜虎，自称'罗罗'，就是'虎人'。"

娜塔莉说："那个玛雅部落也崇拜虎，在墨西哥还有老虎神庙呢！"

吴小蒿说："你可以去云南考察一下这件事情。"

娜塔莉晃着一个拳头道："我一定要去！"

丹丹说："我陪你，我也想去寻找玛雅文化的根。"

吴小蒿发现，丹丹与娜塔莉绝不仅仅是师生关系，从眼神交流就能看出，他们是情侣。吃饭时，二人坐在一起，丹丹在喝多了之后，公然去亲吻娜塔莉的额头。吴小蒿下意识地摸摸自己的额头，觉得头痛难耐。

晚上回到宿舍，她到镜子前看着面容憔悴的自己，在心里发问：小蒿，世上的男人遍地都是，怎么就没有一个是你的情侣呢？你年近不惑，日益憔悴，连一个可以作为心灵归宿的精神伴侣也没有，你可怜不可怜？去年8月，我们国家发射了量子科学实验卫星"墨子号"，有人说，一对男女相爱，也像一对量子在纠缠，为什么就没有和我同频共振的那么一粒量子呢？

这么想着，镜子里的吴小蒿就模糊了。她索性不再看，转身往床上一趴，泪流不止。

9

春风把休眠了好长时间的老沈也吹醒了。那个昔日的船老大，又手舞足蹈地喊起了号子。

这是孙伟告诉吴小蒿的。他在渔业博物馆装修期间，到各个渔村收集旧渔具，这天走到钱湾村北，想看看老沈的那些东西是不是还在。到那里他发现，老沈又像以前那样，在自家院中的大船上还原了一个船老大的举止做派。孙伟说："镇长，你快来看看吧，再不来看，恐怕永远也看不到了，我怀疑老沈是回光返照。"

吴小蒿便放下手头的工作去了。到了那里，她看见院里院外有许多人，像在看一台大戏。老沈站在甲板上，高出人头，高出院墙，响亮地喊着号子，手脚并用做着相应的动作。

孙伟看见了吴小蒿，叫一声"镇长"，说他听老沈的老伴说，老沈就像当年五更时分赶潮水出海一样，该干啥干啥，该喊啥喊啥。拿船号，推关号，撑篙号，棹棹号，撑篷号，打户号，悬斗号，掏鱼号，溜网号，点水号，成缆号，箍桩号，等等等等，什么都喊了，喊了一遍又一遍。

吴小蒿问："他现在喊的是什么号？"

孙伟说："撑篷号。渔船离岸之后，如果风向对，就把船帆升起来，借风使力，加速前进。"

老沈果然一下下做着牵拉动作，咬牙瞪眼，使上了全身的力气。他与一年前相比瘦了许多，老了许多，但精神头儿丝毫不减。长长的白头，花白胡子，在风中大幅度甩动着。

吴小蒿用崇敬的目光看着他，看得眼窝发热。

院门外停下一辆面包车，车上有"败家娘儿们直播间"一行红字。有人兴奋地说："败家娘儿们来了！败家娘儿们来了！"

从车上下来三四个女人，有的拿手机，有的扛三脚架。人们让出路来，她们迅速选了个位置，支起三脚架，固定手机，就开始了直播。一个漂亮女人面对手机，看来是主播角色。有意思的是，她尚未开口说话时，小舌头在嘴角露出来，显出几分妩媚与调皮。小王跟吴小蒿说，这女的是败家娘儿们的头头儿，是郭默的堂弟媳妇，因为好吐小舌头，诨名叫"西施舌"。

西施舌开口了，她讲这个船老大的来历，说他在喊渔家号子，接着就退到一边，让手机一直对准船上的老沈。

吴小蒿知道"败家娘儿们直播间"。正月里的一天，她要进城开会，司机小王在车里等她，一边看手机一边哧哧笑。她坐进去问他在看什么，小王启动车子后告诉她，在看钱湾的败家娘儿们。吴小蒿说："就是那些能歌善舞的妇女？"小王说："人家现在搞直播，成网红了。她们拍的短视频在网上很火，听说能赚不少钱呢。镇长你也下载快手或者抖音，上面都有'败家娘儿们直播间'，她们可逗了。"吴小蒿晚上就下载了软件看，发现钱湾的这群妇女还真是有才，自己出镜表演歌舞，到户外直播有趣场面，拥有许多粉丝。不过，有些节目为了搞笑，过于低俗。

直播还在进行，吴小蒿想看看老太太，就带着孙伟从人群后面走进屋里。

一些人正围坐在一张矮桌前喝茶，老太太也坐在那里，吴小蒿趋前叫了一声"大娘"。一个黑脸男人站起来说："镇长来啦？"吴小蒿认出，他是钱湾三村的村主任沈为念。沈为念向她介绍一位戴眼镜的中年男子，说他是老沈的儿子，在城里当律师。吴小蒿坐下说："沈律师，你家大爷喊的号子真动人！"沈律师摇摇头说："我估计，他喊不了多久了。这一年来，他一直病病歪歪，我几次带他进城检查，医生说，他不只是小脑萎缩，多种器官都在衰竭。住院没有多少效果，就回到家里。昨天我母亲说，他又喊号子了，我就急忙回来，想把他再送到医院，但他坚决不去。我想，不去就不去吧，就让他喊个够……"说到这里，他瞅一眼院里的父亲，哽咽流泪。

孙伟说："沈律师，我找你说过，渔业博物馆马上要建成了，想把沈大爷的这些渔具拿去展览，你看这事……"

沈律师说："没问题。我父亲一走，你只管把那些东西搬走，我代他无偿捐献。"

吴小蒿说："太好了！谢谢沈律师！"

沈为念叹一口气："唉，俺大叔如果走了，整个钱湾，会使风船的船老大就一个不剩了。"

吴小蒿扭头看着边喊边做动作的老沈，感慨万端。

突然老沈停止了喊叫，扶着桅杆站在那里。吴小蒿正猜度他要干啥，却见他无力地搂住桅杆，慢慢坐下。她急忙跑过去，见老沈倚靠在桅杆上，眼睛紧闭，嘴角流血。

他儿子跳上船去哭喊："爹——"

在场的一些渔家汉子也都喊："老大——"

吴小蒿在心里说：一代渔人，就此别过。

桅杆上的那面小红旗，依然迎风劲舞。

10

房宗岳这天告诉吴小蒿，区领导给他打电话，说省里有个老领导介绍一位女企业家过来，要帮楷坡搞开发。吴小蒿说："好呀，什么时候来？"房宗岳说："明天上午。你不要安排别的活动了，咱们一块儿跟她见面谈谈。"

第二天上午十点多钟，项春江给吴小蒿打电话，说客人马上到，吴小蒿就和书记一起下楼迎接。等了几分钟，果然有一辆奔驰车开进院里。两个女的下来，一个五十岁左右，一个四十岁左右，都化了妆，风韵犹存。四十女介绍五十女，说她是梁总。梁总矜持地笑着，向两位镇领导伸出手去。吴小蒿与她握手时，感觉她的手凉凉的，不知为何。四十女又自我介绍说，她姓钟，是梁总的副手。她给房宗岳和吴小蒿递上名片，说是梁总的。吴小蒿看看，上面写的是"山东贝迪克文化旅游开发有限公司总裁 梁佳"。

到二楼接待室坐下，房宗岳说："欢迎梁总光临，欢迎你来开发楷坡。"梁总呷一口茶水，慢悠悠道："我本来没打算过来，可是水主任非让我过来，说隔城是他工作过的地方，现在有些地方还很落后，让我务必过来搞一搞。咳，搞就搞吧，让老领导高兴高兴。"

听她这样说，吴小蒿觉得恶心。

房宗岳赔笑道："梁总，你打算搞什么？"

梁总掐着她那些涂成紫黑色的指甲看，边看边说："我本来吧，对区块链技术感兴趣。我们国家的一些大城市目前正在鼓励区块链产业发展，聚集了一大批区块链公司，已形成良好的区块链发展氛围。在偏远地区，譬如说你们隔城——隔城，顾名思义，就是偏远的城市嘛——可能知道区块链技术的人寥寥无几。但既然老领导有嘱托，那我就先把区块链计划暂且放一放，等把这边搞出名堂再说。"

吴小蒿听她在装，忍不住问："梁总到底想搞什么？"

"搞什么嘛，我的意见，是在你们楷坡镇的西部山区，开发一个旅游综合体。我已经派员实地考察过，那里不是有个香山吗？有石屋、石刻、老村，还有什么'非遗'。你们把村庄给我搬走，把土地给我流转过来，请国内外旅游界的'大咖'给我贡献智慧，我要把那里打造成一个全新的香山，能和北京香山相媲美的香山，吸引全世界的游客都来玩儿。"

吴小蒿问："梁总，你要打造这个旅游综合体，有更具体的想法吗？"

梁总说："想法嘛，肯定是有的。但我要亲自去考察一下，这样才能有的放矢。"

房宗岳说："那好，就让吴镇长陪你上山，好不好？我还有别的事。"

梁总说："好吧，但是房书记，"她用指头指点着他，哆嗦着双下巴，"你要好好领会老领导的意图，不折不扣地贯彻落实。"

房宗岳点头道："好的好的。"

见书记将自己推上前去，吴小蒿只好陪两个女人上山。她坐上大奔的副驾驶座，指挥司机走了。在路上，她给石屋村支书老郑打电话，说她要陪梁总上山，让他到石屋前面等着。

进山后，见桃花一片一片开得红艳，梁总小声唱了起来："弯弯青石路，悠悠桃花丛，昨夜风摇花醒，染红多少好梦……"梁总嗓子很好，歌声婉转动听。等她唱完，吴小蒿问她是哪里人，梁总说，革命人四海为家。吴小蒿明白，她不想说实话，就不再问她。

吴小蒿想，这几年国家鼓励农村土地流转，让农业走向规模化、集约化、现代化，这本来是一件好事。像蓼河两岸的小平原，有几个种粮大户各自租种几百亩甚至上千亩地，无论种水稻还是种麦子，都是成本下降，产量提高。葛沟社区有一个大户，租了三百亩地专种"济薯26"地瓜，亩产量达到七千斤以上，收后挖大窖子贮藏，春节前运往大城市出售，一亩地收入近万元。农民将土地流转后，有的到这些农场打工，还能再挣一份工资。但是，也有人借土地流转的大潮圈地捞钱，显示了资本家的贪婪。在杨店镇，一个老板声称要建"万亩玫瑰园"，搞"世界上最美丽的事业"，镇、村干部信以为真，将三个村的土地全部给了他。他拿到手后，仅支付了农民一年的租金，却将这片土地的经营权抵押给银行，贷款几个亿，拿到城里搞房地产开发，让这上万亩土地基本荒芜。吴小蒿曾路过那里，看着那里一望无际的荒草和荒草间偶尔露出的几株玫瑰苗，简直是心如刀绞。

吴小蒿判定，今天来的这个梁总，也是那一类人。她打着老领导的旗号，企图借老领导的余威让自己的阴谋得逞。你小算盘打得精，我偏让你成不了。我决不能让群众利益遭受损失，不能让"香山遗美"变成"香山遗臭"。

几人到了石屋门前，老郑和驻这个村的第一书记景玉娴正在那里等着。吴小蒿介绍过他俩，梁总与他俩握握手，居高临下地说："我来帮你们搞开发，让这座山旧貌换新颜！"

她站在那里，看了看这座山和石屋村，抬手画了一个大圈："我都要了，我都要了。"

吴小蒿不吭声，看她如何表演。

梁总抬头看看崖壁上"香山遗美"四个大字，问吴小蒿，题字的人是什么级别。吴小蒿说，是个县令。梁总轻蔑地一笑："七品芝麻官呀？级别太低了。我让水主任再题一幅刻上，他是省级领导，字也很棒！"

她走进石屋看了一圈，踌躇满志："我要把这里搞成旅馆，让游客体验一下山顶洞人的生活。城里人住惯了星级酒店，习惯了睡席梦思，到这里住，肯定会感觉新鲜。不过，这个洞太小，应该再拿炸药轰几下，搞得大一点儿，起码放得下几十张床。"

跟随梁总的钟姓女人立即拍手道："哎呀，把这里跟山顶洞人联系起来，梁总真有创意！"

吴小蒿忍不住说："山顶洞人生活在两万七千年以前，跟老郑的前辈不能相提并论。"

梁总斜视了她一眼："搞开发，不能拘泥于历史。我说这里住过山顶洞人，谁能反驳？"

吴小蒿说："我就反驳。你说这里住过山顶洞人，拿什么做证据？"

"我让老领导题个词，说这里是山顶洞人老家，谁敢不信？"

吴小蒿彻底被她激怒了，眼睛直盯着她说："梁总，我是山东大学历史文化学院毕业的。我老师告诉我，历史不能虚构，要用充分的证据做支撑。"

听她这样说，两个女人把吴小蒿上看下看，不再吭声。

吴小蒿这时问景玉娴，多长时间没回城了。景玉娴说："半个多月了。不过，回去也没什么事，已经在山上住习惯了。"吴小蒿问她和老郑，今年石屋村还有五个贫困户，是否都能脱贫。老郑说："没问题，景书记工作做得细，给每一户都制订了脱贫计划，隔一段时间就去看看落实得怎样。"老郑看看走到一边嘀嘀咕咕的女老板，小声说，"镇长，我看这两个女人不地道。"景玉娴说："可不能叫她们过来乱搞一气，把山水原貌和文化古迹都给破坏了。"吴小蒿说："放心，我会全力阻止。"

钟姓女人过来说："吴镇长，梁总的意思是，要回去研究个方案，再向老领导汇报一下，然后再过来实施。"

吴小蒿说："好吧，咱们回去。"

两个女人离开楷坡后，吴小蒿让招商办查查山东贝迪克文化旅游开发有限公司的底细。招商办主任很快向她报告：这个公司是上个月在安澜市工商局注册的，注册资金为一百万元。那个梁总，是省城一家歌舞团的合唱演员，刚办了提前退休手续。吴小蒿冷笑：你只有这点儿资本，就想把香山拿到手，演一出蛇吞象的闹剧？你想得美！

11

锄头突然给吴小蒿打来电话，说鳀岛那边要打起来了，让她赶快过去拉架。吴小蒿问："谁跟谁要打起来了？"锄头说："万玉凤搞直播，钱湾的败家娘儿们说她洗稿。"吴小蒿问："什么是洗稿？"锄头说："你当镇长，连这都不懂？就是抄袭，败家娘儿们拍什么，东风荡子也拍什么。败家娘儿们在网上骂了万玉凤好几天，万玉凤不服。今天突然有一群女人上岛兴师问罪，万玉凤让我赶紧向你求救。两边的人现在正在东风荡子饭店吵着，二姑你来，你快来！"

吴小蒿接完电话想，时代真是变得快，渔家妇女竟然因为洗稿闹起来了，我还不懂洗稿是啥事儿，咳！

但她顾不上多想，决定立即上岛。她用三言两语跟书记说了这事，书记说："你快去吧，你是女同志，解决她们之间的矛盾有优势。"吴小蒿让党政办借用渔政站的快艇，接着通知分管文化的副镇长、文化站站长和派出所所长一起去。但刘大楼说他正在所包的社区开会，郭默和郁所长倒是答应了。

半个小时后，三个人一起坐车去钱湾。郁所长敲打着放在膝盖上的大盖帽说："我干了二十多年的公安，第一次听说因为洗稿可能导致打架斗殴。"郭默说："洗稿的事，我堂弟媳妇多次跟我说过，'东风荡子直播间'的多个小视频是抄了败家娘儿们的。比方说，败家娘儿们拿灯泡放在电鳗上做试验，看它能不能发电让灯泡亮起来，东风荡子也这样拍；败家娘儿们把可乐倒进鲍鱼壳里，让鲍鱼跳舞，东风荡子也学着。我想给万玉凤打电话谈谈，又怕她觉得我跟败家娘儿们是本家，说我偏袒。"

小王插嘴道："人家东风荡子也有自己的独创节目。万玉凤表演野蛮吃法，吃活的八爪鱼，吃活虾活蟹活牡蛎，败家娘儿们就没有敢的。"

郭默说："败家娘儿们的主打节目是歌舞，文明的居多。"

吴小蒿说："不文明的也有。我看过一个，是一个娘儿们说段子，说她用微波炉烤榴梿，她娘来了，到处找臭气从哪里来，去厕所里没找到，去厨房打开微波炉看了看，抱着她闺女哭，说没想到闺女穷得烤屎吃。"

郁所长哈哈大笑："还有这样的视频？那我得关注败家娘儿们，经常看看。"

吴小蒿对郭默说："网上直播是新的文化样式，你身为文化站站长，要多加注意，多多引导，让制作者讲究品位，讲究格调。"

郭默点点头："好的。"

渔政站的快艇正在码头上等着，他们坐上，很快到了鳃岛。锄头正站在码头上，焦急地向他们招手。吴小蒿一上岸，锄头就说："快走快走！败家娘儿们还在围攻万玉凤，唾沫星子把她的衣裳都溅湿了！"吴小蒿一边走一边想，看锄头急成这个样子，他跟万玉凤的关系真不一般。

到了东风荡子饭店门口，锄头大喊："让开让开！镇长来了！派出所所长来了！"

围观的人们往两边闪开，几个镇干部走了进去。

西施舌一见，立即喊冤一般叫起来："镇长、所长，你们得给俺做主呀！你看看我这脸，叫她们给抓破了！"她那俊俏的瓜子脸上，果然有几道紫红的伤痕。

万玉凤也是一脸委屈："镇长、所长，她们成群结伙来欺负俺岛上人，把俺的头发都薅掉了一大把，你们还不把她们抓起来！"

吴小蒿看看双方，笑了笑："刚才你们打架的场面，没拍下来发抖音？"

西施舌将手一拍："忘了呀！应该拍下来，让全抖音都知道她们是洗稿的贼女人！"

万玉凤跺着脚骂："你是贼女人！你是贼女人！"

西施舌指着她大叫："养汉女人图现成！你就是个养汉女人！"

万玉凤咬牙切齿，又扑向西施舌。

郁所长大喝一声："都给我老实点儿！"

女人们这才老实了一点儿，都坐在那里喘粗气，吐唾沫。

郭默说："姐妹们，咱们有理讲理，怎么能骂起来打起来呢？"西施舌说："大姐，我们就是来跟她们讲理的。你说气人不气人，前天我拍了个海葵发出去，昨天她们也拍了一个，画外音都跟我说的一样……"万玉凤说："一样又怎么了？说海葵营养价值高，是'男人的加油站、女人的美容院'，海边渔民都这么说，成你的专利啦？"西施舌说："专利倒不是，问题是，你整天跟在我们后面拍，这样的视频多了，人家觉得不是独一份，不新鲜，影响我们吸粉！"万玉凤说："吸粉还是吸男人？我一看你那长舌头就生气，还自称什么西施！"西施舌说："小长舌头大长腿，我这是天生的，你干眼馋！"万玉凤说："谁眼馋了？谁眼馋了？流氓土蛋才眼馋！"吴小蒿急忙制止："够了！不要再吵了！"

等到双方不再吭声，她放低语调看着西施舌等人说："我首先要说说败家娘儿们。你们利用网络平台，在楷坡率先搞直播，这本来是件好事。我看过'败家娘儿们直播间'，你们能歌善舞，通过小视频或直播展示才艺，给大家带来欢乐，真的挺好。在户外拍的东西，也科普了海洋知识，让观众了解渔家生活。特别是船老大临终喊号子那个视频，我看一次感动一次，你们拍出了历史感，拍成了一曲挽歌，堪称经典。我看见，这条视频收获了六十多万个赞，我代表镇政府，也为你们点赞！"

西施舌等人笑逐颜开，拍起了巴掌。万玉凤则向吴小蒿撇嘴翻眼。

"但是，"吴小蒿接着讲，"今天败家娘儿们不该到岛上来！现在是法制社会，你们如果发现有人洗稿，侵犯了你们的著作权，可以搜集证据，到司法部门维权去。为什么要像老一辈没文化缺教养的女人那样，跑到这里吵吵闹闹？如果真的打起来，万一伤了人，你们怎么收拾？就说你，西施舌，脸上有了伤，怎么出镜？"

西施舌摸着脸上的伤痕嘟哝："是呀，今天晚上我就没法直播，估计要少进账几百块钱，可后悔了！"

吴小蒿瞅瞅万玉凤，微笑着道："玉凤大姐，你不简单，是渔家妇女中的拔尖人物。你身居孤岛，并没有与世隔绝，甚至走在了时代前沿。大前年你搞起了电子商务，在全镇带了个好头。你牵头组建鳃人旅游开发公司，并且运营成功，也显示出了不同一般的组织能力。现在搞网上直播，为什么就不能发扬你的创新精神，拍出独一无二的内容，非要拍一些有洗稿嫌疑的作品呢？"

万玉凤摆摆手说："好了好了！镇长你放心，从今往后，东风荡子拍的东西，如果再有一条跟败家娘儿们的相仿，我就剁掉手指头！发现一条剁一根！"

吴小蒿忍不住笑了，心想，你男人曾经剁掉一根，你在这里也拿这个发誓，你们两口子怎么都会这一手呀？她停了停又说："今天郭默站长也来了，我建议，文化站设立一个网上文艺作品奖，到年底评出一些获奖作品，开会表彰，好不好？"郭默说："姐妹们，你们都听见了吧？想不想拿奖？""想！"两帮女人都叫喊起来。

吴小蒿说："好了，过去的事就过去了，既往不咎；今后的事各自注意，各自努力。我都给你们加关注，有空就看你们的新作品！"

锄头在一边大叫："二姑，你也给我加关注！我也有抖音账号！"吴小蒿很吃惊，问他直播什么。锄头说："直播海上捕鱼，可好看啦！我的账号是'吴哥打鱼'！"吴小蒿笑道："你报出账号，想在这里圈粉啊？"大家笑成一片。

12

一天下午，到区委开会的房宗岳回来，直接走进吴小蒿的办公室说："小蒿镇长，咱们遇上麻烦了。"

吴小蒿问他遇上了什么麻烦，房宗岳说："下午散会的时候，支书记把我留下，说水主任打电话给他，火气很大，说别的地方都是千方百计招商引资，为什么开发商到了隅城，基层干部却态度恶劣，故意刁难。书记说，老领导后来直接点出了楷坡镇的香山旅游综合体项目，要求区委区政府一定大力支持，让项目早日落地。书记让我回来和你商量，做做群众的思想工作，尽量做成此事。"

吴小蒿听后一笑："看来，那个姓梁的向老领导告状了。其实，她只要拿出真诚的态度、充足的资金，能够维护石屋村村民的利益，保护好自然文化遗存，项目肯定会顺利落地。"

房宗岳说："小蒿镇长，既然支书记这样交代了，咱们就全力配合，让梁总过来搞吧。"

吴小蒿沉吟片刻，搓着手道："支书记不是让咱们做做群众的思想工作吗？还是由我做吧。这几年，上级一直强调群众路线，我早就想找个村子住几天，搞搞调研，这次去石屋村，算是二者兼顾。"

房宗岳说："那你去吧。时间不要长，三五天就可以了，中间需要你回来开会或者处理事情，就马上回来。"

吴小蒿点点头："好，我收拾一下，现在就去。我跟景玉娴很谈得来，今晚找她说话去。"

说罢，她回宿舍拿了几件衣服和洗漱用具，就让小王开车送她。到了街上，她去一家超市割了几斤肉，买了一些青菜，还买了一大包煎饼。

来到石屋村村委会大院门外，吴小蒿让小王回去，自己提着东西走了进去。见景玉娴正在水龙头下面洗菜，她说："景书记，洗什么菜呀？你看，我带来了一些。"景玉娴看见了她，起身甩着手上的水说："镇长，你怎么来啦？"吴小蒿说："我来住几天，陪陪你，你愿意吗？"景玉娴笑道："我当然愿意。不过，你身为镇长，整天忙得很，怎么有空来这里住？"吴小蒿就将来意讲了。景玉娴听了点点头："深入群众搞调研，这是各级干部都要做的功课。不过，老领导布置下来的'作业'，你能不能完成？"吴小蒿说："我想听听你的意见，听听村里干部群众的意见。"景玉娴说："我的意见很明确：香山必须遗美，不能遗臭。"吴小蒿说："好，我百分之百认同你的观点！"

吴小蒿看看水龙头下的菜盆，见里面是灰灰菜，就惊讶地瞅着她说："你在这里吃野菜呀？"景玉娴一笑："偶尔为之。我这几天忙，没顾得下山买菜，就到山上找了一些。这种灰灰菜挺好吃的。"吴小蒿说："我小时候吃过。不过不能吃多，吃多了肿脸。"说着就蹲下帮她洗。

做好晚饭，两个女人就在厨房里一起吃。坐到小饭桌旁边，景玉娴拿起手机，拨弄几下，然后对着手机说："星星，吃饭了。今晚小蒿妹妹过来陪我一起吃，她从镇上带来了煎饼，带来了菜，挺好的。你在那边也吃吧。"

吴小蒿知道，景玉娴的儿子在上大学，就问："你儿子叫星星？"

景玉娴说："儿子叫明明，星星是我老公。"

"你老公？他不是……"吴小蒿早就听说，景玉娴的老公前年得了癌症，于当年去世了。

"他是走了，但我还是天天用微信跟他说话。吃饭前，跟他叨叨几句；睡觉前，跟他叨叨几句。不叨叨几句，心里就不得劲儿。"

说罢，她将微信页面送到吴小蒿面前。吴小蒿看见，对话的双方，一个是"娴娴"，头像是景玉娴；一个是"星星"，头像是一个方脸男人。整个页面，都是一条一条的语音，但都是"娴娴"的。

吴小蒿一下子哭了："玉娴姐……"

景玉娴一边抚摸着手机一边说："小蒿妹妹，对不起，我不该说这些。"

吴小蒿摇摇头："不，你别说对不起，是你们夫妻间的深厚感情让我感动。"

景玉娴再看一眼手机上丈夫的头像，用低沉的女中音缓缓说道："我跟郜大星的感情确实很深。自从在大学里建立了恋爱关系，我们就觉得，这一牵手，就是一生。结婚二十多年来，我们也吵过架，但是感情基础从来没有动摇。原来的想法，就像歌里唱的，'我能想到最浪漫的事，就是和你一起慢慢变老'。

谁知道，我俩都还没老，他就得病走了。这让我非常非常痛苦，我整天以泪洗面，整天对着他的微信跟他叨叨。家里的每一个房间、每一样东西，都让我想起他。洗手间里的电动剃须刀，我经常过去看着它流泪。我多么想他再让它呜呜地响着，来回抹动，剃完了把胡须屑倒进水池，由我冲洗干净……可是，这一切一切，都在回忆里了。你知道，我在市委组织部管档案，大星是市管干部，他的档案在那里，我经常拿出他的档案，一页页翻看，看他的履历，看他的照片。把档案盒放回去，还摸着它不忍离去。我知道，这有些失态，甚至变态，我不能老是这样。恰巧去年年初，单位要派第一书记，我就报了名。我想换个地方，为老百姓做点儿事，转移一下注意力。到了这石屋村，我感觉好多了，但是，跟他叨叨的习惯还是改不了……"

吴小蒿擦擦眼泪，鼻子齉齉地说："玉娴姐，我真羡慕你。你曾经拥有那么美好的爱情，即使走了一个，在世的这一个，仍然有一个情感归宿，哪像我……"

景玉娴用怜悯的眼神看着她："怎么，你的婚姻不如意？"

吴小蒿苦笑一下："岂止是不如意，简直就是无休无止的梦魇！"接着，她就把由浩亮二十年来对她所做的事情讲了一下。

景玉娴听罢，看着吴小蒿说："妹妹，我真想抱住你，痛哭一场。"

吴小蒿说："谢谢姐姐。不过，讲出来就轻松了。咱们不说这些了，吃饭吧。咱们吃饱喝足，好投入'香山遗美'保卫战！"

13

吴小蒿发现，对感情那么执着的景玉娴，对工作也是非常执着。

景玉娴在市委组织部是档案管理员，到这里之后，她指导村会计将这个村的档案重新整理了一遍，将各项内容分门别类，查漏补缺，核对清楚，用一排排档案盒装起。尤其是六个贫困户，一户一份档案，将基本情况、具体困难、扶贫措施、收支明细等等全都记录在案，一目了然。

最让吴小蒿吃惊的是，景玉娴竟然在这里建立了"石屋记忆"档案。她有空就找人聊天，都录了音，然后把收集来的信息整理成文字。"石屋记忆"分成八个部分：一、村庄起源、地形地貌及隶属变迁；二、村庄姓氏构成、来源及迁徙情况；三、村庄历史名人；四、村庄历史上的文化古迹；五、村庄非物质文化遗产及传统手工技艺；六、村庄历史上的灾害事件；七、本村教育、文艺、宗教发展情况；八、村庄经济发展历程及现状。记载的内容丰富、详细、生动、精彩。她不但记录了摩崖石刻"香山遗美"和打击乐《斤求两》的由来，还记录了当代的一些故事或笑话，譬如前几年书记家中养一只值班羊的故事。另外，她还记录了一些难得的历史细节与文化掌故，其中有这么几则：

——清末捻军北上，楷坡、钱湾等几个地方的人都到香山躲藏，石屋里睡得满满当当。一个月后捻军远去，在此躲避的人回村，虱子无处吸血，一串串爬上洞口的草梢。

——石屋村有一个独特的风俗：崩丧门星。大年五更，起来开门，要先在屋里点燃一枚炮仗，把门打开一道缝儿扔出去，让其在门口炸响，连扔三颗。

——清末，石屋村出了个秀才，叫郑云笺，连考多年没有中举，遂放弃科考周游天下。后来腿疼不能再走，回家建起了生圹（活人墓），于墓前石碑上自题一联："竹帛谁千古，烟霞我一丘。"

这副对联，让吴小蒿感慨良多。她想，郑秀才虽然没能中举入仕，但他的人生堪称潇洒。像我吴小蒿，一再打算坐高铁带孩子出去玩玩，到现在还是停留在想象阶段。郑秀才走倦了回家等死，还有烟霞一丘，我的"一丘"在哪里？

她认为，景玉娴让村中老人口述村史，永久保存，是一件很有意义的事情。这个做法，值得各村仿效。她想，下一步就让文化站牵头，让各村都搞，最后精简一下汇编成册，书名就叫《楷坡记忆》。

白天，她在景玉娴的带领下到村外转悠，帮村民给桃花授粉，给麦苗打药，一边干活儿，一边与村民交谈，了解到很多情况。她发现，村里的年轻人大多外出打工，留在村里务农的都是中老年人，他们眼界狭窄，技术落后，无论种粮食还是种果木，都是粗放经营。有一些户收入较低，很容易返贫。吴小蒿就与景玉娴、郑书记讨论一个问题：即使保住了"香山遗美"，怎么才能让村民富裕起来？

他们讨论来讨论去，觉得石屋村有上万亩山场，发展林果业有优势，还是要在这方面做文章。她和景玉娴、老郑到山上转了转，有了主意：学习双岭县的做法，在山区发展"立体经济"。她去双岭县参观过，那里的山民在原生态树林里种野山茶，采叶子卖给专门搞加工的茶场，有的户一年收入几万元。香山地处双岭县东南，气候更加温暖湿润，野山茶生长条件更好。老郑说："那咱们就种！不过，是不是要买种子呀？缺钱怎么办？"吴小蒿说："买种子花不了多少钱。景书记，请你出面到林业局问问，他们可能有扶持资金。"景玉娴说："好，我让我们领导联系他们。"

这个季节，山花烂漫，吴小蒿觉得赏心悦目。有一些花，她叫不上名字，老郑也叫不上名字，她就掏出手机用形色 APP（智能手机应用程序）查。镜头对准野花，屏幕上便出现介绍，说这是什么花，学名是什么，别称是什么。景玉娴感到惊奇，说："我怎么不知道这个软件？"吴小蒿说，是她上次回家，女儿给她下载的。她说："我在手机上看了一部西方经典著作《文化与承诺》，作者将人类社会分为三个时代：前喻文化时代、并喻文化时代和后喻文化时代。前喻文化时代，晚辈向长辈学习，知识以传承方式传播；并喻文化时代，同辈人之间相互学习，知识以平面方式扩散；而后喻文化时代，长辈反过来要向晚辈学习。现在的中国，已经进入后喻文化时代，咱们要向孩子们学习了。"景玉娴点点头道："对，我也体会到了。过年的时候儿子回家，就给我讲物联网，给家里装了一些设备，我在这里用手机就能看到家里的情况。"

转了一圈下山，他们遇到了老花鼓。这位七旬老人正在整地，准备种花生。吴小蒿问他，有没有把《斤求两》教给村里的年轻人。老花鼓笑了笑："教会了几个，有男有女。老祖宗留下的东西不能丢，得一代一代传下去！"

吴小蒿又问："如果有老板过来，想把石屋村的人迁走，在这里搞旅游开发，把石屋炸得更大，在里面开旅馆，你同意不同意？"老花鼓坚决地说："不同意！这是俺祖祖辈辈住的埝儿，凭什么把俺撵走？那个石屋是天然形成的，你再用炸药去炸，算是什么玩意儿？"

这天，吴小蒿和景玉娴、老郑谈起，鳃岛有渔家乐，香山也应该有农家乐，让游客来看山景，吃山菜。景玉娴说："对，山区的生态食品太多了，估计会有吸引力。"于是，三人就去鼓动有条件的村民办农家乐。有几个村民心动，说家里人少屋多，可以试试。

几天内，吴小蒿与许多村民交谈，他们的意见大多与老花鼓差不多。她让老郑和景玉娴召集党支部、村委会成员开会，大家的意见很统一：不接受梁总的开发方案，要走开发与保护相结合的路子。吴小蒿决定，与景玉娴合作完成一篇关于石屋村开发建设的调研报告。

这天晚上，吴小蒿在笔记本电脑上写完这份报告，正与景玉娴商量如何加工修改，房宗岳来电话说，梁总告诉他，明天再来楷坡谈香山项目。吴小蒿说："来就来吧，让她看看我和景书记写的调研报告，听听村里干部群众的意见。"她将调研报告的主要内容向房宗岳讲了，房宗岳迟疑一下道："小蒿镇长，你俩写的调研报告有理有据，我也同意。但我担心，咱们这样做，会让区委领导为难，他们没法向老领导交代。"吴小蒿说："我想，等到调研报告写好交上去，老领导看了，也会同意我们的意见的。如果区委领导觉得，这个意见确实是错误的，我愿意领受处分。"房宗岳说："石屋村是楷坡镇的，我也同意你的意见，咱们应该共同承担责任。好吧，明天梁总来了，我陪她上山。"

景玉娴说："我估计，那个梁总不达目的不会罢休。我和老郑说说，让他明天召集一些村民到石屋那里，一起向梁总表明态度。"吴小蒿说："好的。"而后，她俩聚精会神地修改调研报告，凌晨一点定稿，随即打印出来。

第二天早饭后，吴小蒿与景玉娴、老郑在村委办公室等着。十点来钟，房宗岳打来电话，说梁总已经来了，他们正往山上走。老郑立即打开扩音器，架在树上的大喇叭响了："各位村民请注意，各位村民请注意……"

半个小时之后，有几十个村民聚集到石屋前面。老花鼓等人还把锣鼓带去，在那里敲起了《斤求两》，咚咚锵、咚咚锵，在山中引发响亮回音。

一会儿，梁总果然在房书记的陪同下来了。她下车后，看看眼前的人群，脸上现出惊喜的神情，像女王一样向人群招手："你们好！谢谢！"

然而，大家都对她冷眼看待。老花鼓等人不住手，一直起劲地敲打。

梁总终于明白，村民对她并不欢迎，就指着老花鼓他们怒喝："敲什么敲？你们书记呢？你们镇长呢？"

有的村民指了指石屋里面。

老郑走了出来。他向老花鼓打了个手势，锣鼓声戛然而止。

梁总一手抹腰，一手指点着面前的人群："什么意思吗？什么意思吗？我来帮你们搞开发，你们就是这种态度？"

吴小蒿和景玉娴也从石屋里走了出来。吴小蒿说："对，就是这种态度！梁总，我向石屋村的干部群众做过调查，他们不同意迁走，不同意改变石屋原貌，我认同他们的态度。'香山遗美'是他们的祖先留下的动人故事，是一笔精神财富，应该永远纪念并传承下去。村民们为什么到这里敲《斤求两》？就是要把其中的内涵告诉某些人，要讲道德良心，不做损人利己之事！"

梁总冷笑道："你不让我开发，就让这里的老百姓穷下去，落后下去？"

吴小蒿说："肯定不会。我和景书记、郑书记做了认真的调研，确定了致富之道，会马上实施的。过不了几年，这里肯定会有很大改变，到时欢迎您来参观。"

景玉娴将打印出的调研报告递给梁总："这份报告，请您过目。"

梁总接过来，快速地翻了翻，气急败坏道："你们怎么这么固执？简直是又臭又硬！房书记，我不跟他们生闲气了，撤！"说着走向轿车。房宗岳与吴小蒿、景玉娴、郑立前一一握手，向在场的村民微笑着摆摆手，也上了车子。

当天下午，吴小蒿回到镇上，将调研报告交给房宗岳。房宗岳看了说："很好，咱俩明天就去区委，向支书记当面递交这份报告，汇报一下。"然而，联系到书记的秘书小宋，小宋说："书记很忙，你们把调研报告发过来，我交给书记。"

报告发过去的第三天，吴小蒿去一个村子检查危房改造情况时，突然接到房宗岳的电话。房宗岳讲，小宋打来电话，说书记看了关于石屋村的调研报告，觉得不错，让他转给区委调研室，在《工作与调研》内刊上发表。房宗岳兴奋地说："书记是这个态度，咱们就放心了！"吴小蒿说："对。下一步，咱们好好落实工作思路，一定要把石屋村搞好，别让梁总笑话咱们。"

14

这天晚上，吴小蒿收到一条银行发来的短信，通知她银行卡支出五十八元。她知道，点点又在网上买东西了。自从给了点点支付宝密码，她有时会用到，或买衣服或买书。这次她又买了什么？吴小蒿打开淘宝去查，发现点点买了一件殷红色的裙子。她觉得，点点买得不妥，这种颜色只适合成人。

吴小蒿顺手点开点点的微信朋友圈，发现她刚刚发出一幅照片，那是"我淘到的宝贝"截图，上面显示，她刚刚下单买到那条裙子。点点还发了一句话："虽然有点 low（土气），但本'公举'还是骄傲地宣布：我终于可以穿姨妈红啦！"

这是什么意思？想到明天要去区水利局申请一座水库的维修经费，吴小蒿决定顺便回家看看。

第二天到水利局谈完事，吴小蒿就回到了家里，然而家里空无一人。她想，点点上学去了，母亲大概买菜去了。她洗了一把脸，到点点卧室坐下，感受着点点留下的气息，看点点放在桌上的一些东西。

那本《历史上的今天》也在桌面上。她拿起翻看，发现有一处折页。那是4月8日的内容，点点在后面的空白处写道：

　　2017年　第一次来大姨妈

吴小蒿的心尖儿一颤，眼前闪现一片殷红。初潮的记忆瞬间复活，那种让她疑惑、羞耻、恐惧、无助的心情再度涌上心头。她离开书桌，看着女儿的床铺，羞愧难耐，双泪齐下。她扑到床上，狠揪自己的头发，心里充满对女儿的歉意、对自己的谴责。吴小蒿想，点点经历了人生中的一个重要关头，可我对她没有指导，没有呵护，没有关爱，让她独自面对，她只能用发朋友圈的方式将这件事隐晦地告诉别人。我……我算一个母亲吗？她的眼泪流个不止，把点点的枕巾都打湿了。

手机响了，是村镇建设办公室主任老薛要向她汇报村内道路改造情况，问她什么时候有空。她鼻子齉齉地说："下午三点，你到我办公室吧。"她打算在家陪母亲和点点吃完午饭再走。

她对着镜子，擦净脸上的泪水，再去看《历史上的今天》，发现点点在书中不只是记了自己的"大事"，还在一些条目旁边写下了阅读心得。

在"4月9日"这天，在"1977年　中国第一次发现从猿到人过渡类型的古猿下颌骨化石"这条旁边，点点写道："从猿到人，有过渡期。老祖宗一点儿一点儿把毛褪掉，真好玩。"

在"4月12日"这天，在"1961年　人类第一次飞上太空"这条旁边，点点写道："加加林好棒！中国人什么时候登月？嫦娥一号、二号、三号……反正快了！"

在"4月19日"这天，在"1775年　美国独立战争爆发"这条旁边，点点写道："长大了，就不服老子管了。二百四十年过去，儿子老了，老子更老了。"

在"4月27日"这天，在"1521年　葡萄牙航海家麦哲伦被杀"这条旁边，点点写道："航海是你的功，帮人打仗是你的错。"

……

吴小蒿读着读着，心中激动：真想不到，点点也对历史这么感兴趣，她竟然读进去了，而且有了自己的见解！这就是成长！身为一个母亲，还有什么事情比这更令自己高兴呢？

她合上书，愉快地走到客厅，拿过拖把开始拖地。

刚拖了几下，手机又响了。这次是党政办主任项春江打来的，说刘家台一些渔民到镇政府上访，反映渔业去产能、报废渔船存在不公平的事，一定要见镇长。吴小蒿知道，这件事情很棘手，她必须当面听取渔民的诉求，就说："让他们等着，我马上回去。"

第八章

楷树成林

历史上的今天：11 月 21 日

1694 年 法国启蒙运动的倡导人伏尔泰诞生

1783 年 人类首次乘坐热气球旅行

1877 年 爱迪生宣布发明留声机

1983 年 中国第一台亿次巨型计算机"银河 –1"通过国家鉴定

小蒿记

2004 年 点点发高烧导致肺炎，住院治疗

2010 年 在《安澜日报》发表读史随笔《春秋诸侯会盟地点之讲究》

2016 年 去青岛签订"深海一号"合作协议

点点记

2013 年 当上副班长

2015 年 作文在校刊发表

2016 年 没穿丑校服，老师不让进校门

1

吴小蒿这天晚上看抖音，发现败家娘儿们直播用上了无人机。她们刚发的一个小视频，是在钱湾渔港上空拍摄的，十几条插着小红旗的渔船驶出港湾，向海中进发，场面十分壮观。西施舌用画外音解说，这是楷坡镇渔民拔锚起航，赶春汛去捕鱼，祝愿他们满载而归。视频刚发出一会儿，就收获了三十万个赞。吴小蒿很激动，心想，自媒体加上高科技，影响力真够大的。

她打电话给郭默，说她看了这条视频，败家娘儿们了不起，向她们致敬。郭默却说："甭提了，无人机是她们凑钱买的，花了一万六，请人教又花了三千。有几个娘儿们挨了老公骂，说她们越来越败家了。"吴小蒿笑道："这哪是败家？是兴家！看看那些留言，都在夸咱们这里呢。把咱们的渔业宣传出去，会招财进宝呀！"

此后，败家娘儿们又陆续发了一些航拍视频。有一条拍的是经过"碧海行动"整治后的海滨，金色沙滩整洁漂亮。有一条拍的是新建起的养殖区，正待装箱外运的鱼虾活蹦乱跳。还有一条拍的是渔船归航———条渔船驶近，渔民在船上向无人机挥手欢呼，画外音中，女人满怀深情地说："俺家的船回来了，老公你辛苦了，欢迎你！赶快卸了鱼哈（喝）一气！"吴小蒿被这条视频深深感动。她听说，过去渔家女人到了男人归航的时候，都是提着篮子在海边等待，而现在，居然派无人机去迎接了。再看看观众的反应更是火爆，点赞的到了四十万，留言有几千条。

这天，吴小蒿到钱湾检查厕所改造，与魏树亮、郝娟一道。年初，环卫办主任退休，计生办撤销，他们二人就到了环卫办担任正副主任。郝娟抱怨："镇长，计生办撤就撤，反正没事儿干了，在那里更招人骂。可你不该又安排俺俩再干环卫办。下去抓厕所改造，人家笑话说：'你俩没个出息，到哪里都是管下半身！'"吴小蒿笑道："管下半身也是抓大事。有人把农村厕所改造叫作'厕所革命'，既然是革命了，还不是大事？"

到了那里，先听社区书记李言密汇报。李言密说，这件事太好了，政府拨款补贴，个人不用掏钱，没有半点儿阻力。现在钱湾社区全部完成，就等着领导验收了。吴小蒿说："好事更要办好。我在别的社区发现，有的老板中了标却偷工减料，进的马桶不合格，漏水。我看看你这里的怎么样。"她走到街上，随机挑选一些住户走进去，说明来意之后直奔厕所。她看看设备安装是否齐全，闻闻是否还有臭味，再摁一下冲水按钮，检验好使不好使。看完里面的，再到墙外检查三格化粪池建造情况。

看了几户，都没发现问题，他们就来到胡同口，看到了海。

此时太阳西斜，照得海面格外蓝。吴小蒿想起，家乡旧时的印花布就是这个颜色，她小时候就穿过用那种布做的衣服。这是她第一次将家乡与大海联系在一起，她心中感动，站在那里痴痴地看着。

天上有嗡嗡声，原来是一架无人机飞在海上。吴小蒿看了说："败家娘儿们又去迎接男人归航了？"

李言密说："是，这成了钱湾一景。"

无人机慢慢变大，越来越近。吴小蒿说："它会落到什么地方？我想见见那些渔家姐妹。"

李言密说："就在码头上。"

几个人走向码头，无人机也向码头靠近。果然，西施舌手拿遥控器，在指挥无人机降落，旁边站了几个败家娘儿们和一些围观者。

无人机嗡嗡大响，稳稳落地。

吴小蒿走过去说："西施妹妹，你玩无人机玩出名堂了。"西施舌看见了她，将小舌头吐一下，笑道："镇长，这东西真好，俺玩上瘾了！"一个年轻渔民在旁边大声说："败家娘儿们，你们派无人机欢迎老公，不怕老公太激动，回家把你们碾了？"一位年龄稍大的娘儿们嘻嘻笑道："碾了也心甘情愿！"

这样的热辣话语，让吴小蒿很不适应，脸上泛红。

突然，一个秃头青年挤进人圈，抡起手里的大铁锤就砸无人机。西施舌急忙上前阻止："小鲻鱼！"被叫作"小鲻鱼"的秃头青年却用膀子一顶，将她顶得跌坐在地。吴小蒿上前扶着西施舌，斥责小鲻鱼："你要干什么？"小鲻鱼不吭声，又砸了几锤，把无人机砸得四分五裂，这才提锤叫骂："干什么？我要消灭这扰民玩意儿！它整天嗡嗡乱飞，把俺家小狗都吓死了！"

吴小蒿觉得不可思议："无人机能吓死小狗？"

小鲻鱼从他的提袋里摸出一条小黄狗，往吴小蒿面前一扔："你看看，它死没死！"

那条狗，果然是死的。

小鲻鱼歪着脑袋说："我家刚生下的这窝狗，有名贵血统，长大了能卖大钱！今天吓死这一条，就值好几万！要不是我胸怀宽广，跟你打起官司，败家娘儿们肯定会输掉裤子！"说罢，他捡起小死狗装进提袋，骂骂咧咧走了。

西施舌流着泪对吴小蒿说："镇长，你看这个土蛋多厉害！他把这无人机砸了，俺们还怎么去搞航拍？"

吴小蒿说："你报警吧，赶快让派出所过来看看。"

西施舌就掏出手机报警。吴小蒿因为还要看一些人家的厕所改造，就和李言密等人离开了这里。

2

晚上，吴小蒿接到一个电话，一听就是西施舌。西施舌说，她从郭默那里要到镇长的电话号码，想跟镇长说说无人机的事。吴小蒿说："你说吧，派出所去人了？"西施舌说："去是去了，可是民警拍了破碎的无人机，传小鲻鱼到现场，他还是提着那条小死狗，说是值好几万。这人是出了名的土蛋，欺软怕硬，一般人不敢惹他。他一口咬定死狗值很多钱，民警也拿他没有办法。"

吴小蒿说："我怀疑，他砸你们的无人机，另有原因。"西施舌说："镇长你说对了。今天晚上我跟老公分析来分析去，把原因猜到了。""什么原因？"西施舌说："怕无人机拍到他们碰瓷。"

西施舌向吴小蒿讲，去年，派出所所长换了老郁，他下狠心整治渔港秩序，二道河子不敢在码头上胡作非为了，就转移到了海上，在航道旁边养海虹。过往渔船经过那里，不小心碰了他们的养殖架子，二道河子就开着小船追上去，要求赔偿损失。船长知道他不好惹，只好破财消灾，认账拿钱。后来，渔船再走到那里便格外小心，没想到这伙人玩起了碰瓷：开着小船，往航道上扔一些塑料葫芦，就是养殖架子用的漂子，拿手机录下来做证据，照样讹人。这段时间，无人机经常上天，并且飞到海上，他们可能是怕拍下证据，妨碍他们碰瓷。小鲻鱼一直是二道河子的马仔，他今天砸无人机，肯定是二道河子指使的。

吴小蒿说："我知道了，我让派出所管管他们。"

与西施舌通完话，她打电话给郁所长，问他知不知道渔民遭遇碰瓷的事。

郁所长说："知道，有渔民到我这里反映过。但是，神佑集团养殖公司提供了录像做证据，我们不好认定他们是碰瓷。"

"你去过现场没有？"

"去过。我到那里看到，养海虹的本本分分养海虹，渔船在旁边照常行走，平安无事呀。我的警力有限，又不能天天派人在那里守着，更不可能派人随渔船出海。"

吴小蒿沉吟片刻，又说："郁所长，中央年初就下达通知，要求扫黑除恶，在楷坡地盘上，也该扫一扫打一打了吧？"

郁所长说："当然要扫要打。但是，咱们要拿到证据，没证据就不好办。"

吴小蒿找书记说了这事。书记听罢，呷着牙花子道："派出所所长都说没证据不好办，咱们怎么去管？"

过了两天，西施舌打电话跟吴小蒿说，又有一个船长跟她讲，刚被二道河子碰了瓷，讹去一万块钱。

吴小蒿满腔愤懑：清平世界，朗朗乾坤，渔船竟然不能在楷坡海域正常行驶，我身为一镇之长，真是羞愧！如果不能让群众生活在安全环境之下，我还有什么资格占据这个职位？我一定竭尽全力，不让这帮家伙继续作恶！

但她想到，自己曾欠下慕平川一笔债：刚来楷坡时，担任分管安全的副镇长，姚疃村发生鞭炮爆炸事件死了两个人，贺成收让慕平川出钱摆平，隐瞒了真相。她想，慕平川一定记得这事，如果我不把这事解决掉，怎能堂堂正正与他们对阵？

她找书记说了这事，沉痛地说："这是我来楷坡之后的一个污点，向上级隐瞒了事故的真实情况。虽然是当时的书记、镇长做出的决定，但我分管安全，负有直接的领导责任。这个污点不除，我就不能坦坦荡荡地与黑恶势力做斗争。我明天就去区纪委、监委坦白这事，请求给我处分。"

书记说："事情都过去五年了，还翻腾出来干吗？不是没事找事吗？"

吴小蒿说："这个污点不除，我心里永远不会素净。我必须这么做。"

第二天，吴小蒿让纪检委员老秦陪着进城，见到了区纪委副书记、监委副主任周世章。听了吴小蒿的讲述和请求，周书记看着她直摇头："有的人犯下严重错误，恨不得立即洗白自己，你却重提从前的过失，坦白组织上并不了解的事情，主动请求给予处分。我从事纪检工作二十多年，从来没有碰到过这样的同志。”

吴小蒿又向他讲了神佑集团老总在楷坡的恶行，检讨自己有私心，不敢管，说她下决心要向他挑明态度，劝他悬崖勒马。周书记说："好，区纪委、监委支持你！至于楷坡镇政府隐瞒爆炸事故真相的问题，如何处理才好，我们要研究讨论一下，也请你写明情况并交来自查材料，你等结果吧。"

三天后，周世章来到楷坡，在领导班子成员会上宣布了区纪委、监委的决定：2013 年 2 月 8 日，楷坡镇姚疃村发生鞭炮爆炸事件，炸死二人，镇党委、政府为了逃避追责，隐瞒真相。当时分管安全的副镇长吴小蒿同志，应负一定的责任，但是鉴于该同志能够主动向组织坦白事故真实情况，有改正错误的决心，决定对该同志批评教育，责令深刻检查，免于处分。时任镇长贺成收已去世，时任党委书记周斌仍需追责。

周书记讲完，房宗岳代表镇党委表示拥护区纪委、监委的决定，并称赞小蒿镇长敢于担当，勇于承认错误，告诫大家从这个事件中吸取教训，在今后的工作中做到两点：第一，小心谨慎，不犯错误；第二，犯了错误不隐瞒，主动承担责任。

会议散了，送走周书记，吴小蒿刚回到办公室，镇人大主席来春祥拉长着大胖脸来了。他一进门就说："小蒿镇长，你是不是脑子进水了？"

吴小蒿一惊，急忙起身让座："来主席您坐。请问，我哪一点做得不对？"

"你重提那件事就是不对！"来春祥不坐，站在那里手指西北方向，手指头大幅度抖动，"人家周斌已经去栖凤山风景区管委会当主任了，你又重提旧事，搞得沉渣泛起！你什么意思呀？谝你正直？我看你正直得像一根搅屎棍！"

吴小蒿听他这么骂，红着脸说："对不起，让您生气了。我觉得，不向组织坦白那事，心里永远不安。"

"什么不安？那是你不成熟！是政治幼稚症！"

吴小蒿点头道："我是不成熟，是有政治幼稚症。"

来春祥又说："我已经老了，无所谓了。我过来向你发火，指出你的问题，也是关心你爱护你，不想让你在这条道路上继续走下去，损人利己！"

吴小蒿向他双手合十："谢谢来主席，谢谢！"

来春祥走了，留下的怒气还充盈着这间办公室。吴小蒿想想他刚才说的那些，越想越不对劲。我去坦白旧事，领受处分，来主席怎么会发这么大的火？

再说，那件事虽然是贺成收办的，但周斌是同意了的，肯定负有责任，即使受到处分，他也应当接受。

"损人利己"这个词语，深深刺痛了她的心。她想，我吴小蒿对这种行为从来都深恶痛绝，今天为何被他这样指责？

再往深处想，吴小蒿明白了。这个来主席，在贺成收去世后与慕平川走得很近，卖力地为他谋取政治地位。前年，来主席推举慕平川为区人大代表候选人，没有弄成，又向书记建议，将他安排为政协委员。慕平川的两个愿望都没实现，来主席还在一些场合替他张目，说他是楷坡有代表性的民营企业家、慈善家。今天，来主席警告我不要"损人"，那个"人"，就是慕平川！

可是，来主席你知道不知道，慕平川这些年来在楷坡损了多少人？他手下的二道河子，在渔码头强买多年，是个典型的渔霸。神佑集团的另一个公司，经常盗采海沙，严重破坏楷坡的海滩。"碧海行动"，不仅仅是让楷坡的海滩重现清洁，还应该清理这片海域里的害人恶鱼！

她决定，与分管安全的副镇长刘再茂一起找慕平川谈话，让他先管住二道河子，不要再有碰瓷的事情发生。

她让党政办通知慕平川，第二天上午到镇政府。慕平川却回复：来不了，脚崴了。

"他不来，我们就过去。"她让党政办通知慕平川。

3

这是吴小蒿第二次来到神佑集团总部。第一次，是她到楷坡后的第一个除夕，被贺成收叫来观看孝道文化除夕晚会，中途退席离开。现在她站在那个又高又大的门楼前面，回头看看直插海中、激起一长串浪花的霸王鞭，心想，这霸王鞭天造地设，慕平川却将豪宅建在了鞭把子上，将自己当成了掌鞭挥鞭之人，也真是太狂妄了。

她咬着嘴唇，抬手摁了门铃。

开门的是一个年轻女人，巧笑倩兮道一声"请进"。但吴小蒿往里走时，看见东厢房里站着两个彪形大汉，像两个门神；西厢房门口则拴了一条黑毛猛犬，见了两个生人狂吠不止。奇怪的是，年轻女人向它做出"OK"手势，它立即停止咆哮，趴到了窝里。

进入正房客厅，吴小蒿闻见一股香味儿，原来正中供着一尊半米多高的玉质妈祖像，像前香炉里青烟袅袅。那女人走进左边暗间，将慕平川搀了出来。慕平川张开大嘴高声道："欢迎两位镇长！"与他们用力握手。

坐下后，慕平川拍着自己的腿说："前天我到海珍进出口公司检查星鳗加工情况，一不小心把脚崴了。特朗普这小子要对中国出口产品加征关税，形势很严峻呀。我不能让神佑集团垮掉，增加咱们镇的经济下行压力。可是，我这脚崴了，还得劳驾两位镇长亲自过来，不好意思。"

吴小蒿说："慕总的脚崴了，要看看医生，抓紧治好。你的海产品来料加工业面对的问题的确不同于以往，要想办法积极应对。哎，你的海虹养殖项目怎么样？"

慕平川拿过茶几上的一柄紫檀如意抚摸着，点点头："还行，虽然利润不大，但是能养活一部分人。"

吴小蒿盯着他问："那些海虹架子，绑得结实不结实？"

"结实，怎么不结实？"

"听一些渔民反映，经常有塑料葫芦漂到他们船下。"

慕平川将眼一瞪："不是葫芦漂到他们船下，是他们的船开到了我的海虹架子里头！镇长，你不能听某些人的一面之词！"

吴小蒿笑了笑："所以，我今天过来再听听慕总的。有句老话，叫作'大路朝天，各走一边'，可是进出钱湾渔港的这条海路，现在很难走了。我希望，慕总你嘱咐一下搞养殖的那些人，不要设置行船障碍，更不要制造假象，讹人钱财。"

"什么？"慕平川啪地将如意扔到茶几上，"我的人会这么干？吴镇长你说这话太不负责了吧？你说说，我的人在什么时间、什么地点制造假象，讹人钱财啦？"

刘镇长说："慕总你不要发火。凭你神佑集团这样的实力、这样的影响，在楷坡没有人敢捏造事实，损害你们的声誉。建议你让养殖公司自查一下，有没有这种行为，有则改之，无则加勉。"

慕平川拍着茶几道："没有，根本没有！是某些人见不得神佑集团好，希望我们赶快完蛋！"他指着面前的两个人说，"你们如果拿得出证据，我立即自查自纠；如果拿不出来，就不要栽赃陷害！"

吴小蒿让他这话激怒了："慕总，真是有人栽赃陷害，但不是我们。"

"就是你们！吴小蒿，我早就发现，你这女人刁顽得很，明里暗里与我为敌！你别忘了，我那年帮过你！"

吴小蒿说："我就预料到你会提这事。那年的鞭炮爆炸事件，贺镇长与你商量，你的确是拿出了七十万，息事宁人，也让我们几位镇领导免受处分。这件事我一直记得，前几天已经向上级坦白承认，他们已经对我做出处理，你大概已经知道了吧？"

"我知道了又怎么样？你把自己擦洗一番，再把别人抹黑？我告诉你，你自己的屁股并不干净，你先把自己彻底擦干净了再说！"

吴小蒿一惊："我怎么不干净了？请你明明白白指出来。"

慕平川向隅城的方向一指："浩亮物流是谁的？不是你家的？给那些超载大货车带路，让他们免受处罚，这是光明正大的事？"

吴小蒿更加吃惊，这个慕平川，竟然知道由浩亮做的那些丑事。她定了定神，痛苦地咽下一口唾沫才做回应："说到浩亮物流，我要郑重地告诉你，那真是由浩亮干的非法勾当。但是，他与我没有关系，我早已向法院起诉，与他离婚。"

"离了吗？离了吗？一天不离，他还是你的老公！"

吴小蒿咽下委屈忍住气，用平缓的语气向他讲："慕总，如果由浩亮受到法律制裁，法院判定我吴小蒿也要负责，那我老老实实接受处罚。但是，各人做事各人当，你先把你这边解决好，别让人拿到证据，不然，你慕总会难看的。"

"好，好，我等着你们找证据！找不到证据，我可要追问你吴镇长用心何在！"

吴小蒿见事情谈到这一步，只好起身，准备离开。

慕平川却指着她说："别走呀，咱们还没说完呢。你刚才承认，我出了七十万把姚疃爆炸事件摆平，你现在撇清了自己，那七十万怎么办？该还给我吧？"

吴小蒿早已想好对策，冷笑了一下："镇政府欠你七十万，可你这些年逃掉了政府多少税款？恐怕七百万也不止吧？"

慕平川听后一愣："什么？你不要胡说！"

"我是不是胡说，让税务局一查就知道。"

慕平川不再吭声，只把大嘴一张一张，像一条离水的大鱼。吴小蒿向刘镇长递了个眼色，二人起身走了。

4

回到办公室，吴小蒿的心还是怦怦直跳，左乳也随之作痛。她呼出一口闷气，给蒯玉律师打电话，说有人在她面前揭露由浩亮的非法行为，让她丢尽了脸面，让蒯玉想想办法，赶紧给她把婚离掉。蒯玉说，上回起诉，主审法官让双方调解和好，现在时间已经过去好久了，只能再次提起诉讼。吴小蒿说："那就再次起诉，越快越好，我真是受够了！"蒯玉说："好吧，你重新写一份诉状给我。"

这天晚上，吴小蒿在宿舍里写诉状。因为要回忆，要叙述，那些伤疤再被揭开，让她心痛不已。

她正写着，甄月月打来电话："小蒿，咱们做亲家是做定了。""你什么意思？"月月嘿嘿一笑："你没看点点的土味三行情书？""什么情书？""土味三行情书！今年刚刚在年轻人中间流行的，点点学会了，向我儿子公开表白啦！"吴小蒿头皮发麻："是吗？这个疯丫头！我看一下，马上看！"

挂断电话，她打开点点的朋友圈看看，果然有几条，每一条都由三张照片拼起，照片上配上文字：

> 这是鸡腿。这是火腿。这是我的大长腿。（最后一张是自己的照片）
> 这是钞票。这是发票。这是我的"男票"。（最后一张是法不二的照片）
> 这是草地。这是土地。这是我的死心塌地。（最后一张是法不二的照片）
> 这是T恤。这是柳絮。这是我妈的小女婿。（最后一张是法不二的照片）

看到这样的"情书"，看着两个孩子满带稚气的面庞，吴小蒿不知道该喜该悲。再看看电脑上还没写完的离婚起诉书，她觉出了时间的无情与命运的荒诞——母亲在痛苦挣扎，千方百计要逃离婚姻的牢笼，而十四岁的女儿已经想谈恋爱，要给她妈找小女婿了！

吴小蒿站起身来，像一头受困的母兽，在屋里来来回回走动。走了一大会儿，想了一大会儿，她不知道怎么跟点点讲。情窦初开、"死心塌地"的孩子，她能听从我的劝说吗？

手机一响，是锄头发来了微信："二姑，我今天拍了个视频，你看看吧。"

吴小蒿甩甩脑袋，将那些烦恼暂且甩到一边，抬手将视频点开。

那是在一条渔船上拍的，因为镜头前面是甲板，有一些乱七八糟的绳索。船的前面，有一条正在耕出浪带向前行驶的渔船，旁边则是一些黑乎乎的圆球，像大群士兵在泅渡。吴小蒿知道，那是大片海虹养殖区。接下来，画面上突然出现一条小船，快速靠近渔船，船上有两个人将一些圆球扔过去，还有一人趴在船舱里举着手机拍摄。

吴小蒿看到这里，叫了一声"哎哟"。

她立即给锄头打电话，问这视频是谁拍的。锄头说："是我。今天上午我们的船到钱湾卸鱼货，我在甲板上没事，想拍一段视频发抖音，没想到拍了这么一段。我早听说这地方有碰瓷的，正巧让我拍到了。二姑你当镇长，你得管管。"

吴小蒿说："我当然要管。二姑正愁找不到这帮坏人碰瓷的证据，你无意之间拍到了。这段视频你发没发？"

"没有。"

"你先不要发。我问你，如果有一天让你出庭做证，说这段视频是你拍的，你敢不敢？"

"我怎么不敢？他们能把我怎么样？实在不能在这里干了，我就回家种地去！"

吴小蒿心中一热："好，你是咱老吴家的一条好汉！"

她打电话向派出所所长说了这事，所长说："镇长你把视频发给我，我马上整理材料报给区局，让区局调集力量办了他们。"

5

中美联合考古队在丹墟遗址有了重大发现。

这是方老师打电话告诉吴小蒿的。方老师说："你快过来看看，我们在陶片上发现了什么！"

吴小蒿就让分管文化的副镇长刘大楼一起过去，又让他叫上文化站站长郭默。然而，上车时只见刘大楼，不见郭默。刘大楼说，郭默向他请假，说家里出了点儿事，不能去了。

到了丹墟考古营地，就见丹丹大张着双臂迎上来，结结实实给了吴小蒿一个拥抱，激动地说："蒿，我们看见了曙光！文明的曙光！"

等到丹丹放开她，她问站在那里满面笑容的方老师，丹丹这话是什么意思。方老师说："你跟我来看。"将她领到了帐篷里面。

里面是一圈人头，有黑头发，有黄头发，俯向一处。方老师说："你们先让一下，请两位镇长看看。"

一圈人头散去，现出一堆灰黑色陶片。最大的一块上刻了个图案，是一个月牙儿，托着一个圆圈。

吴小蒿立即想到，这是她前几年在莒州博物馆和书刊上看过的陶文。这种令人费解的文字符号，已经在诸城、莒县等地发现，共有二十多个，比甲骨文还早一千多年。她问方老师："这些陶片，是什么器皿？"

方老师说："是一个大口尊，陶文刻在它的腹部。这个形状的陶文，已经在别的地方发现过两次，在这里也发现了，说明它是在一定范围内通用的文字符号，是汉字的祖型。"

"这是个什么字呢？"

"不知道。但我认为，它是一个会意字。你看，太阳刚刚升起，下面有一抹云彩将它托起，我认为它的意义相当于'旦'字。丹丹也同意我的看法，他把这种文字符号的出现，看作是东方文明的曙光。"

娜塔莉指着陶片，用英文说了一通，吴小蒿听得似懂非懂。方老师翻译说，南美洲的印加帝国直到16世纪被灭，青铜器都制造得十分精美了，也没有创造出书面语言，只会结绳记事。在太平洋的这边，中国人在四五千年前就有了文字，并且用到现在，这是多么伟大的事情。

吴小蒿向她点点头："娜塔莉小姐，你说得对。在人类文明史上，再也没有比发明文字更伟大的事情了。传说，那位叫作'仓颉'的祖先造字时，天上像下雨一样降下谷米，鬼魂在夜间哭个不停。就是说，这件事感动了上帝，感动了鬼神。"

丹丹在一边说："如果是我，当年生活在这里，亲手做出一件陶器，在上面刻下文字，我一定是流着眼泪完成的。"说到这里，他的蓝眼睛里充盈着泪水。

娜塔莉走过去，将他抱住，脑袋伏在他的胸前。

吴小蒿转过脸问方老师，上半年的考古还要进行多长时间。方老师说，因为他带的博士要进行论文答辩，他必须在一周内回去。来丹墟考古四次，已经有了许多成果。他和丹丹商量，暂告一段落，回去之后经过进一步整理、研究，形成一份报告报国务院，也写一批论文在有关刊物上发表。

吴小蒿说："祝贺老师，祝贺中美联合考古队。感谢你们一次次来楷坡，把这里的文明基因、文化血脉梳理清楚，展示在世人面前。我们在这样的文化背景下工作，觉得特别自豪。"

告别老师和丹丹他们，吴小蒿和刘大楼去了聚丰集团。"深海一号"定在5月份下水，她要去看看三文鱼苗长得怎样。到了那里，辛总正在鱼苗孵化基地等着，还有一位戴眼镜的中年人向他们微笑致意。辛总介绍说，这是聚丰集团从大连聘请的敬总，专门负责三文鱼养殖项目。他在大连已经用网箱养了多年三文鱼，经验丰富。敬总说："我是跟三文鱼打了多年交道，但从来没用过'深海一号'这样的特大号网箱，我将面临全新的挑战。"

吴小蒿走进孵化基地，只见一个个大池子里，褐黑色的小鱼密密匝匝，十分活泼。敬总说，从日本引进了五十万粒三文鱼卵，孵化率在百分之八十以上。现在鱼苗普遍健康，长势良好，在7月初能达到四两左右，具备转移到"深海一号"的条件。吴小蒿说，好，相信敬总能把这个项目做好。

辛总说："青岛那边也没有问题。签订合同之后，我去过几次，每次都是刘总亲自陪同去现场看进度。上周再去，'深海一号'已经造好，进入设备测试阶段。我已经向市海洋渔业局汇报了，他们上报省局，省局再上报国家农业农村部。下周我和市局领导再去青岛，和刘总商量下水仪式怎么搞。等到那天，镇长你一定要过去。"

吴小蒿点头答应。

刘大楼这时说："镇长，孙伟几次跟我说，渔业博物馆又搜集了一些展品。咱们正好今天来了，过去看看吧？"吴小蒿说："好，我还是开馆的时候去的，也想再去看看。"

辛总带两位镇长到了月亮湾，见几辆大巴停在那里，一些穿校服的小学生正排着队往博物馆走。吴小蒿满心欢喜："来了这么多小观众呀！"辛总说：

"市、区两级教育局已经把这里作为科普教育基地，让孩子从小了解渔业历史。"

孙伟站在门口迎候他们。吴小蒿见他西装革履，指着他说："呀，孙伟越来越有馆长派头了。"孙伟笑道："我要给孩子们亲自讲解一个展室，穿得不能太随便。"

他带吴小蒿等人进去，专门去看一年来新添的展品。在"传统捕捞"篇里，网渔具、钓渔具、杂渔具这三大类，每一类都比以前更加丰富。单是渔网的材质，就展示了棕、麻、棉、锦纶、乙纶等多种，还专门还原了当年制作血网（用猪血煮网）的场面。除了实物，还用大量图片与文字，直观地介绍了打、拦、诱、钓、刺、缠、围、拖等作业方式。在"渔民生活"篇里，渔民的装束穿戴增加了许多。其中的夹袄斗裤和油衣油裤，又厚又硬，像金属铠甲，观众稍加想象，便能体会过去渔民下海时的艰辛。

吴小蒿看了一件又一件，看得入迷，直到刘大楼提醒她，已经十一点半了，她才决定离开这里。辛总让她到集团吃饭，她坚决不肯。她说："别说吃饭的事，说我刚刚萌生的一个念头。辛总、孙伟馆长，我向你俩提出申请，等我退休之后，到博物馆当一个研究员，争取写出一部《隅城渔业史》，怎么样？"

辛总说："太好了！镇长你一定要来，《隅城渔业史》一定会非常精彩。不过，离那天还早着呢。"

吴小蒿说："早什么呀，时间飞快。我上大学那年是十九，好像是昨天的事，可是一转眼，我已经四十了。"

6

吴小蒿的办公桌上，放着"楷坡记忆"的一摞文稿和一堆优盘。去年她将这件事情布置下去之后，各村安排一些有文化的人找长者座谈，陆续上报文化站一些录音和整理出的文稿。郭默再报给吴小蒿，吴小蒿闲下来的时候就听就看。

她最爱听录音。一个个老头老太太，用饱经沧桑的声音回忆过去，讲述村史、家史以及亲历的一些人和事，似乎让时间倒流，让自己置身于从前。吴小蒿听到一些地方，或惊讶，或感叹，心潮难平。

她听一个老太太讲，老太太八岁的时候父亲冬天下海，遇风翻船，他的尸体被人在三十里外的海滩上发现，是跪着的姿势，冻成了冰人。回家成殓时，无法让他穿上寿衣，也无法让他在棺材里躺平，只好让他跪在棺材里，把寿衣披在他身上，出殡的时候棺材盖不上，只好敞着。说到这里，老人泣不成声，吴小蒿也不由得流下眼泪。

她听一位船老大讲，他年轻的时候，正月里去渤海湾捕鱼，夜间突然刮起了大北风，特别冷，许多渔船都被冻在了海上。到了早晨阳光一照，海面明晃晃的，一条条船都定在那里，好像整个世界都被冻住了，至今想起那个景象，心里还直打哆嗦。吴小蒿听到这里，想象那个诡异的画面，心脏也是直打哆嗦。

她听韩家庄一个老头讲，四十年前，他和大伙儿一起深翻土地，整"大寨田"，一镢头刨下去，听到当的一声，胳膊被震得发麻。蹲下看看，那是一个生了锈的铜家伙。大伙儿一块儿把它弄出来看看，它跟铜盆差不多，只是多了三条腿，上面还有一些花纹。大伙儿都不认得这是什么，但都知道它是铜的，可以卖钱。怕公社废品收购站不收整的，生产队队长就抡起大铁锤，把它敲碎。一共卖了多少钱，记不得了，只记得全队一百六十多口人，一口人分到了八分钱。后来才听人家说，那是个铜鼎，可值钱了……吴小蒿听到这里，扼腕长叹。

她听一个老太太讲，过去不搞计划生育，女人一出嫁就开始怀孕、生孩子。生下一个，刚给孩子掐了奶，肚子里又有了。她一连生下八个，累出一身病，实在不想生了，肚子里又装了一个。她听人说，把蛇虫子（蜥蜴）肝、蛇蜕弄碎，拿酒和成泥，搐在肚脐眼儿上，可以打胎。她就去地里逮蛇虫子、捡蛇皮，用上果然中用。她的孩子掉了，流了一大摊血，她收拾收拾，又像没事人一样去推磨、烙煎饼。没办法，一大家人都等着吃饭呀……吴小蒿听到这里，为她，为母亲这一代人，悲伤了许久。

听了一个又一个人的讲述，她越来越觉得这些口述历史有重要价值。她想，现在的年轻人纷纷进城，都不在老人身边，即使在，也很少有人能够耐心倾听这些陈年旧事。等到老人作古，这些记忆都会随着他们肉体的焚化，变成一缕青烟消失殆尽。所以，必须抓紧时间，做一些抢救性的采访，让这一代人的乡村记忆永远留下来，给史学家提供最原始、最真实的民间资料，让后人了解这代人的经历和时代的痕迹。

她抓的这件事情，有很多人不理解，连房书记也说，翻腾那些陈芝麻烂谷子中什么用？也不能让群众增加收入。副书记池家功甚至在背后跟人议论："吴小蒿在大学里学历史，当了镇长还弄那些东西，有点儿不务正业。"

吴小蒿听到这些，也有过犹豫，想过罢手。但她再听听那些老人的讲述，还是下定决心要把事情做下去。她想，一个人，无论从事什么行业，都应该有点儿历史感。没有历史感的人，对当下的时代与生活，就不能有深刻的感受与思考。

然而，这件事并不顺利。时间过去一年多了，还有三分之一的村庄没有完成。她让刘大楼安排郭默到有关的村庄催促，但一直没有新的材料报上来。吴小蒿火了，直接打电话给郭默，让她来说说这事。

郭默来了。她面黄肌瘦，神色抑郁，进门后站在那里说："镇长对不起，我姨家表妹夫死了，我没顾上弄'楷坡记忆'。"

吴小蒿问："你表妹夫什么时候死的？"

"十天前。"

吴小蒿说："十天前，应该安葬了吧？怎么能耽误你的工作？"

郭默说："他不是正常死亡，很可能是慕平川杀人灭口。"

吴小蒿大惊："什么？杀人灭口？郭默你坐下，慢慢说。"

郭默坐下，将细眉挑成倒八字，眼皮耷拉着，犹豫半天，才换上一副决绝的表情："说就说。镇长，我表妹这几天要疯了，我整天陪着她，连城里的孩子也顾不上，只好叫我婆婆过去。你给我出出主意，到底怎么办才好。"

接着，她就讲了表妹的事情。她说，表妹比她小五岁，长得很漂亮，叫鞠莲莲。莲莲两年前到神佑集团打工，在海鲜加工流水线上干活儿，一天到晚穿着棉衣在零摄氏度左右的车间里切鱼片，手都冻烂了。想不到，这天她突然被调到集团办公室搞服务。后来听说，是慕平川让手下一个小头头儿给他找漂亮小嫂，莲莲就被选中了。她去后第三天，慕平川就把她强暴了。这事发生后，莲莲找表姐哭诉过，也想到报警，但她实在不愿再去加工车间干脏活儿累活儿，就忍气吞声继续待在慕平川身边。她听慕平川说，上边有好多领导保护他，她就更不敢惹慕平川了。

过了一段时间，慕平川让她回原单位上班，但不下车间，在检验室穿着白大褂当检验员。她听说，慕平川身边又有了新的小嫂。她也觉得，离开慕平川挺好，她该找对象成家了。时间不长，一个看冷库的青年追求莲莲，姓史。小史虽然没文化，人品也差，但莲莲想到自己被慕平川玩弄过，就答应了。哪知道，小史结婚后问莲莲，慕平川是不是干过她，整天拷问，她只好承认了。小史让她写了书面材料，还摁了手印，然后给慕平川打电话，说慕平川强奸了他老婆，应该叫他心理平衡一下。慕平川说："你想怎么平衡？"小史说："我要当分公司经理。"慕平川说："集团的领导骨干是'四梁八柱'，'四梁'是四个副总，'八柱'是八个分公司经理。他们都齐了，我怎么安排你？不可能搞成'四梁九柱'吧？"小史说："我不管你是八柱还是九柱，反正我要当分公司经理。"慕平川说："当经理的事再等一等，我先给你一份安慰奖。"一下子给了他三十万。小史有了钱，买了一辆好车，就不吭声了，还是在冷库当保管员。

没想到，今年全国扫黑除恶，小史又向慕平川提出，一定要当官，坚决不看冷库了。他还说，他已经掌握了慕平川的大量犯罪事实，包括指使人把一个不听话的公司员工打死的事，如果他的要求得不到满足，他就向公安局报告。小史这么干，把莲莲吓坏了，她一再劝说小史，劝不了，就去求表姐。郭默也直接和小史谈过，但小史不听，声称不当上官决不罢休。莲莲说，他这是作死。果然，十天前，他下了夜班没回家，莲莲打电话也打不通。第二天早上公司通知她，说小史不知怎么回事，下班后不走，把自己关在冷库里冻死了。莲莲急忙去看，小史果然蹲在冷库墙角，成了白森森的冰坨。奇怪的是，他的手机没在身上，不知到哪里去了。莲莲明白，这是叫慕平川弄死了，就打电话问他，小史的事怎么处理。慕平川说，发生这起安全事故，他非常痛心，他会马上让公司送来抚恤金。当天晚上，果然有人送给莲莲一个装海鲜的泡沫箱，里面是一百万现金。莲莲想，小史已经死了，有了这钱，她以后也能把日子过下去，就通知了三百里外的婆家人。婆家人来了，哭完之后就跟莲莲要钱，莲莲只好分给他们一半。把小史送回老家埋了，莲莲回来后却后悔了，整天哭，说自己太懦弱，当初让慕平川糟蹋了，应该早告他才对，结果又嫁给小史，又承认了那件丑事，让小史有了野心搭上性命。她想去告，又怕告不赢，不告又不甘心，眼看要崩溃了。

吴小蒿听到这里再也忍不住了，搓着手说："怎么会告不赢呢？慕平川在楷坡横行多年，作恶多端，如果再不趁着扫黑除恶这个风头把他扳倒，他还会继续祸害人！"

郭默点点头，叹一口气："其实，我也早该告他。十年前，我刚到文化站那会儿，有一回他让我去陪上级领导吃饭。领导吃完走了，他不让我走，把我往沙发上摁,多亏我挣脱了跑掉,没让他得逞。我那时怕他一手遮天,不敢惹他,才来了个哑巴吃黄连。我表妹是西部山区的,是让本村同伴约着去神佑集团打工的。我知道了以后,警告她要小心,她说她在车间里切鱼片,从来见不着慕平川,他能把她怎么样?没想到,还是没逃脱他的魔掌。"

吴小蒿说:"你再做做你表妹的思想工作,不要再犹豫了。"

郭默说:"好的,我说服了她,就带她去公安局。"

两天后的夜间,有大批警察从隅城过来,悄悄包围了神佑集团总部,抓走十几个人。吴小蒿听说,慕平川被押上警车,途经钱湾码头时高喊了两声"成收哥"。

想起贺成收,吴小蒿心中五味杂陈。这天晚上,她到挂心橛上坐着,望着大海与鲲岛怅然许久。

7

"深海一号"下水仪式定于5月11日在青岛举行。辛总给吴小蒿打电话说:"镇长,这个项目是你一手促成的,你一定要去。"吴小蒿说:"我当然要去,这是中国渔业史上的一件大事,我必须到现场做见证者。"

刘经济也发来微信,让她看已经建成的"深海一号"。吴小蒿见那个涂成橘黄色的特大网箱矗立在海边,背景是蓝天白云,回复道:"真叫一个宏伟壮观!"刘经济说:"就是嘛,历史性时刻,咱们不能缺席呀,你一定要来,不要摆官架子。国家农业农村部能来个副部长,你胆敢不来?"吴小蒿说:"感谢老同学给我这个机会,我和房书记一起去。"

吴小蒿为出席这次仪式精心准备。她觉得自己的那些衣服都不上档次,就上网挑来挑去,买了一件紫红色外衣。她觉得自己的头发也乱,周末回城专门去做了一番打理。

聚丰集团租了一辆高级中巴车,打算10号下午,接上书记、镇长,再到隅城接上几个局长一起去。吴小蒿上午没下乡,将需要签字的财务发票签一签。她给财政所打了个电话,很快,副所长王晶晶提着一包账本与发票来了。吴小蒿拿过去一张张看,觉得没有问题就签字,同意报销。她发现,有几张发票虽然属于正当开支,但经不起推敲,就让晶晶回去再审。她说:"晶晶,党委提你当副所长，不只是因为你是科班出身，业务熟练，还因为你能坚持原则，严格执行财务制度。你可不要辜负了组织的信任。"晶晶说："我记住了，下一步把眼睛瞪得更大一点儿！"

发票很多，十点多钟还没审完。这时区环保局局长孙世军来了电话，说他陪蓝区长下来搞环境督查，在蕨藜岭发现了问题，让吴小蒿马上带着镇环卫办的人过去。吴小蒿说："孙局长，我下午要去青岛，明天参加一个重要活动，我让分管副镇长过去行不行？"孙局长说："不行，蓼河河长不是你兼任吗？蕨藜岭的一家猪场，污水粪便直排蓼河，难道不应该由你亲自整改？不是我让你来的，是蓝区长的指令！"

吴小蒿答应一声，挂了电话，坐在那里长叹。她让晶晶收拾发票回去，接着给书记打电话，说她不能去青岛了，蓝区长正在蕨藜岭等着。书记说："那你快去，该怎么办怎么办。现在环境问题抓得紧，咱不能挨了处分。"

吴小蒿又打电话，让环卫办的两位主任马上到楼前，跟她一起去蕨藜岭见蓝区长。然而下楼后，她见只来了老魏，问他郝娟怎么没来。老魏小声告诉她，自从神佑集团慕平川被抓，郝娟就不怎么上班了。听说郝娟压力很大，担心慕平川进去之后乱咬，咬上她老公，就没有心思上班了。吴小蒿想，她老公来主席与慕总过从甚密，真有可能被牵扯进去。

老魏一上车就发牢骚："镇长，撤计生办，进环卫办，我等于出了枪林再进弹雨。现在环境抓得这么紧，一点儿也不比计划生育轻松。我度日如年，整天盼着退休！"吴小蒿说："你只要当和尚就得撞钟，一天不退休，工作就要好好干。我问你，蕨藜岭那个猪场，我跟你上个月就发现了问题，觉得花五十万建起来不容易，不让他拆，让他整改，你怎么抓落实的？"老魏说："我去过多次，他每次都说马上改，谁知道他是哄咱们的。"

二人到了蕨藜岭，蓝区长正和孙局长一帮人坐在山坡上。见吴小蒿来了，蓝区长站起来拍拍屁股，一脸严肃道："小蒿镇长，我还要到别的乡镇，咱们长话短说。这家猪场是蓼河污染源之一，被人举报给市长。区政府限令你三十六个小时之内拆除，也就是说，明天下午六点之前。等到环保稽查队来看，如果完不成，我和你，一起提着乌纱帽到市里说明白。"说罢就走了。

吴小蒿心乱如麻，急忙把村支书解洪峰叫来，一起去见猪场老板。猪场老板正在看着满圈的肥猪发呆，老魏向他吼："老焦你个骗子！你说了多少回要改，就是不改，这回把区长引来了，有你好看的！"老焦知道事情严重，蹲在那里只抽烟不吭声。吴小蒿说："老焦，区长下了死命令，你这猪场保不住了。这也是你自找的，让你整改你为什么不整改？现在没法子了，你快联系人，今天把猪卖掉，明天把猪场拆了。"

老焦瞅着吴小蒿，可怜巴巴地说："我光卖猪，不拆猪场行不行？"

吴小蒿心里一软，但还是硬起心肠："不行，必须拆！你不要再抱侥幸心理！"

见老焦点了头，吴小蒿便和老魏回去吃午饭，让老魏下午再去盯着。到了傍晚，老魏向她报告，老焦已经将五百二十头猪全部卖掉。第二天，吴小蒿再和老魏去蒺藜岭，督促猪场拆除，解洪峰却说，老焦跑了，找不到人了，打电话也不接。老魏问："镇长，怎么办？"吴小蒿说："我们坚守岗位，到时候跟稽查队敷衍一下，反正没有猪了，不排污了。把这猪场留下，以后也许能有别的用场。走，咱们到别的村看看还有没有污染源。"

到了蒺藜岭村后头，沿着蓼河往上走，一直走了五个村子，又发现了一个鸭场存在排污问题。吴小蒿严令他们整改，并且推荐用锯末垫栏的做法。到了下午，他们再去蒺藜岭等着，果然有车开来，下来一帮穿制服的稽查人员。队长问："怎么还没拆？"老魏说，猪场老板的岳父死了，全家去奔丧，只好过几天再拆了。队长见里面一头猪也没有，也没说什么，笑了笑上车离去。

当天晚上，刘经济给吴小蒿发来视频新闻：世界上最大的全潜式大型网箱"深海一号"建成下水。国家农业农村部一位副部长在讲话时指出，全国首座全潜式大型智能网箱在山东顺利下水，是我国水产养殖业现代化进程中具有重要影响力的一件大事。这一国之重器横空出世，必将开启我国深远海渔业养殖阔步向前的新征程，必将书写我国深远海渔业的新篇章。视频最后，是"深海一号"在拖船的牵引下，缓缓驶出船坞。

吴小蒿问"深海一号"到达目的地了没有，刘经济说，还没有，大概需要二十个小时。

第二天一早，吴小蒿就打电话给辛总，然而打不通，便知道他在海上。她又问刘经济情况如何，刘经济说，因为海上天气多变，不得不降低航速，现在终于到达目的地。吴小蒿这才舒了一口气。

8

这天吴小蒿刚吃过晚饭，王晶晶就打来电话说："镇长，楷园广场有好多花都开了，你不来看看？"吴小蒿说："好呀，我去，我好多天没去广场了。"

吴小蒿到了那里发现，大片楷树都长出了嫩红的新叶，树下的月季、杜鹃、郁金香灿烂绽放。有许多人在那里休闲游玩，孩子们跑来跑去追逐嬉闹。正值春夏之交，温煦的西南风携着花香悠悠吹拂，让吴小蒿觉得心旷神怡，有一种久违的轻松感。

有个童声在喊："吴大姨！吴大姨！"她看见，庆庆和他妈正在广场西边的浮雕前面。建楷园之初，在吴小蒿的策划下，这里立了两块大型石雕，好让人们了解楷树承载的文化意义。西边这块，刻了子贡在孔子墓前栽植楷树的画面；东边那块，刻了清代隔城县教谕申瑶坐在大楷树下沉思的画面。施闰章的五律《子贡手植楷》与申瑶的和诗，也分别刻在两块浮雕上。

晶晶说，她刚给庆庆讲了楷树的故事，希望他像楷树一样茁壮成长。说罢，晶晶将儿子扯到一棵楷树边，让他抱住树干，一句句教他童谣：

> 楷树王，楷树王，
> 我长高来你长长。
> 你长长了做嫁妆，
> 我长高了穿衣裳！

吴小蒿想起，自己儿时也会这首童谣，不过第一句是"椿树王"。她明白，这是晶晶把它改了。她说："晶晶，咱们把这童谣再改一改。"

她想了想，念道：

> 楷树王，楷树王，
> 我长高来你长长。
> 我长高了做好人，
> 你长长了做栋梁！

晶晶拍手叫好，又教给儿子。儿子学会了，一边念叨一边跑远。

吴小蒿扶着面前的楷树，眼睛一亮："我想，今年的六一会，搞一个楷树认领活动，本着自愿的原则，学生认领一棵树，家长捐几百块钱，既有教育意义，又能弥补楷园管理经费的不足。"

晶晶说："嗯，这办法好。哪个孩子认领了，在上面挂一个名牌，上面写上你刚才改编的这首童谣。我给庆庆认领一棵，我捐一千块。"

吴小蒿说："我也给点点认领一棵，让她放了暑假过来看看。"

9

从孟夏到仲夏的这段日子里，吴小蒿一边忙于各种工作，应付各种事务，一边牵挂着两件大事：一是自己的离婚诉讼，二是聚丰集团的"深海一号"。

蒯玉律师早已将吴小蒿再次起诉离婚的诉状递交法院，经过一个多月的等待，主审法官郑丽芝终于和吴小蒿见了一面。郑法官倾听了她的诉说，了解了她的诉求，说已和由浩亮谈过，但他还是不同意离婚。吴小蒿急了："我和他的感情早已破裂，他不同意离婚，还在外面乱搞，法律难道支持这样的行为？"郑法官说："当然不支持。我忙完了另外几件案子，就开庭审理你这一件。如果由浩亮还不应诉，就缺席判决。"吴小蒿连声道谢，说："我等着。"

"深海一号"下水之后，吴小蒿经常想，这是花费上亿的大项目，引领养殖业向深远海发展的示范性技术，可不能出问题。她经常打电话给辛总，问他有关情况。辛总说，敬总一直在那里指挥，虽然经历了各种风险，但还是按照原定计划向前推进。鱼苗入箱后生长情况挺好，死亡率在百分之二以下。关键是等到伏天，看鱼苗能不能抗过高温。吴小蒿说："过些日子，你再去那里，我如果有空，就跟着你去看看。"辛总说："好的，咱们一起去。"

这天，吴小蒿突然接到一份快递，拆开看看，是法院寄来的开庭通知书，通知她 7 月 12 日开庭。吴小蒿签了字寄回去，算了算，离开庭还有五天，心想，我终于要熬出头了，终于要跳出婚姻牢笼成为一个自由人了。

然而，第二天她又接到法官的电话，说由浩亮被拘留十天，开庭通知书无法送达。吴小蒿吃惊地问："他什么时候被拘留了？因为什么事情？"郑法官说：

"因为给超载大货车带路，帮车主躲避罚款。他在看守所，我没法开庭，等他出来吧。"吴小蒿只好说："明白。"

她看看时间，点点还没放学，就给家里打电话，问母亲知不知道由浩亮被拘留。母亲惊慌地说："不知道呀，他出了什么事？"吴小蒿说了由浩亮被拘留的原因，让母亲不要告诉点点，就说她爸出差了，要过一段时间才回来。母亲哭道："小蒿呀小蒿，你这是找了个什么主儿，竟然坐大牢去了！咱要不要给他送牢饭呀？"吴小蒿说不用。

但是母亲这句话，引起了吴小蒿的警觉。她知道，法律规定，公安部门给予某人拘留处罚，应当通知其家属，但我为何没有接到？她打电话给蒯玉律师说这件事。蒯玉说："可能是公安部门知道你，不愿让你这位镇长当众蒙羞，或者是，由浩亮另外交代了接收通知的'家属'。"吴小蒿说："好，但愿他另有'家属'。"

蒯玉还告诉吴小蒿，这次扫黑除恶力度真大，区公安局副局长戴大春被抓起来了。吴小蒿知道，戴大春是由浩亮他爹的老部下，由浩亮在隅城，一直抱他的大腿。她问戴为什么被抓，蒯玉说，据说他给黑恶势力当保护伞。

一周之后，辛总打来电话，说打算明天去看"深海一号"，问她去不去。吴小蒿说："好呀，我去！"辛总说："来回要两天，一个单趟就要十五六个小时，咱们明天四点就出发，到聚丰集团的小码头聚齐。"

她和书记说了这事，书记说："我也很想去看看，但是明天市政协姜主席来视察，我必须陪他。你去吧，嘱咐他们认真操作，只能成功，不能失败！"

第二天，吴小蒿三点即起，洗漱一下，让小王开车送她到聚丰集团。此时海上已现大片曙色，辛总和集团一位副总正在码头上等她，旁边停靠着一条钢壳渔船。

上船后，吴小蒿手扶栏杆，看着聚丰集团的大坝渐渐矮下去，窄下去，变成一条灰白色的带子。再看南面的沿海防护林带，也成了墨绿色长条。只有渔业博物馆的白墙蓝瓦，在沙滩上格外醒目。

向西北方向望去，安澜港吊车如林，一片赭红，许多大船正在那里装卸货物。引航灯塔，高高挺立，像一位忠诚的哨兵。它们的后面，楼群高高低低，形状各异，那是面积达六十平方公里的城区。安澜港原来建在海陬镇，离隅城十多公里，现在都连在一起了。

　　吴小蒿忽然想起了一段史料：德国人第一次到隅城，是由中国人背上岸的。一个德国教士在回忆录里讲：1897 年底，德国军队占领青岛。1899 年春天，德胶澳总督派一百二十名海军陆战队士兵乘船来到海陬，计划进驻隅城，那个教士随行。德国士兵从大船上下来，分乘四只小船，准备登陆，然而海浪激荡，无法靠岸，引来许多拖长辫的人围观。教士用中国话向他们大声招呼，希望他们帮忙。有一个身体强壮的人就挽挽裤腿下水，将一个德国士兵背到了岸上。随后，许多中国汉子也这样做。全体德国士兵上岸之后，立即排成队伍向西进发，迅速攻下了隅城。教士在回忆录中写道："德国军队是骑在中国人的背上进入敌国的。这是一种多么令人心旷神怡的事情啊！"

　　十多年前，吴小蒿在《安澜百年大事记（1840—1949）》上读到这段史料的时候，痛心疾首，感慨万千：当时的中国，是何等积贫积弱！隅城老乡，又是何等纯朴善良！

　　一百多年过去，地覆天翻。这里建起了码头，建起了大港。因为改革开放，因为腹地的快速发展，安澜港的吞吐量年年递增，现在每年将近四亿吨，在全世界港口中居前二十名之内。这里的货物不光走海路，还走陆路，近几年开通了多条国际班列，把一车车的集装箱拉到中亚与欧洲，为"一带一路"建设添砖加瓦。

　　吴小蒿将视线稍往北移，便看到了奥林匹克水上公园的目标塔。那是一座船帆模样的白色建筑，为离岸较远的帆船运动员指示方向。进入 21 世纪，安澜成为"水上运动之都"，这里每年举办许多水上赛事，仅国际帆船比赛就有多次。公园南头是世界帆船赛基地，里面停泊着大大小小的帆船和游艇。2007 年，一位青年航海家从这里出发，用两年半时间，完成了中国首次无动力帆船环球航海。据他讲，经历了八次季节的更替，航行二万八千三百海里之后，再次看到安澜的目标塔，他泪流满面。

　　吴小蒿的目光掠过变成一条细线的海岸，又看到了楷坡后面的挂心橛。

　　她想，从挂心橛，到灯塔，再到目标塔，串联了家、国、世界。这是时代的缩影，是历史的定格。我吴小蒿，虽然只是挂心橛下的一个小小镇长，但也经山历海，成为这个伟大时代的建设者之一，可谓幸甚至哉！

　　她扶栏远望，心潮澎湃。

10

到了"深海一号"跟前，吴小蒿才真正明白了国之重器的含义。虽然刘经济向她描述过，虽然她在照片上、视频上多次看过，但这个网箱之大，还是超出了她的想象。她随辛总从船上下到一艘橡皮艇上，摆渡到网箱上，沿着一条有坡度的梁架走了几十米才到网箱正中。敬总在哗哗的浪涛声里向她大声介绍，网箱周长一百八十多米，养殖容积达五万立方米，相当于二十多个标准游泳池。

此时太阳已经落入海中，晚霞映照得网箱框架格外明亮，那种动人的橘黄，与大海的湛蓝、浪花的雪白形成鲜明对比。吴小蒿在网箱顶端的圆盘上转了一圈儿，看着由四道梁与八个角形成的巨大框架，心想，这真是大手笔、大制作！

再看看脚下，海水涌流，深不见底。敬总讲，因为夏天水温高，网箱已经下沉到海底，让三文鱼在冷水团里度过盛夏，秋冬季节再让它浮上来。吴小蒿好奇地问："一千多吨重的大物件，怎么让它浮上来？"敬总说："往钢结构的管道里打气呀。反之，往里面注水，它就能沉下去。"

过了一会儿，晚霞消失，暮色沉沉，敬总让他们到养殖工船上吃饭。这条船也是大得很，有八十多米长。辛总说，这是我国最大的养殖工船，可以看护十到二十个网箱，以后再有"深海二号""深海三号"等等，都用这船。得知在这里工作的有十多个人，每人干满一个月才能回去轮休，吴小蒿连声说："你们辛苦，太辛苦了！"

吃罢饭又到控制室，通过监控观看网箱里的情况。屏幕上显示，三文鱼在网箱里熙熙攘攘，游来游去。敬总说，它们要在这里再住一年左右，第一箱预计产量一千五百吨。目前海关通关价格，一公斤三文鱼八十元，第一箱产值是一点二亿。当然，如果以后多放网箱，扩大生产，价格降下来，三文鱼就会进入普通百姓的菜篮子。听了这些，吴小蒿欣喜不已。她说："全体楷坡人祝贺你们，等待着你们向全世界宣布发生在这里的奇迹。"

看看时间已到十点半，辛总说："镇长，明天咱们一早要回去，现在去休息吧。"敬总就将他们几位领到休息舱，给他们安排了住处。

吴小蒿住的船舱，只有一床一桌，都固定在舱壁上。躺下后，她觉出了起伏与摇晃。抚摸着舱壁，她忽然想起了第一次上鲲岛，贺成收在船舱里说的一句话："一寸三分阴阳板，隔壁就是阎王村。"她敲敲舱壁，那声音沉重而浑厚，便知道这条船的船板绝对不止一寸三分。

但她又想，舱壁再怎么厚，外面也是另一个世界。古语讲："天下至计莫如食，天下至险莫如海。"自古至今，人类为了获取食物不惧艰险，施展智慧，遂有了种种创造。今天将海产养殖业发展到"深海一号"这个地步，是将"至计"与"至险"结合到极致了。

在船舱里睡觉，她是第一次体验，久久没能入眠。后来似乎刚刚睡着，就被辛总叫醒，说起来吃饭，准备往回走了。吴小蒿迷迷糊糊，起床到厨房和别人一起吃了早餐，随辛总走下这条船，再登上来这里时乘坐的渔船。她扭头看看，"深海一号"梁架上的灯成行成圈，在淡淡的曙色中勾画出了巨大轮廓。

辛总说："镇长，你到舱里继续睡吧。"就把她送了下去。

这个舱，虽然是三个铺，但只睡了吴小蒿一人。她到一个铺位上躺下，觉得比在养殖工船上平稳多了，知道这是因为船在全速前行。她打了几个哈欠，就毫无障碍地沉入梦乡。

她竟然梦见了刘经济。还是在山大文史楼旁边的小树林里。春风悠悠，花香袭人，她与刘经济肩并肩坐着。刘经济本来健谈，这时忽然不再说话，就定定地瞅着她，两只大眼像双星一样闪烁。后来，刘经济用胳膊将她一搂，与她面对面躺倒在石凳上。她感受着幸福，却又担忧着灾祸，扭头一看，由浩亮正向他们走来，眯着一对细眼，表情狰狞……吴小蒿猛地惊醒，心脏急跳。当明白自己还在船上，刚刚经历的是南柯一梦，她不禁悲从中来，悄悄抹泪。

再睡过去，又梦见自己坐在区政协文史办的办公室里。她编好的几本文史资料全都出版了，摆在那里崭新漂亮，散发着油墨的味道。她正抚摸着新书高兴，褚主任突然走进办公室，带着满身酒气，挥起胳膊猛地一扫，那些书纷纷落地。她醒后翻了个身，心想，我已经离开那儿六年了，怎么还做这种梦？褚主任早已退休，他的继任者已经将那几本文史资料出版了。不过，上面的编著者没有"吴小蒿"这个名字。没有也不要紧，书出了就好。反正，在那里编书是职务行为，我已经不在那里任职了，署不署名无所谓。

行程长长，梦境长长。她后来又梦见，在一个夏日的傍晚，她和点点在隔城公园的湖里划船。那船很小，点点也小，只有五六岁吧。她让点点坐在身旁，自己两手操桨，一下下划着。不知何故，小船一起一伏，一摇一晃……

吴小蒿醒来，发现身下的铺位在起伏，在摇晃。她想，这是怎么回事？难道海上起了风浪？

她看看表，时间已是中午十二点半。她决定上去看看，就起身穿鞋，沿着铁梯子走上去，钻出船舱。

她首先看到的是一堵黑墙。那墙顶天立海，沾满云絮。墙上金蛇狂舞，响声隆隆。海面上仿佛安装了无数功率极大的吹风机，此刻全部发动，呜呜劲吹，吹起了如山的巨浪。

哦，来暴风雨了。她从没见过这种骇人景象，想找到辛总，问他如何应对。辛总在哪里？在驾驶室吗？她扶着栏杆，沿着船边艰难前行。

就在她到达驾驶室门外时，船身突然大幅度倾斜。这时她又看见了一堵白墙。那墙飞快蹿高，扑面而来。她觉得自己一下子高高飘起，再悠悠落下，落下之后发现，船在她右前方的一道波谷里，歪歪扭扭、摇摇晃晃。

"辛总——"

她扬起一只手，向那边大喊。

她想再接着喊，却被一股强大的力量裹挟，瞬间沉了下去。

再睁开眼，她看到了一幅诡异的画面：深蓝色的天幕上，金蛇闪现时严重变形，呈现出温柔的样子。

她觉得憋闷，手忙脚乱，想出水呼吸，然而刚露出脑袋吸一口气，山一样的海浪再度出现在面前，将她抛上波峰。她被埋进水中，奋力挣扎，再露头时刚要喘气，咸咸的海水就灌进嘴里，呛进气管。她反射性地咳嗽起来，但咳嗽时发现，天上的闪电全都化作金花，在她眼前璀璨绽放。

完了。

吴小蒿对自己说。

真的完了。

她又对自己说。

她觉得眼窝发热，知道自己正向大海贡献泪水。

她感受着窒息的巨大痛苦，在心里念叨：

爹，娘，感谢你们生下我。只是，我不能对你们尽孝了。

点点，老妈爱你！不过，你向往的水下婚礼，我不能参加了。

月月，亲家！如果咱俩的孩子今后继续相爱，拜托你照顾点点。她缺乏母爱缺失家教，有些任性有些毛病，请你多多担待。

月月，好姐姐！你那年从南极回来，让我知道了鲸落现象，我被那诗一般的景象深深感动。我今天也落到海里，你不会笑我是东施效颦吧？唉，我的块头太小，还不足一百斤，实在对不起水族生灵，惭愧……

吴小蒿张大眼睛观望，只见上方一片深蓝，金蛇销声匿迹；四周与下面，则是一片幽暗，万籁俱寂。

她拼出最后的力气，奋力挣扎。

一个黑黝黝的人影儿突然在附近出现，看样子像辛总。他飞快潜至吴小蒿的身下，让她感觉到了一种托举的力量。

深蓝。浅蓝。最后是一种高远的湛蓝。

那是云缝中的天空。

后　记

———

写一部有历史感的小说

　　我多年前购得一本《历史上的今天》，读得入迷，因为我从中发现了历史的另一种面貌。我们在常规史书上读到的历史是线性的，这本书上的历史却是非线性的。常规史书是现实主义写法，这本书却有魔幻色彩。上下几千年，恍然成为一片森林，森林由三百六十五又四分之一棵大树组成。大树参天而立，每一棵代表一天，上面挂满果实。果实有甜有酸，有苦有辣；或赏心悦目，或滴血瘆人。单独观看一棵树，忽而回到古代，忽而跳到现代，忽而去了外国，忽而回到中国，给我的冲击力格外强烈。

　　因此，当《人民文学》主编施战军先生和安徽文艺出版社社长朱寒冬先生约我写一部反映新时代的小说时，我立即想到了这部书给我的感受，决定用"历史上的今天"结构小说，并写出一位历史感特强的主人公——从山东大学历史文化学院毕业的女镇长吴小蒿。

　　新时代，也是"历史上的今天"。战军主编与我交谈时说过这样的话："新时代就是我们置身其中的现实，我们每个人都不可避免带着新时代的印迹。"我深以为然。我在 20 世纪 50 年代出生，经历了半个世纪的巨变之后，对新时代的感受尤为强烈。2018 年春天我去沂蒙山，在扶贫工作队队长的陪同下，站在古生代寒武纪的海底沉积物、今天的透明崮上看下面的花海人烟，想到近年来我们国家日异月殊，沧桑感溢满心间。

　　吴小蒿不是意念的产物。我生于农村，从二十五岁起就在公社、县委工作，后来成为专业作家，还是一直关注农村，对乡镇干部较为熟悉。他们处于国家政权的最基层，工作繁重，十分辛苦。与社会中的其他任何群体一样，这个群体也是形形色色，鱼龙混杂。但就大多数而言，他们能够兢兢业业工作，真心实意为群众服务。进入新世纪之后，这个群体发生了很大变化。他们大多受过高等教育，看待问题的角度、处理问题的方式都与前辈有所不同。尤其是，一些优秀者会用历史眼光观照当下，有强烈的使命感与担当意识，既接地气，又明大势，成为乡村振兴的扛鼎人物。其中一些女干部，德才俱备，不让须眉。但这些女干部并不像当年样板戏里的江水英，她们也有凡人俗举、七情六欲。在家庭与事业上，她们很难两全，有诸多烦恼乃至种种磨难。我多次倾听过她们的讲述，为她们的经历慨叹不已。基层政治中的女性在新时代的表现，便成为我这本新作的主要内容。

　　于是，吴小蒿就在我的眼前出现了：她在农村出生，被重男轻女的父亲视为蒿草，考进大学后热爱史学，志存高远，却被迫嫁给一个品质恶劣的"官二代"。她到海边一座城市工作，在机关坐班十年后深感厌倦，就参加干部招考，下乡当了副镇长，从此开启了她个人的"新时代"，也让我们看到了黄海之滨一个山海相间半农半渔之镇的"新时代"。

　　这位体重不足百斤的小女人，可怜，可爱，可敬。她的经历与命运，让我牵肠挂肚。在长达一年的写作过程中，我的心思全在她的身上，甚至为她哭过几回。

　　对吴小蒿的这份情感，还改变了我的写作手法。我有这样的经历：外孙女住我家时，我因为特别喜欢她，看着她时常常舍不得转移目光。写这部书时，面对吴小蒿，我也是"目不转睛"，虽然用的是第三人称、全知视角，但一直聚焦于她，"一镜到底"。有朋友说，没想到长篇小说能这样写。我说，笔随心走，墨与情谐，这是创作的金科玉律。

　　我一直认为，一个人，无论从事什么职业，都应该有点儿历史感。没有历史感的人，对当下的时代与生活，就不能有深刻的感受与思考。因此，我让吴小蒿习惯性运用历史眼光，将自己面对的事情放在历史背景下思考，因此，她在楷坡镇的一些作为便具有了历史意义。她喜欢《历史上的今天》这本书，在书中记下自己的一些经历，女儿点点也效仿母亲。于是作品每一章的前面，都有一组"历史上的今天"：书中记的、小蒿记的、点点记的，一条一条，斑驳陆离。读者会看到，新时代的历程与个人的历程，都处在人类历史的大背景之下，耐人寻味。

这部长篇小说，也是我向齐鲁文化和山东大学的致敬之作。我于1988年考入山大中文系办的作家班，两年间深受山大学术风气和齐鲁文化传统熏陶。那时在我心目中，山大的文史楼是一座圣殿，因为在20世纪五六十年代，历史系有"八马同槽"，文学系有"四大金刚"，他们都是在全国响当当的人物。他们的徒子徒孙，也有好多学界俊彦，有的直接教过我，有的以著作哺育过我。所以，我让作品主人公毕业于那里，承载着齐鲁大地上传承已久的人文精神，在新时代建功立业。

2018年深秋，山东大学作家班举办入学三十年聚会，我写了一首七律，承蒙班主任、著名学者兼书法家王培元先生当场挥毫写出。其中有这么两句："常闻夏雨催新果，莫怨秋风撼老枝。"这部作品，算是我在夏天里饱受雨露滋润，在秋天里结出的一个果子吧。

2019年1月16日